»So seht ihr das Bild - das Cover stellt
das Bild ungefähr so dar, wie ich es mit
meiner jetzigen Sehkraft wahrnehme.«

Jasmin Ciplak

MIT DEM BLINDENSTOCK NACH TOGO

Von Büchern, Saharasand und Mr. BlindLife

hansanord

IMPRESSUM

1. Auflage 2023

ISBN Print 978-3-947145-75-1
ISBN E-Book 978-3-947145-76-8

Cover | Umschlag: Tobias Prießner
Satz: Christiane Schuster | www.kapazunder.de

Für Fragen und Anregungen:
info@hansanord-verlag.de

Fordern Sie unser Verlagsprogramm an:
vp@hansanord-verlag.de

hansanord

hansanord Verlag
Johann-Biersack-Str. 9
D 82340 Feldafing
Tel. +49 (0) 8157 9266 280
FAX +49 (0) 8157 9266 282
info@hansanord-verlag.de
www.hansanord-verlag.de

FSC www.fsc.org MIX Papier | Fördert gute Waldnutzung FSC® C021394

Inhalt

Für meinen Mann Erdin, der mich immer unterstützt hat, meine wundervolle Gastfamilie, meine Schwester Esther sowie S., die mir auf einer halsbrecherischen Motorradfahrt ins Ohr geschrien hat, dass ich ein Buch über mein Leben schreiben solle, wenn wir das hier überlebten.

Vorwort

Dieses Buch reiht sich ein in die Sammlung unzähliger bereits erschienener Bücher, welche einen Freiwilligendienst, eine Reise oder einen Lebensabschnitt im Globalen Süden thematisieren.

Und auch bei diesem Werk handelt es sich um eine subjektive Perspektive. Ich gebe meine Gefühle, Gedanken und Wahrnehmungen wieder, welche sich von anderen, die in Togo leben, gelebt oder gearbeitet haben, unterscheiden. Also betrachtet dieses Buch bitte nicht als eine umfassende Dokumentation über das Leben in Togo. Vieles habe ich vielleicht nicht gesehen, nicht richtig einordnen können und ganz gewiss werde ich nie eine Expertin für den Globalen Süden sein und möchte mir auf keinen Fall anmaßen, etwas allgemein oder wissenschaftlich Verwertbares über das Leben in Togo zu schreiben.

Eines kann ich aber erzählen. Ich kann von den Sachen sprechen, die ich erlebt habe. Wie es mir mit Malaria ging, wie unglaublich liebevoll mich meine Gastfamilie aufgenommen hat und wie wohl und zu Hause ich mich in dem Dorf Balanka gefühlt habe. Es gibt Freiwillige, die andere Erfahrungen gemacht haben, und diese möchte ich ihnen gar nicht absprechen. Doch hier wird von dem Jahr erzählt, das ich, als sehbeeinträchtigtes, schüchternes, achtzehnjähriges Mädchen erlebte. Ein Jahr, das mich prägte, Narben hinterließ und unvergesslich bleibt.

In Büchern wie »Die weiße Massai« werden Menschen aus dem Globalen Süden als »exotisch«, »wie von einer anderen Welt« beschrieben und in vielen Kinderbüchern und Abbildungen bis heute leider so dargestellt. Auch mich hatte dieses Bild in der Kindheit geprägt, später Berichte über Armut und Kinderarbeit. Im Bekanntenkreis, gerade von älteren Personen, wurde es als mutig betitelt, dass ich nach Togo ging. Dort wurde der afrikanische Kontinent lediglich mit Krankheiten, Hungersnöten und »Unterentwicklung« in Verbindung gebracht.

Dass ich selbst mit meinen Vorurteilen ziemlich viel falsch eingeordnet hatte, hat schnell dazu geführt, dass ich gelernt habe, eher zu beobachten und auf Erklärungen zu vertrauen, die beispielsweise meine Gastschwestern oder Kollegen mir bereitwillig gaben, anstatt selbst zu raten, was wohl gerade stimmt.

Meine Gastfamilie, Freunde und Kollegen in Togo als »exotisch« zu betrachten, lag mir jedoch von Anfang an fern. Stattdessen habe ich in meinen Geschwistern genau dasselbe gesehen wie in mir. Spannende, interessierte Jugendliche, die ihre eigenen Hobbys, Interessen, Wünsche und Träume haben. Der einzige Unterschied ist, dass ich, aufgrund eines Zufalls, in einem anderen Land geboren bin, wo ich Anspruch auf eine gesetzliche Krankenversicherung habe, kostenlose Schulbildung genießen durfte und es somit deutlich leichter habe als meine Gastgeschwister, meine Träume zu verwirklichen.

Noch eine kurze Anmerkung, bevor es losgeht:

Ich werde im Buch die Begriffe *weiß* und »Schwarz«[1] verwenden. Dabei steht »Schwarz« für eine von Rassismus und Diskriminierung betroffene Person und ist teils eine Eigenbezeichnung Schwarzer Menschen oder BIPoC[2]. Der Begriff *weiß* bezeichnet hingegen eine privilegierte und dominante Position. Ich habe für die Fertigstellung des Buches Personen, welche sich vertieft mit den Themen Rassismus und Rassismuskritik beschäftigt haben, zu Rate gezogen. Falls ich dennoch unbeabsichtigt unangemessene Wörter oder Redewendungen verwendet habe, freue ich mich über Hinweise darauf, um diese Fehler aufzuarbeiten und möglichst schnell zu korrigieren.

1. Abflug ins Unbekannte

Ich stand am Flughafen in Frankfurt am Main, noch etwas geschwächt von der Erkältung, die ich mir in den Tagen vor dem Abflug eingefangen hatte, aber glücklich, überhaupt fit genug zu sein, um den Flug nach Togo antreten zu können. Koffer und Reiserucksack, welche ich erst in der Nacht zuvor fertig gepackt hatte, waren schon abgegeben und meine Eltern sowie Großeltern warteten noch an der Schranke beim Zoll, wo sie mich verabschieden mussten. Ich erkannte meine Mutter an ihrer lilafarbenen Regenjacke in der Menge und fragte mich, ob ich alle vier so gesund und lebendig wiedersehen würde, wie ich sie verlassen hatte. Jetzt war es doch gut, ein paar Taschentücher in der Jackentasche zu haben, denn auch mir liefen nun einige Tränen über die Wangen.

Ich hielt Ausschau nach S., die mit mir von Frankfurt aus nach Togo flog, erkannte sie aber nicht.

Die erste Angst kam bei der Sicherheitskontrolle. Der Plastikkorb, in dem sich Jacke und der kleine schwarze Rucksack von mir befanden, wurde gleich mehrfach durch das Gerät geschickt, nachdem dieses anfing, Geräusche von sich zu geben. Ich wurde gefragt, ob ich neben dem Handy und Tablet, welche ich bereits gesondert in den Korb gelegt hatte, weitere Akkus bei mir führen würde. Ich verneinte, wies aber darauf hin, dass vielleicht das Ladekabel des Tablets von der Form her in Betracht kommen würde. Gleich mehrere Personen standen mir gegenüber und nach einer kurzen Diskussion untereinander wurde es mir erlaubt, ganz vorsichtig und langsam den Rucksack zu öffnen und das Ladekabel des Tablets herauszuholen. Leider war dies nicht der Gegenstand, der sie beunruhigte. Stattdessen war es die

Form meiner Blocklupe aus Glas in Kombination mit den darin befindlichen Batterien, welche von ihnen wohl zunächst für eine Bombe gehalten wurden. Besorgt fragte ich mich, was dann bei der Kontrolle in Togo noch kommen mochte. Letztendlich wurde meine Lupe, bestehend aus einem länglichen Glasblock und einem gräulichen, über einen Schiebemechanismus an der Lupe befestigten Batteriefach für das in die Lupe integrierte Licht, von den Beamten doch als unbedenklich eingestuft und ich konnte nach einem kleinen Schrecken den Wartebereich betreten.

Erneut ging ich im Kopf meine Dokumente durch. Visum und Reisepass hatte ich in der Jackentasche, der Impfausweis war griffbereit im Rucksack. Hatte ich auch alles Wichtige eingepackt? Genug Kleidung, das Gastgeschenk, Zahnbürsten, Duschzeug für ein Jahr, meine Bürste und die Visakarte?

Im Flugzeug von Paris nach Lomé kamen erste große Zweifel, ob das die richtige Entscheidung war. Ein Freiwilligendienst in einem Land, einem Dorf, von dem ich kaum etwas wusste. Und nachdem der Flugbegleiter noch nicht mal mein eingerostetes Schulfranzösisch verstanden hatte, kam dann auch noch die Frage hinzu, ob mich die Leute überhaupt verstehen würden … Was, wenn mich keiner verstand, weil mein Französisch so schlecht war? Wie soll ich mich dann mit meiner Gastfamilie, mit meinen Kollegen verständigen?

Die anderen Freiwilligen, die wir in Paris getroffen haben, nachdem wir aufgrund von Flugverspätungen fast unseren Anschlussflug verpasst hätten, wirkten recht nett. Allerdings würden sie zusammen in Kpalimé bleiben, während es für mich dann alleine noch weiter in den

Norden, in das Dorf Balanka, gehen würde. Wir würden wohl von der Partnerorganisation[3] am Flughafen abgeholt werden, aber wie es dann für mich weitergehen würde, wusste ich nicht. Draußen wurde es nun dunkel, durch das Flugzeugfenster war nichts mehr zu erkennen. Langsam ging das Flugzeug in den Landeanflug, in meinem Bauch mischten sich nun die mulmigen Gedanken mit der Aufregung und Vorfreude auf das Jahr in Togo.

Angekommen am Flughafen, verließen wir mit steifen Beinen das Flugzeug. Den anderen Fluggästen folgend gelangten wir zu den Passkontrollen, wo zugleich unser Visum geprüft wurde. In der Gruppe mit den anderen Freiwilligen gelang es mir gut, mich zu orientieren, zumal wir nach den Kontrollen auf der anderen Seite aufeinander warteten. Ein Fluggast wurde im Rollstuhl an uns vorbeigeschoben und nachdem alle die Kontrollen passiert hatten, gingen wir einen längeren, hellen Korridor entlang. Dort stand ein Mann in einem weißen Kittel und schnell sprach sich herum, dass er die Impfausweise sehen wollte. Auch ich hatte das Dokument griffbereit, doch anscheinend fehlte etwas bei mir. Mir lief es kalt den Rücken herunter. Würde das ein vorläufiges Ende des Freiwilligendienstes bedeuten? Würde man mich direkt wieder zurück nach Deutschland schicken? Ausgerechnet die Gelbfieberimpfung fehlte, ohne die dürfe man nicht einreisen, so der Mann[4]. Ich bekam Panik, mehrfach blätterten andere Freiwillige und ich den Impfpass durch. Nicht, dass ich die Schrift darin erkennen konnte, aber ich wollte mit eigenen Augen sehen, dass der Platz, wo sich die Impfung befinden müsste, leer war.

Auf mein verzweifeltes Beteuern, dass ich alle Impfungen in Deutschland hatte machen lassen, und das Versprechen, dass ich eine (erneute)

Impfung zeitnah nachholen würde, durfte ich letztendlich doch weitergehen. Ich war einfach nur unglaublich erleichtert, dass dieser Vorfall nicht das vorläufige Ende des Freiwilligendienstes bedeutete, zumal ich die Kosten eines zusätzlichen Hin- und Rückflugs nicht hätte bezahlen können, und folgte den anderen in eine große Halle, in der sich mehrere Gepäckbänder befanden. Bei dem Gepäckband unseres Flugs erkannte ich meinen großen Rucksack aufgrund der von mir befestigten weißen und blauen Bänder recht schnell wieder. Auch die anderen Freiwilligen hatten inzwischen ihr Gepäck gefunden. Bloß mein Koffer war noch nicht zu sehen.

Eine andere Freiwillige, P., entdeckte, dass mein Koffer schon als fehlend an einer Tafel stand. Er hatte wohl den »Umstieg« in Paris nicht mehr geschafft. Wir beschrieben meinen Koffer, glücklicherweise hatte ich ihn vor dem Abflug fotografiert, und sollten bei seiner Ankunft vom Flughafen kontaktiert werden. Genug Schocks für mich an einem Abend. Ich schrieb meiner Familie und Freunden noch schnell mittels Flughafen WLAN, dass wir gut gelandet waren. Nach erneuter Sicherheitskontrolle, wobei es diesmal keinerlei Probleme bezüglich der Lupe gab, verließen wir das Flughafengebäude und wurden von der togolesischen Partnerorganisation, feucht-warmer Luft und dem Klang der Trommeln einiger Künstler empfangen.

2. Ein halbes Jahr zuvor (Rückblick und Reisevorbereitungen)

Springen wir ein halbes Jahr zurück ... oder vielleicht sogar noch ein wenig mehr. Wie kam es dazu, dass ich in Togo landete? All das begann wohl mit der Erkenntnis, dass nach dem Abitur im Frühjahr 2018 die Schule endgültig vorbei sein würde. Keine Möglichkeit mehr, einen Schüleraustausch oder Ähnliches zu machen. Und der Tatsache, dass ich nicht wusste, was ich werden wollte, was ich überhaupt als Beruf ausüben konnte. Denn ich hatte gemerkt, dass mein Sehvermögen noch einmal deutlich abgenommen hatte.

Im Winter 2017/18, in dem sich alle anderen aus meinem Jahrgang auf die anstehenden Abiturprüfungen vorbereiteten, setzte ich mich zum ersten Mal bewusst mit meiner Sehbeeinträchtigung auseinander.

Aber beginnen wir auch hier etwas weiter vorne: Im Alter von neun Jahren bekam ich, nachdem ich meine erste Brille verloren hatte, eine neue Brille und bemerkte, dass ich aus der Entfernung die Schrift an der Tafel dennoch verschwommen sah. Manche Kreidefarben konnte ich darauf auch gar nicht mehr erkennen. Mein Augenarzt schickte mich zunächst aufgrund der schnellen Abnahme meiner Sehkraft mit Verdacht auf einen Gehirntumor zum MRT in ein Krankenhaus. Als das bildgebende Verfahren jedoch ohne Auffälligkeiten blieb, ging es für mich in eine nahegelegene Augenklinik, dann in die nächste Augenuniklinik und nachdem dort von drei verschiedenen Ärzten an einem Tag drei verschiedene Diagnosen gestellt wurden, schickte er mich zu einer weiteren Augenuniklinik, im Süden Deutschlands. Im Herbst 2011 stand dann die Diagnose: Verdacht auf Zapfen-Stäbchen-Dystrophie und zugleich ein so großer Sehverlust, dass ich als »schwerbehindert« galt. Ich war zu diesem Zeitpunkt elf Jahre alt und das Letzte, was ich in diesem Alter sein wollte, war, anders zu sein als die anderen. Erst recht wollte ich nicht als »behindert« gelten.

Und tatsächlich, als ich mich mit einer Tafelkamera[5] abschleppte und die erste, geliehene Version einer solchen Tafelkamera schließlich mit einem Rollwagen über den Schulhof ziehen musste, wurde ich genau deswegen gemobbt und als »behindert« bezeichnet. Für mich war daraufhin klar, ich wollte versuchen, so »normal« wie möglich zu sein. Bloß nicht auffallen, vor allem nicht negativ.

Einige Lehrer störte es, dass ich die Tafelkamera nach jedem Raumwechsel auf- und wieder abbauen musste, und so durfte ich diese in manchen Stunden nicht mehr nutzen. Irgendwann wurde es mir auch zu lästig, das später erhaltene Gerät immer in einer großen Tasche mit mir herumzutragen, und zu Beginn der achten Klasse entschloss ich mich, es einfach zu Hause zu lassen. Der mit der Kamera verbundene Laptop war durch die Vergrößerungssoftware sowieso extrem langsam und wurde von mir nicht gesondert für den Unterricht genutzt. Fortan schrieb ich bei Freundinnen die Tafelbilder ab oder notierte einfach all das, was die Lehrer an der Tafel verbal erklärten. So waren meine Noten zwar nicht herausragend, aber mir selbst ging es besser. Ich war nicht mehr die merkwürdige Außenseiterin mit dem übergroßen Hilfsmittel, sondern ging eher in der Masse der anderen Schüler unter.

Gegen Ende der achten Klasse bekam ich dann ein Tablet, mit dem ich Fotos von den Tafelbildern machen konnte, und dies wurde von allen Beteiligten akzeptiert. Zwar musste ich so oft zu Hause versuchen, im Nachhinein die Schritte bei mehrteiligen Rechnungen oder komplizierten Formeln mit dem Gesagten aus dem Unterricht in Verbindung zu bringen, aber das nahm ich gerne in Kauf. Für mich bedeutete meine Sehbeeinträchtigung von nun an primär, dass ich zu Beginn des Schuljahres die neuen Lehrer über meine Sehbeeinträchtigung informieren musste. Dafür hatte ich ein Schreiben aus der Augenuniklinik. Die Lehrer waren zum Glück alle sehr vertrauensvoll und erlaubten mir, das Tablet zum Abfotografieren der Tafelbilder zu nutzen. Im Gegenzug achtete ich selbstverständlich darauf, soweit möglich, keine Personen im Bild zu haben, und löschte die Bilder, sobald ich deren Inhalt abgeschrieben hatte. Der Nachteilsausgleich für die Klausuren wurde durch die für mich zuständige Lehrerin der Sonderschule für blinde und sehbeeinträchtigte Schüler in Frankfurt, welche ungefähr alle ein bis zwei Jahre für ein Gespräch oder den Besuch einer Unterrichtsstunde vorbeikam, geklärt. Ansonsten hatte ich in meinem Alltag wenig Berührungspunkte mit diesem Thema. Mit meinen Freundinnen nutzte ich die Vorteile, die der Schwerbehindertenausweis bei Fahrten, Schwimmbad- und Kinobesuchen mit sich brachte, und beim Geigenunterricht in der Schule wurden die Noten für mich vergrößert. Meine Flötenlehrerin hingegen war irgendwann dazu übergegangen, mit mir immer zunächst meine Stimme zu üben und mich zu begleiten, während beispielsweise meine Mutter eine der anderen Stimmen spielte, bis ich meine eigene Stimme konnte und zugleich im Ohr hatte, wie diese mit der anderen Stimme agierte. Danach konnte ich dann ohne Probleme die Stücke im Chor mitspielen, da ich mich an den anderen Stimmen orientieren und das Stück meist gut genug auswendig konnte, um die durch die Gesichtsfeldausfälle auftretenden Probleme auszugleichen.

Einmal jedoch, da war ich noch recht jung, sind wir nach dem Gottesdienst noch zu anderen Gemeindemitgliedern gefahren. Diese hatten mitbekommen, dass ich schlechter sehe, und wollten für meinen Vater[6] und mich beten. Ich war von dieser Absicht sehr überrascht und fühlte mich etwas unwohl. Obwohl ich mich damals durchaus als strenggläubig bezeichnet hätte, stieß ich an dieser Stelle an eine Grenze. Irgendwie konnte ich mir nicht vorstellen, dass durch das Gebet der Personen vor mir meine Augen tatsächlich besser werden würden.

Und auch in meinem letzten Schuljahr, als ich mich genauer mit meiner Sehbeeinträchtigung beschäftigte, stieß ich noch einmal auf diese Grenze. Wir thematisierten Wunder im Religionsunterricht. Verbunden wurde dies mit einem Bericht über den Schauspieler Samuel Koch, der nach einem Fernsehunfall querschnittsgelähmt ist. Natürlich kannte ich von klein auf die Berichte über die Wunder, die Jesus und im Anschluss auch seine Jünger wirkten. Dass Jesus Kranke heilte. Ich hatte als kleines Kind sogar ein Bilderbuch gehabt, in dem erzählt wurde, wie ein gelähmter Mann von seinen Freunden durch das Dach zu Jesus in einen vollen Raum heruntergelassen wurde und dieser dann zu ihm sagte, dass er seine Matte zusammenrollen und gehen solle. Und tatsächlich, von diesem Moment an konnte er wieder gehen. All diese Heilungen, diese Wunder Jesu, hatte ich nie angezweifelt. Und doch konnte ich mir nicht vorstellen, dass meine Augen so einfach geheilt werden könnten. Dass ein Gebet zu Gott ausreichen würde, dass ein Handauflegen mir die vollständige Sehkraft zurückgeben könnte.

Aber wie merkt man eigentlich, dass die Sehkraft abnimmt? Natürlich spielen objektiv messbare Werte eine Rolle, aber viel relevanter sind doch die Veränderungen, die man im Alltag tatsächlich bemerkt. Kurz vor dem Abitur fiel mir beim Zeitungaustragen auf, dass ich im Dunkeln Mülltonnen, Wahlplakate und ähnliche Hindernisse oft nicht mehr rechtzeitig wahrnahm und dass mein Sehvermögen allgemein nachgelassen hatte. Auf einmal genügte meine Blocklupe nicht mehr, um kleinere Beschriftungen im Biologiebuch zu erkennen, und das Lesen wurde immer anstrengender. Auch wurde mir bewusst, als ich im Deutschunterricht einen Text laut vorlesen sollte, dass ich zwar den Inhalt korrekt wiedergegeben hatte, jedoch nicht ganz in der Reihenfolge, wie es im Buch abgedruckt war. Stattdessen hatte sich mein Gehirn den Sinn der Wörter, die ich sehen konnte, zusammengereimt und es, mit entsprechenden Füllwörtern versehen, erneut zusammengesetzt.

Die Abiturprüfungen standen nun bevor und einige Lehrerinnen hatten mir bereits Vorschläge gemacht, was ich alles werden könnte. Die Vorschläge erstreckten sich von Ärztin über Buchhändlerin, Geschichtslehrerin, Psychologin bis hin zur Religionswissenschaftlerin. Als mir eine Lehrerin vorschlug, Ärztin zu werden, dachte ich sofort daran, dass es mit meinen Augen schwierig werden könnte, diesen Beruf auszuüben[7]. Und schlagartig wurde mir bewusst, dass es für meine Berufswahl auf jeden Fall entscheidend wäre zu wissen, wie es mit meiner Augenerkrankung weitergeht. Die Abnahme meiner Sehkraft machte mir mehr Angst, als ich wahrhaben wollte.

Aber Angst hat man bekanntlich vor allem vor Unbekanntem. Und so holte ich meine ganzen, bislang unbeachteten Arztunterlagen hervor, suchte im Internet nach den Erklärungen für die Fachwörter und schrieb mir all das an Informationen zusammen, was in den Arztbriefen und auf Seiten von Blindenvereinen und einer Selbsthilfeorganisation zu diesem Thema zu finden war. Die Aussichten waren ernüchternd. Laut der Seite des Selbsthilfeverbands führt meine Augenerkrankung früher oder später zur Erblindung und ist aktuell nicht therapierbar[8].

In diesem Moment fiel ich in ein tiefes Loch. Ich, als Person, der Eigenständigkeit sehr wichtig ist, werde eines Tages hilflos sein? Nichts mehr sehen, noch nicht einmal alleine verreisen und nie wieder ein Buch lesen können? In diesem Moment bereute ich es, dass ich keine sehbeeinträchtigten Freunde oder Bekannte hatte und alle außerschulischen Angebote einer Blinden- und Sehbeeinträchtigtenschule abgelehnt hatte, aus dem Gedanken heraus, dass ich mich selbst damals nicht als sehbeeinträchtigt sah.

So viele Gedanken schwirrten zu diesem Zeitpunkt in meinem Kopf herum. Bislang war mir zwar klar, dass ich keinen Autoführerschein machen könnte, auch wenn ich von Mitschülern ab und an gefragt wurde, wann ich denn mit den Fahrstunden anfinge. Nun wurde mir bewusst, wie viel mehr durch meine Sehbeeinträchtigung auf dem Spiel stand. Mein Partner würde dann nicht nur gegebenenfalls größere Einkäufe erledigen und falls man auf dem Dorf lebt, auch mögliche Kinder zu den verschiedensten Sport- oder Kulturveranstaltungen fahren müssen, auch Teile des Haushalts würden mit fortschreitendem Sehverlust an ihm hängen bleiben. Dann müsste er noch einmal Nachputzen, um sicherzustellen, dass es auch wirklich überall in der Wohnung sauber ist, er müsste kontrollieren, dass die Kleidung makellos ist, und wäre derjenige, der mit den Kindern für die Schule üben müsste. Wobei Kinder? Zapfen-Stäbchen-Dystrophie ist vererbbar, also sind Kinder vielleicht sogar ausgeschlossen? Ich bekam Angst vor der Vorstellung, dass sie mir eines Tages, wenn sie selbst in der Phase sind, wo alle anderen um sie herum den Führerschein machen oder wenn sie sich mit ihrer möglichen Sehbeeinträchtigung eines Tages auseinandersetzen müssen, Vorwürfe machen, dass ich sie in diese Situation gebracht habe. Dass es egoistisch sei, Kinder zu wollen und sie der Gefahr einer eigenen Sehbeeinträchtigung auszusetzen.

»Dunkelheit«

Noch sehe ich das Licht,
Doch schon bald bemerke ich es nicht.
Eine Welt voll Helligkeit und Farben,
Voll von Gottes wunderbaren Gaben,
Bunte Blumenmeere, dein Gesicht,
Schon bald erkenne ich es nicht.
Anstatt meine Wege klar zu sehn,
Muss ich langsam, tastend gehn.

Ich hatte gehofft, dass es ewig tagt,
Gelacht, wenn jemand nach der Zukunft fragt.
Große Pläne, eine Familie und Karriere,
Wie aber mit der Nacht als Barriere?

Die Dämmerung ist schon da,
Und die Nacht bedrohlich nah.
Meine Angst, mal groß, mal klein,
Kann es eines Tages wirklich dunkel sein?
Meine Pläne, Träume einfach fort,
Ich gefangen an einem dunklen Ort?

Kaum einer nimmt die Dämmerung wahr,
Auch dir ist es nicht wirklich klar,
Doch ich spür es mehr von Tag zu Tag,
Hadere, was die Zukunft bringen mag …

(geschrieben im Winter 2017/18)

Passend zu meinen Gedanken, wie es nach dem Abitur weitergehen sollte, hatten wir im Englischunterricht das Thema Apartheid in Südafrika, sodass mein Interesse an einem Freiwilligendienst dort geweckt worden war. Ich wollte schon, seit ich in der vierten Klasse das Buch »Sombo, das Mädchen vom Fluss« gelesen hatte, auf den afrikanischen Kontinent. Eine Zeit lang plante ich als Missionarin nach Burundi zu gehen, den Gedanken verwarf ich jedoch in der 7. Klasse, da ich es nicht befürworten kann, wenn der Zugang zu Trinkwasser, Bildung oder Ähnlichem an die Vermittlung eines fremden Glaubens geknüpft wird. Und wenn diese Tätigkeiten nicht streng von einander abgegrenzt sind und die Religion und Kultur des jeweiligen Volkes nicht respektiert werden, sehe ich es weiterhin kritisch. Natürlich kann man in die Städte und Dörfer gehen und von seinem Glauben erzählen. Man sollte allerdings ein wenig mehr auf den Heiligen Geist vertrauen, dass er schon die Menschen zu einem schickt, anstatt mit Geldern als großer »Wohltäter« im Globalen Süden aufzutreten und mit Versprechen zu versuchen, die Menschen zum vermeidlich »richtigen« Glauben zu bekehren.

Über eine kirchliche Organisation meinen Freiwilligendienst zu machen, hatte ich dadurch bereits im Voraus ausgeschlossen. Stattdessen suchte ich über »weltwärts«, einer Seite des Ministeriums für wirtschaftliche Zusammenarbeit und Entwicklung, welche die Stellenausschreibungen von verschiedenen Partnerorganisationen sammelt.

Leider hatte ich dort keine Ausschreibungen für Südafrika gefunden, die mich interessiert oder zu meinen Wünschen gepasst hätten. Stattdessen wurde ich auf einige Stellenausschreibungen einer NGO[9] für Freiwilligendienste in Ghana aufmerksam. Gefordert waren Englischkenntnisse, teils Erfahrung im Umgang mit Kindern, welche ich aufgrund meiner Arbeit als Pausenaufsicht[10], in der Schulmediathek und meiner fünf Jahre als Leitung einer Kindergottesdienstgruppe[11] vorweisen konnte. Daher entschied ich mich, nach Absprache mit meinen Eltern, mich für drei Stellen in Ghana zu bewerben. Und tatsächlich musste ich nicht lange warten. Bald darauf erhielt ich eine Nachricht – in der ich allerdings gefragt wurde, ob ich es mir nicht vielleicht auch vorstellen könnte, in das französischsprachige Nachbarland Togo zu gehen und dort in einem Bildungs- und Kommunikationszentrum in Balanka zu arbeiten. Glücklich darüber, überhaupt eine Stelle angeboten bekommen zu haben, sagte ich natürlich zu.

Wieso wurde mir vorgeschlagen nach Togo zu gehen? Das erfuhr ich ein paar Wochen später beim Telefoninterview mit einer ehemaligen Freiwilligen. Es gäbe wohl immer deutlich weniger Freiwillige mit Französischkenntnissen als mit Englischkenntnissen und da ich bei meiner Bewerbung das DELF B1[12] Zertifikat von mir mitgeschickt hatte, kam ich auch für Togo in Betracht.

Während der schriftlichen Abiturprüfungen blieb das Thema Freiwilligendienst etwas liegen, bis ich im Mai zu dem Vorbereitungsseminar in der Nähe von Göttingen fuhr. Dort traf ich andere zukünftige Freiwillige und lernte mit ihnen von ehemaligen Freiwilligen und Gästen über Rassismus und wie man diesem entgegenwirken kann, Vorurteile und die »Rolle der Freiwilligen«. Zudem sprachen wir über Wirtschaft, Nachhaltigkeit und konnten uns mit Süd-Nord-Freiwilligen[13] austauschen, die zu dieser Zeit einen Freiwilligendienst in Deutschland absolvierten. Die Erzählungen einer Süd-Nord-Freiwilligen aus Balanka, welche mir von ihren Rassismuserfahrungen in Berlin berichtete, schockierten mich. Besonders, nachdem ich selbst während des Jahres erlebte, wie herzlich und freundlich die Menschen in Balanka mir begegnet sind.

Wir bekamen natürlich auch praktische Tipps bezüglich einer Reiseapotheke, Gepäck und Gesundheit sowie vielem mehr. Ich denke noch gerne an diese Zeit zurück, da es eine schöne Erfahrung war, die Tage mit so aufgeschlossenen und interessanten Personen zu verbringen.

Am Tag der Rückfahrt erhielt ich eine Nachricht von Koko, der Frau, für dessen Verein ich in Balanka tätig sein würde. Sie lud mich zu einem Vorbereitungs-Treffen mit den ehemaligen Balanka-Freiwilligen nach Potsdam ein. Auch die Handynummer der zweiten Freiwilligen, welche mit mir nach Togo fliegen und in dem Bildungszentrum arbeiten würde, hatte sie mitgeschickt.

In den nächsten Tagen lernte ich für die mündlichen Abiturprüfungen in Deutsch und Geschichte. Während meiner Deutschprüfung erhielt ich in Abwesenheit einen Anruf. Nach der Prüfung, als ich zurückrief, wurde mir mitgeteilt, dass meine Mitfreiwillige nun doch nicht am Freiwilligendienst teilnehmen würde. Das erklärte auch, wieso sie bisher auf meine Nachricht nicht reagiert hatte.

Trotz eines kleinen Schocks sagte ich zu, dass ich in Balanka bleiben wolle, auch alleine.

Während ich die notwendigen Schutzimpfungen durchführen ließ, mit meinen Großeltern die letzen Male vor dem Abflug ins Theater ging und mit Nebenjobs das Geld für das Einreisevisum, die Aufenthaltsgenehmigung und die Impfungen verdiente, lernte ich zudem den Umgang mit dem Blindenlangstock, auch als Absicherung für die Zeit in Togo. Inzwischen hatte ich mich mit dem gesetzlich blinden[14] Influencer »Mr. BlindLife« in Kontakt gesetzt, welcher mich immer wieder ermutigte, den Freiwilligendienst in Togo anzutreten.

Seine Videos hatte ich entdeckt, als ich über das Leben von blinden und sehbeeinträchtigten Menschen in Deutschland recherchierte, und so schrieb ich ihn eines abends, nach meinen schriftlichen Abiturprüfungen, als er auf den sozialen Medien eine Story zu »dunklen Momenten« teilte, spontan an. Ich schickte ihm unter anderem das Gedicht, welches ich in einem meiner dunklen Momente geschrieben hatte, und fragte ihn, ob ich als sehbeeinträchtigte Person denn auch einen Langstock nutzen dürfe, obwohl ich ja nicht vollständig blind sei[15]. Dabei erwähnte ich auch, dass ich diesen gerne zur Absicherung während meines Freiwilligendienstes dabei hätte. Was sich aus dieser Nachricht zu einer späten Stunde entwickeln würde, ahnte ich zu diesem Zeitpunkt allerdings noch nicht.

Nach einigen Tagen, in denen ich es bereits bitter bereut hatte, ihm überhaupt eine Nachricht und insbesondere das Gedicht geschickt zu haben, antwortete er mir und recht schnell wechselten wir zu einem Messengerdienst, schickten immer längere Sprachnachrichten und fingen an, irgendwann immer öfter miteinander zu telefonieren. Wir trafen uns Ende April auf einer Hilfsmittelmesse[16], wo ich noch andere Personen kennenlernte, die ebenfalls schlecht sahen, und ermutigt wurde, ein Mobilitätstraining zu machen. Auf dieser Messe war ich zum ersten Mal im Leben nicht die »Außenseiterin«, auf die andere besondere Rücksicht nahmen, weil ich schlecht sah. Hier liefen fast alle mit Führhund, Langstock oder einem Monukular in der Hand herum, es gab Leitstreifen auf dem Boden, große Schilder und Texte, die auch in Brailleschrift vorhanden waren. An Ständen stellten die unterschiedlichsten Hilfsmittelfirmen ihre Produkte vor, welche man direkt austesten konnte, an anderen Ständen präsentierten sich verschiedene Selbsthilfeorganisationen und sogar ein Reiseanbieter war dabei, welcher Touren für Menschen mit und ohne visuellen Beeinträchtigungen anbietet. Auf den Reisen bilden dann immer eine gut sehende und eine sehbeeinträchtigte beziehungsweise blinde Person ein Team und helfen sich, falls nötig. Auch bei Stadtführungen werde beispielsweise darauf geachtet, dass mehr beschrieben wird und die Orte auch mit den anderen Sinnen erkundet werden können. Dabei zahlen die sehenden Reisenden etwas weniger und die blinden und sehbeeinträchtigten Reisenden etwas mehr. Hierbei muss ich noch einmal meinen Hut vor der Dame an diesem Stand ziehen, die auch auf sehr, sagen wir »interessante« Fragen äußerst humorvoll und kompetent geantwortet hat. Die Frage einer Person aus der Gruppe, mit der ich später unterwegs war, ob dort denn auch eine Art »Frauentausch« stattfinden könne, wenn er mit seiner sehenden Frau an einer solchen Reise teilnehmen würde, bringt uns noch heute zum Schmunzeln. Nur eines enttäuschte mich gewaltig: der Vortrag zu Chancen von Menschen mit Beeinträchtigung auf dem ersten Arbeitsmarkt.

Ich war auf diesen Vortrag besonders gespannt gewesen, weil ich hoffte, dadurch vielleicht Anregungen für meine eigene Berufswahl zu finden. Deshalb antwortete ich auch, als Erdin, der Influencer, mich fragte, wo wir uns am besten treffen, dass ich erst nach dem Vortrag zu ihm stoßen würde. Ich hatte ihn auf der Messe zwar schon erkannt und war mehrfach an ihm vorbeigegangen, hatte aber noch nicht den Mut gehabt, ihn anzusprechen, weil er stets mit anderen Personen im Gespräch war und ich dort nicht stören wollte. Leider entmutigte der besuchte Vortrag lediglich. Es wurde erklärt, wie schwer es sei, auf den ersten Arbeitsmarkt zu kommen, dass immer noch eine Mehrheit von Menschen mit Beeinträchtigungen in einer WfbM[17] arbeiten würden und die Chancen sehr schlecht seien, jemals aus einer solchen Einrichtung auf den ersten Arbeitsmarkt zu kommen. Ich war ernüchtert. Wieso sollte es mir, im Gegensatz zu meinen Mitschülern, nicht möglich sein, zu studieren und ebenfalls auf dem ersten Arbeitsmarkt tätig zu sein? Ich war doch auch in der Schule gut genug, um mit den anderen mitzuhalten. Wieso sollte ich also anfangen in einer Werkstatt zu arbeiten oder eine, speziell auf sehbeeinträchtigte und blinde angepasste Berufsausbildung machen? Nein, ich schaffe es auf den ersten Arbeitsmarkt!

Rückblickend weiß ich, dass blinden- oder sehbehindertenspezifische Ausbildungsangebote selbstverständlich auch ihre Vorteile haben und nicht jede blinde oder sehbeeinträchtigte Person meine damalige Einstellung teilt. Natürlich können Berufsbildungswerke, die auf sehbeeinträchtigte Personen eingestellt sind, eine große Erleichterung für diese darstellen. Es nimmt einem den möglichen Mehraufwand, sich sein Lernmaterial selbst barrierefrei gestalten zu müssen, und entlastet dadurch sehr. Zudem werden vielleicht Techniken beigebracht, um seine Beeinträchtigung im Berufsalltag auszugleichen, auf die ich so selbst kommen müsste. Dennoch hätte ich mir zu diesem Zeitpunkt einfach gewünscht, neben den eher ernüchternden Zahlen auch ein positives Beispiel zu hören. Eine Person, die mit Sehbeeinträchtigung oder Blindheit auf dem ersten Arbeitsmarkt arbeitet. Denn davon gibt es gar nicht so wenige, wie ich inzwischen weiß. Sie finden bloß zu wenig Beachtung, werden zu wenig in den Medien dargestellt. Eine einzige Person bei diesem Vortrag hätte mich ermuntern können, hätte zeigen können, dass das Schicksal als sehbeeinträchtigte Person eben nicht vorgefertigt ist, sondern dass man mit etwas mehr Arbeit auch einen tollen Beruf auf dem ersten Arbeitsmarkt ausüben kann. In diesem Moment war ich froh, auf einer Regelschule zu sein. Nicht so tief in dem Parallelsystem der Sonderschulen festzustecken, als dass der Weg für mich ohne einen weiteren Gedanken, auf Empfehlung der Lehrkräfte hin, in die nächste »Sondereinrichtung« geführt hätte.

Nach dem Vortrag schrieb ich Erdin und fragte, wo er sich inzwischen befindet. Wir verabredeten, dass wir uns eine Etage höher in einer Art Cafeteria treffen würden, wo er sich bereits mit ein paar anderen Zuschauern befand. Oben angekommen stand er schon beim Eingang und wartete auf mich. Recht schüchtern grüßte ich ihn. Er war ungefähr so groß wie ich, trug ein schwarzes T-shirt mit der Aufschrift »BlindLIFE« und eine beige Hose. Sein dunkles, volles Haar trug er kurz und er hatte eine schmale, längliche Tasche umgehängt. Er fragte, ob es okay wäre, mich zu umarmen, und ich stimmte, entgegen sonstiger Gewohnheit, zu.

Gemeinsam gingen wir zu der Gruppe, bestehend aus zwei Männern mittleren Alters und einer etwas jüngeren Frau. Ich hielt sie zunächst für Erdins Freundin, bis er uns miteinander bekannt gemacht hatte, und erwähnte, dass er uns alle heute zum erstem Mal traf. Nachdem die anderen aufgegessen hatten, gingen wir als Gruppe ein wenig ziellos zwischen den Ständen umher. Erdin versuchte sich für uns alle Zeit zu nehmen und drehte zwischendurch noch einzelne Videos über Hilfsmittel an verschiedenen Ständen. Es war spannend zu sehen, wie unterschiedlich alleine wir in der Gruppe sahen und wie wenig sich das reelle Sehvermögen an den Werten messen lassen konnte. Als sich der Tag dem Abend zuneigte, beschlossen wir zusammen noch etwas essen zu gehen und stellten bei der Suche in der Frankfurter Innenstadt fest, dass es als Gruppe von sehbeeinträchtigten und blinden Personen etwas schwieriger ist, wenn niemand in diesem Bereich der

Stadt ortskundig ist. Letztendlich fanden wir einen Dönerladen und konnten den Abend schön ausklingen lassen, bevor es für uns alle wieder in die unterschiedlichsten Teile Deutschlands ging.

Zudem war ich am Tag vor der Messe in der Augenuniklinik meines Vertrauens und hatte erfahren, dass ich mit einer neuen Brille aktuell noch rund zehn Prozent mit dem besseren Auge sah. Mir war es sehr wichtig gewesen, vor dem Jahr in Togo noch einmal zur Kontrolle dort hinzufahren. Ich erhoffte mir genauere Informationen und Prognosen bezüglich meiner Erkrankung, zudem wollte ich wissen, ob der Verdacht auf Zapfen-Stäbchen-Dystrophie sich auch jetzt noch immer bewahrheitete. All dies ist schließlich wichtig, um zu entscheiden, welchen Beruf man wählt und wie man sein Leben gegebenenfalls plant.

Vor Ort wurde mir im Anschluss an die üblichen Untersuchungen Blut für eine Gendiagnostik abgenommen, auch wenn viele Auslöser der Zapfen-Stäbchen-Dystrophie noch gar nicht bekannt sind. Auf eine Prognose, wie sich mein Sehvermögen entwickelt, wollte sich der Arzt nicht festlegen. Ich war also ungefähr so klug wie zuvor, hoffte allerdings, dass die Ergebnisse der Gendiagnostik, welche in ungefähr vier Monaten zu erwarten wären, mir weiterhelfen würden.

In der Zwischenzeit kümmerte mich um eine neue Brille und bat meinen Augenarzt um das Rezept für einen Langstock und ein Mobilitätstraining. Während ich zwar das Rezept ohne Probleme erhielt, erwies sich die Suche nach einem Mobilitätstrainer als deutlich schwieriger. Viele waren bereits bis ins Folgejahr ausgebucht. Doch ich hatte Glück und es fand sich eine Mobilitätstrainerin, welche mir in Heidelberg den Umgang mit dem Langstock beibringen konnte. Das war auch für mich von Vorteil, denn ich wollte auf keinen Fall von Personen, die ich kenne, mit Langstock gesehen werden. Noch war ich längst nicht bereit dafür, offen mit meiner Sehbeeinträchtigung umzugehen.

Die ersten Stunden Mobilitätstraining hatte ich tagsüber, ich lernte zunächst, mit dem Langstock auf dem Boden vor mir gleichmäßig, etwa schulterbreit zu pendeln. Danach ging es dann vom Bahnhofsparkplatz in die Innenstadt. Das erste Mal mit einem Langstock Bus fahren und sich zu trauen, beim Busfahrer nach der Linie zu fragen, war mir recht unangenehm. »Jetzt denkt jede Person, die uns sieht, dass ich vollkommen blind bin, dabei sehe ich doch noch was«, so mein Gedankenkarussel. Ich, die am liebsten in der Menge unterging und sich jahrelang geweigert hat, sich auch nur mit der eigenen Sehbeeinträchtigung auseinanderzusetzen, war nun offen nicht nur als sehbeeinträchtigt, sondern für die meisten fälschlicherweise sogar als blind zu erkennen. Denn natürlich fällt man mit Langstock im Alltag auf, Personen ziehen ihre Kinder oder Hunde aus dem Weg und schauen einem gegebenenfalls kurz hinterher. Doch sosehr ich mich innerlich unwohl fühlte, es hatte auch Vorteile. Ich fühlte mich mit Langstock sicherer, insbesondere wenn ich aufgrund der Sonne eine Sonnenbrille trug und so in schattigen Bereichen dafür nichts mehr sah.

Auch lernte ich, wie man sich bei Straßen ohne akustischen Übergang an den Autos orientiert, und hatte dabei einen kleinen Zwischenfall mit einem Auto an einem Zebrastreifen, dessen Fahrer meinte, mir statt per Sprache, einfach mal mit einer Handgeste zu verstehen zu geben, dass er mich vorlassen würde. Das erzählte mir jedenfalls später meine Trainerin, die das Ganze aus ein paar Metern Entfernung beobachtet hatte. Als ob der Langstock nicht Kennzeichen genug ist, dass meine Augen vielleicht etwas schlechter sind als andere. Bei den nächtlichen Einheiten bewahrte mich der Langstock davor, in Caféstühle zu laufen, und meine Trainerin zeigte mir die Nutzung auf verschiedenen Untergründen. Besonders gut gefiel mir, dass sie darauf achtete, dass wir zugleich meinen Sehrest mit einbanden, ich also lernte auf beides zugleich zu vertrauen.

Am Wochenende, bevor ich als Betreuerin bei den Ferienspielen in der Nachbarstadt aushalf, fuhr ich nach Potsdam. Noch halb krank von einer Grippe nach dem Abiball, doch unglaublich gespannt auf alles, was ich an diesem Wochenende über Balanka hören würde. Dort lernte ich ehemalige Freiwillige sowie Koko Affo Tenin, die Gründerin des Vereins »Bildung für Balanka e.V.« kennen und meine Vorfreude stieg erneut, weil mir viel Interessantes über die Einsatzstelle in Balanka erzählt wurde[18]. Spontan holte ich von einer früheren Freiwilligen noch zwei gespendete Laptops für die Bibliothek in Balanka ab und nahm auf der Rückfahrt an einer Demo in Berlin gegen die Abholzung eines größeren Waldgebiets teil.

In einem Buch, das meine Mutter mir geschenkt hatte, wurde von einer früheren Freiwilligen in Togo erzählt, welche teils als Unterrichtsbegleiterin für blinde und sehbeeinträchtigte Schüler gearbeitet hatte. Dies weckte mein Interesse und ich setzte mir zum Ziel, diese Schule zu besuchen, um zu erfahren, wie blinde und sehbeeinträchtigte Menschen in Togo leben.

Dieses Interesse wurde natürlich auch durch meinen Freund geprägt. »Mein Freund«, Worte die für mich noch ganz neu waren, als ich nach Togo geflogen bin. Schließlich waren wir erst zwei Wochen vor dem

Abflug offiziell zusammengekommen und ich hatte ihn, abgesehen von der Hilfsmittelmesse, erst zwei Mal privat getroffen.

Erdin und ich hatten uns von Anfang an gut verstanden, konnten stundenlang über die verschiedensten Themen reden und irgendwann wurde mir bewusst, dass wir so eng in Kontakt standen, dass es nur angemessen wäre, den Kontakt abzubrechen, sollte jemand von uns eines Tages in einer Beziehung sein. Auf dem Vorbereitungsseminar hatte ich noch Mitgefühl mit denen, die ihren Freund oder ihre Freundin für ein Jahr nicht sehen würden.

Und dann fuhr ich Ende Juli für ein Wochenende nach Hamburg, um Erdin noch einmal vor der Abreise zu sehen. Sehr naiv? Vielleicht. Immerhin hatte ich einer Freundin seine Adresse geschickt und vereinbart, dass ich mich regelmäßig bei ihr meldete, damit sie wusste, dass alles gut war. Bereits die Hinfahrt war chaotisch. Ich wollte, um Geld zu sparen, mit dem ÖPNV[19] fahren[20] und stieg in Frankfurt statt in die Regionalbahn nach Kassel in eine S-Bahn ins Nirgendwo. Die Gleisänderung wurde nicht durchgesagt, ich konnte die Anschrift an der Anzeige und auch an der Bahn selbst nicht lesen und beide Züge waren leider rot, sodass mir der Fehler erst nach einiger Zeit auffiel. Mit zwei Stunden Verspätung kam ich schließlich in Hamburg an, ganz nervös, ob auch alles gut gehen würde. Aber natürlich lief ich erst einmal genau in die falsche Richtung, sodass ich bei den Rolltreppen auf der entgegengesetzten Seite nach Erdin Ausschau hielt. Glücklicherweise kennt er sich am Hamburger Hauptbahnhof aus und so fand er mich recht schnell. Das Miteinander fühlte sich von Anfang an vertraut an.

Wir aßen etwas in Bahnhofsnähe, fuhren danach zu ihm und abends machten wir noch einen Spaziergang an der Binnenalster, da für diesen Tag ein sogenannter »Blutmond« angekündigt war. Zusammen besuchten wir am nächsten Tag eine Ausstellung, ich lernte ein paar seiner Arbeitskollegen kennen, als er mir die im selben Haus befindliche Ausstellung zeigte, in welcher er arbeitete, und zusammen ging es im Regen zum Hafen, einem absoluten Lieblingsort von uns beiden. Schon diesen Weg legten wir, beieinander eingehakt zurück, schließlich sahen wir beide ja nicht so gut. Bei einer Schifffahrt im Hafen legte er dann irgendwann seinen Arm um meine Schulter und nach einem kurzen Zögern rutschte ich ein wenig enger an ihn. Schmetterlinge flatterten in meinem Körper und der Moment kam mir fast unwirklich vor. Bei Wellengang und leichtem Regen auf einem fast leeren Barkassenboot im Hafen, mit einem so wunderbaren Mann, mit dem ich nicht nur den geistigen Austausch ungemein schätzte, sondern in dessen Anwesenheit ich mich auch sehr wohlfühlte. Händchenhaltend gingen wir die Landungsbrücken entlang, aßen zusammen zu Abend und fuhren nach einem kleinen Abstecher zu Hause noch einmal los, zum Dom.

Nachdem sich meine anfänglich Verwirrung gelegt hatte und ich realisierte, dass der Hamburger Dom kein religiöses Bauwerk, sondern ein Jahrmarkt war und wir in der Menschenmenge, zwischen Fahrgeschäften, Essenständen und Schießbuden eingetaucht waren, suchten wir uns einen Weg in Richtung des Riesenrades. Zwar hatten wir beide Höhenangst, aber dennoch erhofften wir uns in der lauen Abendstimmung einen schönen Ausblick über die hell erleuchtete Stadt. Auch hier ließen wir uns nicht los, alleine um uns in dem Trubel um uns herum nicht zu verlieren.

Am nächsten Morgen packte ich meinen Rucksack und ließ mich von Erdins Begeisterung anstecken, als er mir Bilder und Videos vom traditionellen Taekwon-Do zeigte, einer Kampfkunst, die er bereits seit Jahren ausübte. Wir saßen zusammen auf dem Sofa, konnten kaum aufhören zu reden und so verschob sich meine Rückreise immer weiter nach hinten. Schließlich nahm ich gegen Mittag den letzten Zug, mit dem ich nach einigen Umstiegen in Frankfurt noch den letzten Zug in die Nachbarstadt bekommen würde.

In Frankfurt angekommen, gab es leider Probleme, sodass mein Zug dort nicht mehr fuhr und ich zunächst mit einem Umweg in Darmstadt ankam. Dort rannte ich zur entsprechenden Bushaltestelle und entnahm dem Plan erleichtert, dass in ungefähr einer Stunde noch ein Bus kommen würde. Also schrieb ich meiner Mutter, dass ich in einer Stunde den Bus nehmen würde und sie bereits schlafen gehen könne. Ich setzte mich in das hell erleuchtete Bahnhofsgebäude und lief extra bereits zwanzig Minuten vor der Abfahrt zur Bushaltestelle, um den Bus auf keinen Fall zu verpassen. Doch der Bus kam nicht. Nach geraumer Zeit beschloss ich nochmals einen Blick auf den Plan zu werfen. Ich zoomte mit der Kamerafunktion meines Smartphones an den Text heran, der mit dem Blitz mehr oder minder ausgeleuchtet wurde. Nach genauerem Hinsehen erkannte ich ein kleines Symbol und musste feststellen, dass der Bus nur zu ausgewählten Tagen um diese Uhrzeit fuhr. Meine Mutter war nicht mehr zu erreichen und daher verbrachte ich die Nacht im Bahnhofsgebäude, darauf bedacht, nicht einzuschlafen. Erdin blieb mit mir wach, bis ich morgens wohlbehalten in den ersten Bus in Richtung Dorf steigen konnte.

Noch hatten wir das Thema Beziehung nicht angesprochen und doch stand es unausgesprochen zwischen uns im Raum. Recht schnell war vereinbart, dass wir uns noch einmal treffen würden, bevor es für mich nach Togo ging. Er war es, der den ersten Schritt machte, zugleich aber auch seine Sorgen bezüglich des Altersunterschieds äußerte. Mit diesem Punkt hatte ich weniger Probleme. Wahrscheinlich würde nicht jede Person in unserem Umfeld es positiv auffassen, wenn wir zusammen wären, dennoch schätzte ich all das zwischen uns so viel mehr, als dass das Grund genug wäre, nicht zusammen zu sein. Für uns beide passte es so, wie es war. Ich war verglichen zu anderen Personen in meinem Alter vielleicht etwas reifer, gewohnt, Verantwortung für sich selbst und andere zu übernehmen und in manchen Punkten vielleicht ein wenig unabhängiger als andere.

Unser zweites Wiedersehen Ende August war noch schöner. Wir verbrachten fast eine Woche miteinander, machten Ausflüge, kochten zusammen und lernten uns noch besser kennen.

Doch zugleich stand uns nun ein Jahr bevor, in dem wir uns gar nicht sehen würden. Würde unsere Beziehung das überstehen? Was wäre, wenn er währenddessen jemand kennenlernte, der besser aussah, klüger und sympathischer war als ich?

Genau aus diesen Gedanken heraus und in Anbetracht dessen, dass er zu diesem Zeitpunkt bereits zweiunddreißig Jahre alt war, sagte ich vor dem Abflug zu ihm, dass er nicht bis zu meiner Rückkehr warten solle, wenn er eine Frau finde, bei der er sicher sei, dass er mit ihr sein Leben verbringen möchte. Dass ich dann Verständnis dafür hätte und eine solche Entscheidung respektieren würde. Dass er in so einem Falle einfach anrufen und es mir sagen solle.

Und tatsächlich hätte ich dafür Verständnis gehabt, denn in seinem Alter sollte man sich eine solche Chance nicht aus Rücksichtnahme auf mich vertun. Schließlich war ich erst achtzehn Jahre alt und es würde Jahre dauern, bis ich mit ihm die Schritte hinsichtlich Familie oder gemeinsamer Wohnung gehen könnte, die einer Frau in seinem Alter bereits zu diesem Zeitpunkt möglich wären.

Trotz Anspielungen Dritter, dass ich sicherlich einen jungen Mann in Togo kennenlernen würde[21], war ich überzeugt davon, dass Erdin der Mann war, mit dem ich zusammen sein wollte, auch nach meiner Rückkehr aus Togo. Sowohl er als auch ich waren uns einig, dass eine Beziehung sinnlos wäre, wenn man sich nicht eine Zukunft miteinander vorstellen könnte.

3. Die ersten drei Wochen und das erste Mal Malaria

Doch nun zurück zu den ersten Wochen in Togo. Was wir am Abend unserer Ankunft in Lomé noch nicht gesehen hatten, war die Umgebung des mehrstöckigen Hauses, in dem wir die erste Woche verbrachten. Wir wurden von den restlichen Mitgliedern der Partnerorganisation herzlich empfangen und sogleich bildeten wir eine Menschenkette, sodass wir das Gepäck, was vom Dach des Kleinbusses abgeladen wurde, von einer Person entgegennahmen und an die nächste weiterreichten. Wir verteilten uns auf die Zimmer und recht schnell gab es dann auch schon Abendessen, bestehend aus dicken Spaghetti und einer Soße mit Gemüse und Fisch. Naiv, wie wir waren, und weil wir keine Haken in der Decke gefunden hatten, beschlossen wir, nachts zunächst auf die Mückennetze zu verzichten. Ich teilte mir ein Zimmer, das mit einem großen Bett ausgestattet war, mit zwei anderen Mitfreiwilligen. Zudem befand sich eine große Matte im Zimmer. Hinter einer spiegelnden Schiebetür verbarg sich ein Bad, mit Waschbecken, Toilette sowie einem fest an der Wand angebrachten Duschkopf.

Zum Frühstück gab es längliche Brote, von der Form ähnlich wie ein Baguette, und Margarine sowie Marmelade zum Bestreichen. Während es morgens heißes Wasser mit wahlweise einem Teebeutel oder Kakaopulver sowie Kondensmilch gab, hatten wir mittags und abends Wassersäckchen, sogenannte Sachets, aus denen wir tranken. Jedes Säckchen enthielt einen halben Liter Wasser. Um daraus zu trinken, bissen wir in eine der Ecken des Sachets und tranken dann aus der entstandenen Öffnung. An das Essen mussten wir uns im Bezug auf

Schärfe und den ständigen Fischgeschmack zunächst gewöhnen, es war jedoch gut, reichhaltig und lecker. Gegessen wurde im Hof des Hauses auf großen Matten, was eine sehr schöne Erfahrung und gute Vorbereitung auf den Alltag in Balanka war.

Die Straße rund um das gemietete Haus in Lomé war nicht geteert und wir wurden von den Kindern aus den umliegenden Häusern neugierig angestarrt, sobald wir auf dem Hof der Unterkunft waren oder durch das Tor auf die Straße traten. Wir nutzten die Freizeit, um ersten Kontakt zu ihnen auf der Straße zu knüpfen, und spielten Spiele wie Käsekästchen oder Klatschspiele. Eine neue Erfahrung war für mich dabei, dass ich die Wege im Haus tatsächlich bewusst erlernen musste, um mich orientieren zu können und einzelne Stufen im Treppenhaus nicht zu übersehen. Auch bei Kartenspielen am Abend hielt ich mich meist im Hintergrund, da ich die Spielkarten in der Dämmerung farblich nicht mehr unterscheiden konnte. Es mag nach Kleinigkeiten klingen, für mich war es jedoch erschreckend, zu realisieren, wie wenig ich nur noch sehe. Während mein Gehirn in der mir vertrauten Umgebung aus Erinnerungen und den visuellen Wahrnehmungen ein meist recht stimmiges Bild zusammensetzt, welches von mir visuell als »scharfes« Bild wahrgenommen wird, wirkte hier alles auf einmal sehr vage, sehr verschwommen auf mich. Aber auch an dieser Stelle war mir mein Freund eine große Hilfe sowie ein Buch, welches er mir vor dem Abflug geschenkt hatte. Es war die Biographie eines fast blinden Mannes, welcher spannende Höhen und Tiefen in seinem Leben überwunden hat.

In der Woche in Lomé hatten wir uns um unser Arbeitsvisum bemüht, wobei mir, da die Schrift der Formulare oft sehr klein und meine Lupe zu schwach war, andere Freiwillige zugeflüstert hatten, was dort stand, damit ich die Formulare ohne weitere Probleme bzw. Verzögerungen ausfüllen konnte. Die Partnerorganisation hatte sich zudem um Telefonkarten für uns gekümmert, welche wir während des Jahres an zahlreichen Ständen in ganz Togo nach Bedarf aufladen konnten. Und weil man in Togo mit Euros nicht weit kommt, wurde zugleich das erste Geld in die Währung CFA[22] umgetauscht. Diese Währung ist in insgesamt acht Ländern in Westafrika gültig (u. a. Benin, Togo und Côte d'Ivoire), ein Euro entsprach ungefähr dem Wert von 650 CFA.

Mit den Handykarten und unserem ersten Guthaben waren wir nicht mehr auf den meist überlasteten Hotspot, den uns einer der Mitarbeiter der Partnerorganisation zuvor teils zur Verfügung gestellt hatte, angewiesen und ich konnte erstmals in Ruhe mit Erdin, meinen Freundinnen und Familie schreiben. Telefonieren war schwierig, da wir so viele Menschen an einem Ort waren und man sich schlecht zurückziehen konnte. Dennoch schickte Erdin mir lange Sprachnachrichten über seine Dienstreise und aus seinem Alltag, die mir immer ein Lächeln auf die Lippen zauberten. Nur langsam wurde uns bewusst, dass wir uns nun wohl tatsächlich ein Jahr lang nicht sehen würden. Und doch hatte ich, obwohl wir uns lediglich drei Mal vor meinem Abflug überhaupt in Person gesehen hatten, ein unglaublich großes Vertrauen in unsere Beziehung und empfand schon damals eine Liebe für ihn, wie ich es noch nie für eine Person verspürt habe.

Meine beste Freundin fragte mich in dieser ersten Woche, wie es denn in Togo sei, ob ich Kinderarbeit und Armut wahrgenommen hätte. Darauf fiel es mir unglaublich schwer, zu antworten. Weil ich noch viel zu sehr dabei war, selbst zu lernen, alles um mich herum richtig einzuordnen. Und so konnte ich ihr darauf keine Antwort geben, sondern nur versuchen, ihr das zu beschreiben, was die Partnerorganisation erklärt hatte. Laut ihnen seinen die Kinder, die am Straßenrand Waren verkauften, meist Schulkinder die sich in den Sommerferien etwas dazuverdienen würden.

Wir besuchten in der ersten Woche den Grand Marché, einen riesigen Markt auf dem man wirklich alles findet, ein Voodoo-Festival an der Grenze zum Nachbarland Benin und einen Privatstrand mit hohem Wellengang, wo das Schwimmen nahezu unmöglich war. Auch ein Besuch am »Lac du Togo« und in Togoville, wo damals der Vertrag mit der Deutschen Kolonialmacht unterzeichnet wurde, war sehr interessant. Wir bekamen an diesem Tag alle T-Shirts mit dem Logo der Partnerorganisation und fuhren mit dem Kleinbus der Partnerorganisation in die Nähe des »Lac du Togo«. Dort stiegen wir dann in ein längliches Boot aus Holz und wurden von dem Fahrer mit einem langen Holzstock, den er ähnlich wie die Gondoliere in Venedig immer wieder ins Wasser stieß, über den See gefahren. Mehrfach kamen wir unterwegs an markierten Stellen vorbei, an denen einzelne Stränge unter Wasser führten, welche dem Fischfang dienten.

Am anderen Ufer angekommen, wurde uns zunächst erklärt, dass bereits der Papst Johannes Paul II Togoville besucht hatte. Kurz hinter dem Holzsteg kamen wir, nachdem wir an einigen Ziegen vorbei einen schmalen Weg entlang gegangen waren, zu mehreren kleineren, runden Häusern. Wir sahen die Statuen zweier Männer, welche den König M'Lapa II von Togoville[23] sowie den deutschen »Afrikaforscher«[24] Gustav Nachtigal darstellen, während sie im Jahr 1884 den sogenannten »Protektionsvertrag« schlossen, der zugleich den Grundstein für die wirtschaftliche und körperliche Ausbeutung der Einwohner Togos durch Deutschland bis in das Jahr 1914 legte[25].

Zudem besuchten wir die etwas oberhalb gelegene »Notre Dame du Lac Togo«, eine gelb-weiß gestrichene Kathedrale, und den Marienschrein, welcher sich daneben befand. Vorbei an einigen hölzernen Verkaufsständen und einem Brunnen ging es dann auf einer geraden Lehmstraße zum Denkmal der togolesisch-deutschen Freundschaft. Dies stellt zwei Frauen, welche sich an der Hand halten und diese nach oben strecken, auf dem Rücken eines Vogels dar. Laut der Partnerorganisation soll eine der Frauen »europäische« und die andere »afrikanische« Gesichtszüge haben. Wir wurden aufgefordert, zu erraten, welche der Frauen wohl Togolesin und welche Deutsche sei, eine Aufgabe, bei der ich mich nicht beteiligen konnte, denn selbst jetzt kann ich auf den damals von mir gemachten Bildern noch nicht erkennen, welche Frau wohl welcher Nationalität angehört. Aber das mag auch einfach daran liegen, dass mir aufgrund meiner Sehbeeinträchtigung der Kontrast bei den Holzstatuen zu gering ist, um mehr als nur die Umrisse zu erkennen. Etwas, was mich in dieser ersten Woche in Togo ein wenig schockierte, als ich feststellte, dass ich mit erschöpften Augen die Bilder auf dem Handy nur noch verschwommen sah. Das ging so weit, dass ich eine Mitfreiwillige fragte, ob die Bilder auf meinem Handy auch für sie verschwommen erscheinen würden, da ich annahm, dass vielleicht einfach die Handkamera meines Smartphones beschädigt worden sei.

Aber zurück zum Geschehen vor dem Denkmal. Wir machten ein Gruppenfoto davor und gingen den Weg zurück. Es wurde erwähnt, dass hier die Religion »Voodoo« noch sehr verbreitet ist. An einem der Stände kaufte eine der Mitarbeitenden der Partnerorganisation eine frische Kokosnuss und Zuckerrohr. Das helle Innere des Zuckerrohrs wurde, unter den interessierten Blicken von uns Freiwilligen, mit einer

Machete von der dunklen Schale getrennt und in kleine, ca. 5 cm lange Stücke geschnitten. Die Kokosnuss war außen grün und wurde ebenfalls von einem Teil der dicken, noch weicheren Schale befreit. Dann wurde eine Art Kappe abgeschnitten und die Kokosnuss unter uns Freiwilligen herumgegeben. Das Kokoswasser war erfrischend und gestärkt gingen wir zum Steg zurück. Auf der Überfahrt wurde dann auch die Plastiktüte mit dem Zuckerrohr geöffnet und herumgereicht. Das helle Innere des Zuckerrohrs war süß und sehr faserig, sodass es fast eine Art natürlicher Kaugummi war.

Wieder auf der anderen Seite angekommen, sprangen wir nacheinander aus dem Boot und liefen den steilen, mit Bäumen bewachsenen Hang hinauf. Das Mittagessen war bereits am Morgen vor der Abfahrt vorbereitet worden, sodass wir nur noch die Plastikteller[26], Besteck und den großen Metallkessel, in dem das Essen gekocht worden war, aus dem Kleinbus holen mussten. Ein Picknick der anderen Art, mit einem tollen Seeblick.

Zum Abschluss des Tages ging es noch in Richtung Strand, in eine Bar. Dort gab es Youki[27] in verschiedenen Geschmacksrichtungen sowie einige andere Getränke in großen Glasflaschen. Gegenüber lagen einige Fischerboote aus Holz am Steg, aus denen gerade die letzten gefangenen Fische des Tages herausgeholt wurden. Nach wenigen Metern endete der Weg und wurde von Felsen abgelöst, welche ins Meer hineinragten. Wir nutzten die Gelegenheit für einige Fotos. Rechts von den Felsen erstreckte sich ein langer, mit Palmen gesäumter Strand. Bedingt durch den Wind herrschte jedoch ein besonders hoher Wellengang, sodass niemand auf die Idee kam, spontan eine Runde ins Wasser zu gehen.

Da wir während der ganzen Woche keine Themen, die inhaltlich für den Freiwilligendienst relevant waren, behandelt hatten und in der großen Gruppe natürlich aufgefallen waren, hatte ich mich mehr wie eine Touristin wahrgenommen. Die Vorfreude, nach Balanka zu kommen, stieg täglich.

Nachdem auch mein Koffer endlich angekommen und alle notwendigen Formulare für die Carte de Sejour (unseren Aufenthaltstitel) ausgefüllt waren, ging es mit dem Kleinbus endlich nach Kpalimé.

Einzelperson:»Connaissez- vous mon nom? – Alle:»Non«
Einzelperson:»Connaissez- vous mon nom? – Alle:»Non«
Einzelperson:»Mon joli nom?« – Alle:»Non«
Einzelperson:»Mon nom est [Jasmin],
Connaissez-vous mon nom?«

Alle:
»Je connais ton nom.
Je connais ton nom.
Ton nom es [Jasmin],
Je connais ton nom.«

(Eines der Kennlernlieder, das wir in der ersten Woche häufig im Kleinbus sangen, hier mit meinem Namen exemplarisch dargestellt)

In Kpalimé, wo wir am Sonntag, den 16. September 2018 ankamen, war unsere Unterkunft deutlich bescheidener, ein Haus mit drei Zimmern, einem Bad, Garten und Brunnen sowie einem kleinen Lagerraum, in dem neben Lebensmitteln auch die Kochutensilien aufbewahrt wurden, und einem überdachten Bereich zum Essen.

Dort angekommen, wurden wir von einem älteren Herrn, der das Gebäude an unsere Partnerorganisation vermietet hat, begrüßt. Wir verteilten uns aufgrund eines einsetzenden Regenschauers bereits auf die Zimmer und teilten die Schlafplätze auf. Ebenfalls ohne die Moskitonetze zu befestigen, da die Decke dafür viel zu hoch war. Danach lernten wir, wie wir mit einem an einem Seil befestigten Eimer Wasser aus dem Brunnen holten. Schließlich wurde damit gekocht, geputzt, geduscht und die Toilette gespült. Einer der togolesischen Freiwilligen der Partnerorganisation, C., meinte, während er uns die Handbewegungen zeigte, die den Eimer zum Untertauchen bringen, dass, während wir es in Deutschland normal fänden, von klein auf dem Umgang mit Technik zu lernen, es für Kinder in Togo eben normal sei, von klein auf zu lernen, wie man am Brunnen Wasser holte.

Nach dem Mittagessen nutzten wir die Zeit, um per Hand Wäsche zu waschen und im Garten zu entspannen. J., ein Freiwilliger, der Medizin studierte, hatte sogar eine Hängematte dabei, welche er im Garten zwischen zwei Bäumen aufspannte.

Im Verlauf des Nachmittags kamen auch ein paar ehemalige Freiwillige aus Deutschland, welche gerade zu Besuch in Togo waren, vorbei und nahmen einige von uns mit in Richtung Markt, um uns schon ein wenig von Kpalimé zu zeigen. Als Erstes fiel mir der Müll im Fluss und zum Teil auch in den Abwassergräben am Straßenrand auf. Zudem war auf den Straßen sehr viel los und ich sah Frauen und Kinder Schüsseln auf dem Kopf tragen. Überall an der Straße waren Stände, an denen Obst, Brot oder Dinge, die ich noch nicht einordnen konnte, verkauft wurden. An vielen der Häuser waren Schilder angebracht oder Bilder aufgemalt, welche auf einen Friseursalon oder eine Schneiderei hinwiesen. Wir folgten zunächst der Straße den Hügel hinab und bogen nach rechts um eine Ecke. Bereits jetzt blickten wir auf eine breitere, stark befahrene Straße und ich fragte mich, wie man diese je sicher überqueren sollte. Denn eine Ampel oder einen Zebrastreifen hatte ich bisher nicht ausmachen können.

Auf der anderen Straßenseite ging es recht steil bergab und im Anschluss wieder etwas sanfter bergauf. Überall befanden sich Marktstände, zusammengebaut aus Holz und mit einem Dach versehen. Auf der linken Seite erstreckten sich zudem mehrere Gebäude aus Beton. Gemeinsam mit einigen anderen Personen überquerten wir die Straße, zwischendurch immer wieder stehen bleibend, um Motorradfahrer an uns vorbei zu lassen. Wir liefen an den Gebäuden vorbei, auf die Senke zu und waren sofort von einer Vielzahl an Menschen umgeben. Ich war beeindruckt von all dem Trubel und der Auswahl der Waren an den Ständen, zugleich fiel mir auf, dass ich alleine wohl kaum zu unserer Unterkunft zurückfinden würde.

Viel zu schnell wurde es dunkel und da wir auch schon gegen 18 Uhr hätten zurück sein müssen, hielten die Freiwilligen, als wir die Senke fast erreicht hatten, drei Motorräder an. Jeweils zwei von uns stiegen hinter dem Fahrer auf und nach einer kurzen Preisverhandlung ging es zurück zur Unterkunft. Meine erste Motorradfahrt hatte ich mir eigentlich anders vorgestellt, aber so saß ich mit wehendem Rock auf dem Moto und versuchte verzweifelt, mit den FlipFlops nicht den Halt auf den Trittflächen zu verlieren.

Das Zimmer teilte ich mir mit vier anderen Freiwilligen und so langsam sehnte ich mich danach, nach Balanka zu kommen und das Gepäck endlich auspacken zu können, anstatt aus Koffer und Rucksack zu leben.

Montag morgen ging es nach dem üblichen Frühstück dann das erste Mal zum Sitz der Partnerorganisation. Wir freuten uns, endlich W-LAN zu haben, und viele nutzten es in der Pause, um mit Familie oder Freunden per Videotelefonie zu sprechen. Wir hatten jeweils morgens und nachmittags Einheiten zu verschiedenen Themen. So wurde uns zunächst etwas über das Land Togo, über die Geschichte des Landes, die Politik, Geographie sowie die wichtigsten Regeln erklärt. Beispielsweise ist der Besitz sowie Handel und Konsum mit beziehungsweise von Drogen streng verboten und wird hart bestraft. Zudem wurde viel hinsichtlich der Vereinbarungen mit den Gastfamilien erklärt. Im Regelfall essen wir bei unserer Gastfamilie morgens, mittags und abends. Die Gastfamilie stellt ihrem Gastkind ein Zimmer zur Verfügung, zudem einen großen Sack mit Sachets[28] pro Monat. Wir als Freiwillige sind hingegen verpflichtet, im Haushalt mitzuhelfen, also beim Abwasch, Kochen oder Ähnlichem mit anzupacken, und müssen Waschmittel und Hygieneprodukte natürlich selbst für uns besorgen. Des Weiteren ging es um Gesundheit und unsere Sicherheit. Wir sollten insbesondere bei unserer Kleidung auf Sauberkeit und Ordnung achten, nicht nur, weil in Schulen und den anderen Arbeitsstellen sehr viel wert darauf gelegt wurde, sondern auch um der Übertragung von Krankheiten und Parasiten durch Unreinheiten vorzubeugen. Stehende Gewässer sollten wir meiden und bei jedem Anzeichen von Malaria vorsichtig sein. Zu den Symptomen gehören Fieber, Kopfschmerzen und Schlappheit, teils auch Schüttelfrost. Sollten diese bei uns auftreten, so sei es ganz wichtig, eine Krankenstation oder ein Krankenhaus aufzusuchen und sich auf Malaria testen zu lassen. Zwar würden die Symptome unbehandelt am zweiten Tag wohl etwas abschwächen, am dritten Tag seien sie aber dafür umso stärker zurück. Und spätestens dann muss man dringend medizinische Hilfe bekommen, sonst wird es lebensgefährlich[29].

Auch sollten wir darauf achten, falls wir ein Motorradtaxi nehmen, immer einen Helm zu tragen und niemals mit einer anderen Person zusammen hinter dem Fahrer bzw. der Fahrerin zu sitzen. Regeln, die ich allesamt bei meiner ersten Fahrt gebrochen hatte …

Des Weiteren wurde uns geraten, nach Einbruch der Dunkelheit besonders vorsichtig sein, am besten nur mit uns bekannten Motofahrern fahren und natürlich mit der Gastfamilie absprechen, wie lange man wegbleiben darf. Regeln, die jedenfalls für die Großstadt wirklich sinnvoll und hilfreich waren.

Zudem lernten wir viel über das Schulsystem, welches sich weitestgehend am französischen Schulsystem orientiert. Zunächst wird sechs Jahre lang die Grundschule besucht, danach geht es von der sechsten bis zur dritten Klasse[30] aufs Collège und im Anschluss für die Deuxième, Première und Terminal auf das Gymnasium.

Am Dienstagabend riefen überraschend meine Kollegen per Videoanruf an. Ich war sehr erfreut, so einen ersten Eindruck von beiden zu bekommen, auch wenn bedingt durch die Auslastung des W-LANs bei der Partnerorganisation nur einige verwackelte Bilder und Satzfetzen ankamen. Beide schrieben mir zudem und teilten mir mit, dass sie sich darauf freuten, mit mir in Balanka zusammen zu arbeiten. Auch bei mir stieg die Vorfreude und ich stellte mir bereits vor, wie ich mit meiner dunkelblauen Umhängetasche, Stift und Block am kommenden Montag zum ersten Mal die Bibliothek betreten würde.

Am Mittwochmorgen hatte ich beim Aufwachen Kopfschmerzen, fühlte mich schlapp und hatte Durchfall, weshalb ich nach dem Frühstück nicht mit zum Seminarhaus der Partnerorganisation kam, sondern mich wieder hingelegte. Als ich am späten Vormittag erneut erwachte und durchfallbedingt dringend ins Bad musste, war die Tür des Zimmers jedoch verschlossen und noch während ich um Hilfe rief, wurde mir schwarz vor Augen und ich wurde bewusstlos. Als ich wieder zu mir kam, konnte ich noch immer nichts um mich herum sehen, ich hörte jedoch, wie an das Fenster und die Tür geklopft wurde. Ich solle einen Knopf am Türschloss verschieben, man könne mir von außen die Tür nicht öffnen, hieß es. Ich konnte mich jedoch noch nicht mal im Zimmer visuell orientieren.

Nach einer gefühlt unendlich langen Zeit konnte ich unten am Türschloss einen Riegel erfühlen, welcher sich mit einiger Anstrengung bewegen ließ. Ich machte mich frisch und wurde von zwei Frauen der Partnerorganisation mit einem Getränk aus heißem Wasser und frischem Orangensaft versorgt.

Das Mittagessen hatte ich verschlafen, ich hatte inzwischen auch hohes Fieber. Mit einer anderen Freiwilligen, P., die für mich später übersetzte, sowie zwei Mitarbeitenden von der Partnerorganisation, welche über Motorräder verfügten, ging es mit ebendiesen dann quer durch die Stadt zum Krankenhaus. Von der Fahrt und dem Aufenthalt weiß ich nicht mehr viel. Nur, dass ich unglaubliche Angst hatte, in meinem Zustand vom Motorrad zu fallen, weil ich mich sehr matt fühlte und noch immer, für meine Verhältnisse, kaum etwas sah. Zunächst wurde bei der angegliederten Apotheke ein Gesundheitsheft gekauft, in welchem die Ärzte ihre Diagnosen und teils auch die Rezepte für Medikamente festhielten. Danach wurde ich, unterbrochen nur durch einen weiteren WC-Besuch, von P. in den Warteraum vor dem Konsultationszimmer des Arztes geführt. Was während des Gesprächs geschehen ist, weiß ich nicht mehr genau, nur, dass mein Kopf voller Watte war, sodass ich kein Wort auf Französisch verstanden habe und dankbar war, dass P. dabei war und für mich übersetzte. Höchstwahrscheinlich wurde mir allerdings Blut abgenommen, um es auf Malariaparasiten und weitere Parameter zu untersuchen. Und wahrscheinlich wurde auch Fieber gemessen. Das aber sind Vermutungen im Nachhinein, basierend auf späteren Krankenhauserfahrungen.

Direkt von dem Gespräch im Zimmer des Arztes ging es für mich in ein Zimmer, wo ich eine Infusion erhielt. Recht schnell stand fest, dass ich Malaria hatte. Ich bekam Medizin und Eisentabletten mit und sollte am nächsten Tag wiederkommen. Am Abend wurde noch eine andere Freiwillige aus meinem Zimmer krank, auch sie hatte Durchfall und Malaria. Laut ihr hätte ich abends so tief und bewegungslos geschlafen, als wäre ich tot.

Am nächsten Morgen ging es mir bereits deutlich besser und meine Gedanken drehten sich schon ganz um die Reise nach Balanka, die für Samstag angesetzt war. Doch da machte mir meine Chefin einen Strich durch die Rechnung, da sie, wie ich später zugeben musste, zu Recht sagte, dass die Tagesreise für mich zu diesem Zeitpunkt noch zu anstrengend gewesen wäre.

In den folgenden Tagen besuchte ich weiterhin die Einheiten der Partnerorganisation. Wir lernten die ersten Worte der Sprache »Ewe«, welche in Kpalimé gesprochen wird. Ich schrieb hier nur noch wenig mit. Nicht nur, weil ich die Schreibweise an der Tafel nicht lesen konnte, ich sehnte mich so sehr danach, endlich nach Balanka zu kommen, und wusste, dass dort eine ganz andere Sprache gesprochen wird.

M., eine Freiwillige, die bereits einen Monat vorher angekommen war und uns zusammen mit der Partnerorganisation in Lomé abgeholt hatte, zeigte einigen von uns auf dem Rückweg von einer der Einheiten das Waisenhaus, in dem sie und eine weitere Freiwillige, Hannah, arbeiten würden. Von der oberen Etage, in der die Freiwilligen untergebracht wurden, hatte man eine tolle Aussicht über einen Teil von Kpalimé und sah die umliegenden Berge. Das Wetter in Kpalimé war, auch bedingt durch die Regenzeit, sehr feucht und warm.

Am Samstag fuhren wir zum Abschluss gemeinsam mit dem Kleinbus zu einem der Wasserfälle in den Bergen rund um Kpalimé. Noch immer war ich etwas erschöpft, genoss aber die unbeschreiblich schöne Natur und das gemeinsame Essen oberhalb des Wasserfalls.

Sonntag gegen Mittag ging es mit dem ganzen Gepäck zum Sitz der Partnerorganisation. Es wurden Holzbänke im überdachten Außenbereich aufgestellt und Kleinigkeiten an Gebäck bereitgestellt. Langsam trafen die einzelnen Gastfamilien ein und nahmen ebenfalls Platz. Neugierige Blicke wurden ausgetauscht und wahrscheinlich von beiden Seiten überlegt, wer wohl das nächsten Jahr mit wem verbringen würde. Nacheinander wurden die Familien und Freiwilligen von der Partnerorgansiation aufgerufen und einander vorgestellt, lediglich der Name von einer anderen Freiwilligen[31] und mir wurde nicht genannt. Ich dachte daran, dass ich jetzt schon in Balanka hätte sein können, wenn nicht Malaria dazwischengekommen wäre, und musste einige Tränen wegblinzeln. Statt zu meiner Gastfamilie ging es für mich an diesem Sonntag, als alle Freiwilligen mit ihren Gasteltern, bereits in Unterhaltungen vertieft, das Gelände der Partnerorgansiation verließen, mit zu L., einer der anderen Freiwilligen, da die Bekannten meiner Chefin, bei denen ich eigentlich die kommende Woche verbringen sollte, davon ausgingen, dass ich erst am Montag bei ihnen wäre.

Die Gastmutter von L. lebte mit einigen anderen Personen, teils wohl Familienmitgliedern, auf einem Hof. Rund um den lehmigen Innenhof herum befanden sich mehrere einzelne Zimmer, ausgestattet mit Bett, Schrank und Schreibtisch und auch mir wurde eines dieser Zimmer, welches leerstand, zur Verfügung gestellt. Wir aßen zusammen Nudeln auf der Veranda vor der Küche von L.s Gastmutter und gegen Abend begann es zu regnen. Und wenn ich regnen meine, dann meine ich einen heftigen Regenschauer, wie wenn es in Deutschland ein Sommergewitter gibt, wo es wirklich in Strömen regnet und gleich ein paar Grad kälter wird.

Das Bad befand sich draußen auf dem Hof, die Duschen bestanden aus gemauerten Kabinen, welche die sich waschende Person von Blicken der anderen abgeschirmten, jedoch keinen Schutz von oben boten. Zu den Toiletten führten mehrere Stufen hinauf, da es sich um Plumpsklos handelte und sich die Hinterlassenschaften im Bereich darunter sammelten. Nach dem Zähneputzen (in Regenjacken) sollten wir einfach eine kleine Kuhle in den Sandboden, nahe einer Mauer im Innenhof scharren und dort hineinspucken. Danach haben wir ein bisschen Erde darübergeschoben und mit etwas Wasser aus den Sachets gespült. Das waren wir bereits von der ersten Woche in Kpalimé gewohnt, sodass es nichts mehr Neues für uns war.

Nach einem Frühstück, ebenfalls bestehend aus den länglichen Broten, Margarine und wahlweise Marmelade sowie Tee ging es mit zum Projekt von L.. Sie sowie K., eine weitere Freiwillige, arbeiteten in einem Kinderheim, in dem eine Mitarbeiterin der Partnerorganisation ebenfalls tätig war. Wir wurden herumgeführt und uns wurden die Abläufe erklärt, während die meisten Kinder noch in der Schule waren. Nachmittags kamen dann die Kinder von der Schule zurück und wir halfen mit, die Hefte für das neue Schuljahr entsprechend der Vorgaben, die ein fester Mitarbeiter des Kinderheims an eine Tafel geschrieben hatte, zu beschriften. Ich hatte hierbei den Eindruck, dass die Mitarbeiter sehr gut ohne uns Freiwilligen zurechtkamen und wir mehr eine zusätzliche Belastung waren, da uns natürlich vieles gezeigt und erklärt werden musste, bevor wir überhaupt irgendwo helfen konnten. Dabei hielt ich mich bewusst zurück, nicht nur weil ich in dem mir fremden Gebäude wenig sah, sondern auch, weil ich nicht wollte, dass die Kinder sich zu sehr an mich gewöhnten. Schließlich würde ich im Laufe der Woche endlich nach Balanka reisen können.

Am Montagabend konnte ich dann bei Monsieur T. und seiner Familie einziehen und arbeitete tagsüber in Projekten der anderen Freiwilligen mit. Der Weg zum Kinderheim war für mich zu Fuß noch recht anstrengend, hier merkte ich wirklich, wie sehr ich noch von der Malariaerkrankung geschwächt war. Da es morgens für uns im Kinderheim nicht viel zu tun gab, halfen wir in einem Gartenprojekt mit, welches sich in der Nähe befand. Dort arbeiteten zwei Freiwillige mit einem erfahrenen Gärtner aus Kpalimé daran, einen Projektgarten aufzubauen, mit welchem sie Schulklassen und andere Gruppen für den ökologischen und umweltfreundlichen Anbau von verschiedenen Pflanzen sensibilisieren wollten.

Hier gab es in den ersten Tagen immer etwas zu tun, so haben wir beispielsweise aus Bambus, welcher in einem Teil des Gartens wuchs, einen Unterstand gebaut. Einmal gingen wir gerade zum nahegelegenen Fluss, eine andere Freiwillige aus einem in der Nähe gelegenen Dorf war ebenfalls zu Besuch, und plötzlich hieß es von einer der Mitarbeiterinnen der Partnerorganisation, dass wir sofort stehen bleiben sollten. Zunächst verstanden wir nicht ganz wieso, aber dann erklärte sie, dass sich vor uns auf dem Weg eine Schlange befand. Anhand ihrer Beschreibung, konnten die anderen die Schlange sogar sehen, für mich war sie jedoch zu weit entfernt. Dennoch war ich heilfroh, dass S., die Mitarbeiterin der Partnerorganisation, so aufmerksam war. Alleine hätte ich die Schlange wohl kaum oder vielleicht erst, wenn es bereits zu spät gewesen wäre, bemerkt.

Bei der Familie von Monsieur T. wohnte ich in einem Anbau im ersten Stock, welcher aus mehreren leeren Räumen sowie einem Bad bestand. Zwar gab es in einem der Räume Licht und eine große Matratze auf dem Boden, auf welcher ich meinen Schlafsack ausbreitete, jedoch keinen Strom, sodass ich mein Handy immer bei der Freiwilligen, welche in derselben Straße wohnte, aufladen musste. Rückblickend weiß ich natürlich, dass ich es auch einem der Söhne, I. oder G., hätte geben können, um es in einem ihrer Zimmer aufzuladen, aber damals fühlte ich mich einfach zu fremd, unsicher und unwohl, um auf diese simple Lösung zu kommen. Allgemein war ich in dieser Woche noch zu schüchtern, versuchte die Abläufe in der Familie zu verstehen und wollte möglichst wenig Unannehmlichkeiten bereiten. Die Zeiten, wann ich zurück auf den Hof der Familie kommen konnte, musste ich zudem immer mit einem der Söhne absprechen, damit ich nicht vor verschlossenem Tor stand.

Kurzzeitig wurde mir gesagt, dass ich am Mittwoch im Auto eines Bekannten von Monsieur T. mitfahren sollte, dies wurde dann allerdings doch abgesagt, weil der Bekannte wohl eine andere Route nehmen musste. So verschob sich die Fahrt nach Balanka erneut nach hinten. Immerhin wohnte ich jetzt alleine in einem Zimmer, sodass ich ungestört mit meinem Freund telefonieren konnte. Er selbst hatte ein

Auslandssemester in der Türkei gemacht und mich immer wieder ermutigt. Er konnte meine Gedanken hinsichtlich Sehbeeinträchtigung verstehen, freute sich mit mir, als ich mich traute, meinen Langstock am Abend nach einer der Einheiten auf dem Weg zurück zur Unterkunft zu nutzen, und mit meiner Sehbeeinträchtigung von den anderen Freiwilligen einfach von Anfang an akzeptiert wurde. Und genauso ging er mit mir durch die Phase, in der ich nur noch nach Balanka wollte, es mir schlecht ging und ich mich einsam und verzweifelt fühlte. Er hatte ein offenes Ohr, hörte zu und baute mich stets wieder auf. Machte mir Mut und zauberte mir mit seinen liebevollen Nachrichten immer wieder ein Lächeln ins Gesicht.

An einem der Tage ging ich nachmittags zusammen mit einem der Söhne von Monsieur T. ins Stadtzentrum. Er wollte seiner Mutter etwas in ihre Boutique bringen und bot an, mir das Geschäft zu zeigen, wo ich einen Quittungsblock kaufen konnte, sodass ich mir für die Fahrten zu den Seminaren Quittungen ausstellen lassen konnte[32]. Seine Mutter hatte mich überredet, ein paar Wasserflaschen, Tomatenmark und Nudeln sowie Toilettenpapier zu kaufen, sodass ich im Dorf für den Beginn einen ausreichend großen Vorrat an Nahrungsmitteln hätte. Ich war etwas überrascht, da im Balanka-Guide[33] stand, dass Nudeln etc. auch recht leicht in Balanka zu kaufen seien, aber folgte ihrem Rat, im Vertrauen darauf, dass sie wahrscheinlich am besten über die aktuelle Situation im Dorf Bescheid wisse.

Im Anschluss zeigte mir I. auf dem Markt zudem ein Gebäude, in dem es lauter Stände mit Pagne, also bunt bedruckten Stoffen, gab. Dort zeigte er mir an einem Stand Pagne, welche mit togolesischen Motiven bedruckt waren. Bisher hatte ich mich im Gegensatz zu den anderen

Freiwilligen noch nicht getraut, Pagnes zu kaufen, aber so kaufte ich hier einen hell-lavendelfarbenen Stoff, auf dem runde Hütten, Palmen und Tonkrüge aufgedruckt waren. Den genauen Aufdruck hatte ich im Gebäude selbst gar nicht erkennen können, allerdings war ich von der Farbe und dem Gefühl des Stoffes sehr angetan. Ich plante daraus ein knielanges Kleid sowie eine lockere Hose schneidern zu lassen, sobald ich in Balanka war.

In der Papeterie[34] angekommen, wo ich das Quittungsheft kaufen wollte, brach ein Gewitter aus, wie ich es bisher selten erlebt hatte. Alle Kunden halfen, die Gegenstände vor der Tür ins Innere des Ladens zu bringen, und danach nahmen auch wir auf einer der Holzbänke im Ladeninneren Platz. Die Straßen waren wie leergefegt, Wind und Regen peitschten darauf entlang. Als es langsam dunkel wurde und der Regen etwas nachließ, beschlossen wir, trotz des Wetters loszugehen, da der Weg entlang des Friedhofs zum Anwesen von Monsieur T. schmal und unbeleuchtet war. Wir liefen die ganze Strecke zu Fuß zurück, denn aufgrund des Wetters waren auch weit und breit keine Motos zu sehen, und so kamen wir klatschnass zu Hause an.

Bei Monsieur T. aß ich morgens mit den anderen helles Brot zum Frühstück und trank Tee. Dabei wurde ich meist sehr früh wach, machte mich fertig und beobachtete dann von den oberen Stufen, oft mit einem Buch auf den Knien, wann sich etwas im Hof regte, und kam, sobald seine Frau in der Küche erschien, hinab, um meine Hilfe anzubieten. Während Monsieur T. das Frühstück, von seiner Tochter serviert, in seiner Wohnung einnahm, aßen seine Söhne, deren kleinen Schwester und ich im Hof neben der Küche. Tagsüber war ich mit den Freiwilligen unterwegs und kaufte mir teils etwas Brot für zwischendurch. Auch abends aß ich dann wieder mit den Söhnen von Monsieur T. auf dem Hof. Gerne hätte ich seiner Frau bei der Zubereitung des Essens mehr geholfen, aber als Gast durfte ich nie mehr, als die Soße umzurühren oder Zwiebeln zu schneiden.

Am Freitagabend trafen wir Freiwilligen uns noch einmal mit den Mitarbeitern der Partnerorganisation. Gemeinsam aßen wir in einer Pizzeria, wo es die herkömmlichen Pizzakreationen zu, für togolesische Verhältnisse, außergewöhnlich hohen Preisen[35] gab. Während man an einem Straßenimbiss selten mehr als 300 CFA für eine reichhaltig Mahlzeit zahlte, variierten die Preise für die Pizzen zwischen 2.800 und 6.000 CFA.

Es war ein schönes Beisammensein und ich genoss den Abend mit den anderen in dem Wissen, dass es mein vorerst letzter Abend in Kpalimé mit all den anderen Freiwilligen sein würde.

Ich war wirklich dankbar, bei dem Freund meiner Chefin für diese Woche aufgenommen worden zu sein, dennoch wollte ich jetzt endlich in Balanka ankommen. In der Woche kam ich zu Kräften, lernte Kpalimé besser kennen und doch fühlte ich mich unglaublich fremd, lebte noch immer aus dem Koffer und war von der Großstadt etwas eingeschüchtert.

»Jetzt zähle ich die Wochen, die ich noch bleiben muss.
Vielleicht zähle ich am Ende die Wochen,
die ich noch bleiben darf.«

(Notiz im Tagebuch Ende September)

Am Samstag ging es dann »finalement« nach Balanka. Morgens gegen acht Uhr kam der Kleinbus, welcher Monsieur T. gehörte, auf den Hof gefahren. Der Fahrer des Busses sowie ein weiterer Mitarbeiter verluden mein Gepäck und nachdem ich mich von der Familie verabschiedet und für ihre Gastfreundschaft gedankt hatte, ging es zum Busbahnhof von Kpalimé. Der Busbahnhof lag neben dem Markt. Es war ein sandiger Platz, umgeben von Häusern und nach hinten durch Gebüsch abgegrenzt. Dahinter konnte man den oberen Teil einer großen Kirche erahnen, die sich einige Straßen entfernt auf einer Anhöhe befand. Auf dem Platz standen verschiedene Kleinbusse und Autos, zwischen denen sich beladene Mototaxen, Verkäufer und Familien mit Gepäck ihren Weg suchten. Hier wurde rund zwei Stunden lang das ankommende Gepäck auf und hinten im Bus verstaut. Ich nutzte die Gelegenheit und kaufte bei einer Verkäuferin noch einen Laib Brot, da ich nicht genau wusste, wie lang die Fahrt werden würde. Hierfür stellte sie einen mitgebrachten Hocker auf, setzte darauf ihre große Metallschüssel mit den Broten ab, die sie bislang auf dem Kopf getragen hatte, öffnet den hellen Stoff, den sie zum Schutz gegen Fliegen über die Schüssel gespannt hatte, und reichte mir ein Brot in der entsprechenden Größe, welches sie zuvor in eine schwarze Plastiktüte verpackte. Frauen, Kinder und Männer kauften in einem nahegelegenen Gebäude Fahrkarten und stiegen ebenfalls in den Bus, bis selbst mit Drängen niemand mehr hineinpasste. Aufgeregt schaute ich aus dem Fenster und freute mich, auf der Strecke noch mehr von Togo zu sehen.

In einer Großstadt mussten wir halten, nachdem der Motor Schwierigkeiten machte. Wir stiegen alle aus und ich stand etwas verloren als einzige *weiße* an der Straße herum. Man sagte mir, ich solle zu den anderen in den Schatten gehen, es dauere noch etwas, bis es weiterginge. Ich nahm also meinen Rucksack und ging in Richtung der Werkstatt, in deren Schatten bereits die anderen Passagiere saßen. Leider übersah ich, dass es am Straßenrand steil nach unten ging, sodass ich den Weg zur Werkstatt mehr heruntergekugelt als gegangen bin.

Sofort sprangen einige Frauen und Kinder auf, halfen mir wieder auf die Beine und klopften mir den Staub von den Beinen. Ich sah wohl etwas sehr verloren aus und ärgerte mich, einen so schlechten ersten Eindruck gemacht zu haben. Nach ungefähr zwei Stunden war der Schaden am Kleinbus behoben und es ging endlich weiter. Irgendwann schliefen meine Füße ein und ich freute mich, als es abends bei den Halten langsam leerer wurde. Sokodé, eine Stadt in der Nähe von Balanka, erreichten wir bereits nach Einbruch der Dunkelheit.

Am Ende der Fahrt war ich mit dem Fahrer und seinem Beifahrer alleine im Bus, auf einer unbefestigten Straße und konnte im Scheinwerferlicht die Bäume und Büsche am Straßenrand nur grob erahnen. Da bekam ich doch etwas Angst. Was, wenn sie an den Straßenrand fahren und mir Unaussprechliches antun? Sie sind zu zweit und kennen sich hier aus. Ich verstehe ihre Sprache nicht, wäre nicht gewarnt und mein Handyakku war ebenfalls leer.

Diese Gedanken hätte ich auch in Deutschland gehabt, wenn ich Abends alleine oder fast alleine im Bus oder Zug gewesen wäre. Dass es in dieser Situation aber total irrational war, wurde mir erst später bewusst. Damals hatte ich den Einfluss von Monsieur T. noch unterschätzt und auch den Schutz, den ich durch ihn und meine Chefin genoss.

4. Ankunft in Balanka, werde ich die Eingewöhnung schaffen?

Endlich sah ich vereinzelte Lichter und der Fahrer erklärte mir, dass wir nun in Balanka seien. Viel erkennen konnte ich um diese Uhrzeit nicht mehr, dazu war es zu dunkel. Ich wurde gefragt, wo ich denn hin müsse. Jetzt kam ich ins Stottern, in den Unterlagen hatte ich gar keine Adresse von meiner Gastfamilie gesehen. Ich sagte, dass ich zu Batchene müsse, in der Nähe der Bibliothek irgendwo. Und dass er der Bruder von Koko Affo Tenin sei. Nicht wissend, das »Batchene« so viel wie »Vater« auf Balanka bedeutet und die meisten älteren Männer so angeredet werden.

Die Männer drehten mit dem Bus an einem Kreisel und fuhren in eine Gasse. Dort klopften sie an ein Tor und schon hieß es, dass ich angekommen sei. Eine lächelnde Frau umarmte mich und nahm gleich meinen Koffer vom Dach des Busses entgegen, eine Schar von Kindern umgab mich. Müde und völlig erschöpft folgte ich den Kindern durch eine schmale Tür auf einen dunklen Hof und um eine Hausecke. Wir stiegen ein paar Stufen hoch und ich wurde in einen Raum gebracht, in dem ein Regal und ein Bett standen. Sofort kamen auch die Kinder in den Raum, schauten mich an und stellten sich vor. Ich grüßte sie und stellte mich ebenfalls vor, auch wenn sie meinen Namen offenbar bereits kannten. Danach trat eine eher unangenehme, fast schon erwartungsvolle Stille ein, in welcher ich nicht wusste, was ich tun oder sagen sollte. Daher suchte ich im Koffer nach meinem Mückennetz, um etwas Unverfängliches, Sinnvolles zu machen, während so viele Augen auf mich gerichtet waren.

Zudem wollte ich mein Handy laden, um allen Bescheid geben zu können, dass ich angekommen war. Die Steckdose im Zimmer war jedoch, genau wie bei Monsieur T., kaputt, ich musste mein Handy also der jungen Frau mitgeben, deren Namen ich noch nicht kannte und die ich im schwachen Licht kaum von den anderen Personen unterscheiden konnte. Sie verschwand mit meinem Handy sowie dem Ladekabel irgendwo in der Dunkelheit des Hofes. Sollte ich nicht ins Gästehaus? Und was wird gerade von mir erwartet?

Noch immer wurde mir über die Schulter geschaut, während ich das Mückennetz auspackte. Zwei Jungen fingen sofort an, es an der Decke zu befestigen. Ich wollte so gerne auspacken und mich einfach nur noch hinlegen, doch wusste nicht, wie ich die Kinder höflich aus dem Zimmer schicken konnte. Sollten nicht laut den Regeln der Partnerorganisation die Gastgeschwister gar nicht ins Zimmer der Freiwilligen gehen dürfen?

Eine kräftig gebaute Frau erschien, umarmte mich und gab mir ein Tablett mit einer Tasse Kakao und einem Brot. Ich schämte mich, vor den Kindern zu essen, auch wenn diese sich jetzt zum Großteil auf das Sofa vor meinem Zimmer zurückgezogen hatten. In dem Brot befand sich etwas Größeres, Weißes, was mich vom Aussehen her an Hähnchenbrust erinnerte (Rückblickend weiß ich, dass es sich dabei um ein Brot mit Omelett gehandelt hatte, was bei meiner Gastmutter ganz besonders gut schmeckt). Und so trank ich nur den Kakao und gab meinen Gastgeschwistern das Brot, mit der Aussage, ich hätte keinen Hunger. Der Kakao war das beste, was ich je getrunken hatte, und spendete mir mit seiner Wärme Trost. Verstaubt und müde suchte ich die junge Frau, bekam mein Handy zurück und konnte endlich Bescheid sagen, dass ich angekommen war.

Am nächsten Morgen wurde ich von den Geräuschen auf dem Hof wach. Dort herrschte offenbar schon viel Betrieb. Durch das kleine Fenster in meinem Zimmer sah ich viele Frauen, welche sich wohl auf der Straße vor dem Haus versammelt hatten. Erschrocken zog ich meinen Kopf zurück, nachdem ich das Gefühl bekomme hatte, dass die Frauen mich gesehen hatten. Das Bad wäre kaputt, so erklärte es mir die junge Frau, bei der es sich, wie ich nun wusste, um meine Gastschwester Samsia handelte. Ich könnte mir Wasser vom Brunnen holen zum Duschen, für die Toilette würde man schon eine Lösung finden.

Inmitten des Trubels, als ich noch niemanden einordnen konnte, fühlte ich mich unglaublich fremd. Ich hatte im Guide von dem Gästehaus der Freiwilligen gelesen, in dem sie normalerweise untergebracht waren, sodass ich überrascht war zu hören, dass ich kurzfristig bei der Gastfamilie mit im Haus wohnen sollte. In der Einsamkeit, Erschöpfung und Überforderung mit der Situation rief ich meine Chefin an und ich fragte sie aufgelöst, mit Tränen in den Augen, ob ich nicht ins Gästehaus ziehen könnte. Und so passierte es dann auch an diesem Vormittag. Ich durfte in das große Gästehaus mit fließendem Wasser, Bad und Toiletten ziehen.

Bist du gerade überrascht, solche Worte aus meinem Mund zu hören, lieber Leser? So kurzsichtig und negativ? Tatsächlich ärgerte ich mich schnell über mein voreiliges Verhalten. An diesem Wochenende konnte ich in Balanka aber noch kaum etwas zuordnen und hatte deshalb gefühlt alles falsch verstanden. Dazu kam natürlich noch, dass ich Samstag kaum etwas gegessen hatte, nur etwas von dem gekauften Brot zwischendurch, und am Sonntagmorgen feststellen musste, dass dieses Brot nun bereits dunkle Flecken aufwies und somit ungenießbar war. Ich hatte also seit mehr als einem Tag nichts Vernünftiges mehr gegessen und war noch recht angeschlagen von der Reise und einer sehr unruhigen Nacht.

Und doch glaube ich, dass mir der Abstand vorerst gut getan hat, um mich einzugewöhnen, anzukommen und Balanka sowie meine Gastfamilie entspannter kennenzulernen.

Bei meiner Ankunft hatte ich natürlich auch aufgrund meiner Sehbeeinträchtigung ein paar Hindernisse mehr gehabt. Wenn ich in einer komplett unbekannten Umgebung bin, fällt es mir noch schwerer, diese wahrzunehmen, weil ich keine vertrauten Formen gewissen Gegenständen zuordnen kann.

Hätte ich besser gesehen, so hätte ich wahrscheinlich erkannt, dass das Zimmerfenster gar nicht auf die Straße, sondern auf den Hof der Familie führte, wo sich jeden Sonntag die Frauen des Quartiers treffen und ihre Versammlung[36] abhalten. Dann hätte ich auch gesehen, dass das Gebäude, vor dem sie standen, ebenfalls zum Hof gehörte und ein Teil meiner Gastgeschwister dort wohnten. Ich hätte bei dem Bad nicht nur ein dunkles Loch gesehen sondern zwei kleine, von einer Wand getrennten Räume erkannt, wobei der eine zum Duschen gedacht war und sich im anderen eine Toilettenschüssel befand.

So wie es nun gelaufen war, hatte ich entscheiden können, wie viel Zeit ich mit meiner Gastfamilie verbringe, aber spätestens zur Halbzeit habe ich es bereut, ins Gästehaus gezogen zu sein, da ich die Zeit in meiner Gastfamilie letztendlich am meisten geschätzt habe und so lediglich zum Telefonieren, Putzen und Wäschewaschen im Gästehaus geblieben bin.

Im Nachhinein bin ich meiner Gastfamilie unglaublich dankbar, dass sie mir die Zeit ließen, anzukommen, und mir mein Verhalten nicht übel genommen wurde. Stattdessen wurde ich überall miteingebunden und unglaublich liebevoll behandelt. Ich hätte mir keine bessere Gastfamilie vorstellen können.

Das Gästehaus lag nur wenige Meter von den Hof meiner Gastfamilie entfernt, etwas weiter unterhalb auf der anderen Straßenseite. Samsia half mir, mein Gepäck über die Straße und dem kleinen Steg aus Holzbrettern, welcher über den schmalen Abwasserkanal führte, zum Gästehaus zu tragen. Das Gästehaus war rund, außen mit rot-braunen, unebenmäßigen Steinen ummantelt und umgeben von einem Garten. Eine kleine Terrasse befand sich vor der braun lackierten Metalltür, welche ins schattige Innere des Hauses führte.

Drinnen kam man in ein großes Wohnzimmer, mit zwei Sofas, zwei Sesseln sowie einem runden weißen Tisch. Weiter hinten befand sich ein Holztisch mit mehreren Stühlen sowie ein Wandschrank an einer der Mauern, welche den Küchenbereich abtrennten.

Der Küchenbereich war etwas abgesenkt, bestand aus einer Arbeitsfläche an der Wand, mit Spülbecken und Abtropffläche. Rechts stand ein dunkelblaues, großes Holzregal. Gegenüber der Arbeitsfläche befanden sich auf beiden Seiten, jeweils neben dem mittig gelegenen Eingang zum Küchenbereich, Gasherde. Der rechte Gasherd besaß zugleich einen Backofen, der linke hingegen sah etwas neuer aus. Der linke, den ich, wenn ich mal kochte, benutzte, hatte unten eine Gasflasche befestigt, welche man zunächst aufdrehen musste, bevor man den Hahn der gewünschten Herdplatte öffnen und mit einem Streichholz das Gas entzünden konnte. Da ich Abstände aufgrund meiner

Sehbeeinträchtigung sehr schlecht einschätzen kann, waren meist mehrere Versuche und eine erhebliche Portion Mut bei mir erforderlich, um das Streichholz nahe genug an die entsprechende Stelle heranzuführen.

Neben der Küche führte eine weitere Tür zu dem Bad im Erdgeschoss. Dieser Raum war ebenfalls etwas tiefer gelegen, beinhaltete, von einer Trennwand abgegrenzt ein WC sowie einen Bereich zum Duschen und ein Waschbecken. Dahinter führte eine weitere Tür zu einem Lagerraum, der jedoch verschlossen war. Eine schmale Wendeltreppe führte vom Wohnzimmerbereich in das Obergeschoss.

Weil die Schlüssel zu den Zimmern im Obergeschoss verloren gegangen waren, musste Batchene zunächst eine der Türen aufbrechen lassen. Diese führte in ein geräumiges, blau gestrichenes Zimmer, welches mit einem großen Bett, einem Gerüst, um das Moskitonetz aufzuhängen, sowie einem Holzregal und einem Stuhl ausgestattet war. Mein Zimmer für das kommende Jahr.

Auch oben gab es ein Bad, mit hellblauen Fliesen und viel lichtdurchfluteter als im Erdgeschoss. Im Obergeschoss befanden sich noch zwei weitere Gästezimmer, ein kleines, gelb gestrichenes sowie ein etwas größeres mit hellblauen Wänden. Zudem war dort auch das Zimmer meiner Chefin.

Am Tag nach meiner Ankunft entfernten wir nun zunächst die Schutzüberzüge von den Möbeln und danach wurde ich in Ruhe gelassen, um mich frisch zu machen und etwas auszupacken. Das Mittagessen hatten Samsia und ich gemeinsam im Gästehaus gegessen, während sie mir alles gezeigt hatte. Als ich, zunächst etwas zögerlich, nachmittags das Gästehaus verließ und mich auf den Weg zum Hof meiner Gastfamilie machte, rief mir Samsia direkt von einem Stand, gegenüber vom Eingang zum Hof zu, ob ich nicht rüberkommen wolle. Sie verkaufte an dem Stand in Salzwasser gekochte Erdnüsse und drückte mir gleich ein paar davon in die Hand. Ich nahm neben ihr auf einem zweiten Stuhl Platz und dankte ihr. Ich war erleichtert, dass sie es offenbar nicht übel nahm, dass ich ins Gästehaus umgezogen und mich wahrscheinlich seit meiner Ankunft etwas merkwürdig verhalten hatte.

Samsia fragte mich nach meiner Familie und Freundinnen in Deutschland. Ich erzählte ihr von meiner kleinen Schwester, dass wir in einem Dorf in einem Haus mit Garten leben würden, und nach kurzer Zeit holte ich mein Handy aus der Tasche und zeigte ihr einige Bilder von meiner Familie, Freundinnen und den zwei Katzen, die wir hatten. Kurz darauf machten wir die ersten Selfies zusammen und hatten Handynummern ausgetauscht. Später räumten wir den Stand ab und Samsia sowie einige ihrer Geschwister und ein Kumpel von einem meiner Gastbrüder kamen mit zum Gästehaus. Wir machten Fotos zusammen und Fussena und Assana, die jüngeren Zwillingstöchter von Mommy[37], fingen an, meine Haare in kleine Zöpfe zusammenzuflechten. Recht früh wurde es dunkel und gemeinsam machten wir uns auf den Weg zum Hof der Gastfamilie zum Abendessen.

Am Montag, dem 1.10.2018, war dann der erste Arbeitstag. Ich stand gegen kurz vor sieben auf, suchte in meinem Koffer nach sauberer Kleidung, denn noch hatte ich nur das Nötigste ausgepackt und machte mich im oberen Bad schnell frisch. Noch sah das Zimmer sehr leer aus, lediglich der blau-graue Schlafsack, Moskitonetz, meine Kulturtasche, die teils ausgelaufenen Shampooflaschen (die ich direkt nach meinem Einzug aus dem Rucksack holte um weitere Schäden zu verhindern) und mein Gepäck deuteten darauf hin, dass ich nun hier leben würde. Durch das Fenster hörte ich Stimmengewirr und sah, dass beim Nachbarhaus offenbar viele Menschen versammelt waren. Ich beschloss nun ebenfalls rauszugehen und mir etwas Brot für das Frühstück zu kaufen. Als ich aus dem Tor heraustrat, war ich umgeben von Menschen, die auf Holzbänken saßen und aßen oder gerade in einer Schlange anstanden und offenbar Essen an einem Stand kaufen wollten. Genau konnte ich allerdings nicht erkennen, was dort verkauft wurde. Ich wurde höflich gegrüßt, grüßte zurück und setzte meinen Weg dann fort. Etwas verloren hielt ich in den umliegenden Straßen nach einer der vielen, in Kpalimé üblichen Brotverkäuferinnen Ausschau, bis ich Samsia begegnete, welche mir erklärte, dass in Balanka das Brot primär abends verkauft werde und dass auch Mommy heute kein Brot mehr von dem Verkauf in der Cafeteria übrig habe. Sie bot mir jedoch an, mit mir in einer der Boutiquen zu schauen, ob diese noch Brot habe. Die Boutique befand sich am Ausgang von Balanka in Richtung des Nachbarlands Benin. Die Inhaberin verkaufte Öl, Wasserflaschen, Tomatenmark, Kondensmilch, Eier, Mayonnaise, Kakao, Kekse, Milchpulver, Bonbons, Waschpulver und vor allem auch Brot. Glücklich, noch ein Brot bekommen zu haben, gingen wir zurück und ich wurde zugleich auf die, nur wenige Meter vom Haus meiner Gastfamilie entfernt liegende Bibliothek aufmerksam gemacht, wo für mich, wie mit meinen Kollegen vereinbart, um 8 Uhr der erste Arbeitstag begann.

Mit Notizblock, Handy und Stift in meiner dunkelblauen Umhängetasche ging ich nervös zur Bibliothek, gespannt, ob ich meine Kollegen verstehen würde, und neugierig zu sehen, wie die Bibliothek von innen aussah und was genau meine Aufgaben sein würden. Die Bibliothek befand sich im Dorfzentrum, als zweistöckiges, großes Gebäude hob sie sich von den kleineren, meist eingeschossigen Gebäuden rundherum ab.

In der Bibliothek lernte ich zunächst den togolesischen Freiwilligen Mahadiou kennen, der im Gegensatz zu mir bereits studiert hatte, schon seit einem Jahr in der Bibliothek arbeitete und auch in Balanka geboren war. Er arbeitete an einem Tisch, der mit Stiften, Papier und ein paar Kabeln sowie einem Laptop gefüllt war. Freundlich hieß er mich willkommen, erklärte mir auf Nachfrage das Ausleihsystem und ließ mir Zeit, mich umzusehen. Ich bestaunte die Berge an Schulbüchern in Kisten und auf einem Tisch in der Ecke, sah eine Sitzecke für Kinder und die Regale mit Büchern. Ein hohes Regal, rechts von dem kleineren Schrank für die Bilderbücher, war mit abwechslungsreichen, deutschen Büchern gefüllt, was mich sehr freute. In einem abgeschlossenen Regal entdeckte ich die besonderen Schätze der Bibliothek. Wörterbücher, Bücher von Autoren vom afrikanischen Kontinent und Erstlesebücher sowie sechs Harry-Potter-Bände auf Französisch. Kurzum, alle wertvollen Bücher der Bibliothek, welche nur unter Aufsicht verwendet werden dürfen, damit sie möglichst lange unbeschädigt bleiben.

Gegen 12 Uhr schlossen wir die Fenster und die Tür, die auf den großen Platz auf der Rückseite der Bibliothek führt. Gemeinsam schoben wir das schwere Metalltor auf der Vorderseite zu und sicherten es mit einem Vorhängeschloss. Das helle Sonnenlicht blendete mich, sobald wir die Bibliothek verließen, und so folgte ich Mahadiou vorsichtig und auf meine Schritte bedacht. An dem Platz vor der großen, orangegrün gestrichenen Moschee trennten sich unsere Wege, während ich nach rechts abbog, in Richtung meiner Gastfamilie, fuhr er mit seinem Motorrad nach links.

Recht schüchtern betrat ich den Hof meiner Gastfamilie. Es war geregelt, dass ich selbst für das Frühstück verantwortlich war, aber mittags und abends mit bei der Gastfamilie aß. Dies sollte uns Freiwilligen in Balanka ermöglichen, etwas mehr Abwechslung beim Essen zu haben, gerade weil im Gästehaus auch ein funktionsfähiger Herd vorhanden war.

Samsia grüßte mich bereits, als ich den Hof betrat, und rief mich zu sich. »Es dauert nicht mehr lange, dann ist das Essen fertig. Setz dich doch zu mir«, sagte sie und von da an saß ich fast jeden Mittag mit ihr oder später auch mit ihrer Zwillingsschwester Moudjana an einer mobilen Feuerstelle, während dort das Essen kochte. Abends wurde der große Kessel für den Maisbrei (Pâte) zwar auf drei von Lehm umgebene Steine gesetzt und mittels entzündeter Äste[38], welche sich darunter befanden, erhitzt, tagsüber wurde jedoch meist auf einem kleinen Eisengestell, ähnlich eines tragbaren Grills, gekocht. Das Gestell wies oben eine zur Mitte hin etwas schmaler werden Kuhle auf, welche vom unteren Teil durch enge Metallstäbe abgetrennt war. Oben kam nun Kohle herein, welche mit einigen bereits glühendend Kohlen von einem der umstehenden Stände[39] entzündet wurde. Von unten wurde mit einem geflochtenen Fächer oder Teller dann Luft zugefächelt, um das Feuer weiter anzufachen.

Nach und nach trafen auch meine Gastgeschwister auf dem Hof ein, für die die Schule bereits wieder begonnen hatte. Noch immer fiel es mir schwer, die jüngeren Gastgeschwister auseinanderzuhalten, während ich die Namen der älteren langsam zuordnen konnte. Nachdem wir gegessen hatten, blieb ich noch ein wenig auf dem Hof, bevor ich mich hinüber ins Gästehaus begab. Ich war noch nicht ganz fertig mit dem Auspacken des Koffers und wollte das Fotobuch, welches ich für meine Gastfamilie mitgebracht hatte, fertigstellen, nachdem sich der Kleber an einigen Stellen wieder gelöst hatte. Während ich noch dabei war, die Bilder wieder einzukleben, kam Samsia und so zeigte ich ihr die Fotos, sobald ich fertig war. Wir sprachen darüber, wie sich Schnee anfühlt, wie unterschiedlich die Schulen sind, auf denen wir waren, und kaum dass man sich's versah, war es schon kurz vor vier. Schnell sprühte ich mich mit Moskitospray ein, griff nach einen Pullover, weil es abends deutlich kälter wurde, und gemeinsam machten wir uns auf den Weg zum Hof der Gastfamilie. Während Samsia den Hof betrat, grüßte ich nur kurz im Vorbeigehen und ging weiter zur Bibliothek. Eine Gruppe jüngerer Kinder wartete bereits vor dem Eingangstor und rief »Yovo, Yovo, Bonsoir«[40].

Viele streckten die Hand aus, um meine Haut zu berühren. Recht schnell kamen auch Afisou und Mahadiou, meine Kollegen. Gemeinsam schoben wir das schwere Tor auf, wobei sogar die Kinder mit anpackten. Afisou begrüßte mich und erklärte, dass die Kinder am Nachmittag mit den Spielen spielen dürfen, die sich auf einem Tisch an der Wand befanden. Dazu rollten wir eine der großen Matten, die an einer Säule standen, aus, sodass die Kinder sich dort zum Spielen setzen konnten.

Gegen Abend kamen dann vor allem ältere Schüler, die nachmittags noch Unterricht hatten. Schnell war der Tisch, an dem Afisou, Mahadiou und ich saßen, von Schülern umringt, die einen Bibliotheksausweis kaufen oder damit Schulbücher entleihen wollten. Während ich zunächst die Zettel für die Ausweise zurechtschneiden sollte, wurde mir immer wieder in die Haare gegriffen. Auch auf meinem Rundgang durch die Bibliothek, als ich schaute, ob irgendwo Hilfe bei den Hausaufgaben benötigt wurde, spürte ich Hände in meine, zu einem offenen Zopf zusammengebundenen Haare greifen, sobald ich in ein Gespräch vertieft war. Irgendwann hatte ich davon genug und löste den Zopf. Ich sagte zu den umstehenden, vor allem jüngeren Schülern, die anscheinend auch schon zuvor versucht hatten, in meine Haare zu fassen, dass es heute okay sei, diese anzufassen. Danach aber bitte nicht mehr. Und erstaunlicherweise hat es tatsächlich geklappt, in den Tagen darauf hatten nur ganz vereinzelt kleinere Kinder versucht, meine Haare anzufassen.

Die Bibliothek war an diesem ersten Tag unglaublich voll, es war recht laut und zudem waren einige Teile nicht ganz so gut ausgeleuchtet. Und so ging ich gegen 20 Uhr sehr erschöpft aus der Bibliothek heraus. Erschöpft und doch glücklich, weil ich sehr freundliche Kollegen hatte und meistens verstanden hatte, was auf Französisch gesagt worden war. Ich hatte meine Taschenlampe griffbereit und den Langstock in meiner Umhängetasche, für alle Fälle. Die Straße wurde von einigen Straßenlaternen erhellt, sodass ich eine ungefähre Vorstellung hatte, wo ich langgehen musste. Zudem war die Hauptstraße recht breit und fiel zu beiden Seiten leicht ab. Vorsichtig lief ich zu meiner Gastfamilie, schaltete bei der Abzweigung vor der Moschee doch noch die Taschenlampe ein und erfreute mich an der frischen Nachtluft und den vielen Personen, die jetzt noch auf der Straße unterwegs waren oder in Gruppen beisammenstanden.

»Heute bin ich aufgewacht und habe nicht mehr gedacht,
Wie viele Wochen es noch sind,
Sondern wie kurz ich eigentlich nur da bin –
Und wie schnell die Zeit vergeht.
Langsam komme ich in Balanka an!«

(Auszug Tagebuch, 09.10.2018)

5. Von Skorpionen und Albinoechsen

Kurz nach meiner Ankunft in Balanka kam auch S., eine ehemalige Balankafreiwillige, ins Dorf, um ihren Freund zu besuchen. Zu sehen, wie herzlich S. auf Balanka[41] von meinen Gastmüttern begrüßt wurde und wie viele Redewendungen sie kannte, gab mir die Hoffnung, dass auch ich mich so gut in Balanka einfinden und Teil der Gastfamilie werden würde. Bisher war es mir allerdings noch nicht einmal gelungen, meine Gastmütter von einander zu unterscheiden. Nachdem ich mehrere Male aus meiner Sicht nur eine der Frauen auf dem Hof angetroffen hatte, fragte ich Samsia irgendwann recht besorgt, wo denn Wetau, die zweite Frau meines Gastvaters sei und ob es ihr gut ginge. Woraufhin sie mich ganz verwirrt ansah und mir erklärte, dass keine der Frauen verreist gewesen sei, höchstens waren sie mittags teils abwechselnd auf dem Feld. Das war echt unangenehm und zeigte, wie wenig ich in diesem Moment zuordnen konnte. Beide Frauen hatten, jedenfalls aus der Ferne betrachtet, eine ähnliche Größe und Statur, sodass ich sie in dieser Zeit primär an der Körperhaltung und dem Gangbild aus größerer Distanz unterscheiden konnte. Im Gespräch fielen die Unterschiede dann natürlich eher auf, da Wetau weniger französisch, dafür jedoch ein bisschen englisch sprach, während Mommy Französisch fließend beherrschte. Auch konnte ich aus der Nähe natürlich Gesichter und Körperformen noch besser sehen und voneinander unterscheiden.

Noch haderte ich ein wenig, meine Rolle zu finden. »Wie viel darf ich mithelfen, wie viel Zeit darf ich mit ihnen verbringen, ohne ihren Alltag als Familie zu stören?« Es war eine Phase, wo ich sehr viel neu lernen musste. Wie und wann wird auf dem Hof das Geschirr abgewaschen, wie bereitet man das Essen richtig zu? Alles neue Dinge, auf die ich mich einstellen musste, sodass ich anfangs primär Zeit auf dem Hof, in der Bibliothek oder im Gästehaus verbrachte.

Durch S. und ihren Freund lernte ich zum ersten Mal mehr vom Dorf kennen. Beide nahmen mich mit zu einer Schneiderin, wo ich aus dem Pagne, den ich in Kpalimé gekauft hatte, ein Kleid und eine passende Hose anfertigen ließ. Dabei half S. mir bei der Verständigung, da einige Begriffe rund um Maße, Schnitte etc. mir nicht bekannt waren. Und dank ihrem Freund wussten wir recht gut, wie viel es ungefähr kostet, und er verhandelte dann auch mit der Schneiderin bezüglich des Preises. Zudem stellte S. mir eine weitere Schneiderin, Taibatou, vor und Patrick, ein junger Mann, mit dem sich ihr damaliger Mitfreiwillige angefreundet hatte und mit dem wir primär englisch sprachen. Taibatou lud uns gleich auf eine Schale Bouille[42] ein und plauderte fast eine Stunde mit uns. Sie erzählte viel von S. sowie weiteren Vorfreiwilligen und war unglaublich herzlich. Des Weiteren lernte ich von S. auch einige Begriffe auf Balanka besser zuzuordnen.

Nachdem Mahadiou und ich in den ersten Wochen mit seinem Motorrad in die umlegenden Schulen gefahren waren, um über das Angebot der Bibliothek, Schulbücher zu einem kleinen Preis zu verleihen, zu informieren, waren er und Afissou nun mit dem Ausliefern der entsprechenden Bestellungen beschäftigt.

Bei unseren Schulbesuchen gingen Mahadiou und ich immer zunächst zum Schulleiter, stellten uns und das Angebot der Bibliothek vor und wurden dann meist von dem Schulleiter in die einzelnen Klassen begleitet. Ich hatte mich inzwischen daran gewöhnt, dass sowohl das Französisch, das die Menschen in Kpalimé als auch das Französisch, das die Menschen in Balanka sprachen, etwas anders klangen als das Französisch, das ich in der Schule gelernt hatte. Meine Kollegen waren durch die vielen Freiwilligen auch schon daran gewöhnt. In den Schulen hingegen war es so, dass ich zwar Mahadiou und die Schüler verstand, die jüngeren Schüler hingegen durch meine Aussprache teils nicht so viel verstanden, wenn ich mich vorstellte. Dennoch war es spannend, die benachbarten Dörfer kennenzulernen und so viele unterschiedliche Schulen zu sehen. Da Afisou und Mahadiou allerdings möglichst viel Platz auf ihren Motorrädern brauchten, um die Bücher zu transportieren, blieb ich während des Auslieferns morgens in der Bibliothek, wo ich recht wenig Besuch hatte und die Zeit nutzte, um die Bücherregale aufzuräumen und die Spiele wieder korrekt einzusortieren. Manchmal kamen auch S. und ihr Freund vorbei, erzählten mir mehr von früheren Projekten und zeigten mir einen etwas verborgenen Raum in der Bibliothek, in welchem Bälle, Bastelmaterialien und Ordner mit alten Projekten gelagert wurden.

Eines Abends waren S., ihr Freund und ich gemeinsam unterwegs, ich glaube wir wollten uns an einer Bar am Ortsausgang ein paar Getränke holen. Bars verfügen im Regelfall in Balanka über Tische mit Plastikstühlen und servieren Getränke in Glasflaschen. Und, das ist der große Bonus, die Getränke sind gekühlt. Na ja, wohin genau wir unterwegs waren, weiß ich rückblickend nicht mehr und würde den Ort bei Helligkeit auch nicht wiederfinden. Denn es war bereits komplett dunkel und wir waren auf einem Feldweg etwas außerhalb vom Dorf unterwegs. Rechts und links am Seitenrand wuchs Gras oder war niedriges Gebüsch. Ich hatte wie immer meine Taschenlampe an und auf den Weg vor uns gerichtet, die anderen hatten ihre Handytaschenlampen aktiviert. Während S. und ich uns nichtsahnend unterhielten, rief ihr

Freund plötzlich, dass ich stehen bleiben solle, sprang vor und schlug mit einem herumliegenden Ast auf eine Stelle knapp neben meinem Fuss. Ich war komplett verwirrt, hatte ich etwas falsch gemacht? Im Licht der Taschenlampe konnte ich nicht ausmachen, wieso sich S.' Freund so verhalten hatte. Dieser schlug noch immer auf die Stelle am Boden ein und schabte mit dem Stock letztendlich etwas über den Boden, bis zum Seitenrand.

Das, worauf ich fast mit meinen FlipFlops getreten wäre, war ein Skorpion. Hätte er nur etwas später reagiert, wäre ich eventuell gestochen worden oder auf das Tier getreten. Zwar gibt es laut meinen Recherchen nur wenige Skorpione, deren Stiche tödlich sind, unangenehm wäre es aber auf jeden Fall gewesen[43]. Von da an liefen wir alle hintereinander in der Mitte des Weges, möglichst weit von solchen potenziellen Gefahren entfernt.

Auf dem Rückweg wurde ich von S.' Freund noch ermahnt, meine Schuhe möglichst nicht vor der Tür stehen zu lassen, sondern immer mit ins Haus zu nehmen und am Morgen stehts auf unerwünschte Bewohner zu inspizieren. Ein Hinweis, den ich gerne befolgte. Zwar ist es üblich in muslimischen Haushalten, dass Straßenschuhe vor der Tür ausgezogen werden, um keinen Schmutz von der Straße hineinzutragen. Angesichts zweier vorwitziger Ziegen, die mir im Garten häufiger einen Besuch abstatteten, hatte ich meine Schuhe aber von Anfang an im Haus neben der Tür abgestellt, in Ermangelung eines Schuhregals.

Angekommen in Togo war ich mit einem Paar Sandalen, Flipflops und dunkelblauen Halbschuhen. Leider hatte ich die Sandalen, da ich in Deutschland eher geschlossene Schuhe bevorzugte, nicht ausreichend kontrolliert, sodass diese bereits während der Zeit in Lomé so sehr am Material beschädigt waren, dass eine Reparatur ausgeschlossen war und ich auf die FlipFlops, welche ich nur aufgrund der Empfehlung von Vorfreiwilligen eingepackt hatte, umsteigen musste. Denn die Halbschuhe waren, abgesehen von den späteren Joggingrunden mit Samsia und größeren Reisen recht unpraktisch. Schließlich zog man die Schuhe auch aus, wenn man abends mit der Gastfamilie auf den Matten aß, schnell einmal im Gästehaus ein gewisses Örtchen aufsuchen wollte oder eine Kleinigkeit vergessen hatte. Schuhe, die man immer auf- bzw. zubinden musste, waren hierfür einfach untauglich. Daher war ich auch an diesem Abend wie gewohnt mit FlipFlops unterwegs gewesen. Später, um das Schuhthema an dieser Stelle auch wieder zu beenden, kaufte ich auf dem Wochenmarkt als Ersatz für meine leider recht schnell durchgelaufenen FlipFlops ein Paar Sandalen, welche aus alten Motorradreifen gefertigt wurden. Aus meiner Sicht eine sehr nachhaltige und preiswerte Möglichkeit, gute Schuhe herzustellen. Der Händler kam aus einer anderen Stadt und hatte mit viel handwerklichem Geschick schöne Schuhe aus den Reifen gefertigt. Meine waren ähnlich herkömmlicher FlipFlops geformt, wiesen allerdings zwei zusätzliche Bänder auf, die dem Schuh mehr Halt gaben. Ganz ehrlich, anfangs hatte ich Blasen, obwohl die Stelle zwischen den Zehen extra von einem weicheren Material umgeben war. Mein Körper brauchte etwas Zeit, sich an das neue Schuhwerk zu gewöhnen. Danach waren die Schuhe aber meine treusten Begleiter und sind noch heute in einem guten Zustand. So, das Schuhthema haben wir hinter uns. Kommen wir zu etwas viel Lebendigerem:

Insbesondere Kinder haben noch das Bild im Kopf, dass in Nordamerika große Bisonherden umherziehen und auf dem afrikanischen Kontinent Elefanten, Löwen, Nilpferde, Gazellen und ähnliche Tiere frei herumlaufen. Ja, diese Tiere laufen noch herum. Primär aber in extra dafür vorgesehenen Bereichen, in Reservaten und Parks. Aber in Togo jedenfalls nicht in der Nähe von Dörfern und Städten. Dennoch unterschieden sich die Tiere in Balanka etwas von den Tieren, wie ich sie aus meinem Heimatdorf in Deutschland kannte. Nun, vielleicht nicht unbedingt die Tiere, sondern ihre Freiheiten. Man sah primär Ziegen, Schafe und Hühner auf den Straßen und den Höfen. Die meisten Tiere waren mit einem Band aus Pagnestreifen am Hals bzw. Flügel markiert und konnten so verschiedenen Familien zugeordnet werden. Da kam es schon mal vor, dass eine Henne aufgeregt vor einem ungefähr kniehohen Abwasserkanal steht und sich wundert, dass ihre Küken nicht ebenfalls daraus hoch fliegen können. Dann nimmt man sich die Zeit und versucht, meist mit einigen anderen zusammen, die Küken einzufangen und neben der Mutter wieder abzusetzen. Auch mein Kompost, den ich mit einigen Ästen und Steinen an einer Mauer im Garten gebaut hatte, wurde regelmäßig von Ziegen geleert, bevor die Abfälle verrotten konnten. Die schönste Überraschung war dann eine (vermutlich) Ente, die ich eines Tages brütend im Kompost entdeckte, halb verborgen unter einem großen Blatt. Auch einige wenige Hunde und Katzen sah ich ab und an sowie Rinderherden, die mit Hirten außerhalb des Dorfes unterwegs waren.

Etwas außergewöhnlicher waren da die Eidechsen oder kleineren Geckos, die sich oft in ihrer ganzen Farbenpracht auf dem Stamm des Granatapfelbaums oder der Hauswand sonnten und mir ab und an einen Schrecken einjagten, wenn sie mit ihren Krallen über die Metallläden der Fenster im Erdgeschoss fuhren. Auch die Schnecken, welche nachts während der Regenzeit gerne in meinem Vorgarten unterwegs waren, waren deutlich größer und hatten ein längliches, nach oben gerecktes Schneckenhaus. Meines Wissens wurden sie zum Teil verzehrt, aber für mich bedeuteten sie lediglich, dass ich abends immer auf dem Weg zum Haus besonders gut aufpassen musste, um keine von ihnen in der Dunkelheit zu erwischen.

Dann wohnten noch Fledermäuse unter meinem Dach, mit denen ich anfangs jedoch nicht allzu viel zu tun hatte. Und nach dem Zusammentreffen mit einer Schlange in Kpalimé blieben mir zum Glück weitere Begegnungen, jedenfalls mit lebenden Schlangen, erspart. Wieso nur mit lebenden Schlangen? Weil ein Jurastudent, mit dem ich mich schon öfter in der Bibliothek unterhalten hatte, eines Nachmittags mit zwei Schlangenhäuten dort auftauchte. Er hatte beide während der Arbeit auf seinem Feld gefunden und wollte sie nun zu einer Frau bringen, welche daraus eine Salbe anfertigen würde, die Frauen die Geburt erleichtern solle. Wir breiteten beide Häute auf einem der Tische aus und er erklärte, dass die längere Haut einem Weibchen gehörte, während die kürzere die eines Männchens sei. Bei genaueren Betrachtung konnte ich in der Haut das Muster der Schuppen erkennen und dachte von nun an jedes Mal mit Sorge an diese Gefahr, wenn meine Gastgeschwister, natürlich ebenfalls mit Flipflops, auf eines der Felder gingen.

S.' Freund besuchte mich nach ihrer Abreise noch ab und an und einmal gelangte dabei wohl eine kleine weiße Eidechse mit ins Haus. Eine Albinoeidechse, wie ich später erfuhr. Und damit eine Eidechse, die nach örtlicher Tradition als Unglücksbote verstanden wird, wie in Deutschland ein schwarzer Kater oder die Zahl dreizehn. Als er sie entdeckte, nahm er den Palmbesen aus der Ecke neben der Tür und fing an, die kleine Echse im Wohnzimmerbereich zu jagen, bis er sie tot auf das Kehrblech schob und in den Garten warf. Ein wenig überraschte es mich schon, dass die Eidechse gleich sterben musste, aber zugleich wusste ich die Geste, Unglück von mir und dem Haus damit abwenden zu wollen, auch zu schätzen. Ein anderes Mal, als sich eine solche Eidechse in die Bibliothek verirrte, ging es für sie leider nicht viel besser aus.

Spannend war, dass manchmal eine Art große Ameisen mit Flügeln abends rund um Lichtquellen auftauchten. Das stand dann meist mit einem vorherigen Regenschauer zu einer passenden Tageszeit in Verbindung. Dann wimmelte es vor den entsprechenden Lichtern von Personen mit Wassertöpfen, in welche die gefangenen Tiere gelegt wurden. Anschließend, so erklärte mir mein Kollege, werden die Tiere in einer Pfanne mit Öl gebraten und schmeckten sehr gut. Bei so etwas bin ich tatsächlich recht unerschrocken und hätte die Tiere vermutlich auch probiert, wenn sich die Gelegenheit ergeben hätte.

Besonders angetan hatten es mir jedoch zwei der Ziegen, die mich regelmäßig im Garten besuchten. Eine große, weiß-schwarze Ziege mit rosafarbener Stupsnase, die während des Jahres schwanger war, und eine jüngere, hellbraune Ziege. Die ältere nannte ich Schneewittchen, ausgehend von ihren Fellfarben. Nach der Geburt ihrer Zwillinge nahm sie sich oft im Garten eine Auszeit von ihren Kindern, indem sie über die Gartenmauer sprang, während ihre Kinder aufgrund der Mauerhöhe davor zurückbleiben mussten. Die andere Ziege war frecher, versuchte mir, während ich draußen saß und telefonierte, Orangenstücke zu stibitzen oder stand manchmal einfach meckernd vor der Tür, wie als würde sie erwarten, dass ich sie hereinbitte. Ihr gab ich den Namen Anja.

Es gab Vorfreiwillige, die sich meines Wissens eine Katze gehalten hatten, und auch einen Tierarzt, der in erreichbarer Nähe gewesen wäre. Dennoch schreckte ich davor zurück, in diesem Jahr die Verantwortung für ein Tier zu übernehmen, ohne zu wissen, ob die nachfolgenden Freiwilligen ebenfalls daran Interesse hätten, für dieses zu Sorgen. Auch standen Fragen wie »Mit was füttere ich das Tier« etc. für mich damals im Raum. Einen halben Tag lang hatte ich dennoch ein »Haustier«. Aber das ist wiederum eine ganz andere Geschichte …

6. Schulbesuch aus Deutschland – Wer ist Koko Affo Tenin?

Im Oktober, während die anderen Freiwilligen, die der Einladung der Deutschen Botschaft zum Essen am 3. Oktober gefolgt waren, sich von ihrer Samonellenvergiftung erholten, wurde in Balanka das Gästehaus blitzblank geputzt, da wir Besuch aus Deutschland erwarteten. Auch ich freute mich sehr, meine Chefin wiederzusehen und ein kleines Paket von meinen Eltern zu erhalten.

Koko Affo Tenin oder Rouba machte auf mich bereits beim Treffen in Potsdam einen sehr warmherzigen Eindruck. Ich hatte jedoch komplett unterschätzt, welches Ansehen sie in Balanka hat. Dort wird sie mit dem Ehrennamen Rouba angesprochen und auch ihr Bruder, mein Gastvater, war unglaublich stolz, wenn er von ihr sprach.

Koko kam jedoch nicht alleine. Sie war in Begleitung einer Schulgruppe aus Potsdam sowie drei Personen von der Organisation »Ingenieure ohne Grenzen«. Für mich war es ungewohnt, so viele Personen aus Deutschland um mich herum zu haben. Da Koko häufig beschäftigt war, durfte ich die Gruppe im Dorf herumführen, zu den Schneidern begleiten und oftmals auch übersetzen. Mein Zimmer teilte ich mir mit zwei netten Schülerinnen aus der Gruppe, wobei ich mit einer von ihnen bis heute noch guten Kontakt habe. Ich nutzte die Gelegenheit, um das erste Mal nicht nur abends eine Runde im Hof der Gastfamilie auf einer der dünnen, aus Plastikfäden gewebten Matten zu schlafen, und bot den beiden Schülerinnen daher an, ihnen mein Bett zu überlassen. So verbrachte ich zum ersten Mal eine Nacht auf der blau-orangenen Matte in meinem Zimmer. Zwar war es zunächst eine kleine

Herausforderung, eines der mitgebrachten Moskitonetze um die Matte herum mit Büchern zu befestigen, sodass ich tatsächlich vor den Stichen dieser kleinen, bösen Blutsauger über Nacht sicher war, andererseits war es überraschend angenehm für den Rücken, auf der Matte zu schlafen. Natürlich polsterte mein Schlafsack das Ganze ein wenig, sodass ich abgesehen von der Zeit, wo ich krank war, mit Freude die Möglichkeit nutzte, auf der Matte zu schlafen. Auch im Anschluss nutzte ich die Matte häufig. So verspeiste ich jeden Morgen, oft nebenbei lesend, mein Frühstück darauf, setzte mich mit der Matte auf die Terrasse, wenn ich in der Mittagspause mit Erdin telefonierte, und musste dann sogar manchmal eine der Ziegen von der Matte wegscheuchen, wenn diese zu vorwitzig wurde und meinte, mir ein Stück Obst oder Ähnliches stibitzen zu können. Besonders erfreute mich, dass beide Schülerinnen in meinem Zimmer ebenfalls gerne lasen, sodass wir während ihres Aufenthalts unsere Bücher untereinander austauschen konnten[44].

Die Schüler aus Deutschland hatten Materialien für die Krankenstation mitgebracht und arbeiteten mit Koko und weiteren Personen an der Krankenstation sowie dem Gelände, auf dem in Zukunft eine Berufsschule entstehen sollte. So strichen sie eines der zur Krankenstation gehörenden Gebäude und befreiten die Fläche rund um die Gebäude der zukünftigen Berufsschule von Unkraut und Büschen. Auch den Platz vor der Bibliothek, wo der Regen an einigen Stellen den Boden weggespült hatte, begradigten wir gemeinsam mit meinen Kollegen.

Für den Besuch hatte Koko aus Lomé und weiteren Großstädten frische Lebensmittel sowie Milch, Butter und Käse mitgebracht[45]. Für mich war es daher jedes Mal ein kleines Festmahl, mit der Gruppe zu essen, auch wenn ich mich immer mehr zwischen meiner Gastfamilie und der Gruppe hin- und hergerissen fühlte.

Oft war ich froh, ein paar ruhige Momente mit meiner Gastfamilie und in der Bibliothek zu haben, weil der Besuch von so vielen »Yovos« dazu führte, dass auch ich mich wieder mehr wie eine Fremde fühlte, obwohl ich mich doch gerade erst im Dorf eingelebt hatte. Während des Besuchs bekam ich Fieber sowie Magen-Darm-Probleme (wie so gefühlt immer, wenn ich nicht bei meiner Gastfamilie aß) und hatte im ersten Moment ziemlich Angst, erneut Malaria bekommen zu haben. Mein Zustand besserte sich jedoch schnell wieder und auch der Schnelltest[46] war negativ.

Eine Frau, welche die Gruppe begleitete, bemerkte bei einigen Kindern Wunden an den Beinen, weshalb sie diese Kinder, teils ohne das Wissen der Eltern, mit zur Krankenstation nahm und dort auf ihre Kosten behandeln ließ bzw. ihnen in der Bibliothek aus einem der mitgebrachten Verbandskästen einen Verband anlegte. Da viele aus der deutschen Gruppe kein Französisch sprachen, bildeten sich schnell Vorurteile. Auch waren sie schockiert, in welcher Armut die Menschen in Balanka aus ihrer Sicht lebten.

Für mich war dies eine komplett neue Erfahrung, da ich die Wunden an den Beinen aufgrund meiner Sehbeeinträchtigung einfach nicht gesehen und mich an die Lebensverhältnisse im Dorf gewöhnt hatte. Mir war aufgefallen, wie viel freier sich die Kinder im Dorf bewegen konnten und wie kreativ sie sich selbst Spielzeuge bauten. Auch wusste ich inzwischen von den Zusammenschlüssen der Frauen, welche sich sonntags ja unter anderem auf dem Hof meiner Gastfamilie trafen und sich beispielsweise über Preise für Brot, verpacktes Wasser (Sachets), Orangen und weitere Grundnahrungsmittel absprachen, sodass diese an allen Verkaufsständen gleich viel kosteten.

Die Besucher hingegen waren geprägt von Vorurteilen und sahen nur »unterdrückte« Frauen, welche zum Tragen einer Kopfbedeckung gezwungen seien und den Hof kaum verließen. Dass selbst Samsia, als praktizierende Muslima, die Haare mal bedeckt und mal offen oder in vielen kleinen Zöpfen trug, wenn sie den Hof verließ, war anscheinend keinem außer mir aufgefallen. Und weil so wenige französisch sprachen, konnten sie auch nicht mit der jüngeren Generation sprechen, welche eine Mehrfachehe (jedenfalls dachten meine männlichen Gesprächspartner so) gar nicht mehr für erstrebenswert hält.

Die oben bereits benannte Besucherin aus Deutschland ging eines Abends sogar so weit zu sagen, dass Togo einmal einen richtigen Krieg brauche, damit mit diesen veralteten Traditionen endlich Schluss sei.

Klar, es ist unumstritten, dass Frauen zum Teil noch immer früher von der Schule abgehen, um verheiratet zu werden (Bildung für Balanka setzt sich allerdings aktiv dagegen ein und ermöglicht betroffenen Frauen die Schule mit einem Abschluss zu beenden, indem der Verein anstelle der Familie die Zahlung des Schulgelds übernimmt), dass eine geringe Anzahl von Frauen immer noch beschnitten werden (davon habe ich allerdings nur gelesen[47], selbst nie etwas davon gehört bzw. gesehen) und dass der togolesische Präsident vielleicht eine etwas andere Auffassung von Demokratie bzw. demokratischen Wahlen[48] hat, als ich sie habe.

Aber laut unserer Partnerorganisation ist das Land bemüht, nie in einen bürgerkriegsähnlichen Zustand zu geraten, weil man erlebt habe, wie das in verschiedenen Nachbarstaaten nur noch zu viel größerem Leid geführt habe. Es ist bemerkenswert, dass Togo über all die Jahre einen (weitestgehend) friedlichen Zustand hat erhalten können. Und das, obwohl so viele verschiedene Ethnien, Religionen und Sprachen in diesem Land verbreitet sind und die Unterschiede zwischen Stadt und Land gewaltig sind.

Infolgedessen bin ich mehrfach mit Personen aus der Gruppe in Diskussionen zu diesem und weiteren Themen aneinandergeraten. In der deutschen Gruppe herrschte eine Teils große Naivität und es wurde ein Wortschatz verwendet, welchen wir nach den Empfehlungen im Vorbereitungsseminar unbedingt vermeiden sollten. Zudem wurden ganz viele Fotos von bzw. mit Kindern gemacht[49], sodass diese am Ende, sobald ein Fotoapparat zu sehen war, sofort anfingen, zusammenzulaufen.

An einem der letzten Abende war ein Fest in der Bibliothek geplant. Zu dieser Zeit kamen abends rund 100 Kinder in die Bibliothek und mit einer entsprechenden Menge rechnete ich auch. Die Besucher backten Waffeln mit mitgebrachten Waffeleisen und nutzen den Backofen, um Kekse zu machen (dieser wurde leider dabei so beschädigt, dass er in Folge dessen als unbrauchbar erklärt wurde, nachdem beim erneuten Versuch, ihn zu verwenden, eine Stichflamme aus einem Rohr im Backofen kam).

Erschreckt von der Menge an Personen, welche zum Fest gekommen waren, zogen sich die Besucher zunächst in die Bibliothek zurück, um die vorbereiteten Dinge dort abzustellen. Leider kam einer der Jungen auf die Idee, einzelne Kinder, welche weinten, mit in die Bibliothek zu holen, ihnen eine Süßigkeit zu gegeben und ggf. eine der Wunden verbinden zu lassen. Dies sprach sich unter den Kindern natürlich schnell herum und so wurde das Geschubse am Tor noch größer, da jeder natürlich auch etwas Süßes bekommen wollte. Letztendlich reichten wir durch einen schmale Öffnung einige der Schalen an die deutschen Besucher, die draußen geblieben waren, und forderten die Kinder mit der Hilfe meiner Kollegen auf, Reihen zu bilden. So konnten nun auch die anderen die Bibliothek verlassen und es war möglich, Stühle für die Aufführung des »Club du Sketch« aus der oberen Etage zu holen.

Auf dem Festplatz, einem größeren Platz hinter der Bibliothek, führten die Jugendlichen des »Club du Sketch« einige Stücke auf, zudem tanzten die Frauen und auch wir wurden in die Mitte geholt. Als Anerkennung wurden einem Bonbons in die Hand gedrückt, welche man wiederum an andere Tänzerinnen weitergab. Mir wurden im Laufe des Nachmittags auch die Eltern einer der Süd-Nord-Freiwilligen vorgestellt, welche nun in Berlin lebt und die ihre Eltern seit über einem Jahr, seit der Abreise zu ihrem Freiwilligendienst in Deutschland, nicht mehr besuchen konnte.

Das Fest klang in den späten Abendstunden aus und kurz darauf verließ die Schülergruppe Balanka auch schon wieder.

Mit einem Lächeln auf den Lippen verlasse ich das Haus,
mit einem Lächeln schließe ich abends wieder auf.
Auf der Straße treffe ich Nachbarn,
überall ein »Mangala, konkarife?«
Ich bin hier einfach glücklich und kann mir eine Rückkehr
in den Alltag in Deutschland kaum vorstellen.

(Auszug Tagebuch, 01.11.2018)

7. Tanz der Glühwürmchen

Am Tag der Abreise räumten meine Gastmütter und ich einiges an Geschirr und Dingen, die für die Besuchergruppe hervorgeholt worden war, wieder weg, in das Zimmer von Koko. Dennoch blieb nach Rücksprache der Wasserkocher in der Küche, sodass ich mir von da an, sofern der Strom nicht ausgefallen war, zum Frühstück Tee kochen konnte.

Die Schülergruppe hatte einiges an Lebensmitteln dagelassen, welche wir mit zu meiner Gastfamilie nahmen. Darunter waren kleine Honigmelonen, Gurken sowie weiteres Obst und Gemüse, das man in Balanka nicht oder nur selten kaufen konnte. An diesem Tag gab es ein kleines Festmahl. Kohl, Tomaten, Zwiebeln und Gurken wurden mit Nudeln sowie Mayonnaise und Fisch zu einem Nudelsalat gemischt, wovon jeder an diesem Tag reichlich essen konnte. Aber auch für meine älteren Gastbrüder hatten Mommy und Wetau einiges an Essen zur Seite gelegt.

Kabirou und Ibrahime besuchten zu dieser Zeit das Gymnasium in einer Nachbarstadt und waren nur selten am Wochenende da. Bereits während Mahadiou und ich in den ersten Wochen im Auftrag der Bibliothek die umliegenden Schulen besuchten und von der Möglichkeit, sich über uns Schulbücher auszuleihen, erzählten, erklärte er mir bei einem der Schulbesuche, dass es in Balanka keine Oberstufe gebe und daher alle Schüler, die das Abitur machen wollten, in eine andere Stadt ziehen müssen. Bildung ist hierbei nicht nur bedingt durch die Schulgebühren eine Kostenfrage, man braucht zugleich auch das Geld für ein Zimmer und Verpflegung.

An meinem freien Tag schlug Samsia vor, mit ihr und Samira zu Ibrahime und Kabirou zu fahren. Ich willigte gerne ein, nahm nur etwas Bargeld, mein Handy und natürlich den Wohnungsschlüssel mit. Dafür trugen wir noch eine große Tüte mit Lebensmitteln, die an dem Moto befestigt werden musste. Wie wir zu viert auf das Moto passten – ganz einfach, vorne auf dem Moto, direkt hinter dem Lenker, saß Samira, mit ihren fast drei Jahren war sie leicht genug und wurde mit einer Hand vom Motofahrer festgehalten. Hinter ihm saß dann Samsia, weil sie etwas kleiner ist, und dahinter quetschte ich mich zwischen sie und die am Gepäckträger hinter mir befestigte Tüte. Diese hielt ich auf der holprigen Lehmstraße teils fest, um das Herausfallen von Lebensmitteln zu vermeiden. Mit der anderen Hand umfasste ich hingegen die Unterseite des Gepäckträgers, um selbst besseren Halt zu finden und nicht zu sehr herumzurutschen.

Nach ungefähr einer halben Stunde kamen wir zu einer Art Hof am Rande der Stadt. Bevor der Motofahrer wieder zurückfuhr, vereinbarte Samsia mit ihm noch, dass er uns rechtzeitig vor Einbruch der Dunkelheit abholen würde. Vor uns lagen lauter längliche, einstöckige Gebäude, in Reihen hintereinander. Diese Wohnheime, so erklärten es mir meine Gastbrüder, wurden alle von Schülern ihrer Schule bewohnt, welche nicht bei Familie oder Bekannten in der Stadt unterkommen konnten. Meine Brüder teilten sich ihre Wohnung, bestehend aus einem Vorraum, gefüllt mit verschiedenen Küchenutensilien, Hockern und Tischen sowie mehreren Schlafräumen, mit weiteren Schülern. Lernen und Hausaufgaben machten sie, so erklärte mir Kabirou, vor allem in der Schule, weshalb die Klassenräume auch vor und nach dem Unterricht noch für die Schüler zugänglich seien. Daher kämen sie meist erst abends nach Hause, kochten und ruhten sich für den kommenden Tag aus. Beide Brüder kochten zusammen auf einem Gaskocher, welcher einen Aufsatz für einen Kochtopf aufwies. Über das mitgebrachte Essen freuten sie sich sehr. Zwar wurden sie teils von ehemaligen Freiwilligen bezüglich Schulgebühren, Büchern und Schuluniformen unterstützt, alle Kosten konnten damit jedoch nicht gedeckt werden.

Während Kabirou die Première, also das vorletzte Schuljahr, besuchte, war Ibrahime in der Terminale und schrieb im kommenden Jahr sein Abitur. Im Gegensatz zu Schülern im deutschen Schulsystem war auch Kabirou schon sehr im Lernstress, denn er schieb eine Art »Vorabitur«, um zum tatsächlichen Abitur zugelassen zu werden. Des Weiteren standen beide morgens früher auf, um bereits vor Schulbeginn zu trainieren. Denn auch ein Sporttest war Teil der Prüfungen. Ich wagte es kaum, mir vorzustellen, wie sehr eine Sportprüfung wohl meinen Abiturschnitt nach unten gezogen hätte.

Doch damit genügte es nicht, meine Brüder lernten beide in der Oberstufe auch eine weitere Fremdsprache, und zwar Deutsch. Sie sprachen also neben französisch, ihrer ersten Fremdsprache, auch englisch und deutsch. Und zwar beeindruckend gut. Während ich nach fünf Jahren Französischunterricht immer noch nicht wusste, was beispielsweise Fledermaus auf Französisch lautet. Zu meiner Schande umschrieb ich diese in einer Situation als »souris qui vole«, also »Maus, die fliegt«, wodurch Kabirou direkt auf Fledermaus kam. Er kannte einfach bereits nach weniger als zwei Jahren Deutschunterricht das passende Wort dafür. Auch Studierende, welche in der Bibliothek vorbeischauten, sprachen oft auf Deutsch mit mir. Und mein Kollege brachte einmal sein Deutschheft mit in die Bibliothek und zeigte mir die Seite, auf der sie sich mit »Ode an die Freude« beschäftigt hatten. Das ganze

Niveau im Schulunterricht war aus meiner Sicht höher und Kabirou kannte viel mehr Daten und historische Momente in der Weltgeschichte auswendig als ich, trotz meinem Interesse an Geschichte. Das Einzige, was mir auffiel, war, dass zwar viel Wissen vermittelt wurde, dies jedoch primär auswendig gelernt und wiedergegeben werden musste. Soweit ich mitbekam, wurde wenig dazu angeregt, sich selbst eine Meinung zu bilden und einen Sachverhalt zu diskutieren. Etwas, was zwar auch bei mir an der Schule erst in der Oberstufe tatsächlich gefördert wurde, aber für mich auch den meisten Spaß am Unterricht ausmachte.

Nachdem Ibrahime und Kabirou uns ihre Unterkunft gezeigt und wir uns ein wenig im Hof unterhalten hatten, gingen wir zusammen in die Stadt. Mir fiel auf, wie unglaublich belebt diese war. Im Stadtzentrum befanden sich überall am Straßenrand Verkaufsstände, viele bunte, feststehende Geschäfte und schon hier war eine größere Auswahl an Waren als in Balanka zu erkennen. Samsia genoss es, in der Stadt zu sein, und kaufte sogleich einige Kekse, welche ich in Balanka bislang noch nicht gesehen hatte. Für mich war es extrem anstrengend, unter so vielen Menschen zu sein, in einer mir zudem unbekannten Umgebung, sodass ich mich primär darauf konzentrierte, meinen Brüdern zu folgen und nicht zu stolpern. Daher kann ich die Umgebung auch nicht ausführlicher beschreiben, weiß allerdings noch, dass die (Haupt-)Straße asphaltiert war und natürlich viel stärker befahren als in Balanka. Ein weiteres Mal wurde mir bewusst, wie viel Glück ich hatte, in Balanka zu leben. Zwar waren die anderen Freiwilligen sehr weit weg und die Auswahl an Lebensmittel deutlich beschränkter, dafür war es für meine Augen viel entspannter und ich hatte eine wunderbare Gastfamilie. Es war so schön zu sehen, wie sich meine Brüder seit unserer Ankunft um Samira kümmerten, man merkte, dass sie ihre Nichte[50] sehr vermisst hatten.

Auf dem Rückweg, wir hatten noch ein paar kleiner Besorgungen erledigt, merkte ich, dass die Dämmerung bereits eingesetzt hatte und ich daher noch schlechter sah als sonst. Meine Gastbrüder hatten uns an einem Stand auf Orangen eingeladen, die in dieser Zeit sehr günstig am Straßenrand verkauft wurden. Die Verkäuferinnen schälten mit einer Rasierklinge vorsichtig die äußerste, meist grün oder gelblich gefärbte Schale ab und schnitten oben eine Art Kappe in die Orange. Diese öffnete man dann und trank bzw. aß das Innere der Orange aus der Öffnung. Es mag ein wenig umständlich klingen und gelang anfangs nicht ganz so gut, aber zu diesem Zeitpunkt war ich bereits in der Handhabung geübt. Und ein umweltfreundlicheres, verpackungsärmeres Trinkpäckchen für unterwegs kann man sich doch gar nicht vorstellen, oder?

Als wir kurz darauf wieder bei der Wohnung meiner Brüder ankamen, wartete der Motofahrer bereits auf uns, sodass wir uns recht schnell von Ibrahime und Kabirou verabschiedeten und mit den halb verspeisten Orangen auf das Moto stiegen. Auch Samira war schon sehr geübt im Umgang mit den Orangen und so gelang es uns, die Orangen während der Fahrt zu verspeisen und mit einem gezielten Wurf in die Felder zu entsorgen, nachdem wir die Stadt verlassen hatten. Nun war es bereits dunkel und das Licht des Motos sehr schwach. Wir fuhren daher deutlich langsamer als auf dem Hinweg, was auch gut war, denn wir begegneten einigen Personen, welche in der Dunkelheit auf dem Heimweg waren.

Aber nicht nur Menschen waren unterwegs. Samsia machte mich auf die Glühwürmchen aufmerksam, die am Wegesrand flogen und mit den Sternen am Himmel um die Wette leuchteten. Ein Gefühl unglaublicher Freude umgab mich in diesem Moment. Wie friedlich alles war, was für ein Wunder, diesen Tieren ausgerechnet jetzt und hier begegnet zu sein. Und was für ein toller Tag es war. Wie dankbar ich Samsia war, dass sie mich mitgenommen hatte, und was für spannende Gespräche sich mit meinen Brüdern ergeben hatten.

Zurück in Balanka stiegen wir recht erschöpft vom Motorrad und bezahlten den Fahrer. Er hatte uns direkt am Hof meiner Gastfamilie rausgelassen und so folgte ich Samsia und Samira durch das blaue Tor hinein. Im Hof brannte bereits ein Feuer, auf welchem Mommy Maisbrei in dem großen Kessel kochte. Ich freute mich sonntags immer beim Kochen zusehen zu können und etwas helfen zu dürfen, was mir unter der Woche aufgrund unserer langen Öffnungszeiten in der Bibliothek nicht möglich war. Bei Pâte kommt es immer auf die Soße an, denn diese verleiht letztendlich den Geschmack. Besonders gerne mochte ich eine scharfe Tomatensoße, in der sich oft Sojastücke oder sogar manchmal etwas Ziegenkäse befanden. Ansonsten gab es auch öfter eine grünliche, etwas schleimige Soße, an die ich mich erst gewöhnen musste. Die schleimige Konsistenz verdankte die Soße den gekochten Okraschoten, oft kamen auch Kräuter, eine Art Spinat oder beispielsweise Blätter des Moringabaumes aus dem Garten rund ums Gästehaus mit in die Soße. Nach wenigen Malen hatte ich mich auch an diese Soße gewöhnt und freute mich über die Schärfe und den leichten Fischgeschmack, denn dieser Soße war meist auch Fisch beigefügt.

Mommy fügte dem kochenden Wasser im Kessel zunächst Maismehl hinzu, welchen sie in einer anderen Schüssel bereits mit etwas Wasser verrührt hatte. Danach gab sie unter ständigem Rühren weiteres Maismehl hinzu, um die gewünschte Konsistenz zu erreichen. Das Umrühren stellt hierbei, wie ich selbst feststellen durfte, einen nicht zu unterschätzenden Kraftakt dar, schließlich soll nichts unten am Kesselboden anbrennen. Als das Pâte fertig gekocht war, wies Mommy uns an, die Äste, welche sich unter dem Topf befanden, auseinanderzuziehen, damit die Hitze reduziert wurde und das Feuer langsam erlosch. Sie befeuchtete die bereitstehenden Warmhaltebehälter und Schalen mit etwas Wasser, bevor sie in alle eine passende Menge an Pâte hineingab. Wir hatten dann die Aufgabe, einen passenden Deckel aus dem Korb mit dem gewaschenen Geschirr herauszusuchen und alles auf die Terrassenmauer zu stellen, wo das Pâte kurz stehen und etwas abkühlen konnte. Inzwischen wurde die Soße erhitzt und in kleinere Schalen aufgeteilt. Sobald Mommy Bescheid sagte, füllten wir weitere Schalen mit Wasser aus der Tonne auf der Veranda, um unsere Hände zu waschen, holten Pâte und Soße ab und setzten uns in Gruppen auf die Matten im Hof. Lediglich mein Gastvater sowie zwei der jüngeren Kinder nahmen auf Stühlen bzw. einer Holzbank Platz.

Je nach Größe der Portion teilten entweder Samsia und ich uns eine Schüssel Pâte oder es kamen Samira oder auch Fussena und Assana noch hinzu. Mit der angefeuchteten rechten Hand trennten wir kleine Stücke des festen Maisbreis ab, formten diese zu einer Kugel und tunkten sie in die Schale mit der Soße, bevor wir die Hand zum Mund führten. Wenn Soja, Fisch oder Ziegenkäse der Soße beigefügt war, achtete ich sehr genau darauf, dass ich niemandem aus Versehen etwas wegaß. Teils kam es am Anfang vor, dass für Samsia und mich in der Soße nur ein Stück Fisch war und Samsia mich aufforderte, es zu essen. Wahrscheinlich aus Höflichkeit und weil ich als Gast gut essen sollte. Das löste ich, indem ich das Fischstück einfach entlang des Grätenbogens teilte und sagte, dass ich gar nicht mehr als eine Hälfte schaffen würde. Manchmal stand auch, wenn ich von der Bibliothek kam, ein Topf Pâte sowie Soße bereit und Samsia war in der Cafeteria beschäftigt. Dann sollte ich schon essen, achtete aber ebenfalls darauf, ihr genau die Hälfte aufzuheben. Mit der Zeit lernte ich auch, anhand der Größe der Schale die Anzahl der Personen einzuschätzen, welche mit mir von dem Pâte aus der entsprechenden Schale essen würden.

Nach dem Essen nutzten wir das Wasser vom Händewaschen erneut zum selbigen Zweck, diesmal lediglich mit der Absicht, klebrige Rückstände des Pâte und der Soße abzuwaschen. Die Schalen entleerten wir im Anschluss in einem hohen Bogen in den hinteren Teil des Hofes, der von den Lampen auf der Terrasse nicht erhellt wurde. Danach legte man sich entweder schon eine kleine Runde auf den Matten schlafen, wobei mir, wann immer ich einen Pagne oder ein langes Kleid trug, dieses Kleidungsstück die entsprechende Wärme bot. Denn so angenehm es tagsüber war, so kalt wurde es, jedenfalls nach meiner Wahrnehmung, abends. Gerade während der Trockenzeit, wo es tagsüber bis zu 40° C warm wurde, konnte es nachts schon einmal bis auf 19° C absinken.

Ansonsten kamen häufig Freundinnen von Fussena und Assana nach dem Essen zu Besuch und tanzten mit ihnen im Hof, malten an einer, am Nebengebäude angebrachten Tafel oder spielten verschiedene Spiele. Dann wurden auch wir älteren Geschwister oft aufgefordert, mitzumachen. Und bedingt durch eine Freundin von beiden, welche »Yasmine« hieß, bekam ich eines Abends zur Unterscheidung den Spitznamen »Yasso«, der von da an recht häufig genutzt wurde. Durch eines der Spiele lernte ich sogar das Zählen bis zehn auf Balanka.

So schön es auf dem Hof war, versuchte ich dennoch spätestens gegen kurz nach zehn Uhr abends zurück ins Gästehaus zu gehen, um am nächsten Tag ausgeruht zu sein. Der Weg zum Gästehaus war noch recht entspannt, vereinzelt sah man Taschenlampen und hörte Personengruppen, in Unterhaltungen vertieft. Sobald ich das Gartentor aufstieß, fing ich an, mich ein wenig unbehaglich zu fühlen. Der Garten lag im Dunkeln und ich schaltete spätestens vor dem hohen Tor die Taschenlampe an und leuchtete den vorderen Bereich des Gartens ab. Dass zu beiden Seiten der kleinen Terrasse Bäume wuchsen und wilde Schatten warfen, war ebenfalls wenig dienlich. Danach schloss ich das Tor, schob den Riegel von innen vor und eilte zur Haustür. Ich öffnete diese mit dem an einem bunten Band aus Pagnestreifen befestigten Schlüssel, trat ein, stellte meine Schuhe neben die Tür ab und griff, falls Strom vorhanden war, nach dem Lichtschalter, um das Erdgeschoss zu erleuchten. Direkt im Anschluss daran schloss ich die Tür ab, schob den zusätzlichen Riegel vor und ging, nun wieder nur mit dem Licht der Taschenlampe, die enge Wendeltreppe ins obere Stockwerk hinauf. Abends legte ich primär meine Tasche in meinem Zimmer ab, zog mich um und ging, die Taschenlampe immer für den Fall eines möglichen Stromausfalls griffbereit, ins Bad. Ich vermied es, einen genaueren Blick in den Flur zu werfen, da ich leider eine recht große Fantasie habe und einige Thriller zu viel gelesen hatte. Aufgrund dessen versuchte ich abends in der Bibliothek, wenn ich etwas Zeit hatte, bewusst keine gruseligen oder beängstigenden Bücher zu lesen, um meine Fantasie nicht zusätzlich anzuheizen. Denn auch die Fledermäuse unter dem Dach neigten dazu, nachts einfach auf die Zwischendecke zu plumpsen oder andere, recht schwer zuzuordnende Geräusche von sich zu geben.

Wieder in meinem Zimmer räumte ich meine Zahnputzsachen ins Regal (im Bad rieselte öfter mal etwas Staub und Fledermauskot durch die Decke, sodass ich es bevorzugte, meine Zahnputzsachen und Ähnliches in einem Regal aufzubewahren), kontrollierte mein Mückennetz[51] und schaltet am Lichtschalter nahe der Tür das Licht aus. Mit der Taschenlampe in der Hand schlug ich den Spalt im Mückennetz auf, kletterte hinein und steckte die losen Enden wieder überlappend unter der großen Matratze fest. Danach kuschelte ich mich in meinen Schlafsack, stellte meinen Handywecker für sieben Uhr am nächsten Morgen und wünschte Erdin per Text- oder Sprachnachricht eine gute Nacht. Sodann schob ich mein Handy unter das »Mr. BlindLife«-T-Shirt, welches Erdin mir bei unserem letzten Treffen als Erinnerung an sich mitgegeben hatte und das immer neben meinem Kopf lag. Ich faltete meine Hände, sprach leise mein Abendgebet und schlief meist recht schnell ein.

8. Erste kritische Gedanken nach einem Drittel der Zeit

Die Gruppe aus Deutschland hatte Balanka zwar verlassen, allerdings nicht ohne dass eine der Begleiterinnen der Schulgruppe mir einen Zettel, eine Stoffdecke sowie Geld hinterließ, welches ich der Familie eines der Schulkinder, das sie zur Behandlung einer Beinwunde in die Krankenstation gebracht hatte, übergeben sollte. Als Schulgeld für das kommende Schuljahr. Eigentlich hätte ich so etwas nicht gemacht. Einfach zu einer Familie zu gehen, dort Geld und ein Geschenk für ein bestimmtes Kind abzugeben und zu gehen.

Und doch blieb mir kaum eine andere Wahl. Ich konnte das Geld ja nicht einfach im Gästehaus herumliegenlassen oder einem anderen Zweck widmen als von der Frau bestimmt. Noch immer war S., die ehemalige Freiwillige, bei ihrem Freund in Balanka zu Besuch und auch sie war von der Bitte und dem Verhalten der Frau überrascht. Das Geld, so war ihr Vorschlag, gäbe man am besten dem Schuldirektor, sodass es auch wirklich die Schulgebühr für das nächste Jahr decken würde.

In Rücksprache mit der Frau war es jedoch ihr ausdrücklicher Wunsch, dass das Geld der Familie des Jungen übergeben wurde. Und so fing ich an, nach dem Jungen zu suchen, bis Samsia und ich der Familie zusammen einen Besuch abstatten konnten.

Es war einer der Momente, in dem ich begann, die Vorstellung von Menschen im Globalen Norden über das Leben im Globalen Süden komplett zu hinterfragen. Wie kann es sein, dass sich Personen auf einer Reise einfach ein Kind aussuchen können, es ohne Erlaubnis der

Eltern medizinisch behandeln lassen und ihm Geschenke sowie Geld zwecks Schulbildung übergeben. Natürlich ist es in dieser Weise eine Art von persönlicherem »Aktivismus«, bei dem man vielleicht leichter das Gefühl hat, dass die »Hilfe« wirklich ankommt, allerdings ist es zugleich eine extrem krasse Bevormundung der Familie. Würdest du als Elternteil wollen, dass eine fremde Person, die du vielleicht noch nie gesehen hast, einfach dein Kind (ohne dass ein medizinischer Notfall vorliegt) mitnimmt und es behandeln lässt, ohne vorher mit dir darüber zu sprechen? Wenn dein Kind auf einmal vielleicht mit einem Verband oder sogar einem Pflaster von einer Spritze zurück nach Hause kommt und du nicht weißt, was gemacht wurde? Solche Eingriffe müssen immer mit den Eltern oder dem gesetzlichen Vormund abgesprochen sein. Vielleicht hätten die Eltern eingewilligt, dass die Frau die Behandlung in der Krankenstation bezahlen darf, aber die Betonung liegt auf der Einwilligung.

Hier hingegen fand eine Aburteilung als hilfsbedürftig statt, ohne die genauen Umstände zu kennen oder jemals zuvor mit der Person mehr als ein paar Wörter gesprochen zu haben. Dieses Verhalten wird auch als »white saviorism« betitelt. Übersetzt heißt es so viel wie »*weiße* Retter«, was allerdings in einem negativen Kontext gesehen wird. Kritisiert wird hierbei die Annahme *weißer* Personen, dass sie als vermeintliche Helfer in den Globalen Süden kommen, und der Gedanke, dass Menschen im Globalen Süden auf diese »Hilfe« angewiesen seien. Die Kritik richtet sich dabei auch an Freiwillige, welche wie ich nach dem Abitur für eine Zeit in den Globalen Süden reisen, um vermeintlich »Gutes« zu tun, und gegen Hilfsorganisationen, welche oft mehrheitlich von *weißen* Personen geleitet werden[52].

Und ja, gerade Bilder von Freiwilligen, Promis oder Touristen, welche diese, umgeben von Kindern, bei einer Essensausgabe in einer

Schule oder einem Waisenhaus zeigen, verstärken das Bild, dass der Globale Süden auf Hilfe angewiesen sei[53]. Auch Freiwilligendienste, welche nur wenige Wochen dauern und bei denen Teils dafür geworben wird, vormittags »die Welt zu verbessern« und nachmittags »Urlaub am Strand« machen zu können, tragen weiterhin dazu bei, dass sich diese Gedanken auch bei jüngeren Personen festsetzen. Auch bei längeren Freiwilligendiensten, bei denen Abiturienten ohne zusätzliche Qualifikationen beispielsweise als Lehrer in Schulen eingesetzt werden, besteht das Problem. Denn wieso dürfen Personen, die in Deutschland nie mehr als Vertretungsunterricht an Schulen geben dürften, im Globalen Süden auf einmal den regulären Unterricht übernehmen?

Wir mussten für unser Arbeitsvisum vorab ein übersetztes, erweitertes Führungszeugnis vorlegen, sodass die gängigen Voraussetzungen für die Arbeit mit Kindern und Jugendlichen erfüllt waren. Dennoch hatten auch bei uns die meisten gerade erst ihr Abitur bestanden und keinerlei Ausbildung oder Berufserfahrung vorzuweisen.

Die Arbeit, die Koko mit den Spendengeldern leistet, ist hingegen zielorientiert. Ja, es ist vielleicht nicht genau möglich zu bestimmen, welches Kind durch die Spende Unterstützung hinsichtlich des Schulbesuchs bekommt, dafür erhalten es Familien, die diese Unterstützung auch wirklich benötigen und darum bitten. Ein immenser Unterschied aus meiner Sicht. Koko ist in Balanka geboren, sie ist ortskundig, kommt mehrfach pro Jahr nach Balanka und steht mit vielen Personen im Dorf in regelmäßigen Kontakt. Sie weiß, wo und was benötigt wird, und kann differenzieren, wo Geld am besten eingesetzt wird. Unterstützung für Balanka, organisiert von einer Frau aus Balanka.

Diese Eigeninitiative der Frau hingegen zeigte mir Vorurteile auf, die ich selbst vielleicht noch im Verborgenen in mir getragen hatte. Auch ich hatte angenommen, dass die Kinder, welche wir in der ersten Woche in Lomé mit Tabletts voller Ware am Straßenrand gesehen hatten, Straßenkinder seien, oder zumindest nicht zur Schule gingen und zur Kinderarbeit gezwungen seien. Doch auch dort erklärten uns die Begleiter von der Partnerorganisation, dass Schulferien seien und die Kinder daher etwas Geld, auch für sich, dazuverdienen würden. Das erlebte ich auch bei einem meiner jüngeren Brüder, welcher bei der Cashew-Ernte half und sich mit dem Verdienst ein neues Handy kaufen konnte.

Diese Vorstellungen, alle durch die Berichterstattung in den Medien im Globalen Norden geprägt, diese primär negativen Erwartungen führten dazu, dass man Dinge falsch zuordnet. Ich wusste, dass sie es gut meinte, bloß ihre »Hilfe« vielleicht etwas unpassend angegangen war. Noch immer ist sie sehr aktiv, unterstützt den Verein von Deutschland aus und ich hoffe, dass es durch den fortbestehenden Kontakt gelungen ist, ihre ganz eigene Vorstellung von Balanka und wie man am besten »Unterstützung« zeigt, ein wenig zu wandeln. Denn Missverständnisse und Fehlvorstellungen entstehen immer, wenn man nicht kommuniziert, oder, wie in ihrem Fall, aufgrund der Sprachbarriere, gar nicht mit den Personen vor Ort kommunizieren kann.

Der Besuch der Gruppe hatte in mir zudem Zweifel darüber ausgelöst, wie sinnvoll meine Tätigkeit in Balanka war. Auch merkte ich, wie wichtig mein Kollege Mahadiou für die jüngeren Schüler war. Er konnte ihnen den Unterrichtsstoff, welcher in den Schulen von Anfang an auf Französisch vermittelt wird, noch einmal auf Balanka erklären. Etwas, was unglaublich hilfreich war, weil die Schüler in der Schule zugleich Französisch als neue Sprache erlernen müssen, daneben allerdings auch schon relevanten Unterricht in allen üblichen Fächern haben, ohne am Anfang etwas verstehen zu können. Hinzu kommt, dass die Lehrstellen i. d. R. immer an Lehrer aus anderen Regionen vergeben werden, um zu verhindern, dass diese auch nur in Versuchung kommen, im Unterricht mit den Schülern in der regionalen Sprache zu sprechen.

So viele Menschen in Deutschland hatten die absolut falsche Vorstellung, ich würde etwas »Weltbewegendes« in Togo leisten. Das Einzige, das mir im Gegensatz zu meinen togolesischen Kollegen vielleicht leichter fiel, war, immer pünktlich und zuverlässig in der Bibliothek zu sein. Jedoch ist dabei die Tatsache zu berücksichtigen, dass ich im Gegensatz zu ihnen keine Felder zu bewirtschaften und keine größeren familiären Verpflichtungen hatte, sodass ich tatsächlich (abgesehen von Krankheit und Reisen) Montags bis Samstags von 9-12 Uhr und von 16-20 Uhr in der Bibliothek sein konnte.

Manchmal fühlte ich mich nutzlos, wenn ich hörte, welche coolen Projekte, wie beispielsweise einen Chor, meine Vorgänger organisiert hatten, auch dachte ich, dass ein zweiter Freiwilliger aus Balanka besser geeignet wäre als ich, in der Bibliothek zu arbeiten. Denn wieso erhielt ich mehr Geld[54] als meine Kollegen, wenn diese doch viel besser qualifiziert waren und mehr leisteten? Alleine dadurch dass sie sich vor Ort besser auskannten, Balanka fließend beherrschten und mit dem Unterrichtsstoff des togolesischen Schulsystems vertraut waren, hatten sie mir sehr viel voraus.

Gerade die Anfangszeit bestand ganz viel aus Ausprobieren. Was kommt gut an, welche Materialien können wir nutzen, was bringt den Kindern am meisten?

Ich hatte von 2013 bis 2018 ungefähr einmal im Monat den Kindergottesdienst in einer evangelischen Kirchengemeinde für Grundschulkinder vorbereitet, Ferienspiele betreut und auch beim Vorbereitungsseminar fleißig Spielideen mitgeschrieben. Einiges ging schief, wie beispielsweise der Versuch, mit Kindern »hi, ha, ho« zu spielen, ein Spiel, welches man in einer größeren Gruppe spielen konnte und nichts weiter voraussetzte als einen oder zwei funktionsfähige Arme. Letztendlich scheiterte es daran, dass ich das Spiel auf Französisch erklären und mein Kollege es noch einmal auf Balanka übersetzen musste. Irgendwo bei den Übersetzungen sind wohl Teile abhanden gekommen und so herrschte bei den Kindern etwas Verwirrung. Da war das Fußballspiel neben uns dann doch interessanter.

Ein weiteres Hindernis war natürlich, dass ich nicht einfach in den nächsten Bastelladen gehen konnte, um buntes Papier, Pappe oder Ähnliches zu besorgen. Und vieles in dem Materialraum war bereits beschädigt oder aber meine Kollegen hatten die Erfahrung gemacht, dass einzelne Materialen bei einer größeren Gruppe von Kindern zu Streit darum führte, wer die geringe Menge an beispielsweise Pinseln jetzt benutzen dürfe. Schnell bemerkte ich jedoch, dass die Kinder gerne zeichneten, und oft wurde ich aufgefordert, an einem Bild mitzuarbeiten oder zum Beispiel einen Hund vorzuzeichnen, den sie dann ausmalen konnten. Auch zu Hause, mit meinen jüngeren (Gast-)Geschwistern malte ich öfter, es war ein Weg, ohne viel sprechen zu müssen[55], Zeit miteinander zu verbringen.

Ansonsten versuchte ich mich so nützlich wie möglich zu machen, reparierte liebend gerne alles, was in irgendeiner Weise beschädigt war. Klebte Buchseiten wieder ein, überklebte eingerissene Ecken und bastelte sogar teils für Puzzleteile passende Verbindungsstücke, wenn diese bereits abgebrochen und unauffindbar waren.

Dennoch war ich unzufrieden. Ich hatte zwar eine Altflöte dabei, war aber nicht musikalisch genug, um einen Chor gründen zu können. Einen Theaterclub aufzumachen, wie ich es vor der Ankunft überlegt hatte, verwarf ich wieder, schließlich gab es bereits den »Club du Sketch«, dem ich keine Konkurrenz machen wollte. Ballett? Schnell wurde mir abends bewusst, dass zwar meine Schwestern einige Sprünge echt cool fanden, ansonsten aber lieber die Schritte aus den Musikvideos, welche abends im Fernsehen liefen, lernen wollten. Und mir gleich auch mit beibrachten.

Mit der Zeit lernte ich zu akzeptieren, dass es, wie von Anfang an gesagt wurde, vor allem ein kultureller Austausch war. Ich habe zwar vielleicht nicht viel »Gutes« tun können, aber das gegenseitige Verständnis für die unterschiedlichen Kulturen wächst mit jedem Austausch, mit jeder Person, welche sich offen darauf einlässt. Man wird in diesem Jahr zwangsläufig für Themen wie globale Gerechtigkeit, Klimakrise, Rassismus, Kolonialismus und Migration sensibilisiert, weil man nun Bekannte, Freunde und Familie vor Augen hat, welche von all dem direkter betroffen sind, ohne selbst etwas dafür zu können.

Oftmals kamen Studierende aus Lomé oder Kara in die Bibliothek zu Besuch, sprachen mit mir teils sogar auf Deutsch und erzählten mir davon, wie schwer es sei, nach dem Studium in Togo eine gute Stelle zu finden. Häufig werde man dann doch Taxifahrer in Lomé oder müsse den Acker seines Vaters übernehmen. Kein Wunder, die meisten Unternehmen haben ihren Firmensitz, ihr gut bezahltes Personal im Ausland, gerne irgendwo im Globalen Norden, und importieren die Rohstoffe zur Weiterverarbeitung ins Ausland. Ganz krasses Beispiel: Die in Togo geernteten Cashewnüsse werden zum Schälen und Rösten überwiegend[56] nach Vietnam gebracht und von dort aus nach Europa geschifft, wo sie dann in den Supermärkten landen[57].

Es waren nur Studenten, die mir gegenüber den Wunsch äußerten, das Land zu verlassen, um woanders einen Job zu finden, der ihrem Studium tatsächlich gerecht würde.

Ein Bekannter meiner Eltern hingegen, ein unter anderem in einer Kirchengemeinde und als Jugendschöffe sehr engagierter Mann, teilte auf Facebook regelmäßig hasserfüllte, vorurteilsüberladene Beiträge anderer Nutzer. Teils von einer vermeintlichen, *weißen* Fluchthelferin, welche angeblich nun ihre Unterstützung bereute. Das Problem dabei war, dass sie weder die vermeintlichen Beiträge selbst verfasst hatte noch sich je dahingehend geäußert hatte[58]. Er teilte Artikel, in welchen behauptet wurde, dass nur junge, muslimische, ungebildete Männer nach Deutschland kämen, welche dann enttäuscht seien, dass sie »mit dem Schneidern von Plunderhosen« hier kein Geld verdienen würden.

Könnt ihr euch vorstellen, wie sehr mich diese von ihm geteilten Beiträge verletzt haben? Wie sauer ich auf ihn war? Und das, obwohl mich seine Anfeindungen nicht einmal selbst betrafen. Aber nun hatten die Personen, die möglicherweise eines Tages den beschwerlichen, teils tödlichen Weg durch die Sahara und über das Mittelmeer wagten, Gesichter, Geschichten, Familien. Ich hatte das Gefühl, dass er meine

(Gast-)Familie, meine Freunde und Bekannten direkt angegriffen hatte. Was wusste er schon von dem Leben im Globalen Süden? Wie konnte er sich erlauben, so sehr gegen muslimische Menschen mit Fluchterfahrung zu hetzen? Denn die Beiträge richteten sich vor allem gegen Personen dieses Glaubens. Was macht einen geflüchteten Menschen, der Christ ist, mehr wert als seinen Bruder, der Moslem ist?

Genau das und einiges andere schrieb und kommentierte ich auch. Ich wollte diese furchtbaren Beiträge nicht unkommentiert lassen. Und war entsetzt, weil der christliche Glaube für mich nicht rechtfertigte, gegen Personen anderen Glaubens zu hetzen. Jesus und seine Eltern waren ausgehend von der Überlieferung im Matthäus-Evangelium selbst auf der Flucht, gingen nach seiner Geburt für einige Zeit nach Ägypten[59]. Und später begegnete Jesus Menschen jeder Herkunft, Nationalität und Religion offen. Nicht umsonst gibt es das Gleichnis vom barmherzigen Samariter. Jesus' Weg bedeutete für mich gegenseitiges Verständnis, Nächstenliebe und Respekt. Aber dieser Bekannte hatte offensichtlich eine andere Vorstellung davon …

9. Besuch in Lomé, zwischen Luxus und Armut

Am dritten Dezember, einem Sonntag, ging es abends mit einem Kleinbus nach Lomé. Mein Visum drohte am 7.12. auszulaufen, ich musste also nach Lomé, um dort meine Aufenthaltserlaubnis (»carte de sejour«) abzuholen, die wir während der ersten Woche in Lomé gemeinsam mit der Partnerorganisation beantragt hatten[60]. Samsia, meine Gastschwester, entschied, mich zu begleiten, um sich mit neuen Nähsachen einzudecken.

Recht schnell hatte ich am Sonntagmorgen meinen Schlafsack, Kleidung, Ladekabel sowie Medikamente und Verbandszeug für den Notfall eingepackt. Man konnte ja nie wissen. Nach dem Mittagessen holte ich meinen Reiserucksack und verbrachte die Zeit mit Samsia auf dem Hof der Gastfamilie. Meine jüngeren Gastgeschwister waren unterwegs, in der Nähe vom Bach, und kamen nach einiger Zeit, komplett mit Schlamm bespritzt, zurück. Sie hatten im Bachbett einen Fisch sowie Krabben und Frösche gefangen. Voller Erstaunen schaute ich zu, wie fachkundig sie die Frösche und Krabben mit einem Messer auseinandernahmen[61], reinigten und dann über einem kleinen Feuer zubereiteten. Ganz ehrlich, ich war beeindruckt und auch ein klein wenig neidisch. Nicht weil ich unbedingt Frosch essen wollte, auch wenn mein Bruder mir etwas anbot, lehnte ich das in Anbetracht der anstehenden Fahrt vorsichtshalber ab, sondern weil meine Geschwister solch ein Wissen und Können hatten. Sie wussten sich selbst in diesem Moment zu versorgen, wussten, was um sie herum essbar war und was nicht. Ich hingegen würde mich höchstens von Brennnesseln und Löwenzahn ernähren können. Zwar gesund, aber auf

Dauer längst nicht so nahrhaft, wenn man sich tatsächlich in einer Notlage von der Flora und Fauna um einen herum ernähren müsste.

Am Abend, als Samsia und ich uns von meiner Gastfamilie verabschiedeten, fing mein kleiner, vierjähriger Gastbruder an zu weinen, weil er nicht wollte, dass ich gehe. Für mich ein unglaublich schönes Zeichen, tatsächlich Teil meiner Gastfamilie zu sein und meinem Gastbruder schon nach nicht einmal drei Monaten so viel zu bedeuten. Und das, obwohl ich mich zu diesem Zeitpunkt mangels Balanka-Sprachkenntnisse nicht wirklich mit meinem kleinen Bruder mittels Worten verständigen konnte.

Gegen acht Uhr abends ging es in einem relativ leeren Kleinbus los. Von der Nacht weiß ich nicht viel, im Gegensatz zu Samsia, welche kaum schlafen konnte, wurde ich erst wieder richtig wach, als wir morgens die Mautstelle vor Lomé passiert hatten. Die Gerüchte, dieser Bus werde häufiger von kriminellen Gruppen überfallen, die einem nachts aus dem Gebüsch auflauern sollten, blieben glücklicherweise bezogen auf unsere Fahrt nur Gerüchte, und wir erreichten ohne Zwischenfälle unser Ziel. Ich hatte mich zwar bewusst nicht ans Fenster gesetzt und trug ein weißes Tuch locker über meine Haare und einen Teil des Gesichts, sodass im Schatten der Kapuze nicht zu erkennen war, dass meine Haut und Haare heller waren. Angst vor der Fahrt hatte ich allerdings keine gehabt.

Gefühlt mitten im Nirgendwo hatten Samsia und ich den Kleinbus gegen sechs Uhr morgens verlassen. Mit einem Sammeltaxi ging es dann zunächst zu ihrer ältesten Schwester, welche in Lomé auf dem Hof der Schwester meines Gastvaters lebte und in einem Büro arbeitete. Auf dem Hof, wo es kein fließendes Wasser und auch keinen Brunnen gab, wurden wir mit derselben Herzlichkeit empfangen, wie ich sie bereits bei meiner Ankunft in Balanka erleben durfte.

Nach einer kleinen Mahlzeit fuhren wir dann mit Motos weiter zu der WG einiger Freiwilligen in der Hauptstadt. Sie lebten in einer in meinen Augen ausgesprochen luxuriösen, mehrstöckigen Wohnung, mit Mülltonnen vor der Haustür, einem Gasherd, welchen man mit Knöpfen bedienen kann, ohne sich beim Anzünden fast die Finger zu verbrennen, mit fließend Wasser und einem Kühlschrank. Zudem bot die Hauptstadt mit ihrer Fülle an Obst, Gemüse und Supermärkten mit europäischen Lebensmitteln einen Luxus, wie ich ihn nach der Zeit in Balanka nicht mehr gewohnt war. Leider wechselten die Freiwilligen bei den Gesprächen am Abend immer wieder zu Deutsch, sodass Samsia oft aus den Unterhaltungen ausgeschlossen wurde, und ich merkte, dass sie sich hier nicht wohlfühlte. Trotzdem wurde der Abend, nachdem Samsia aufgrund der Erschöpfung der langen Reise schon früh ins Bett gegangen war, noch einer der skurrilsten Abende des Jahres. Es war Adventszeit und daher beschlossen wir, auf der Dachterrasse noch ein paar Weihnachtslieder zu spielen. Wir alle hatten Noten aus Deutschland mitgebracht, ein Freiwilliger spielte Gitarre und ich begleitete ihn auf der Flöte. So kam es, dass wir in der Dunkelheit, bei ca. 30 Grad, Weihnachtslieder sangen, während Palmen im leichten Wind rauschten.

Am nächsten Morgen beschlossen wir, zu Samsias Schwester zu ziehen, da sie sich bei ihr wohler fühlen und wir dort ebenfalls willkommen sein würden. Und so verbrachten wir Zeit mit ihren Verwandten, besuchten ihren Lehrmeister und holten mein Arbeitsvisum ab. Wir gingen zudem auf einen in der Nähe liegenden Markt, auf welchem wir einige schöne Second-Hand-Kleidungsstücke fanden. An einem der Abende besuchten wir zudem den älteren Bruder ihres Freundes. Dieser arbeitete auf einer unglaublich großen Fläche voller Autos und Autowracks. Auf dem Weg dahin sahen wir sogar eine Lokomotive, das einzige Mal während der ganzen Zeit in Togo. Samsia schien sich unterwegs immer genau auszukennen und sprach nach ihrer Ausbildung in Lomé auch sehr gut Ewe, die Sprache, welche im Süden Togos und Teilen von Ghana[62] weit verbreitet ist. Ich hingegen brachte meist nur »Akpé kaka«, was »vielen Dank« bedeutet, heraus.

Plan war es zudem, Geld abzuheben, da mein vorletzter Lohn, welcher im Oktober abgehoben wurde, sich langsam dem Ende entgegenneigte. Und während ich im Dorf mit wenig Geld gut auskam, so ronn es einem auf Reisen beziehungsweise in Großstädten buchstäblich durch die Finger.

Doch bei der Bank hatte ich zunächst kein Glück, der Automat machte Probleme und schien meine Visa-Karte nicht zu akzeptieren. Letztendlich schluckte er meine Karte und ich stand ganz ohne sie da. Laut den Mitarbeitern in der Bank würde ich die Karte erst am nächsten Tag wiederbekommen können. Ein Cousin von Samsia bot mir an, über ihn mittels Western Union sich Geld aus Deutschland schicken zu lassen, aber das erschien mir zu unsicher. Ich war mit dem Prinzip Western Union nicht vertraut und so bildeten meine Skepsis und wahrscheinlich auch einige unbewusste Vorurteile erneut eine Hürde. Heute würde ich das Angebot annehmen und mich über die Hilfsbereitschaft freuen, aber damals … Stattdessen rief ich also bei meiner Mutter an, welche wiederum bei der Bank in Deutschland, von der meine Karte stammte, nachfragte, was denn mit der Karte für ein Problem sei. Laut der Bank sei mit der Karte aber nichts falsch, weder sei sie gesperrt noch sonst etwas.

Am nächsten Tag, wir sollten zugleich noch ein paar Dinge auf dem Markt besorgen und einer deutschen Touristin, welche mit meiner Chefin bekannt war, mitgeben, fuhren wir nach Erhalt der Karte zu einer anderen Bank, in der Hoffnung, dort die Karte nutzen zu können. Im Vertrauen darauf, dass es nun gehen müsste, hatten wir ein Autotaxi genommen, um die daraufhin geplanten Einkäufe transportieren zu können. Doch auch dort ging es nicht. Entschlossen, in dieser Bank nach einer Erklärung zu fragen, reihten wir uns, zusammen mit Samsias Mentor, in die Schlange der Wartenden. Leider ergaben sich aus dem Gespräch mit den Mitarbeitenden der Bank auch keine Antworten, lediglich die These, dass die Karte kaputt sei, stand im Raum.

Und so hatte ich 8.000 CFA umsonst für das Taxi ausgegeben. Ich rief erneut meine Mutter an, bat diese, das Geld von der Karte zurück auf mein Girokonto holen zu lassen und dies an eine der Freiwilligen zu überweisen, welche bereit war, mir das Geld dann an einem Automaten abzuheben. Und so landeten wir erneut für eine Nacht in der Freiwilligen-WG.

Am nächsten Mittag konnten wir das Geld in der Nähe eines Supermarktes endlich abheben. Eine der befremdlichsten Szenen war, dass der Supermarkt in diesem Moment von außen mit Schneeflocken, weißen Weihnachtsmännern in roter Winterkleidung und Tannenbäumen angemalt wurde. Ist es das, was Weihnachten heute noch ausmacht? Dicke, hellhäutige Männer in roten Anzügen, Winter und Geschenke? Wo ist die Freude über die Geburt von Jesus Christus, der von den Christen als der Sohn Gottes, Erlöser von aller Schuld, gefeiert wird?

Ich war angeekelt bei diesen Gedanken und musste doch feststellen, dass es auch für mich schwieriger war, zu begreifen, dass Adventszeit war, da ich diese automatisch dem Winter zugeordnet hatte und es für mich in diesem Jahr lediglich Regenzeit und Trockenzeit sowie im Dezember und Januar den Hammatan als staubigen Wind aus der Sahara gab.

Nachdem wir das Geld erhalten hatten, machten Samsia und ich uns auf den Weg zu einem Privatkrankenhaus in Lomé, von dem ich hoffte, dort endlich die nötige Gelbfieberimpfung zu erhalten. Leider wurden wir vor Ortt aus an das »Institut de Santé« verwiesen. Quer durch die Stadt, am erwarteten Institut angekommen, wurde ich gefragt, ob ich denn tatsächlich 10.000 CFA[63] für die Impfung zahlen wollte, wenn diese doch jeden Mittwoch für einen Bruchteil des Preises angeboten würde. Doch ich wollte es endlich hinter mich bringen und hatte auch keine Lust, noch länger als nötig in dieser Großstadt zu bleiben. Und so fuhren wir am selben Tag, nach einem Besuch auf dem Grand Marché, um ein paar Kleinigkeiten für die Bibliothek zu besorgen, weiter nach Kpalimé, zu Samsias Zwillingsschwester Moudjana, welche dort eine Ausbildung zur Köchin absolvierte.

Zufälligerweise war auch Mommy, die erste Frau meines Gastvaters, zusammen mit Samira, ihrer jüngsten Enkeltochter, aufgrund einer Hochzeit in Kpalimé, sodass wir sie diesen Abends noch besuchten und Samira für eine Nacht mit zu Moudjana nahmen. Unterwegs begegneten wir S., einer anderen Freiwilligen sowie einer Mitarbeiterin der Partnerorgansiation, die gemeinsam auf einem Motorrad unterwegs waren. Sie wunderten sich, dass ich bereits in Kpalimé sei, wo doch das Seminar erst für eine Woche später angesetzt war. Wir erklärten daraufhin, dass ich bis dahin aber schon mein Arbeitsvisum hätte abgeholt haben müssen, und wir daher aus Lomé kamen. Die Mitarbeiterin lud mich ein, die Woche bis zum Seminar in Kpalimé bei den anderen Freiwilligen zu bleiben, aber ganz ehrlich, ich wollte nach der Woche in Lomé nur noch nach Hause. Denn ja, inzwischen war Balanka wirklich zu meinem Zuhause geworden.

Ich traf Moudjana damals zum ersten Mal und konnte noch nicht ahnen, dass wir sie bald in Balanka wiedersehen und noch sehr viel mehr Zeit miteinander verbringen würden. Moudjana war ungefähr einen Kopf größer als Samsia, etwas kräftiger gebaut und ebenfalls sehr herzlich. Sie hatte ein Zimmer auf einem Hof sowie eine überdachte Terrasse, auf welcher sie ihre Kochutensilien aufbewahrte. Die Toiletten sowie Duschkabinen und den Brunnen teilte sie sich mit den anderen Personen, die auf dem Hof lebten. Für die Nacht überließ sie Samsia und mir ihre Matratze und schlief selbst mit Samira auf einer Matte auf dem Boden. Am nächsten Morgen, wieder einem Samstag, machten wir uns früh fertig, fuhren gemeinsam zum Busbahnhof im Stadtzentrum und kauften Fahrkarten für den Bus, der einmal wöchentlich ins Dorf fuhr. Wir aßen noch etwas zusammen, bevor Moudjana sich auf den Weg machte, um Samira zurück zu Mommy zu bringen.

Nach einer spannenden Begegnung, auf welche ich an späterer Stelle eingehen werde, begaben Samsia und ich uns, ausgerüstet mit Brot[64] und Wassertüten, in den Bus, um auf die Abfahrt des Busses zu warten. Plötzlich sahen wir Rauchwolken über dem angrenzenden Markt aufsteigen und ich erhielt kurze Zeit später die Nachricht der Partnerorganisation, dass alle Freiwillige in Kpalimé sofort nach Hause sollten und auf keinen Fall in die Nähe des Marktes kommen dürften, da es dort gewaltsame Auseinandersetzungen zwischen Demonstrierenden

und dem Militär gäbe. Die Demonstration stand im Zusammenhang mit den bevorstehenden Wahlen.
Na ja, dem Markt fernzubleiben, war für Samsia und mich leider gerade keine Option, da sich der Busbahnhof in direkter Nähe zum Markt befand. Und so hofften wir, dass der Bus möglichst schnell und unbeschadet abfahren würde. Doch langsam wurden die Geräusche lauter und kurz darauf rannte eine teils vermummte Menge an Personen an uns vorbei. Verfolgt vom Militär und/oder der Polizei[65]. Wir duckten uns und warteten, bis die Menge am Bus vorbeigerannt war und den Platz auf der anderen Seite verlassen hatte.

Nicht lange darauf war auch der Bus endlich vollständig beladen und wir fuhren los. In einer anderen Großstadt hielt der Bus dann, um uns Passagieren die Möglichkeit zu geben, Wassertüten, Lebensmittel und Weiteres von Frauen zu kaufen, welche bei den Busstopps mit voll beladenen Körben auf den Köpfen zu den Busfenstern kamen. Die breite, betonierte Straße war sehr belebt, überall am Straßenrand befanden sich Verkaufsstände, die Lebensmittel und weitere Waren wie beispielsweise Schuhe oder Kosmetikartikel verkauften. Samsia und ich stiegen, wie die meisten anderen, kurz aus, um unsere Beine zu bewegen und eine Kleinigkeit zu kaufen. Auf einmal liefen viele weitere Verkäufer auch auf uns zu. Zunächst nichts Ungewöhnliches, wenn ein neuer Bus ankam und der Bus, an dem sie zuvor verkauft hatten, weiterfuhr. Doch dann liefen sie an uns vorbei, gefolgt von einer Vielzahl anderer Personen. Eine ältere Frau schob Samsia und mich in den Bus zurück und rief uns zu, wir sollten unsere Gesichter bedecken, die Polizei habe mit Gas geschossen. Schnell waren alle in den Bus zurückgekehrt, hatten die Türen zugeschoben und sobald sich die Straße weitestgehend geleert hatte, fuhren wir, so schnell es ging, davon.

Im Dorf angekommen, erfuhren wir, dass es in Kpalimé und weiteren Städten zu Demonstrationen gegen den Präsidenten und seine Partei und für faire, demokratische Wahlen gekommen war[66]. In Kpalimé hatte es nicht nur auf dem Markt gebrannt, kurze Zeit später brannte es auch im Viertel Zongo. Meine Gastschwester Awaou, welche ich zuvor noch nicht kennengelernt hatte, kam wie viele anderen Schüler früher als geplant aus Sokodé, da es Gerüchten zufolge zu einem Sturm auf Sokodé kommen sollte und sich viele Aufständische in der Nähe befinden sollten. Es kamen erste Reisewarnungen vom Auswärtigen Amt und erneut wurde ich mir meiner Privilegien als deutsche Freiwillige bewusst. Würde es eng werden, so würde mich die Deutsche Botschaft aus Togo zurück nach Deutschland bringen, meine Gastfamilie hingegen wäre dem Geschehen vor Ort hilflos ausgeliefert.

Auch in Balanka wurden Wahlkämpfe veranstaltet. Die Regierungspartei zog ein großes Fest auf die Beine, verteilte Essen, T-Shirts, Kappen und sogar Pagne mit ihrem Logo. Hier nutzten sie diese Kampagne, so meine Vermutung, damit nicht alphabetisierte Personen automatisch das Logo der Partei auf dem Wahlzettel erkennen und diese dann auch wählen, weil ihnen ihr Anblick vertraut vorkommt.

Rund um Weihnachten eskalierte die Situation in Lomé. Eine Tankstelle explodierte, es wurde auf Demonstrierende geschossen, auch ein kleiner Junge starb durch die Schüsse[67]. Und doch beruhigte sich die Situation in Togo nach den Wahlen wieder, obwohl der Präsident weiterhin in seinem Amt blieb und seine Partei noch immer die Mehrheit im Parlament innehatte.

Es beeindruckte mich, zu sehen, wie sehr die Menschen in diesem Land um Frieden bemüht waren. Besonders nachdem mein Kollege mir erzählte, dass viele rund um das Dorf Waffen versteckt hatten.

10. Ayala, das Spendenprojekt und das Centre des Aveugles de Kpalimé

Ayala traf ich das erste Mal im Dezember am Busbahnhof in Kpalimé. Nachdem ich mich erfolglos bei der Partnerorganisation und den anderen Freiwilligen nach der ominösen Schule für Blinde und Sehbeeinträchtigte in Kpalimé umgehört hatte, hatte ich meine Hoffnungen, diese zu finden, schon fast aufgegeben. Ich saß bereits mit Samsia im Bus, es war noch, bevor ein Teil des Marktes anfing zu brennen, und sah zufällig einen jungen Mann mit weißem Langstock an unserem Busfenster vorbeigehen. Neugierig stieg ich aus und sprach ihn sowie den Mann, mit dem er unterwegs war, an. Ich stellte mich kurz vor, erwähnte, dass ich selbst »mal voyant«, also schlecht sehend sei und es mich total interessiere, wie man als blinde Person in Togo lebe. Ayala war sehr offen, wir tauschten Nummern aus und verabredeten uns für kommende Woche, wo er mir seine Schule zeigen wollte. Schon bei unserer ersten Begegnung fiel mir auf, dass sein Langstock keine Spitze mehr hatte und das Gummiband, welches die Einzelteile zusammenhielt, sehr locker war.

Am Freitag darauf fuhr ich für das Seminar erneut nach Kpalimé. Ein Verwandter oder Bekannter meiner Gastmutter (so genau vermag ich dies nicht zu sagen) fuhr an diesem Tag nach Kpalimé und so kam der Vorschlag, ich solle doch mit ihm fahren, das sei sicherer, als mit dem Motorrad nach Sokodé und von dort aus mit Sammeltaxen über Atakpamé nach Kpalimé zu fahren.

Also ging es mittags los, der Kofferraum voller Ware, ich auf dem Beifahrersitz. Tatsächlich ging es mit dem Auto viel schneller voran als mit dem Kleinbus und ich war dankbar, im Auto bei einem Bekannten der Familie zu sein, als wir die strengen Militärkontrollen in Sokodé passierten. Die Soldaten hielten jedes Auto an, kontrollierten den Kofferraum und spähten, mit den Händen am Gewehr, in den Wagen.

Wir kamen, nachdem wir Sokodé verlassen hatten, gut voran. Ich genoss den Ausblick auf die Landschaft und die angenehme Strecke. Als die Sonne unterging, begann er auf einmal seine Hand auf meinen Oberschenkel zu legen. Ich zuckte zusammen, rückte so weit es ging auf dem Beifahrersitz in Richtung Tür und er nahm die Hand wieder zurück. Ich war mir nicht sicher, was das sollte. Zwar waren Umarmungen, Handhalten und Körperkontakt zwischen Mitgliedern einer Familie nichts Ungewöhnliches, in meinem Alter traf man dies aber primär bei Personen des gleichen Geschlechts an. So war es nicht verwunderlich, wenn man zwei Jungen im Teenageralter auf dem Markt sah, welche sich an den Händen hielten. Da wäre, im Gegensatz zur deutschen Gesellschaft, niemand auf die Idee gekommen, dass sie möglicherweise in einer Beziehung sein könnten, sondern viel eher, dass sie gute Freunde oder Geschwister sind. Auch meine Schwestern haben öfter meine Hand genommen, nicht nur, um mich bei Dunkelheit in unbekanntem Gelände zu führen.

Ich wollte nicht unangemessen reagieren, vielleicht interpretierte ich das Verhalten falsch oder er wollte »spaßeshalber«[68] schauen, wie weit er gehen könne? Also deutete ich ihm gegenüber an, dass ich einen Freund habe, den ich sehr mag, und fügte hinzu, dass dieser ebenfalls Moslem sei. Denn ich hatte gelernt, dass diese Zusatzinformation schon manch einen »Überzeugungsversuch«, doch mit einem jungen Mann aus Balanka zusammenzukommen, sehr schnell beendet hatte[69].

Einige Zeit unterließ der Mann es, seine Hand unnötig weit zu mir zu bewegen. Doch dann lag seine Hand erneut auf meinem Bein. Ich presste mich gegen die Beifahrertür und schob seine Hand weg. Gerne wäre ich ausgestiegen, irgendwie anders weitergefahren, doch es war schon dunkel und ich hatte keine Ahnung, wo ich mich befand. Irgendwann, es war inzwischen vollkommen dunkel, zweigte er in ein Dorf ab, wo er seinen Bruder besuchen und bei ihm Essen wollte, um danach die Reise fortzusetzen. Er lud mich ein, mit reinzukommen, sicherlich sei ich auch hungrig. Ich wollte jedoch so wenig wie möglich in seiner Nähe sein und lehnte die Einladung daher ab. Stattdessen schrieb ich einer Freundin in Kpalimé, erzählte ihr von dem Verhalten des Mannes und wartete in der Dunkelheit, bis er zurückkam.

Als wir weiterfuhren, ließ er mich in Ruhe, was wahrscheinlich auch daran lag, dass ich weiterhin so nahe es ging an die Beifahrertür gepresst war. Kurz bevor wir in einem anderen Dorf hielten, strich er mir auf einmal über den Oberkörper, ich schlug seine Hand daraufhin weg, was er mit einem leichten Lachen quittierte. Ich fühlte mich beschmutzt, unwohl und wollte einfach weg.

Im Dorf stieg eine Frau zu uns ins Auto und ich atmete auf, in der Hoffnung, er würde mich nun in Ruhe lassen.

In Kpalimé, bei dem Waisenhaus, wo ich übernachtete, gab ich ihm Geld und war erleichtert, angekommen zu sein. Ich war froh, mit den Freiwilligen im Waisenhaus über das Erlebnis reden zu können, und hoffte, diesem Mann nie wieder zu begegnen.

Aber zurück zu Ayala. Ihn traf ich bereits nach dem Seminar meiner Partnerorganisation wieder. Sein Mitbewohner und er kamen extra zu dem Waisenhaus, in welchem ich während meines Aufenthalts in Kpalimé übernachtete, und so setzten wir uns wenige Meter vom Gelände des Waisenhauses entfernt auf eine Mauer. Ayala erzählte mir, dass er eigentlich aus dem Nachbarland Benin stamme, aber seine Eltern ihn nach Kpalimé, in das »Centre des Aveugle de Kpalimé«, schickten, nachdem sein älterer Bruder auf die Schule aufmerksam wurde[70]. In diesem Zentrum habe er als Internatsschüler die ersten sechs Schuljahre verbracht, bevor er auf die Regelschule in Kpalimé gewechselt sei. Dort lebe er nun in einer WG mit weiteren blinden und sehbeeinträchtigten Schülern und werde im Unterricht teils von Freiwilligen unterstützt. Auch sein Begleiter, C., wohnte in der WG, sah allerdings noch deutlich besser als Ayala und ich. Wir vereinbarten, dass ich in den kommenden Tagen in der Schule vorbeikommen und den Unterricht besuchen würde.

Ich war gespannt auf das Zentrum und beschloss, dies ebenfalls zu besuchen. Glücklicherweise war dem Motofahrer, welchen ich am nächsten Morgen anhielt, das Zentrum bekannt und so fuhr er mich einmal quer durch die Stadt bis zu einem gepflegten Anwesen, welches ein wenig außerhalb von Feldern umgeben lag. Etwas eingeschüchtert stand ich vor dem Eingang und blickte auf die hellen Wege, das strahlende Grün des gepflegten Rasens und die vereinzelten Gebäude, die hinter dem Tor zu erkennen waren. Das Schild am Eingang konnte ich nicht erkennen und so ging ich langsam unter dem Torbogen hindurch. Linkerhand befand sich ein Gebäude, davor parkte ein Auto. Nach rechts und vorne erstreckte sich ein weitläufiges Gelände mit einigen einstöckigen Gebäuden. Unentschlossen steuerte ich das Gebäude, welches links von mir lag, an und traf dort zunächst auf togolesische Mitarbeiter des Zentrums. Ich erklärte, dass ich mich für das Zentrum interessiere, da ein ehemaliger Schüler von ihnen mir davon erzählt hatte, und fragte, ob es möglich wäre, mir mehr über das Zentrum zu erzählen. Sie brachten mich nach dieser Erklärung recht schnell zu einem amerikanischen Ehepaar, Rory und Kristy Moore, welche das Zentrum leiteten. Beide waren sehr freundlich und wir wechselten nach der Begrüßung von Französisch auf Englisch. Sie kamen von einer amerikanischen Missionsorganisation[71], welche das Zentrum im Jahr 1974 gegründet hatte. Bevor sie nach Togo kamen, hatten sie selbst keine Erfahrung mit blinden oder sehbeeinträchtigten Menschen gehabt. Die Frau führte mich herum, zeigte von außen die Schlafräume der Mädchen und Jungen, die Unterrichtsräume, die Küche, eine moderne Fischzucht in Tänken und bewässerte Beete mit darin auf kleinen Plattformen schwimmendem Salat und Erdbeeren. Auch die Boutique wurde mir gezeigt, in welcher Produkte aus dem Zentrum und von umliegenden Künstlern sowie ehemaligen Schülern verkauft wurden.

Neben sehbeeinträchtigten und blinden Schülern aus ganz Togo (und anscheinend auch Benin), kamen auch ältere, neu erblindete Personen, um neben dem Erlernen von lebenspraktischen Fähigkeiten[72] auch Mobilitätstraining oder eine handwerkliche Ausbildung zu machen. Im Zentrum unterrichteten auch drei ehemalige Schüler, die nun als Lehrer zurückgekehrt waren. Ältere Personen können hier die Herstellung von Tafelkreide, Seife und das Beflechten von Stühlen und Hockern erlernen. Die Jüngeren hingegen lernen Brailleschrift, den Umgang mit Stichel und Schablone sowie das Schreiben an der Schreibmaschine. Im Regelfall arbeiten die Schüler im Unterricht mit Sichel und Schablone. Dabei wird die Schablone, bestehend aus einer Vielzahl länglicher Rechtecke, auf ein dickes Blatt Papier gelegt und mit dem Stichel werden entsprechend des beabsichtigten Buchstabens bis zu sechs Punkte im Rechteck untergebracht. Die große Kunst ist es nicht nur, so schnell entsprechende Punkte zu Papier zu bringen, es muss zudem noch spiegelverkehrt geschrieben werden, damit man die Punkte später auf der Vorderseite erfühlen kann. Die Schreibmaschinen wurden hingegen für die Klausuren genutzt, sodass die Lehrer gleich die Antworten der Schüler in Schwarzschrift vorliegen haben.

Als ich die Frau nach Langstöcken fragte, weil mir der Zustand von Ayalas Langstock mehr als bedenklich vorkam, zeigte sie mir die sechs, welche sie noch auf Lager hätte. Kleine, ungefähr hüfthohe Langstöcke, welche lose durch Gummibänder zusammen gehalten wurden. Früher hätten sie wohl von der Christoffel-Blinden-Mission Sachspenden in Form von weißen Langstöcken erhalten, diese seien jedoch vor einiger Zeit eingestellt worden. Sie hätten daraufhin versucht, Langstöcke aus Ghana zu kaufen, diese wären jedoch von schrecklicher Qualität. In meinem Hinterkopf formte sich zu diesem Moment bereits eine Idee. Ich bedankte mich bei dem Ehepaar für die Führung und ihre Offenheit und nach einigen »God bless you« fuhr ich mit einem Mototaxi zurück in die Stadt.

Meine Meinung von diesem Zentrum war gemischt. Einerseits nahm ich das Zentrum als eine wertvolle Anlaufstelle für blinde und sehbeeinträchtigte Personen in Togo wahr und fand es toll, dass keine Freiwilligen, sondern ehemalige Schüler, welche ebenfalls schlecht sahen, einen Teil der 27 Beschäftigten ausmachten. Auch waren die Internatsgebühren zwar hoch, mit 20.000 CFA pro Jahr allerdings stemmbar, zumal auch in Form von Lebensmitteln gezahlt werden durfte, welche dann in der Küche verarbeitet wurden[73].

Mir gefiel es jedoch nicht, dass ich nun genau dem begegnete, was ich meiden wollte. Hilfe, verbunden mit Religion und in diesem Fall mit Missionsarbeit. Stolz wurde mir nämlich auch von den vielen Büchern aus der Bibel erzählt, welche sie in Punktschrift mitgebracht hätten und dass es täglich ein gemeinsames Treffen zum Bibel-Lesen und Beten vor dem Unterricht gebe.

Zwar zeigt Ayala, dass es auch als Moslem möglich ist, sechs Jahre dort zu leben, ohne zum Konvertieren gezwungen zu werden, ein ungutes Gefühl hatten mir die Erzählungen trotzdem verursacht.

Der Weg zu Ayalas Schule führte mich von der belebten Hauptstraße in eine der ruhigeren Seitenstraßen. Ich war sehr nervös, würde ich den Klassenraum von Ayala finden und würden mich die Lehrer dort überhaupt in ihrem Unterricht dulden? Durch Zufall traf ich auf dem Weg eine Klassenkameradin von Ayala, welche anbot, mich zu begleiten und mir den Weg zu zeigen. Ohne sie hätte ich die Schule auch garantiert nicht gefunden. Denn nachdem es um mehrere Ecken ging, erstreckte sich vor uns nur noch ein Trampelpfad, umgeben von grünem Gras und Gebüsch. Dass dahinter mehrere, zu einem Quadrat mit Innenhof angeordnete Gebäude waren, hätte ich auf den ersten Blick nicht erwartet. Auf dem Weg waren wir ins Gespräch gekommen, hatten festgestellt, dass wir im selben Alter waren, und glücklicherweise kannte sie auch Ayala. Bei den Gebäuden angekommen, erklärte sie mir kurz den Aufbau der Schule, zeigte mir den Klassenraum und begleitete mich zu der Sitzreihe von Ayala, bevor sie auf ihrer Bank Platz nahm. Der Klassenraum war, wenn man aus der strahlenden Sonne hineinkam, zunächst recht dunkel, sodass ich ohne ihre Hilfe ein wenig länger gebraucht hätte, um Ayala zu finden. Innen war der Raum mit einer Tafel, einem Tisch aus Holz sowie Stuhl für den Lehrer und einer Vielzahl von Pulten ausgestattet. Die Holzpulte bestanden aus einem leicht abgeschrägten Tisch sowie einer Bank, welche über Seitenteile fest miteinander verbunden waren. Diese Art von

Erdin und ich kurz vor meiner Abreise

Denkmal der deutsch-togolesischen Freundschaft in Togoville

Cathédrale du Sacré-Cœur de Lomé, umgeben vom Grand Marché

Mit Langstock in Kpalimé

Straße nahe dem Markt in Kpalimé

Der Wasserfall Womé

Das Gästehaus in Balanka

Das erste Abendessen mit der Gastfamilie

Erstes Foto mit Samsia

Die Bibliothek von außen

Innenraum der Bibliothek

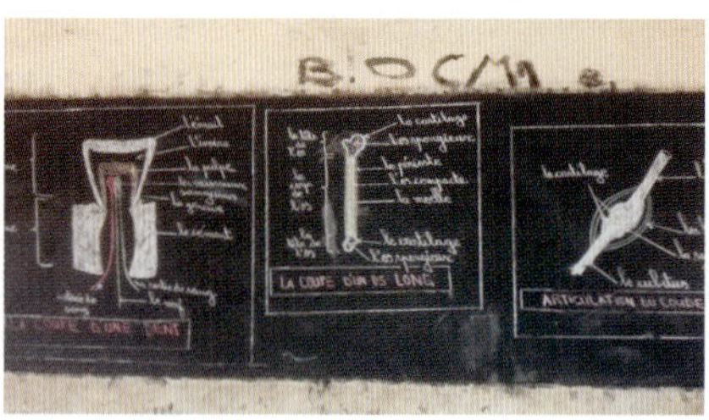

Tafelzeichnung in einer der Schulen

Afissou und ich bei der Arbeit

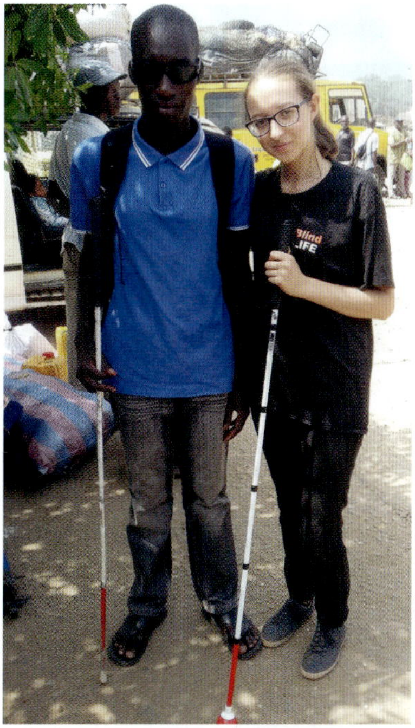

Ayala und ich am Busbahnhof in Kpalimé

Das Collège am Morgen

Das »Centré des Aveugles de Kpalimé«

Die Boutique des Blindenzentrums

Beim Verteilen und Erproben der Langstöcke im Zentrum

Beim Abholen gespendeter Langstöcke von einer anderen Freiwilligen

Gruppenbild mit den Schülern, die die gespendeten Stöcke erhalten haben

Moschee in Bassila (Benin)

Mit meiner Gastschwester Saouda

Denkmal für die zwei französischen Soldaten

Pulten hatte ich in jeder Schule, die ich im Laufe des Jahres, beispielsweise durch die Arbeit in der Bibliothek besuchte, gesehen. Gerade in jüngeren Jahrgängen mit sehr großen Klassen saßen teils drei bis vier Schüler an einem solchen Pult. Als der Lehrer in den Klassenraum kam, begrüßte er mich freundlich und mir wurde gestattet, sich zu Ayala und seinen Freunden zu setzen.

Spannenderweise konnte C., sein Freund, im Gegensatz zu mir noch die Schrift an der Tafel erkennen, schrieb jedoch auch Brailleschrift und konnte diese ebenfalls lesen. Ayala, der vollblind war, schrieb das mit, was der Lehrer sagte. In Fächern wie Mathe und Physik schreiben Freiwillige einer anderen Partnerorganisation normalerweise die Arbeiten so um, dass sie auch blind zu lösen sind. So beschreiben sie beispielsweise Diagramme oder Skizzen, auf welche laut der Aufgabenstellung eingegangen werden soll, oder denken sich Aufgaben ähnlicher Schwierigkeitsstufen aus.

Meines Wissens befand sich an der Schule auch ein Drucker für Punktschrift, mit dem einzelne Arbeitsblätter auch von den Lehrern direkt gedruckt werden konnten.

Nach dem Unterricht trafen wir auf weitere Schüler aus der WG und gemeinsam machten wir uns auf dem Weg zu ihnen. C. und einige andere, die noch etwas sehen konnten, führten ihre blinden oder stärker sehbeeinträchtigten Mitbewohner. Auch hier fiel mir wieder auf, wie kaputt die Langstöcke waren, und ich erinnerte mich, wie viel Sicherheit mir ein funktionierender Langstock nachts gab.

Soweit ich von Ayala wusste, war das Zentrum der einzige Ort, wo es Langstöcke gab, und die noch vorhandenen Langstöcke waren, wie bereits erwähnt, in einem schrecklichen Zustand.

Ayala und seine Mitschüler lebten in einer Wohnung in einem Hinterhof, ausgestattet mit Kochstelle und Matten, sogar ein uraltes, leider nicht mehr funktionsfähiges Bildschirmlesegerät entdeckte ich dort. Ich fragte sie, wie sie sich ihre Zukunft vorstellten. Ayala stand kurz vor dem Abitur, wollte dann studieren, die anderen träumten ebenfalls davon, an die Universität zu gehen. Denn als sehbeeinträchtigte oder blinde Person könne man vor allem Lehrer oder Politiker werden, zudem sei es laut ihnen möglich, in Büros zu arbeiten.

Als sie anfingen, ihr Mittagessen zuzubereiten, verabschiedete ich mich, versprach, in Kontakt zu bleiben, und bedankte mich für ihre Offenheit.

Langstöcke ... In Deutschland kann jede blinde und sehbeeinträchtigte Person bis zu zwei Langstöcke pro Jahr mit Rezept bei der Krankenkasse beantragen. Allein Erdin hatte mehrere davon zu Hause herumliegen und nutzte doch nur zwei davon regelmäßig. Wer weiß, wie viele da ungenutzt vor sich hin staubten, während hier die Langstöcke schon längst schrottreif waren. Und so begann das Spendenprojekt.

Zunächst schrieb ich an die Christoffer-Blinden-Mission und erkundigte mich, weshalb sie ihre Sachspenden an das Blindenzentrum eingestellt hatten. Auf meine damalige Anfrage habe ich allerdings bis heute keine Antwort erhalten. Ich erzählte zudem meinem Freund und einer Bekannten von uns, Lydia Zoubek, von meiner Idee, Langstöcke für Togo zu sammeln und diese über Besucher von Freiwilligen nach Togo zu transportieren.

Lydia ist gesetzlich blind und ihren Blog[74] hatte ich, während ich mich im Winter 2017/18 zum ersten Mal mit meiner Sehbeeinträchtigung wirklich auseinandergesetzt habe, sehr interessiert gelesen. Vor allem ihre Berichte über Dinge wie Einkaufen, Blindheit und Elternsein sowie einige weitere Themen hatten mir die Angst vor dem genommen, was mich im Laufe der Jahre noch erwarten könnte. Und sie hatte eine größere Community, sowohl als Bloggerin als auch auf Facebook.

Lydia war sofort bereit, mich einen Spendenaufruf für ihren Blog verfassen zu lassen, und ließ mich in einem weiteren Beitrag allgemein über meinen Freiwilligendienst berichten. Zudem richtete sie ein Spendenkonto ein, falls Personen keine Langstöcke, sondern Geld für den Kauf neuer Langstöcke spenden wollten.

Erdin ging es zu dieser Zeit nicht gut, er kämpfte gegen Depressionen und war zu diesem Zeitpunkt damit beschäftigt, sein Leben langsam umzukrempeln und sich an seine Bachelorarbeit zu setzen[75]. Damals konnte er mich nicht in der Form unterstützen, wie er es heute tun würde, aber er hatte, obwohl es ihm schlecht ging, die Beiträge in seiner Community geteilt und einige ältere Stöcke, die er nicht oder nur selten nutzte, gespendet. Und noch viel wichtiger, er hatte mir zugehört, Interesse gezeigt und mich in der Idee bestärkt.

Letztendlich kamen statt der erwarteten 300 € über 625 € zusammen. Klingt viel, bis man sieht, dass weiße Langstöcke weit über 100 € kosten können. Jedoch fand Lydia heraus, dass aktuell auf einer Online-Versandplattform weiße Langstöcke von einer »No-Name-Firma« für ungefähr 30 € angeboten wurden, welche gut und stabil seien. Sie testete einen der Langstöcke selbst und auch meine Mobilitätstrainerin gab an, dass diese Langstöcke tauglich seien. Also kauften wir mit dem Geld nicht maximal sechs »Markenlangstöcke«, sondern die No-Name-Variante. So wurden daraus, zusammen mit den gespendeten

Langstöcken, insgesamt 38 Langstöcke, mitsamt einigen Ersatzteilen und Werkzeugen.

Die Langstöcke kamen bis März durch Besucher von Freiwilligen, an welche meine Eltern die Langstöcke entsprechend geschickt hatten, nach Togo. Einen Teil brachte eine ehemalige Freiwillige nach Balanka, als sie im Februar zu Besuch kam, die anderen Stöcke verteilten sich über Kpalimé und ich sammelte sie ein, als ich im März mit Samsia und Moudjana dorthin fuhr.

Ich freute mich sehr, mit meinen Schwestern zusammen zu verreisen. Moudjana wollte ihren Freund in Kpalimé wiedersehen und sich nach offenen Arbeitsstellen umschauen, Samsia wollte einfach verreisen und ich hatte vor, die Langstöcke im Zentrum zu übergeben. Durch Ayala erfuhr ich von einer WG, bestehend aus blinden und sehbeeinträchtigten Mädchen, welche ebenfalls eine Regelschule besuchten. Plan war es, die Langstöcke zunächst an die Schülern aus den Wohngemeinschaften auszugeben und die restlichen Langstöcke sowie Ersatzteile im Zentrum zu lassen, sodass diese an abgehende Schüler des Zentrums abgegeben werden können.

Moudjana sagte, sie wisse von jemandem, bei dem wir im Auto mitfahren könnten, und so war der Entschluss schnell gefasst. Früh morgens sollte es losgehen und so warteten wir an diesem Tag gespannt vor dem Hoftor der Familie auf das Auto, das uns mitnehmen sollte. Recht pünktlich kam auch ein Auto auf uns zugefahren, hielt bei uns an und heraus stiegt der Mann, bei dem ich bereits im Dezember mitgefahren war und den ich eigentlich nie wieder sehen wollte. Doch diesmal waren meine Schwestern dabei, was mir ein sicheres Gefühl gab. Und tatsächlich verging die Fahrt zügig, ohne dass er ihnen oder mir zu nahe kam. Angekommen in Kpalimé, aßen wir zunächst an einem Stand in einem Teil der Stadt, den ich noch nie betreten hatte. Danach machten wir uns über den Markt auf den Weg zu Monsieur T., in dessen Anbau wir erneut übernachten durften. Der Anbau bestand aus mehreren Räumen, wovon wir allerdings nur das Zimmer mit der großen, weichen Matratze, das Zimmer, welches zugleich den Eingangsbereich darstellte, und das Bad, bestehend aus einer Art Plumpsklo, Waschbecken und einem Wasserhahn mit Bottich zum Duschen, nutzten. Es war eine spannende Erfahrung, so eng Tag und Nacht mit meinen Schwestern zusammenzusein. Wir alle hatten Respekt vor Monsieur T., verstanden uns aber sehr gut mit seinen Söhnen und seiner Frau sowie seiner kleinen Tochter.

Oft, wenn wir gerade nichts vorhatten, gingen wir zu G., einem der Söhne von Monsieur T., und schauten mit ihm auf seinem Laptop eine Bollywoodserie, welche auf Ewe übersetzt und synchronisiert worden war. Zugleich konnten wir bei ihm auch stets unsere Handys aufladen, denn in der Gästewohnung gab es noch immer keine funktionierende Steckdose. Samsia und Moudjana begegneten ihm wie einem ihrer leiblichen Brüder und so wurde auch ich entspannter und war nicht mehr so eingeschüchtert wie während meines ersten Aufenthalts.

Für einen der Tage planten wir einen Ausflug zu dem Wasserfall Womé, den ich zum Ende der ersten Woche in Kpalimé bereits mit der Partnerorganisation besucht hatte. Ich war beeindruckt von dem Regenwald, der sich rund um den Wasserfall befand. Der Weg in die Berge zog sich durch Wald und abgebrannte Gebiete[76], dann ging es eine lange Steintreppe hinunter. Die Luft war feucht und warm, es roch wie in einem Tropenhaus im Botanischen Garten und überall hörte man Vögel. Der Weg führte an einem Bach entlang, bis man letztendlich halb in einer Höhle stand. Steil ragte eine Felswand empor, welche sich teils über den runden See wölbte, dort, wo das Wasser herunterstürzt, sah man den Himmel durch grüne Zweige hindurchschimmern. Für mich war es damals ein unglaublich schöner Anblick und ich fand es schade, dass ich als Gast diese Schönheit viel früher gesehen hatte als meine Schwestern, welche in Togo aufgewachsen waren.

Plan war es, rund um den Mittag loszufahren, damit es noch hell wäre, wenn wir ankämen. Voller Vorfreude gingen wir vormittags auf den Markt, um nach Badeanzügen für meine Schwestern zu suchen. Letztendlich entschieden sich beide allerdings für Tops und Hosen und auch ich beschloss, da ich mich in Badeanzügen nicht wohlfühle, eine halblange Leggins darüber zu tragen. Wir warteten auf I., den Sohn von Monsieur T., dieser wollte Freunde von sich anrufen, welche Moto-Taxen fahren, sodass wir diese nehmen könnten.

Leider verzögerte sich alles und wir fuhren erst gegen 15 Uhr los. Und ja, als auf Pünktlichkeit bedachte Person wäre ich gerne schon gegen Punkt 12 Uhr losgefahren, aber wenn ich eines in diesem Jahr gelernt habe, dann, Geduld zu haben. An einem Kontrollpunkt angekommen, wo man für den Besuch des Wasserfalls bezahlen musste, wurde uns die Weiterfahrt dann tatsächlich verweigert, da es schon nach 15 Uhr sei und danach niemand mehr zum Wasserfall fahren dürfe. Aus dem – durchaus berechtigten – Grund, dass es recht früh beginne zu dämmern und sich dann keiner mehr beim Wasserfall aufhalten solle. Da dort keinerlei Beleuchtung vorhanden war, ein sinnvoller Gedanke.

I.s Freunde schlugen vor, stattdessen zu einem anderen Wasserfall namens Kamalo zu fahren. Wir fuhren also zurück, durch Kpalimé hindurch und am anderen Ende, vorbei am »Centré des Aveugles de Kpalimé«, in den Wald. Es dämmerte bereits, als wir ankamen, trotzdem stiegen wir eine schmale Treppe hinunter zu einem kleinen Wasserfall. Zusammen mit meinen Schwestern kletterte ich ins hüfthohe, kalte Wasser. Wir bespritzten uns gegenseitig mit Wasser, stellten uns an das Rinnsal, welches von ein paar Metern über uns die Felswand hinunterfloss, und machten natürlich ein paar schöne Fotos. Als es fast komplett dunkel war, kletterten wir im Licht der Handytaschenlampen den steilen Pfad hinauf, noch immer voller Energie und Freude über das schöne Ereignis.

Inzwischen hatte ich die letzten Langstöcke eingesammelt, einige davon sogar quer durch Kpalimé auf dem Kopf getragen. Meine Gastmütter hatten mich in Balanka schon zum Wasserholen mitgenommen, und eine Schale mit Wasser ein paar Meter zu tragen, ohne dass etwas überschwappt, ist deutlich anspruchsvoller. Trotzdem erregte ich viel Aufsehen damit, wurde von älteren Frauen gelobt, dass ich die Tasche mit den Langstöcken gut tragen würde, und jüngere hatten sogar ein Foto gemacht mit der »Yovo«, die alles wie eine »wahre afrikanische Frau«[77] mache. Ich trug meist ein buntes, bis zu den Knöcheln reichendes Stofftuch (Pagne), welches um die Hüften gebunden wird. Dies ist in Balanka bei Mädchen und Frauen üblich, in den Städten hatte ich es hingegen vor allem bei Müttern und älteren Frauen gesehen. Samsia zeigte mir eines Tages, wie man sich den Stoff am besten umbindet, und von da an trug ich am liebsten Pagne. Die anderen Freiwilligen hingegen trugen Röcke, Kleider, Oberteile und Hosen aus Pagnestoff, wickelten sich jedoch, soweit ich beobachten konnte, selten den Pagne einfach um die Hüften.

Ich besuchte das Zentrum, zeigte die neuen Langstöcke und bat darum, diese dann den anderen Schülern aus der Stadt im Zentrum mit dem Mobilitätstrainer zusammen übergeben zu dürfen. Das Ehepaar war einverstanden und so vereinbarten wir den nächsten Tag für die Übergabe. Also rief ich Ayala und Rebeka, so hieß eines der Mädchen aus der anderen WG, an, lud alle, die einen neuen Langstock benötigten, ein, am nächsten Nachmittag zum Blindenzentrum zu kommen. Die Kosten für die Mototaxen übernahm ich, sodass wirklich jeder kommen konnte.

Am darauffolgenden Vormittag fühlte ich mich schlecht, ich bekam Fieber und Bauchschmerzen und so ruhte ich mich den Vormittag weitestgehend aus. Trotzdem wollte ich jetzt nicht mehr alles absagen und so begleitete mich I. gegen Mittag zu einer mehr befahrenen Straße, von wo aus ich ein Moto nehmen wollte. Er trug die Tasche mit den Langstöcken und stützte mich, als ich den steilen Weg bergauf kaum noch laufen konnte. Mit einem Moto ging es von dort aus zum Zentrum.

Ich trug die Langstöcke hinein zu einem überdachten Platz und grüßte die Lehrer, bevor ich zum Tor ging, um die Motos der ankommenden Schüler zu bezahlen. Zwischendurch kaufte ich mir in der Boutique des Zentrums noch ein Wasserpäckchen, weil ich mich weiterhin nicht sehr wohl fühlte. Als alle angekommen waren und sich auf den Weg zum Gebäude machten, wurde mir so schlecht, dass ich mich in den grünen, wohlgepflegten Rasen übergeben musste. Also nahm ich etwas Wasser, spülte den Mund aus und ging langsam hinterher.

Angekommen, war ich froh, mich kurz setzen zu können, während die Lehrer und Schüler mit der Verteilung der Langstöcke beschäftigt waren. Dabei wurde darauf geachtet, dass die Langstöcke von der Länge auch zu der Körpergröße der entsprechenden Schüler passten. Mir wurde damals bei meinem Mobilitätstraining erklärt, dass der Langstock bis zum Brustbein gehen müsse, andere sind der Überzeugung, dass der Langstock bis zur Achsel gehen solle. Meine Faustregel ist inzwischen, je besser du siehst, desto kürzer kann der Langstock sein. Wer hingegen kaum etwas sieht und sich auf unbekannterem Gebiet fortbewegen muss, profitiert wiederum von einem längeren Langstock, um den Boden vor sich besser und großflächiger abtasten zu können.

Einer der Lehrer begann, den ersten Schülern den Umgang mit der Kugel und die entsprechende Pendeltechnik beizubringen, da sie eine vorhandene Spitze[78] am Langstock nicht gewohnt waren. Viele kamen zu mir und bedankten sich für die Langstöcke. Ich bat darum, für die Spender in Deutschland ein Foto machen zu dürfen, damit diese sahen, dass das Geld und die Sachspenden tatsächlich angekommen waren.

Für das Foto zog ich das »Mr.BlindLife«-T-Shirt von Erdin an, welches er mir vor dem Abflug mitgegeben hatte, und versuchte mich einigermaßen auf den Beinen zu halten, bis das Foto gemacht worden war. Nicht ganz einfach, wenn man bedenkt, wie vielen man beschreiben musste, wo sie am besten stehen sollten, damit alle zu sehen waren, und in welche Richtung sie ihr Gesicht wenden müssten. Nachdem sich die Gruppe zerstreute, sank ich vollkommen kraftlos neben dem Gebäude ins Gras, wo mich Kristy fand. Wir zahlten die Rückfahrt der Motos und danach halfen ein Lehrer und Kristy mir ins Haus des amerikanischen Ehepaars. Dort sollte ich zunächst meine Beine hochlegen und Elektrolyte trinken. Sie hatten eine Krankenpflegerin aus der benachbarten Krankenstation ihrer Missionsorganisation angerufen, damit diese einen Malaria-Schnelltest mit mir machte. Dieser stellte sich jedoch als negativ heraus und mir ging es immer noch nicht besser.

Ich dankte für die Gastfreundschaft und all die Unterstützung und wollte mich per Moto ins nächste Krankenhaus aufmachen, doch stattdessen beharrte das Ehepaar darauf, mich mit ihrem Jeep in die Krankenstation zu fahren. Dies nahm ich gerne an, zumal mein Sehvermögen durch die körperlichen Umstände erheblich eingeschränkt war.

In der Krankenstation erlebte ich das erste Mal, dass viele Fragen rund um Vorerkrankungen etc. gestellt wurden, wie man es von Aufnahmebögen in Arztpraxen in Deutschland kennt. Der Arzt hörte mein Herz und meinen Bauchraum ab, tastete nach Verhärtungen und gab mir eine Infusion. Zudem sagte er mir, ich solle am nächsten Tag zur Polyklinik fahren, dort ein Blutbild machen lassen und danach erneut zu ihm kommen. Da meine Schwestern die Nacht zu Besuch bei Verwandten in Lomé verbachten, hatte ich bereits mit Hannah vereinbart, dass ich in der betreffenden Nacht bei ihr schlafen würde, und plante, von dort aus am nächsten Morgen weiter zur Polyklinik zu fahren.

Ihr Gastvater, ein Italiener im (Un-)Ruhestand, welcher zusammen mit seiner togolesischen Frau das Waisenhaus leitete, machte mir extra eine Gemüsesuppe, mit Zucchini, da er von Hannah über meinen Gesundheitszustand informiert worden war. Ich verbrachte eine sehr unruhige Nacht im leerstehenden Zimmer einer anderen Freiwilligen, mit Fieber und Magen-Darm-Problemen. Am nächsten Morgen fuhr ich dann zur Polyklinik und fand nach einigem Suchen auch das richtige Zimmer zur Blutabnahme. In der Stunde, welche ich auf die Ergebnisse wartete, erfuhr ich von meiner besten Freundin, dass sie gerade ebenfalls im Krankenhaus sei. So munterten wir uns gegenseitig auf.

Sie, während sie in einem Krankenhausbett in Deutschland auf ihre Ergebnisse wartete, und ich, auf einer Mauer gegenüber der Polyklinik, weil ich nicht fit genug war, um die nähere Umgebung während der Wartezeit in Augenschein zu nehmen. Letztendlich hatte ich auch laut den Blutergebnissen eine Magen-Darm-Infektion, bekam in der Krankenstation, welche ich am Vortag bereits aufgesucht hatte, Tabletten verschrieben und fuhr zurück zu meinen (Gast-)Schwestern, wo ich mich zunächst mit einer Matte in das Zimmer im Eingangsbereich legte und etwas ausruhte. Abends traf ich mich noch mit anderen Freiwilligen, während meine Schwestern Bekannte von sich besuchten. Wir gingen zum Belgier, wie das Restaurant wirklich hieß, weiß ich gar nicht. Der Inhaber stammte jedenfalls aus Belgien und bereitete Burger (auch vegan), Nudeln mit Käsesoße und weitere Gerichte zu, die es in Togo für mich sonst nicht zu essen gab. Auch mit angeschlagenem Magen freute ich mich über den Geschmack.

Wir beschlossen, am Freitag, also einen Tag bevor der Bus von Monsieur T. ins Dorf fuhr, zurück nach Balanka zu fahren. Mir ging es etwas besser und wir alle hatten Heimweh nach Balanka. So gingen wir zusammen mit I. zu einem Platz in der Nähe des Marktes, von wo aus Sammeltaxen von Kpalimé nach Atakpamé fuhren. Nachdem wir unser Gepäck in eines der Autos eingeladen hatten und auf weitere Passagiere gewartet wurde, ging I. mit uns noch einmal los, um in der Apotheke am benachbarten Markt ein Medikament für seine Mutter zu besorgen, welches wir ihr mitbringen sollten.

Zurück am Auto beschimpfte uns eine aufgebrachte ältere Frau, dass wir sie so lange hätten warten lassen. Obwohl noch nicht einmal alle Plätze im Auto belegt waren. Auf ihr Drängen hin fuhr der Fahrer mit ihr sowie uns los. Wir saßen zusammen hinten, während die ältere, *weiße* Frau aus Belgien meinte, sich vom Vordersitz aus mit mir auf Deutsch unterhalten zu müssen. Sie erzählte mir von einer Freundin, welche sie in Benin besuchen wolle, um dann in den Nationalpark im Norden zu fahren. Zudem gab sie mir eine Visitenkarte von einer Farm, welche Pflanzen mit besonderer heilender Wirkung verkaufe. Die Dame bestand darauf, alleine auf dem Vordersitz zu sein, möglicherweise hatte sie dafür tatsächlich auch den doppelten Preis bezahlt, was in der Regel. üblich ist, wenn man möchte, dass ein Autotaxi losfährt, ohne dass alle Plätze besetzt sind. Im Regelfall sitzen zwei Personen auf dem Beifahrersitz und vier Personen auf der Rückbank. So jedoch saßen wir am Ende zu fünft auf der Rückbank. Samsia und ich sehr weit nach vorne gelehnt, Moudjana, ein Junge ungefähr in unserem Alter und eine weitere Frau mit dem Rücken an der Rücklehne.

Nach dem Autowechsel in Atakpamé landeten wir erneut mit der älteren Frau im selben Auto. Diesmal war der Fahrer stur und forderte mich, nachdem ich bereits hinten Platz genommen hatte, auf, sich zu der Dame zu setzen. Vielleicht dachte er, ich sei ihre Tochter, oder er erhoffte sich so weniger Widerstand. So saßen meine Schwestern mit zwei weiteren Reisenden hinten, während ich halb über der Kupplung und auf dem Rand des Beifahrersitzes saß. Denn so zierlich die Dame auch gebaut war, sie saß mittig auf ihrem Platz und rückte nicht einen Millimeter zur Seite. Selbst neben recht fülligen Personen war auf dem Beifahrersitz schon mehr Platz gewesen als hier. So musste ich immer leicht aufstehen, sobald der Fahrer schalten wollte und selbst so kam er mir dabei näher, als ihm und mir lieb war. Der Fahrer gehörte zudem zu einem der wenigen Autobesitzer, welche ein funktionierendes Autoradio hatten und dies zu meiner Freude auch nutzte.

Jedoch sehr zum Ärger der Frau neben mir, welche zunächst mehrfach komplette Stille einforderte, um telefonisch ihre Übernachtungsmöglichkeit (in einem Kloster) zu klären. Danach störte sie sich an Lautstärke, Luftzug etc. und ich bemühte mich, besonders freundlich und höflich zu dem Fahrer zu sein, um zu zeigen, dass es, im Gegensatz zu der Dame, auch entspanntere und freundlichere *weiße* Fahrgäste gab.

In Sokodé angekommen, überlegten wir zunächst, Motorräder zu nehmen, doch dann kam Moudjana auf die Idee, ein Auto für die restliche Strecke zu mieten. Einerseits hatten wir Gepäck und ich war noch nicht ganz fit, andererseits war es sogar günstiger, ein Auto für 10.000 CFA zu mieten, als für drei Motos insgesamt 12.000 CFA zu bezahlen. Und so fuhren wir nachmittags fulminant mit einem Auto ins Dorf ein und hielten direkt vor dem Hof meiner Gastfamilie.

Bei meinem nächsten Besuch in Kpalimé, im Mai 2019, übergab ich die letzten noch eingetroffenen Langstöcke mit weiteren Ersatzteilen. Auch meinen Kollegen hatte ich von dem Projekt erzählt und so machte mich Afissou eines Nachmittags auf einen Jungen in der Bibliothek aufmerksam, welcher blind sei. Ich erzählte Koko davon und fragte, ob der Verein nicht eventuell der Familie anbieten könnte, den Besuch in der nächstgelegenen Schule für Blinde und Sehbeeinträchtigte zu bezahlen[79]. Koko bat uns, die Familie zu besuchen und ihnen dieses Angebot zu unterbreiten. Und so gingen Afissou und ich kurz darauf zu der Großmutter des Jungen, bei welcher er lebte. Sein Vater sei vor wenigen Jahren gestorben und seine Mutter lebte in der Stadt, um Geld zu verdienen. Seine Großmutter freute sich sehr über das Angebot, da es in Balanka bei der Klassengröße[80] nicht möglich war, ihn inklusiv zu unterrichten.

Inzwischen geht der Junge in Sokodé auf eine Schule und ist dort ein sehr guter Schüler. Vor einiger Zeit haben wir zudem versucht, herauszufinden, ob ihm gegebenenfalls mit einer ärztlichen Behandlung oder einer Brille noch geholfen werden kann. Der Augenarzt vor Ort sah jedoch keine Möglichkeiten, ihm zu helfen, und auch die Bilder von seinen Augen, die wir verschiedenen Ärzten in Deutschland zeigten, ergaben keine vielversprechenden Diagnosen.

Etwas, was mir von Anfang an klar war und was mich zugleich unglaublich gestört hatte, war, dass das Spenden-Projekt nur ein Pflaster auf eine klaffende Wunde war. Es war nur ein Versuch, die Situation weniger Menschen etwas zu verbessern, aber gegen die Ursachen haben wir nichts unternommen. So ging es nicht nur mir. Auch zwei Freiwillige, welche als Schulbegleiterinnen der Mädchen-WG in Kpalimé tätig waren, kannten und teilten meine Gedanken.

Wir trafen uns im Mai beim Blindenzentrum, bekamen einen kurzen Einblick in den Unterricht und fragten die Lehrer, ob sie denn auch Hilfsmittel wie Lupen hätten. Einer der Lehrer war ganz begeistert von meiner Blocklupe, da er mit dieser Texte in Schwarzschrift gut lesen konnte.

Von einigen der Schüler wusste ich, dass diese noch nie eine Augenarztpraxis von innen gesehen hatten. Als Person, die selbst von einer Sehbeeinträchtigung betroffen ist, weiß ich, wie es ist, schlecht zu sehen und kaum Chancen zu haben, dass sich daran etwas ändern wird. Bloß, dass ich bereits in mehreren Augenunikliniken war und zu den wenigen Personen gehöre, für deren Augenerkrankung es eben bisher keine Heilung gibt. Während hier Menschen waren, die mit einer medizinischen Behandlung, wie sie mir zuteil geworden ist, oder vielleicht einer sehr guten Brille wieder besser sehen könnten. So verbessern ein paar Langstöcke die Mobilität zwar für ein paar Jahre, aber eine augenärztliche Behandlung beziehungsweise angepasste Hilfsmittel könnten vielleicht das ganze Leben verändern …

11. Neujahr und ein illegaler Abstecher über die Grenze ins Nachbarland Benin

Rund um Neujahr bekam ich das erste Mal Besuch von drei meiner Mitfreiwilligen. Sie waren auf der Durchreise, wollten weiter in Richtung Norden. Ich freute mich sehr, ihnen die Menschen vorstellen zu können, die mir in den letzten Monaten so sehr ans Herz gewachsen waren. Am Tag ihrer Ankunft zeigte ich ihnen zunächst das Dorf, wir kochten zusammen und genossen einen entspannten Abend. Für den nächsten Tag war eine Reise nach Bassila[81] geplant, dort in der Nähe, so die Erzählung einiger Bekannte, befand sich ein Dorf, in dem Affen leben und wo man diese auch besichtigen konnte.

Ich hatte mich umgehört und laut einer früheren Mitfreiwilligen sei es recht leicht, die grüne Grenze etwas entfernt von der Polizeistation zu überqueren, sodass dem Ausflug auch kein Stress rund um ein Visum für Benin im Weg stand. Wir gingen also zum Treffpunkt der Motofahrer und baten diese, auf dem Weg einen Bogen um die Polizeistation zu machen. Gesagt, getan. Wir kamen ohne Problem in Bassila an und gönnten uns an einem Marktstand in der Stadtmitte zunächst etwas gebratenen Ziegenkäse. Danach machten wir uns zu Fuß auf den Weg. Wir kamen an einer großen, wunderschönen, blauen Moschee vorbei, aus deren Lautsprecher nacheinander verschiedene Stimmen ertönten. Wir blieben stehen und lauschten den Klängen. Plötzlich sprach uns ein Mann an und wollte wissen, ob wir Deutsche seien. Daraufhin stellte sich heraus, dass der Mann schon seit vielen Jahren in Frankfurt am Main lebte und aktuell zu

Besuch in Bassila war. Er erklärte uns auch, dass in der Moschee gerade ein Wettbewerb stattfinde, wer am besten aus dem Koran rezitieren könnte.

Weil es sich anbot, fragten wir ihn, ob wir tatsächlich auf dem richtigen Weg seien. Er bestätigte es, man müsse einfach die Straße runter und dann dem Weg folgen, das seien vielleicht drei Kilometer bis ins Affendorf. Nun gut, wir beschlossen also, zu Fuß weiterzugehen, drei Kilometer, das ist doch mit Leichtigkeit geschafft, dafür brauchen wir doch kein Moto!

Wir ließen nach und nach die letzten Häuser hinter uns und beschlossen, unser Mittagessen erst im Affendorf einzunehmen. Die Möglichkeit, in einen Imbiss am Straßenrand zu gehen und sich vor der Wanderung zu stärken, nutzen wir daher nicht und liefen in der Mittagshitze los. In dieser Zeit konnte es mittags bis zu 40 Grad warm werden und so waren wir über jeden Schatten am Wegrand froh.

Irgendwann begegneten wir einer Gruppe von Frauen, welche Metallschalen voller Waren auf dem Kopf und zudem Kinder auf dem Rücken trugen. Teils hatten sie auch noch Taschen in der Hand. Dann wird es wohl tatsächlich nicht mehr weit sein, wenn sie auch zu Fuß liefen, oder?

Noch einmal fuhren Motos an uns vorbei, doch wir hielten sie nicht an, im Gedanken, wie sehr wir uns ärgern würden, wenn sie mit uns nur noch über eine Hügelkuppe fahren müssten, um da zu sein. Der Mann bei der Moschee hatte gesagt, dass das Moto ungefähr 500 CFA, also etwas weniger als einen Euro, kosten würde, das konnte dann also wirklich nicht mehr weit sein.

Letztendlich sind wir laut der Karte auf dem Handy einer anderen Freiwilligen, die wir nutzten, als wir mit den togolesischen Anbietern wieder Internet hatten, wohl um die sieben Kilometer gelaufen.

Im Ort angekommen – er wirkte im ersten Moment seltsam leer und unbelebt – organisierten wir uns an einem Stand zunächst etwas zu essen. Zwischen den leeren, gemauerten Marktständen spielten einige Kinder, darunter auch ein Junge, welcher uns aufgrund seiner hellen Hautfarbe sofort auffiel. Schon bei den Schulbesuchen zu Beginn des Freiwilligendienstes waren mir zwei Kinder mit Albinismus begegnet. Beide saßen in den Klassen ganz vorne, hatten helle Haut und rötlich-blonde Haare. Die Haut am Gesicht und den Armen hatte teils rötlich-braune oder sogar schwärzlich verfärbte Stellen, dort hatten sie sich meiner Vermutung nach Verbrennung durch das Sonnenlicht zugezogen.

Der Junge spielte mit den anderen zusammen Fangen, auch wenn es mir so vorkam, als würde er ebenfalls etwas schlechter sehen.

Wir erkundigten uns bei der Frau am Stand, wo sich die Affen denn genau befänden. Zu unserer Enttäuschung wäre es noch ein weiterer Weg bis zu den Affen, zumal der Ranger aktuell nicht vor Ort sei. Aber es gäbe dort hinten auch einige kleinere Affen. Sie deutete mit der Hand hinter sich, wo sich nach wenigen Häusern ein kleiner Wald befand. Also suchten wir uns zwischen den Häusern einen Weg, damit unser Marsch nicht umsonst war. Im Wald war es angenehm kühl, Sonnenstrahlen brachen nur vereinzelt durch das Laub weit über uns und die Luft war erfüllt von Vogellauten. Schmale Wege waren zwischen den Bäumen zu erahnen, teils leicht verdeckt durch eine Art Lianen, welche von den Baumkronen herunterhingen. Wir folgten den Pfaden vorsichtig, um nicht aus Versehen auf Tiere, die sich im Laub und Geäst zu unseren Füßen versteckten, zu treten oder diese aufzuschrecken. Ab und an vernahmen wir ein Rascheln in den Baumkronen, konnten jedoch nicht mehr erkennen. Später entdeckten wir noch einen halb verfallenen Hochsitz, bei dem es eine Kunst war, auf der Treppe nach oben genau die Stufen zu erwischen, die nicht direkt unter unseren Füßen nachgaben. Dennoch war die Aussicht von oben über das Blättermeer sehenswert und der Weg auf den Hochsitz ein weiteres kleines Abenteuer. Zwar hatten wir die Affen mehr gehört als gesehen, aber dafür wurden sie weder durch unser Erscheinen gestört, noch waren sie gefangen.

Den Rückweg legten wir, mangels Motos am Motostand, in einem Kleinbus zurück, welcher uns bis nach Bassila fuhr. Von dort aus nahmen wir Motos in Richtung Balanka, mit der ausdrücklichen Bitte, nicht an der Polizeistation vorbeizufahren. Auf dem Rückweg bogen die Fahrer auf einen Feldweg ab, welcher an Cashewbäumen vorbeiführte, an denen wir auf dem Hinweg nicht vorbeigefahren waren. Ich wunderte mich bereits, dachte aber noch nichts Schlimmes. Kurz darauf erreichten wir, nahe des einen Fußballplatzes, Balanka und fuhren von dort in Richtung der Hauptstraße.

Leider kamen wir tatsächlich direkt neben der Polizeistation vom Weg aus auf die Hauptstraße. Wir hofften zunächst noch, den Polizisten wäre es nicht aufgefallen, dass wir von dort gekommen waren, aber als Motolärm hinter uns ertönte und wir zum Anhalten aufgefordert wurden, wusste ich, dass wir geliefert waren. Die Motofahrer waren anhand ihres T-Shirt-Aufdrucks eindeutig als Fahrer aus Bassila erkennbar, sodass eine geschickte Ausrede, von wegen, man habe nur den Fußballplatz besucht, nicht denkbar war.

Also wurde von uns der Reisepass verlangt. Als ich erklärte, dass ich hier in Balanka lebte und die anderen Freiwilligen zu Besuch seien, entspannte sich die Situation bereits. Die Strafpredigt, dass wir ein Visum für Benin bräuchten und nicht ungefragt dorthin reisen sollten, wurde von uns mit der Ausrede, dass man in Europa ja auch ohne Grenzkontrollen und Visum ins Nachbarland reisen könne, halbwegs abgewehrt. Letztendlich lief es darauf hinaus, dass Hannah, die einzige damals unvergebene Person in der Gruppe, ihm ihre Nummer geben sollte, und damit war die Sache geregelt.

Bei meinen weiteren Besuchen in Bassila ging ich zuvor zur Polizeistation und fragte jeweils, ob es okay sei, mit meinen Gastgeschwistern für einige Stunden nach Bassila zu fahren, und es wurde jedes Mal ohne Probleme erlaubt.

Am folgenden Tag ging es für Hannah und die zwei anderen Freiwilligen weiter in den Norden Togos. Dort erlebten sie in Kara an Silvester das große Feuerwerk, welches beim Präsidentenpalast stattfand. In Balanka selbst war es sehr ruhig und so telefonierte ich, als es in Deutschland Mitternacht war, von meinem Zimmer aus mit meinen Eltern, die in der Straße unterwegs waren und mir beschrieben, was bei ihnen im Dorf an Feuerwerk zu sehen war. Während des Telefonats begegneten sie immer wieder Personen aus der Nachbarschaft, die ebenfalls die vielfältige Licht- und Geräuschkulisse von der Straße aus betrachten wollten. Da sie sahen, dass meine Eltern telefonierten, wurde auch recht häufig danach gefragt, wie es mir ginge. Nun, wie ging es mir gerade? Irgendwie fiel es mir schwerer zu realisieren, dass Silvester war. Zwar hatte ich seit Jahren nicht mit meinen Eltern, sondern immer bei meiner besten Freundin Silvester gefeiert, aber dennoch gehörten der

Film »Feuerzangenbowle«, Kälte sowie Abende am Feuer für mich zum Jahreswechsel dazu. Über das Telefon hörte ich das Feuerwerk und die Beschreibungen von der Umgebung, in der sich meine Eltern befanden. Und dennoch war ich seltsam ungerührt, genau wie als die Notre Dame abbrannte. All das passierte so weit von mir entfernt, hatte für mich hier in Balanka kaum eine Bedeutung …

In der Nacht vom ersten auf den zweiten Januar rissen mich dann laute Geräusche aus dem Schlaf. Zunächst befürchtete ich, dass die Unruhen rund um die Wahlen nun auch bei uns im Dorf angekommen seien, bis ich bei einem Blick aus dem Fenster erkannte, dass es sich um Feuerwerksraketen handelte, die auf dem Platz bei der großen Moschee gezündet wurden. So wurde auch bei uns im Dorf das neue Jahr, wenn auch ein wenig verspätet, gebührend begrüßt.

12. Eine kleine Geschichtsstunde und weiterer Besuch

Im Februar, als die Kurse in der Bibliothek richtig Fahrt aufgenommen hatten, kam eine weitere, frühere Freiwillige mit ihrem Bruder zu Besuch. Sie brachten Weihnachtsplätzchen von meinen Eltern mit, über die ich mich mehr freute, als sich manch einer von euch vorstellen mag. Für mich gehören selbstgebackene Weihnachtskekse einfach zum Weihnachtsfest dazu. Schon als kleines Kind haben mein Großvater und ich zusammen eine bestimmte Plätzchenart nach einem Familienrezept gebacken, Zimtsterne, Kokosmakronen, Vanillekipferl und Lebkuchen wurden auch meist von meinem Vater, mit etwas Unterstützung von meiner Schwester oder mir, gebacken. Zwar konnte man in Balanka in einzelnen Boutiquen Kekse verschiedener Geschmacksrichtungen kaufen, das wäre für mich allerdings nicht das Gleiche gewesen. Kekse aus der Boutique kaufte ich lediglich zu Samiras Geburtstag, den wir im Frühjahr groß feierten. Ansonsten teilte ich mir die Schokolade, Weihnachtsplätzchen und das getrocknete Obst entsprechend ein, um auch während dem knapperen Angebot an frischem Obst in der Trockenzeit nachmittags einen kleinen Snack in Form eines Plätzchens oder einer getrockneten Frucht genießen zu können.

Sowohl L. als auch ihr Bruder waren sehr angenehme Besucher und durch L. lernte ich vieles über Balanka, was ich zuvor noch nicht wusste. So ist sie bei der Frauenbank sehr aktiv und hat diese mit ins Leben gerufen. Selbstorganisiert bieten die Frauen einander ein Kontomodell an, bei dem die Frauen täglich geringe Beträge einzahlen und so zum

Beispiel das Schulgeld der Kinder ansparen können. An jedem letzten Tag eines Monats wird das an diesem Tag eingezahlte Geld ausnahmsweise nicht dem jeweiligen Konto zugeschrieben, sondern geht an die Bank, um die laufenden Kosten zu decken. Inzwischen macht eine der Frauen sogar[82] eine Ausbildung zur Bankangestellten in der Hauptstadt, unterstützt durch die Frauenbank.

Falls ihr euch jetzt fragt, warum sie nicht einfach eine reguläre Bank aufsuchen, und vor allem, warum sie täglich etwas auf ein Konto einzahlen, so lässt sich dies recht einfach beantworten. Die nächste Bank, jedenfalls wenn man nicht über die Grenze nach Benin geht, ist meines Wissens in Sokodé, weshalb auch ich meist für mehrere Monate Geld abhob, wenn ich in einer Großstadt war und mir das Geld entsprechend einteilen musste. Vieles wird direkt mit Bargeld geregelt, sodass primär Angestellte des Staates, beispielsweise Lehrer, ein Bankkonto haben und ihren Lohn auf dieses überwiesen bekommen. Wann der Lohn der Lehrer ausgezahlt wird, musste auch berücksichtigte werden, wenn man plante, Geld abzuheben, denn laut einem Ehepaar in Bassila, wo sich der zu Balanka nächste Bankautomat befand, konnte dann der Geldautomat auch mal leer sein.

Zudem sind die meisten Frauen berufstätig. Sie verkaufen beispielsweise Brot, Kleidung, Lebensmittel, haben Essensstände oder arbeiten als Näherinnen. Dabei müssen sie einen Teil ihrer Einnahmen direkt wieder in neue Ware oder die benötigten Zutaten investieren, sodass es leichter fällt, jeden Tag eine kleine Summe einzuzahlen, anstatt einen größeren Geldbetrag auf einmal einzuzahlen. Indem die Mitarbeiter der Frauenbank jeden Tag die teilnehmenden Frauen besuchen und diese ihre kleinen Beträge bei ihnen mühelos einzahlen können, wird ihnen der Aufwand und die Kosten, damit bis nach Bassila oder Sokodé zu fahren, genommen.

Mit L., ihrem Bruder, meinem Kollegen Mahadiou und einem weiteren Bekannten besuchten wir zudem ein Grabmal in den Feldern, etwas außerhalb von Balanka. Wir teilten uns auf zwei Motorräder auf und fuhren einige Zeit, vorbei an der Krankenstation, der Grundschule und dem Collège, bis wir Balanka komplett hinter uns gelassen hatten. Bei einer Ansammlung von einigen wenigen Häusern, wo, wenn ich mich recht erinnere, das komplette Brot gebacken wird, das es in Balanka zu kaufen gibt, bogen wir links ab und fuhren einen schmalen Weg, kaum breiter als für eine Person, entlang. Teils mussten wir die Köpfe einziehen, wenn Äste in den Weg hineinragten. In einer Senke stellten mein Kollege und sein Freund die Motorräder ab, von dort aus ging es zu Fuß weiter, durch, aufgrund der Trockenzeit, verdorrtes Gras sowie niedrige Büsche, bis wir das Grabmal in der Ferne auf einer Anhöhe sahen.

L. hatte sich in ihrer Bachlorarbeit mit den Grenzstreitigkeiten zwischen Togo und Benin beschäftigt. Und auch das Grabmal ist ein Überbleibsel eines solchen Grenzkonflikts. Während nun einzelne Cashewbäume dort wachsen und auf den umliegenden Wiesen teils herumziehende Rinderherden grasen, so führte früher bei eben diesem Mahnmal ein Weg entlang. Das oben pyramidenförmige, auf einem quadratischen Sockel ruhende Mahnmal trägt die Namen zweier französischer Soldaten, welche von Menschen aus Balanka getötet wurden. Doch wie kam es dazu?

Soweit ich mich recht erinnerte, fand der Vorfall zur Zeit der Kolonialisierung statt, als Togo von Deutschland, Benin hingegen von Frankreich besetzt war. Die nächste Stellung der Deutschen war in Sokodé, die Franzosen waren kurz hinter der Grenze in Benin postiert. Und

Balanka war aufgrund seiner Nähe zur Grenze ein Ort, an dem sich immer wieder sowohl deutsche als auch französische Soldaten herumtrieben, um zu kontrollieren, dass die Grenzabkommen auch eingehalten wurden.

Eines Tages sollten von Cotonou, dem Hauptsitz der Franzosen, Rinder für einen Gouverneur nach Ghana getrieben werden. In Balanka hielt der Dorfchef die Herde an und verlangte eine Art Zoll, sodass weniger Tiere in Ghana ankamen als ursprünglich losgeschickt. Daraufhin schickte der Gouverneur aus Cotonou Soldaten nach Balanka, um den Vorfall zu klären. Recht schnell wurden die ausgeschickten Soldaten jedoch vertrieben. Dorfbewohner, die den Soldaten folgten, um sicherzustellen, dass sie auch wirklich zurück über die Grenze gingen, standen dann auf einmal unter Beschuss. Zwar behaupteten die Soldaten letztendlich, sie hätten auf Affen schießen wollen und wären sich der Personen nicht bewusst gewesen, für zwei der Soldaten endete die darauffolgende Auseinandersetzung jedoch mit dem Tode. Laut der Überlieferung wurden ihre Köpfe abgehackt, ins Dorf getragen und liegen noch immer unter den zwei Mangobäumen auf dem Platz vor der großen Moschee vergraben.

Nach dem Besuch beim Grabmal fuhren wir zu meinem Mentor, welcher etwas außerhalb von Balanka auf einem Hof wohnte. Er zeigte uns zunächst die benachbarte Baustelle, welche er beaufsichtige. Dort baute ein recht erfolgreicher Geschäftsmann aus Lomé, dessen Tochter Samsia und ich während unserer Reise nach Lomé sogar besucht hatten, ein Anwesen. Ich war beeindruckt von der Größe und fotografierte das braun-schwarz gemusterte Holz, unsicher, ob es sich dabei um Ebenholz handelte, was ich bislang nur von Krippen aus der Museumsscheune in meinem Heimatdorf kannte, oder ob ich es mit einer ganz anderen Holzart zu tun hatte. Zudem sah ich auf dem Hof meines Mentors die ersten, wenn auch noch unreifen Mangos. Sie hingen an schmalen Zweigen gerade von höheren Ästen hinab und wären mir im Vorbeigehen nie aufgefallen. So aber nutzte ich eine kurze Ruhepause der anderen und kletterte mit der Erlaubnis meines Mentors in den Mangobaum. Sehr zur Erheiterung meines Kollegens, der gleich einige Schnappschüsse davon machte. Aber ich fand es schon immer toll, auf Bäume zu klettern, eine Astgabel zu finden und dort dann zu lesen oder den Blick zu genießen. Trotz Höhenangst …

Im Schatten des Mangobaums breiteten wir später auch eine große Matte aus und aßen gemeinsam. Es gab Reis mit Erdnussöl, Piment, Kohl und die anderen aßen noch Hähnchen dazu. L., welche sich in Deutschland meines Wissens sogar vegan ernährte, erklärte mir, dass sie hier auch Fleisch esse. Weil es nicht aus einer Massentierhaltung käme, sondern wenige Minuten vorher noch frei herumgelaufen sei.

An diesem Tag lernte ich nicht nur viel über die Geschichte von Balanka, ich lernte auch meinem Mentor etwas besser kennen. Er war damit beschäftigt, gegenüber von seinem Haus in einem weitläufigen Gehege eine Hühner- und Gänseaufzucht aufzubauen. Stolz zeigte er uns den Teich, den er bereits für die Gänse angefertigt hatte, und das umliegende Gelände, bis Mahadiou bemerkte, dass ein Stapel mit Holzlatten, welche für den weiteren Bau bereitlagen, angefangen hatte zu brennen. Anscheinend war die Sonne ungünstig gebündelt auf das Holz gefallen und hatte dieses in Brand gesetzt. In kürzester Zeit waren wir alle mit Eimern ausgestattet und transportierten Wasser aus dem nahegelegten Brunnen zum brennenden Holzhaufen. Nachdem die ersten Flammen gelöscht waren und die Bretter auseinandergezogen und erneut mit Wasser und Sand bedeckt worden waren, stellten wir vorsorgehalber die Motorräder um, da wir befürchteten, dass vielleicht einer der Spiegel am Lenker für den Brand mitverantwortlich war.

Mr. Kide war jedoch nicht nur mit seiner Hühneraufzucht beschäftigt und als mein Mentor tätig, er hatte ebenfalls eine Boutique, welche primär von seiner Frau geführt wurde, und nahm weitere Aufgaben im Dorf wahr, weshalb er nur selten anzutreffen war. Dennoch war er ein guter Mentor, über dessen Besuch sich auch meine Gastfamilie immer gefreut hatte.

»Wenn Jasmin hier bleibt, ist sie in vierzig Jahren genauso dunkel[83] *wie wir«*

(Aussage von Mr. Kide, mein Mentor, beim gemeinsamen Essen)

Für einen Abend organisierten wir mit dem Club du Sketch einen Geschichtenabend. Gemeinsam mit meinen Kollegen bauten wir einen großen Stuhlkreis auf dem Platz neben der Bibliothek auf, Mahadiou kümmerte sich um die Tontechnik, sodass die älteren Männer, welche Geschichten auf Balanka[84] erzählten, auch überall zu hören waren. Der gesamte Platz war voller Menschen, viele standen sogar oder brachten sich selbst Stühle mit, als sie sahen, wie voll es war, und auch meine Gastfamilie war nahezu vollständig zugegen. Gespannt wurde zugehört, zudem wurden von den älteren Männern Witze erzählt und Rätsel vorgetragen. Mahadiou und Mr. Kide, welche in unserer Nähe saßen, versuchten für L., ihren Bruder und mich möglichst viel des Gesagten auf Französisch zu übersetzen. Auch der Theaterclub hatte seinen Auftritt. Nach einem Tanz, bei dem im Gesang alle Gäste willkommen geheißen wurden, wurde mit einem der Stücke zugleich eine Geschichte erzählt. Der Leiter der Gruppe verkleidete sich zudem als Frau und legte eine Soloeinlage ein. Und ich war unglaublich begeistert von der Kreativität, mit welcher sie erzählten, sodass es auch ohne Worte verständlich war.

Mit L., ihrem Bruder und meinem Kollegen zusammen aß ich während des Besuchs am Denkmal zudem eines der wenigen Male Cashew-Äpfel. Sicher kennt jede Person die geschälten, gerösteten Cashew-Kerne. Die länglichen, apfelgroßen Früchte, an deren Ende die Nüsse hängen, kennt jedoch kaum jemand. Die Äpfel sind von einer festeren Haut umgeben und innen sehr weich und saftig im Geschmack, vielleicht ungefähr einer Litschi ähnlich. Die Cashew-Ernte stellte für die Menschen in Balanka eine der Haupteinnahmequellen[85] dar, sodass die Mitnahme von Cashew-Kernen verboten war. Angeblich würde man verflucht, wenn man die Nüsse eines fremden Baumes stehle. Geduldet wurde hingegen, dass man die Äpfel aß und die Cashew-Kerne an den Baumstamm legte, sodass sie bei der Ernte aufgelesen werden konnten.

13. Die Bibliothek: von Büchern, Saharasand und Stromausfällen

Wenn man vom hellen Sonnenlicht durch das schwere Metalltor in die Bibliothek hereinkommt, sieht man zunächst nicht viel. Ein breiter Flur führt geradeaus, die Treppen hoch, zu dem Saal im ersten Stock und dann hoch hinaus auf das Flachdach, auf welchem sich eine Solaranlage befindet. Zudem liegen im Erdgeschoss neben der Treppe noch zwei Toilettenräume. Direkt hinter dem Tor links befindet sich ein Lagerraum, in dem u. a. Materialien für die inzwischen eröffnete Geburtsstation gelagert wurden. Geht man durch eine weitere Tür auf der linken Seite, so gelangt man, durch einen recht dunklen Gang gehend, vorbei an einer Kühltruhe, zu einem voll beladenen Schreibtisch. Zwei mal nach rechts drehen, und schon liegt auf der linken Seite[86] auch der Lesesaal vor einem. Links an der Wand befinden sich ehemalige Bücher für die ersten Schuljahre, mit denen die Schüler Lesen üben können, nahe dem Tor in der Wand befindet sich eine Holztrommel, welche nun, umrahmt durch drei Bänke, den jüngsten Kindern als Tisch dient. Daneben steht an der Wand das Regal mit den Bilderbüchern, das ich täglich mindestens drei Mal aufräumen durfte. Kommen wir aber nun zu meinem in der Nähe stehenden Lieblingsregal: ein hohes, hölzernes Regal mit einer unglaublich bunten Mischung an deutschsprachiger Literatur, von Büchern über die Apartheid, Kinderromanen bis hin zu Science Fiction. Und ja, ich habe fast alle davon gelesen[87].

Daneben befanden sich französische Wissensmagazine, an der Wand um die Ecke dann französische Romane und sehr viel Jugendliteratur.

An der vierten Wand standen Regale mit Lexika, Büchern zu Geographie, Biologie und Geschichte sowie Atlanten. Auf den Regalen standen zwei Globen sowie einige Pokale, welche beispielsweise für die Fußballturniere der Vereine in Balanka genutzt und im Anschluss zurück in die Bibliothek gebracht wurden. Schlussendlich kam noch das Regal, was die wertvollsten Bücher enthielt und daher auch mit einem Gitter und Vorhängeschloss gesichert war. Einerseits enthielt es togolesische Kinderbücher, Comics, welche in Westafrika spielten, und weitere Bücher, mit denen nur unter Aufsicht gearbeitet werden sollte, andererseits fand ich dort auch die französischen Ausgaben von Harry Potter.

Wieso sollte mit diesen Büchern nur unter Aufsicht gearbeitet werden? Weil die Kinderbücher von togolesischen Autoren und die in Westafrika spielenden Comics im Gegensatz zu den meisten anderen Büchern keine Spenden waren, sondern neu gekauft wurden und in geringer Stückzahl vorhanden waren. Wir nutzten sie mit Schulklassen, die morgens vorbeikamen, wenn bei ihnen Unterricht ausfiel, sodass sie in kleiner Runde gelesen wurden. Die Bücher repräsentieren das Leben und Umfeld der Schüler und haben Schwarze Protagonisten, was diese von den restlichen Büchern[88] unterscheidet. Durch die Nutzung unter Aufsicht konnten wir sicherstellen, dass keine kleineren Kinder die Bücher möglicherweise beschädigten oder aus Unwissenheit an einer anderen Stelle zurück ins Regal stellten. Die Wörterbücher hingegen gaben wir den Schülern gegen Abgabe von einem Bibliotheksausweis gerne, damit sie ihre Englischhausaufgaben machen konnten. Dabei war die Person, welche den Ausweis abgegeben hatte, stets sehr gewissenhaft und brachte uns das Wörterbuch zurück, sobald die Gruppe an Schülern mit der Aufgabe fertig war.

Morgens, wenn ich gegen neun Uhr zur Bibliothek kam, war meist nicht viel los und wir fingen an, Bücher richtig in die Regale einzusortieren, andere mit Flüssigkleber und durchsichtigem Klebeband zu reparieren und den Tisch mit den Spielen aufzuräumen. Montags putzten wir zudem, was während des Hammatans aufgrund des ganzen Saharasands eine sehr staubige Angelegenheit war. Samstags hingegen machten wir die Abrechnung über mögliche Einnahmen und prüften die Kasse. Gegen Ende des Jahres fingen wir an, verschiedene Kurse für die Schüler des Collège anzubieten, sodass ich die Zeit auch oft nutzte, um mich auf die Kurse vorzubereiten, Spiele auszudenken und ggf. nötige Spielkarten anzufertigen.

Gab es Unterrichtsausfälle, so sind Schulklassen oft vormittags bei uns vorbeigekommen und wir haben mit ihnen Lesen geübt. Auch jüngere Kinder kamen morgens häufig zum Spielen oder Bilderbücher-Anschauen vorbei. In den Ferien hatte ich regelmäßig mit den Kindern und Jugendlichen gemalt, während Afissou und Mahadiou Kinder beaufsichtigten, welche mit ausgeliehenen Bällen vor der Bibliothek spielten.

Die Bibliothek war, so schien es mir manchmal, zugleich Anlaufpunkt für alle möglichen Personen, mal kamen Reisende vorbei und erkundigten sich bei uns über Verschiedenes, mal waren es Hirten, die mit ihren Herden nahe des Dorfes waren und bei uns ihre Handys aufladen wollten. Auch kamen regelmäßig Frauen und Männer einfach für eine kleine Unterhaltung herein. Meist kündigte sich Besuch bereits im Gang mit einem »salam aleikum[89]« an und wurde entweder von meinen Kollegen mit einem »aleikum salam« oder von mir mit einem »Magasana« begrüßt. Manchmal wurde ich, insbesondere von Frauen, gefragt, ob ich sie wiedererkennen würde. Stellt euch vielleicht vor, dass euer gegenüber eine FFP-2-Maske trägt[90] und ihr eine recht dunkle Sonnenbrille tragt. Ungefähr so sah ich in dem Eingangsbereich der Bibliothek, erst recht wenn die Person noch einen Meter oder mehr von mir entfernt war.

So kam es eines Tages, dass eine Frau mich fragte, ob ich noch wisse, wer sie sei. Ich rekapitulierte die Begegnungen der letzten Tage, mir fiel aber nur die Begegnung mit der Frau von Mahadiou ein. Würde auch Sinn ergeben, dass sie in die Bibliothek käme, vielleicht wollte sie zu ihm? Also fragte ich »Bist du nicht die Frau von Mahadiou?«, woraufhin sie in lautes Lachen ausbrach und erklärte, dass sie in der Krankenstation arbeite und zu Beginn meiner Zeit in Balanka für den Malariaschnelltest im Gästehaus vorbeigekommen war, als die Schulklasse zu Besuch war. Ich entschuldigte mich bei ihr für die Verwechslung, was sie mit einem Lachen abtat, und das Gespräch fortsetzte. Und bevor jetzt jemand mit Sätzen wie »Ich habe mal gehört, dass blinde oder sehbeeinträchtigte Leute die Personen am Klang ihrer Stimme unterscheiden können« kommt, schön, dass es solche Menschen gibt, das ist auf jeden Fall eine praktische Eigenschaft. Nur verfüge ich nicht über diese. Ich kann Menschen dafür am Gangbild und der Körperhaltung recht gut zuordnen und habe zumindest einmal sehr gute Intuition besessen, als Erdin mich überraschen wollte und mir auf dem Weg nach Hamburg entgegengefahren ist. Da bin ich recht zielsicher in ihn hineingelaufen, obwohl der Bahnhof in Hannover doch recht groß ist. Aber zurück in die Bibliothek von Balanka.

Nachmittags war es gegen 16 Uhr oft noch recht ruhig, zumindest wenn man es mit bis zu 20 kleinen Kindern als ruhig bezeichnen konnte. Die Kinder warteten meist schon vor dem Tor der Bibliothek, wenn ich ankam, und halfen mir sehr tatkräftig, das schwere Tor zumindest so weit zur Seite zu schieben, dass sie und auch ich hindurchpassten. Drinnen, nachdem ich auch die Tür, die zum Bibliotheksbereich führte, aufgeschlossen hatte, gab es meist ein kleines Wettrennen der Kinder durch den Gang, denn sie liebten vor allem den Spieltisch, wo sie sich ganz neue Spiele und Regeln für Uno und weitere Karten- beziehungsweise Würfelspiele ausdachten. Da wollten natürlich alle ihre Lieblingsspiele als Erstes in die Hand bekommen. Gerne nutzten sie die großen Matten, die an der Wand lehnten, um so auf dem Boden in Gruppen sitzen und spielen zu können.

Einige Kinder versuchten, neben den Bilderbüchern auch die Erstlesebücher mit den vielen Bildern in die Hände zu bekommen, was ihnen jedoch verboten war, da sonst sehr schnell viele Risse in den Büchern auftraten. Das führte zu der Situation, dass einmal ein kleiner Junge ein solches Erstlesebuch in der Hand hielt und ich ihn auf Französisch fragte, ob er schon zur Schule gehe. Er blickte mich mit großen Augen an und nickte mit dem Kopf. Daraufhin fragte ich ihn, ob er denn lesen könne, was im Buch stehe. Wieder nickte er mit dem Kopf. Dass ich ihn dann trotzdem auf Balanka bat, mir das Buch zu geben, lag lediglich daran, dass er es die ganze Zeit verkehrt herum gehalten hatte.

Eines der Mädchen, ungefähr fünf Jahre alt, welches fast jeden Nachmittag, mal alleine, mal mit ihren zwei jüngeren Brüdern, kam, war mir besonders ans Herz gewachsen. Oft war ich die erste Stunde alleine und las selbst in einem Buch, während ich das Geschehen vor mir beobachtete. Manchmal gab es Streit um Spiele und gerade einer ihrer kleinen Brüder konnte da schon mal stur werden und im Trotz um sich schlagen, sodass ich ihm öfter Bibliotheksverbot erteilen musste, wenn er trotz Ermahnung nicht aufhörte, die anderen Kinder zu schlagen oder mit Spielsteinen zu werfen[91].

Sie selbst suchte ab und an meine Aufmerksamkeit, wenn ihr langweilig war. Dann holte sie bewusst Bücher für die Schulanfänger aus den Regalen, damit ich sie ermahnte, denn sie war noch nicht eingeschult, und ich musste diese wieder einräumen. Dabei half sie mir dann sogar. Als ich eines Nachmittags Bücher und Spiele reparierte, brachte sie mir lauter Bücher, die entweder tatsächlich schon Risse in den Seiten hatten oder in die sie absichtlich selbst welche hineinmachte, um zusehen zu können, wie ich sie wieder reparierte. Recht schnell kam ich dahinter und legte schadhafte Bücher von da an auf einen Stapel, um sie am darauf folgenden Morgen reparieren zu können. Die wichtigsten Worte auf Balanka, welche ich für die Kommunikation mit den jüngeren Kindern lernte, waren »zigom«, das bedeutet »gib mir«, »pani«, welches gleichbedeutend ist mit »lass das«, »ai«, was »nein« bedeutet, und »eh«, was mit »ja« zu übersetzen ist[92].

In den ersten Monaten kamen nach dem Nachmittagsunterricht mehr als 100 Schüler, um bei uns ihre Hausaufgaben zu machen, Lesen zu üben oder mit Freunden zusammen zu spielen. Wir begrenzten daher die Spielzeit, sodass unter der Woche spätestens um 18 Uhr alle Spiele wieder am Spieltisch waren. Diese Phase war sehr anstrengend, da wir zu dritt versuchten, allen Schülern gerecht zu werden. Als sich der Andrang verringerte, konnten wir individueller auf Schüler eingehen und eines Abends übte ich beispielsweise mit einer Schülerin zusammen Lesen. Auch wenn sie schon in einer höheren Klasse war, so hatten ihr beim Vorlesen in der Klasse sonst ihre Mitschüler den Text ins Ohr geflüstert. Dabei war sie einfach nur bei langen Worten unsicher. Ich bedeckte mit meiner Hand einen Teil des Wortes und ließ sie Silbe für

Silbe einzeln nacheinander lesen und dann zu dem Wort zusammensetzen. Nach einigen Worten, die wir uns so vorgeknöpft hatten, gelang es ihr, die Wörter sich selbst zu erarbeiten, und auf einmal traute sie sich, mir eine ganze Textpassage vorzulesen. Das war einer der Tage, die mich unglaublich motivierten. Die Schrift in den Erstlesebüchern war recht groß und da die Bücher viele Vokabeln des täglichen Lebens in Togo enthielten, lernte ich beim Lesen-Üben gleich auch noch einige neue Begriffe.

In der Vorbereitung auf die Mathe-Kurse, die Mahadiou und ich zusammen geben wollten, merkte ich recht schnell, dass die Schüler in Togo ganz andere Rechenschritte für komplizierte Aufgaben lernten als ich, da sie keinerlei Taschenrechner verwendeten. So beschloss ich nach wenigen Malen, mich von diesem Kurs zurückzuziehen, da mir das Wissen fehlte, um die Herangehensweise korrekt zu vermitteln und auf Probleme einzugehen, ohne vielleicht mit einer anderen Herangehensweise nur noch mehr Verwirrung zu stiften. Afissou und Mahadiou leiteten zudem die Computerkurse für Schüler und Lehrer, bei denen ich zwar gelegentlich aushalf, primär aber alleine in der Bibliothek Aufsicht machte. Gerade die Lehrer des Collège waren sehr motiviert in den Kursen, riefen mich häufig hinzu, um zu zeigen, was sie gelernt hatten, auch wenn angesichts des fehlenden Stromanschlusses nicht damit zu rechnen war, dass zeitnah in der Schule mit Computern gearbeitet werden würde.

»Wer nicht mit einem Computer umgehen kann,
der gehört zu den Analphabeten des 21. Jahrhunderts.«

(Direktor des »Collège public de Balanka«)

Dafür waren die Englischkurse mein Hauptaugenmerk. Ich suchte immer einen Text aus dem Schulbuch des entsprechenden Jahrgangs heraus, an welchem wir zunächst das Vorlesen üben konnten. Dabei las jeder Schüler reihum vor und wir übersetzten den Text zusammen ins Französische. Danach wiederholten wir verschiedene Zeitformen und weitere grammatikalische Inhalte, entsprechend den Themen des jeweiligen Lehrbuchs. Zur Anwendung bereitete ich meist Übungssätze, angelehnt an den Lebensalltag in Balanka, vor. Mit den jüngeren Schülern spielte ich beispielsweise Farbenmemory, wobei sie die aufgemalte Farbe der jeweiligen englischen Vokabel zuordnen mussten, oder übte die Uhrzeiten auf Englisch. Besonders gerne wurde zum Schluss noch »Ups« gespielt, ein Mathespiel, was ich ursprünglich im Mathekurs mit einer Gruppe gespielt hatte, das dann aber auch mit den englischen Zahlen sehr gerne gespielt wurde.

Oft schwankte es in der Bibliothek zwischen wenig oder keinem Betrieb, bis hin zu ganz vielen Besuchern auf einmal. Gerade wenn wieder ein längerer Stromausfall in Balanka war, kamen alle mit Handy und Ladekabel vorbei, um ihr Handy für 100 CFA aufladen zu lassen. Wir beschrifteten dann mit Klebeband und Kugelschreiber die Ladegeräte entsprechend und hatten meist mehr als hundert Handys gleichzeitig angeschlossen. Bei der Abholung fiel es mir oft schwer, die Namen auf dem Klebeband zu entziffern oder aus der Entfernung überhaupt zu erkennen, sodass ich häufig einfach darum bat, das Handy gleich noch zu beschreiben oder darauf zu deuten und mich entsprechend zwischen den Handys zu navigieren.

Bei einem längeren Stromausfall kam sogar mein Mentor vorbei, mit Computerturm, Bildschirm und Drucker, und baute sich kurzerhand für einen halben Tag bei uns sein Büro auf.

Wenn ich von den Berichten der Vorfreiwilligen hörte, wie viel sie zum Teil in dem Jahr auf die Beine gestellt hatten, hatte ich mir manchmal gewünscht, wie sonst üblich, eine weitere Freiwillige an meiner Seite gehabt zu haben, mit der zusammen ich mir vielleicht noch mehr Kurse oder andere Angebote zugetraut hätte. Auch mein Mentor, welcher sonst oft die Freiwilligen unterstützt hatte, war leider in diesem Jahr sehr beschäftigt.

Zugleich bin ich unglaublich dankbar für meine Kollegen, welche in der Zeit für mich wie eine Familie geworden sind. Eines Abends hatten wir einen Filmabend mit dem Theaterclub veranstaltet und nachdem wir alles aufgeräumt hatten, brachte mich mein Kollege noch bis zur Haustür, weil er sichergehen wollte, dass mir auf dem – wenn auch kurzen – Heimweg nichts passiert (es war bereits nach Mitternacht). Als sich seine Mutter bei einem Unfall schwer verletzte, wurde ich eingeladen, sie zu besuchen und ihr eine gute Genesung zu wünschen. Auch als Afissou ein weiteres Mal Vater wurde, gingen meine Gastmütter und ich wenige Tage später vorbei, um seine Frau und sein Kind aufzusuchen und Glückwünsche zu übermitteln. Meine Kollegen erklärten mir viel über Balanka und über einzelne Besucher und wurden mit der Zeit wie ältere Brüder für mich. Die ältere, ungefähr vierjährige Tochter von Afissou kam oft in der Bibliothek vorbei und nach einiger Zeit kam sie immer angerannt und umarmte mich, sobald wir uns auf der Straße begegneten. Ich denke mit sehr viel Dankbarkeit und Freude an diese Zeit zurück und kann es kaum erwarten, wieder nach Balanka zu kommen.

»Bücher sind mein Schutzwall gegen die Realität.«

(Auszug Tagebuch, Ende Dezember 2018)

14. Samsia und ich – Geschwister im Herzen

Während den ersten Wochen war ich besorgt, wie ich mich mit meinen Gastgeschwistern verstehen würde. Von anderen Mitfreiwilligen hörte ich, dass ihre gleichaltrigen Gastgeschwister teils recht wenig von ihnen wissen wollten, und so war ich froh zu wissen, dass ich im Gästehaus etwas Rückzugsmöglichkeiten hätte, falls man sich nicht verstehen würde. Jedoch war es in meinem Fall genau andersherum.

Nachdem die erste Hürde überwunden war, begegnete ich in Samsia einer herzensguten Person voller Energie, Klugheit und Lebenserfahrung, aber auch großer Zerbrechlichkeit. Sie gab mir das Gefühl, willkommen zu sein, half mir, sich alle Namen meiner Gastgeschwister merken zu können, insbesondere dabei, wie ich ihre jüngeren, eineiigen Zwillingsschwestern auseinanderhalten konnte[93], und zeigte mir viele Orte im Dorf. Wir verbrachten viel Freizeit miteinander und gerade während des Besuchs der Schülergruppe wuchsen wir enger zusammen. Ich verbrachte von da an, wann immer es ging, Zeit in ihrem Atelier, wo sie aus weggeworfenen Wassersäckchen Taschen, Geldbeutel und sogar Rucksäcke anfertigte. Sie war es, die mir zeigte, wie man einen Pagne bindet und wie man Wasser in einer Schüssel auf dem Kopf trägt, und sie war es auch, die mir die ersten Wörter auf Balanka beibrachte.

Wir besuchten zusammen Fußballspiele und gingen am Tag danach los, um die weggeworfenen Wasserbeutel rund um das Spielfeld während unserer Joggingrunde aufzusammeln. Dass ich dabei war, hatte den Vorteil, dass weniger ältere Menschen ihre Arbeit negativ kommentierten und viele Kinder anfingen, es uns nachzumachen, und dabei halfen, Wassertüten einzusammeln, und diese in unsere Säcke warfen. Denn gerade ältere Menschen im Dorf sahen die Wassertüten als Müll an und verstanden nicht, dass Samsia daraus Taschen anfertigte und dafür auch noch Geld verlangte.

Und doch ließ Samsia sich von solchem Gerede nicht einschüchtern. Wenn ich von der Bibliothek kam, saß sie oft auf der überdachten Veranda ihrer kleinen Nähstube und vernähte die gereinigten Wassersäckchen miteinander. Die gesammelten Wassersäckchen wurden vor der Verarbeitung aufgeschnitten, in mehreren Schüsseln per Hand gewaschen und anschließend in einem, durch umgekippte Holzbänke abgegrenzten Bereich auf dem Hof zum Trocknen ausgebreitet. Danach nähte Samsia zunächst immer zwei Wassersäckchen auf ihrer Nähmaschine aneinander.

Bei der Nähmaschine handelte es sich um ein in Togo recht verbreitetes Modell, bestehend aus einer hölzernen Oberfläche sowie kleiner Schublade und einem Gestell mit Fußpedal aus Metall. Während Samsia die Säckchen entsprechend der geplanten Produkte vernähte, schnitt ich die kleinen Bändchen für die Beutelchen zurecht, kürzte die Reißverschlüsse in die entsprechende Länge und setzte sie zusammen oder hielt einfach die Kette der bereits fertig vernähten, noch durch einen Faden verbundenen Stücke fest, bevor der Wind diese vollkommen ineinander verwirrte.

Auch wenn es im Dorf keine Käufer für ihre Produkte, die von kleinen Beuteln über Portemonnaies bis hin zu Rucksäcken gingen, gab, so wurden diese dafür in Deutschland durch den Verein verkauft. Mit dem Erlös daraus konnte sich Samsia während des Jahres einen

Motorroller[94] kaufen und so auch im Dorf zeigen, dass ihre Produkte woanders durchaus gekauft werden. Zudem leistete sie, indem sie die gesammelten Sachets verarbeitete, nicht nur einen Beitrag dazu, dass Balanka sauberer war, dadurch mussten die Sachtes auch nicht mit dem restlichen Plastikmüll im Dorf verbrannt werden. Denn außer einiger weniger Sachets, welche als Pflanztöpfe zum Heranziehen von Pflanzen oder von Kindern mithilfe einer kleinen Flamme zu einem Ball verschmolzen wurden, gab es keine Verwendung für diese.

Es ging so weit, dass wir auch in Lomé überall Wassertütchen sammelten und uns freuten, wenn wir Tütchen von Marken bzw. mit Motiven fanden, die wir bisher noch nicht hatten.

Samsia und ich teilten uns für einige Zeit sogar mein Handy, da ihres gestohlen wurde und später mehrere Defekte aufwies. Sie war für mich nicht nur (Gast-)Schwester, sondern auch beste Freundin in Togo, wir sprachen über (fast) alles, waren abends zusammen in der Cafeteria von Mommy und sahen fern auf einem Röhrenbildschirm oder hörten die Musik, die gerade lief. Dabei fiel mir erst nach einiger Zeit auf, dass die Farben auf einem Großteil des Bildschirms verkehrtherum angezeigt wurden. Davor hatte ich die Farbgebung stets auf die kreative Gestaltung der Musikvideos geschoben.

Während der Trockenzeit[95], welche im Norden ungefähr von Oktober bis März geht, sank der Grundwasserpegel relativ weit ab, sodass es länger dauerte, bis man Wasser aus dem Brunnen auf dem Hof geholt hatte. An den Wochenenden gingen immer einzelne Personen aus der Familie zu einem Fluss oder Wasserlöchern in der Nähe zum Wäschewaschen und eines Tages schlug Samsia vor, dass wir doch diesen Sonntag zusammen zum Wäschewaschen in die Felder gehen könnten. Wir packten Schmutzwäsche, Waschmittel beziehungsweise Seife, Eimer und Metallschüsseln ein und machten uns, zusammen mit einigen jüngeren Geschwistern, auf den Weg. Nach ungefähr einer halben Stunde Weg durch die verdorrten Felder kamen wir an einer Stelle an, wo sich Wasserlöcher im Boden befanden. In nur wenigen Metern Tiefe befand sich Wasser. Um uns herum waren bereits viele weitere Personen, die ebenfalls Wäsche wuschen. Wir suchten uns einen freien Platz, in der Nähe einer Palmgruppe, und gingen dann nach und nach Wasser holen. Rund um die Wasserlöcher musste man aufpassen, nicht auf dem feuchten Boden auszurutschen und das Wasser zu verschütten. Daher waren wir stets zu zweit unterwegs.

Anfangs war es mir etwas unangenehm, da ich den Eindruck hatte, man schaute mir besonders auf die Finger, ob ich denn auch per Hand Wäsche waschen konnte. Ich hatte ein paar T-Shirts, meinen Rock und eine Hose mitgenommen sowie meine Baumwolltasche[96], welche ich stets zum Markt mitnahm und die ebenfalls dringend gewaschen werden musste. Wir nutzten, wie ich es sonst auch immer im Gästehaus tat, zunächst eine Schüssel zum Waschen der Kleidung mit Seife, wrangen diese dann aus und wuschen die Seife, nachdem wir das Wasser gewechselt hatten, aus. Ich hatte mir dabei angewöhnt, mich von hell nach dunkel bzw. leichter Verschmutzung hin zu starker Verschmutzung bei der Kleidung vorzuarbeiten. Nachdem die Kleidung fertig gewaschen war, breiteten wir sie auf dem vertrockneten Gras in der Sonne zum Trocknen aus. In der Zwischenzeit waren unsere kleineren Geschwister mit einem Warmhaltebehälter sowie etwas Besteck aufgetaucht und hatten uns von zu Hause Mittagessen mitgebracht. Während wir die Kleidung drehten, kam unsere jüngere Schwester von einer Baumgruppe in der Nähe zurück, wo sie ein paar Cashew-

Äpfel in einer der Metallschalen gesammelt hatte. Und so saßen wir gemeinsam im Halbschatten, aßen und beobachteten, wie in der Nähe Palmäste abgeschnitten und die schmaleren Abzweigungen für Palmzweigbesen zusammengesammelt wurden. Es war einer der Tage, die ich so zu schätzen gelernt hatte und wo ich erneut Einblick in einen Teil von Samsias Leben bekommen hatte, der jeder beziehungsweise jedem Reisenden verwehrt geblieben wäre.

Seit meiner Ankunft machten Samsia und ich fast alles in unserer Freizeit zusammen. Auch ihren Freund sowie ihre Großmutter hatte ich bei einem weiteren Besuch in Bassila kennenlernen dürfen sowie eine Freundin von ihr, deren Baby bei unserem Besuch zum ersten Mal eine *weiße* Person sah. Ich erinnere mich immer noch an den zunächst entsetzten Gesichtsausdrucks des Babys, als dessen Mutter ihn mir in die Arme legte, um sich kurz in ihrem Zimmer umzuziehen. Samsia fand die Situation eher lustig und sobald der kleine Junge in ihre Richtung sehen konnte, beruhigte er sich auch schnell wieder in meinen Armen.

· ·

Bloß an den Sonntagen ging ich ab und an alleine zum Gottesdienst, welcher in einer katholischen Grundschule am Rand von Balanka stattfand und primär von Hinzugezogenen besucht wurde. Patrick, der Freund eines früheren Freiwilligen, hatte mich eingeladen, zu kommen. Er selbst war Igbo[97], kam aus Nigeria und hatte in Balanka seine Ausbildung zum Motorteilehändler absolviert. Nun betrieb er seinen eigenen Laden an der Hauptstraße, nahe der Bibliothek. Der Gottesdienst wurde oft von einem der Lehrer gehalten, dessen Frau den Gesang leitete. Patrick übersetzte für eine weitere Familie aus Nigeria den Inhalt der Predigt auf Englisch. Mit Kindern hinzugerechnet waren wir maximal fünfundzwanzig bis dreißig Personen im Gottesdienst. Als Altar diente ein mit Tischdecke bedecktes Lehrerpult, auf dem sich eine Kerze, Bibel und eine leere Tomatenmarkdose befanden, welche mit Wasser und Blumen gefüllt war[98].

Ab und an ging ich mit der älteren Tochter der Familie aus Nigeria zurück vom Gottesdienst ins Dorf. Sie war nur während den Schulferien bei ihren Eltern in Balanka zu Besuch und konnte kaum verstehen, dass ich als Deutsche in Balanka so glücklich sei. Für sie war es im Dorf zu langweilig und zu altmodisch. Sie erzählte mir von der Hauptstadt Nigerias, Abuja, welche sich mit einer europäischen Großstadt vergleichen lasse. Keine Motos und staubigen, ungeteerten Straßen, sondern Einkaufszentren, Hochhäuser, Bahnen und vieles mehr.

Für mich waren die Besuche im Gottesdienst eine interessante Erfahrung. Ich hatte, auch bei meinem Besuch eines katholischen Gottesdienstes in Kpalimé, den Eindruck, dass der Glaube deutlich ernster genommen wurde als von vielen Christen in Deutschland. Dass mit mehr Herz und mit mehr Inbrunst gebetet wurde und der Glaube einen wichtiger Teil des Alltags war. Nicht ohne Grund kommen inzwischen Pastoren aus dem Globalen Süden in den Globalen Norden, um den Menschen den Glauben wieder näherzubringen.

Zudem stand an den Sonntagen für mich auch der Hausputz an. Fledermauskot, Staub, der bei mir im Zimmer heruntergekommen war, oder Ähnliches entsorgte ich stets, sobald ich dies bemerkte. So reinigte ich beispielsweise die Ablage unter dem Spiegel im oberen Badezimmer aus diesen Gründen fast täglich. An meinem freien Tag fegte ich dann zunächst in meinem Zimmer, dem Flur und die Treppe entlang nach unten und dann sowohl die Küche als auch den großen Wohnzimmerbereich. Gerade in der Regenzeit war es zwingend erforderlich, die Fliesen sehr gründlich zu wischen, ansonsten tat ich das während der Trockenzeit jede Woche, vor allem im Eingangsbereich, in der Küche, meinem Zimmer und dem von mir genutzten Badezimmer und jede zweite Woche auch im gesamten Wohnbereich, Flur, und dem Treppenhaus. Im Badezimmer machte das Putzen am meisten Spaß. Hierzu füllte ich zunächst den Wasserbehälter etwas auf, putzte die Fensterbank, das Waschbecken, die besagte Ablage unter dem Spiegel, das WC und alle anderen Flächen, die vorhanden waren, danach verteilte ich etwas »Omo«[99], also Waschpulver, auf den Steinfliesen, goss mit der Duschschale Wasser darüber und fing an mit dem Palmbesen zu schrubben. Wenn sich überall Schaum gebildet und man den Staub mit dem Besen vom Boden gelöst hat, spült man von der Tür aus mit Wasser, ebenfalls wieder aus der Schale und schiebt das Wasser-Schaum-Schmutz-Gemisch in Richtung Abfluss. Dasselbe machte ich auch auf der Terrasse[100], die gerade während der Regenzeit häufig Schlammspuren aufwies.

Wie putzt man als Sehbeeinträchtigte? Wahrscheinlich gibt es dafür ganz unterschiedliche Lösungen. Ich gehe prinzipiell immer davon aus, dass ich vieles nicht sehe, wie beispielsweise Spinnweben. Daher bin ich mindestens einmal im Monat mit einem Besen die Wände und Decken entlanggefahren, um diese zu erwischen. Denn die große Spinne, welche in der Küche hinter dem Kabel vom Wasserkocher lebte, war sehr fleißig. Die Räume habe ich mir im Kopf in Streifen eingeteilt und somit gewusst, wo ich bereits geputzt habe und wo dies noch aussteht. Beim Wischen gehe ich, egal ob ein Stiel vorhanden ist oder nicht, in die Hocke, sodass ich mit den Händen bemerke, falls ein Widerstand durch den Putzlappen hindurch spürbar ist. Dann weiß ich, dass ich an dieser Stelle weiterhin putzen und mit den Händen fühlen muss, was genau den Widerstand verursacht hat.

Die Gästezimmer sowie das untere Bad putzte ich mindestens einmal im Monat, bei den oberen Zimmern kehrte ich häufig auch in der Mittagspause einmal durch, wenn sich Staub oder Kot angesammelt hatte.

So groß das Haus war, so selten hatte ich Besuch von Menschen aus Balanka. Ab und an waren meine älteren Geschwister da, meist aber auch nur kurz, um mich beispielsweise abzuholen. Zugegeben, ich war auch schlecht auf Besuch eingestellt. Meist hatte ich lediglich Wasser anzubieten, da ich im Regelfall weder Snacks noch etwas anderes außer vielleicht ein paar Zwiebeln, Gewürze oder vereinzelte Früchte im Haus hatte.

Allerdings war ich auch sehr zurückhaltend hinsichtlich neuer Freundschaften. In der Schule hatte ich einen tollen, kleinen Freundeskreis gefunden und hatte mit anderen Personen eher oberflächlichen Kontakt. Ich habe nie zu den »beliebten« Mädchen gehört, war nie in Cliquen und war nun auch hier zurückhaltend. Was kann ich schon bieten, dachte ich mir. »Ich sitze am liebsten in einer Ecke und lese, spreche über Harry Potter, diskutiere über Politik, Religion, habe nur wenig Ahnung von Schminke, Kleidern sowie Musikstars und gehe ungern abends weg.« So dachte ich, dass ich wohl recht langweilig sei und vermutlich den Erwartungen der anderen nicht gerecht werden würde.

Ich selbst war glücklich mit dieser kleinen Anzahl an Menschen, zu denen ich engeren Kontakt hatte. Mehr brauchte ich gar nicht, um mich in Balanka zu Hause zu fühlen.

Samsia und ich unternahmen teils mehr miteinander, als sie und ihre Zwillingsschwester Moudjana, sodass ich erst Angst hatte, dass sich

Moudjana ausgeschlossen fühlen würde, nachdem sie wieder nach Balanka zurückgekehrt war. Verständlicherweise wollte sie nicht samstags gegen halb sieben mit zum Joggen kommen, wohingegen Samsia und ich inzwischen fast jede Woche hoch zum Collège joggten, dort auf dem Sportplatz einige Übungen machten und dann zurück joggten. Dabei knickte ich zwar regelmäßig um, da ich auf dem Lehmweg einzelne Schlaglöcher nicht wahrnahm, oft wies mich Samsia darauf aber auch hin, wenn sie diese vor mir sah. Und zudem machte sich das jahrelange Balletttraining endlich dahingehend bezahlt, dass meine Knöchel das sehr gut weggesteckt haben.

Die letzten Meter vom Kreisel bei der großen Moschee bis zum Hof sprinteten wir, sodass wir am Hoftor meist nach vorne gebeugt, lachend und um Atem ringend standen, bis wir wieder einigermaßen Luft bekamen. Wir mussten nicht viel reden, um uns zu verstehen.

Zu den Fußballspielen gingen wir oft zu dritt, auch meinen Geburtstag[101] feierten wir zusammen, indem ich beide abends in die Bar auf ein Getränk einlud. Besonders gut erinnere ich mich zudem an einen Abend, wo wir zusammen in Mommys Cafeteria waren und ein Polizist beziehungsweise Soldat auch dort war. Er fing an, Moudjana und später auch Samsia und mich von der Seite her anzubaggern. Während Samsia und ich von der Uniform eingeschüchtert waren und recht höflich blieben, weil wir nicht wollten, dass es negative Folgen für Mommy haben könnte, hatte Moudjana ihm die Stirn geboten und ihn letztendlich aufgefordert, zu gehen, als er ihr gegenüber zu unverschämt wurde.

Moudjana kannte scheinbar jede Person in Balanka und um sie herum hatte man fast immer gute Laune. Dennoch war die Verbindung zu

Samsia für mich die prägendste. Mit meinen anderen Geschwistern verbrachte ich auch viel Zeit, führte mit meinen älteren Brüdern unglaublich tiefgehende Gespräche über alles Mögliche und doch war es mit Samsia noch einmal anders. Ich bin unglaublich dankbar, dass sie dieses Jahr da war, sie mir so viel von ihrem Leben gezeigt hat und eben nicht nur (Gast-)Schwester, sondern auch Freundin geworden ist. Samsia habe ich – im wahrsten Sinne des Wortes – blind vertraut und ich hoffe, dass sich all ihre Träume und Pläne für die Zukunft erfüllen.

Oft sitze ich in der Bahn und frage mich, wie all das wohl auf sie wirken würde, was sie dazu sagen würde. Wie ihr Deutschland wohl gefallen würde. Nachdem sie mich ein Jahr lang in ihre Familie aufgenommen hat, würde ich ihr so gerne einen Einblick in mein Leben in Deutschland geben. Und doch ist es leider viel leichter, als Deutsche nach Togo einzureisen, als umgekehrt.

15. Mal wieder Malaria? – Krankenhauserfahrungen

Mein erster Krankenhausbesuch in Togo fand nicht einmal zwei Wochen nach meiner Ankunft statt. Ich wusste nicht genau, was mich in Togo erwartete, und hatte aus dem Balanka-Guide von den Vorfreiwilligen lediglich erfahren, dass es in Lomé ein Privatkrankenhaus gäbe, was, bezogen auf die Ausstattung, mit einem deutschen Krankenhaus zu vergleichen sei.

Ein grundlegender Unterschied war, dass man zunächst ein »Gesundheitsheft« für 500 CFA kaufen musste, in welchem dann die einzelnen Arztbesuche während des Jahres festgehalten wurden. Das Heft sowie alle von den Ärztinnen oder Ärzten verordneten Medikamente muss man zudem in einer, meist an das Krankenhaus angebundenen Apotheke kaufen. Genauso wie Spritzen, die Infusionen und alles Weitere. Während man im Solidarité, der Krankenstation, wo ich bei meiner ersten Runde Malaria war, 1000 CFA für das Arztgespräch gezahlt hat, waren die Untersuchungen und Behandlungen durch die Krankenpfleger in Balanka meines Wissens kostenlos. In Kpalimé war das Zimmer, in dem ich ambulant behandelt wurde, sehr sauber. Dort befand sich ein Bett[102] mit Moskitonetz, zudem führte eine Tür in der Wand zu einem kleinen Raum mit WC. Da ich damals aber durch die Malaria so geschwächt war, dass ich an diesem Tag kaum das mir in der Krankenstation zugewiesene Bett verlassen konnte, war ich auf die Hilfe meiner Begleiter angewiesen, sodass diese alle notwendigen Dinge in der Apotheke besorgten.

In Balanka kam es einmal zu der Situation, dass ich abends mit Malaria in die Krankenstation gekommen war und gerade Stromausfall herrschte, sodass der Krankenpfleger und ich zusammen mit einer Taschenlampe nach einer Vene suchen mussten, damit er mir eine der Spritzen verabreichen konnte. Spritzen werden bei Malaria primär verabreicht, wenn eine besonders hohe Anzahl von Malariaparasiten im Blut vorhanden sind. Ansonsten kann Malaria auch nur mit Tabletten behandelt werden. Bei mir war es fast immer so, dass ich ein oder zwei Tage lang eine Spritze bekam und im Anschluss noch drei Tage lang Medikamente in Tablettenform sowie Eisentabletten einnehmen musste. Meist war ich dann allerdings auch schon wieder recht fit und konnte bereits wie gewohnt in der Bibliothek mitarbeiten.

Die Krankenstation in Balanka ist super ausgestattet, wenn man Malaria, Magen-Darm-Probleme oder Ähnliches hat. Auch Impfungen, beispielsweise für Säuglinge, verabreichen sie. Für kompliziertere Behandlungen muss man allerdings mindestens dreißig Kilometer weiter in das Krankenhaus in Tchamba fahren. Dies blieb mir glücklicherweise erspart.

Eines Morgens wachte ich Ende Dezember, es war ungefähr gegen vier Uhr morgens, auf und hatte dröhnende Kopfschmerzen, Gliederschmerzen sowie erhöhte Temperatur. Hier quälte ich mich aus dem Bett, maß meine Temperatur, welche auch 41° C betrug, und nahm eine fiebersenkende Tablette, damit ich die Zeit, bis die Krankenstation öffnete, überstand, konnte mich dann allerdings auch aus eigener Kraft morgens zur Krankenstation schleppen und wurde, nachdem der Malariaschnelltest positiv war, mit den entsprechenden Medikamenten problemlos behandelt. Im Frühling hatte ich dann erneut Malaria, zwischendurch mal Schnupfen sowie weitere Magen-Darm-Probleme, die jeweils unproblematisch zu Hause beziehungsweise in der

Krankenstation behandelt werden konnten. Das einzige Mal, wo mir in der Krankenstation nicht geholfen werden konnte, war allerdings nach einem sehr aufregenden Tag Anfang Mai.

Ich hatte mich gerade von der dritten Runde Malaria erholt, es war Sonntag und Samsia sowie mein 14-jähriger Gastbruder Baki wollten mit ihrem Motoroller in das Nachbarland Benin zu Bekannten in der Stadt Bassila fahren und luden mich ein, mitzukommen. Ich freute mich sehr und stieg gerne hinter Baki und Samsia auf den Roller. Nachdem wir die Polizeistation großräumig umfahren hatten[103], ging es auf einer geteerten, jedoch von Schlaglöchern übersäten Straße in Richtung Benin. Teils ruckelte es bei der Fahrt sehr stark, sodass Baki, der fuhr[104], sogar mit seinem Fuß abrutschte, seinen Schuh verlor und wir einige Meter zurückfahren mussten, um besagten Schuh wieder aufzusammeln. Auch ich wurde ziemlich durchgeschüttelt und bemerkte leichte Schmerzen im Rücken.

In Bassila angekommen, ging es recht holprig durch Seitenstraßen weiter zu einem großen, einladenden Hof, wo wir eine Freundin von Samsia und deren Baby besuchten. Dieses hatte noch nie eine *weiße* Person gesehen und war daher zunächst erst einmal nicht sehr glücklich, als es von seiner Mutter kurzzeitig in meine Arme gelegt wurde. Erst als wir es so ausrichteten, dass es mich nicht mehr sah, beruhigte es sich in meinen Armen. Diese Erfahrung hatte ich auch schon einige wenige Male in Balanka gemacht, wenn Samsia und ich kleinen Kindern begegneten, die bislang weder mich noch eine der Vorfreiwilligen getroffen hatten. Oft beruhigten sich diese allerdings, sobald sie sahen, dass ihre älteren Geschwister keine Angst vor mir hatten.

Im Schatten einiger Bäume war eine Matte ausgerollt, auf der wir zunächst Platz genommen hatten. Samsias Freundin bewohnte einen kleinen Raum, ausgestattet mit einem Doppelbett, Wandschrank, Ventilator, Sofa sowie, vermutlich, einem angebautem Bad. Das Hauptgebäude hingegen war heller gestaltet, mit viel Platz und hellem Mamorboden. Dort befand sich eine Essecke, eine Sofalandschaft sowie ein großer Fernseher an der Wand. Wir saßen zunächst draußen, unterhielten uns und aßen anschließend im Inneren des Hauses noch zusammen, bevor wir uns langsam auf den Rückweg machen mussten, um noch bei Helligkeit zurück zu sein.

Am selben Abend wurde die Hochzeit eines Familienangehörigen gefeiert, sodass ich nach einer kurzen Dusche festlich gekleidet zu meiner (Gast-)Familie zurückkehrte. Bereits zu diesem Zeitpunkt hatte ich ein leichtes Schwächegefühl und Kopfschmerzen wahrgenommen, dazu kamen Rückenschmerzen. Doch das lag sicher an der Sonne und der Fahrt. Dennoch ging ich bereits gegen 10 Uhr zurück ins Gästehaus, da ich so erschöpft war. In den darauffolgenden Tagen bekam ich Schnupfen, konnte kaum noch gerade stehen, hatte Schüttelfrost, war schwach und hatte leichtes Fieber. Eigentlich war geplant, dass ich mit Mr. Kide, meinem Mentor, vor dem für das darauffolgende Wochenende geplante Seminar ein Mentorengespräch abhalten würde. Die Partnerorganisation war jedoch nicht in der Lage, die Fragen, welche wir im Rahmen des Gespräches thematisieren sollten, rechtzeitig zu schicken, sodass sich lediglich, in Erwartung der Fragen, meine Fahrt nach Kpalimé bis zum Freitag hinauszögerte.

Aufgrund der erneut aufgetretenen Malariasymptome, meiner immer stärker werdenden Rückenschmerzen und der Sorge meines

Mentors schleppte ich mich Mitte der Woche wieder zur Krankenstation. Ich bat darum, dass man mich noch einmal auf Malaria testen würde, obwohl der Krankenpfleger meinte, dies sei ausgeschlossen, ich hätte lediglich eine starke Erkältung. Tatsächlich war der Schnelltest für Malaria negativ. Ich sollte mich aufgrund der Rückenschmerzen jedoch auf eine Liege im Arztzimmer legen, damit er meinen Rücken abtasten könne. Ich tat, was er gesagt hatte. Zudem bat er mich, den Pagne, welchen ich umgebunden hatte[105], zu lösen, um den kompletten Rücken frei zu machen (ich trug stets eine lange Leggins darunter und hatte ein T-shirt an). Er tastete meine Wirbelsäule ab, meinte, er könne nichts Auffälliges am Rücken spüren. Also richtete ich meine Kleidung wieder zurecht, dankte ihm und verabschiedete mich.

Am nächsten Tag rief der Krankenpfleger an, ich solle in die Krankenstation kommen, er habe für mich ein Mittel gegen Grippe geholt, dafür sei er extra nach Tchamba gefahren. Da ich nicht wollte, dass die Krankenstation auf den Kosten für die Medikamente sitzen blieb, kam ich und kaufte diese an dem Schalter der Apotheke[106]. Innerlich war ich immer noch überzeugt, dass ich mehr als nur eine Grippe hatte, dazu fühlte es sich viel zu sehr nach Malaria an.

Am Freitagmorgen nahm ich dann ein Moto nach Tchamba. Der Fahrer wunderte sich sicher, warum ich bei jedem Schlagloch in der Straße so schmerzerfüllt aufstöhnte. In Tchamba wechselte ich das Moto und ein Mann, der ebenfalls mit nach Sokodé wollte, stieg mit auf. Er saß zwischen dem Fahrer und mir, da ich noch meinen großen Rucksack auf dem Rücken hatte. Weil er im Gegensatz zu dem Fahrer und mir keinen Helm trug, war ich nicht nur bemüht, in meinem schwachen

Zustand mein Gleichgewicht zu halten, sondern auch, ihm bei holprigen Stellen oder Stopps keine Kopfnuss zu geben.

Die Fahrt auf dem Moto ist eigentlich unglaublich schön, jedenfalls wenn man fit ist. In Sokodé angekommen, ging es nach einem Abstecher zur Bank weiter, mit einem Kleinbus nach Atakpamé. Ich war froh, mit einer weiteren Person auf dem Beifahrersitz zu sitzen, da dieser zumindest etwas gefedert war. In Atakpamé stellte sich heraus, dass ein anderer Fahrgast ebenfalls nach Kpalimé wollte, und so schloss ich mich ihm bei der Suche nach einem Auto an. Recht schnell hatten wir eines gefunden, es fehlten lediglich noch ein paar weitere Passagiere. Der andere Fahrgast und ich luden also unsere Sachen bereits ins Auto und ich machte mich auf die Suche nach einem Stand, wo ich etwas zu trinken und Essen kaufen konnte. Zurück am Auto waren langsam weitere Personen angekommen und sogar ein Lamm wurde mit einem Strick im Kofferraum angebunden. Ich wurde gefragt, wo denn mein »Begleiter« sei, worauf ich antwortete, dass er weder mein Begleiter sei noch mir sein gegenwärtiger Aufenthaltsort geläufig wäre. Und so warteten wir fast zwei Stunden, bis er endlich wieder am Auto erschien. Halb saß, halb lag ich auf einem steinernen, bankähnlichen Vorsprung an einer Hauswand, nahe des Autos im Schatten und wollte nur noch in Kpalimé ankommen. Ich hatte Schüttelfrost und war unglaublich matt.

Als wir endlich losfuhren, senkte sich langsam die Dämmerung herab. Hannah und weitere Freiwillige waren so lieb und holten mich an der Busstation in Kpalimé ab. Auf der Fahrt zu einem Imbiss machten sich die Schmerzen so stark bemerkbar, dass mir Tränen in die Augen traten. Ich war froh, als wir mit den Motos beim Waisenhaus ankamen und ich mich auf einer Matte auf den Boden legen konnte. In dieser Position ließen sich, seitlich liegend, die Schmerzen aushalten.

Am nächsten Morgen fand das Seminar am Sitz der Partnerorganisation statt, nur fünf Minuten Fußmarsch von dem Waisenhaus entfernt. Dennoch kostete es mich mehr Kraft als sonst. Während ich anfangs noch ganz »gehyped« davon war, die anderen wiederzusehen, saß ich gegen Ende des Tages einfach nur noch gegen einen Pfeiler gelehnt da und bekam von den Problemen, welche gegenüber der Partnerorganisation geschildert wurden, kaum noch etwas mit. Wäre es nicht so spät gewesen, wäre ich an diesem Tag wahrscheinlich schon ins Krankenhaus gefahren. So aber plante ich auf Empfehlung von zwei lieben Mitfreiwilligen, am Montag ins »Grand Hôpital« von Kpalimé zu fahren.

Sonntags hatte ich stärkeres Fieber und so schlug Hannah vor, doch bereits heute zumindest das Fieber und die Schlappheit im »Solidarité« abklären zu lassen. In diesem Krankenhaus war ich bereits bei meiner ersten Runde Malaria gewesen. Im Warteraum traf ich zwei andere Freiwillige, ebenfalls aus Deutschland, welche bereits längere Zeit mit einem lästigen Hautausschlag zu kämpfen hatten. Der Arzt ordnete bei mir ein Blutbild an und so wartete ich nach der Blutabnahme rund eine Stunde vor dem Labor, auf einer Holzbank liegend. Mit den anderen Freiwilligen hatten wir verabredet, uns abends mal wieder beim Belgier zu treffen.

Nach der Stunde, erneut beim Arzt, stand fest, dass ich doch Malaria hatte[107], zudem eine Pilzinfektion im Magen-Darm-Bereich. Also kaufte ich auf Anweisung des Arztes die entsprechenden Materialien in der Apotheke im Innenhof des Krankenhauses und begab mich auf die Bank im Wartebereich, wo die Medikamente verabreicht werden sollten. Zum Glück wurde mir der Weg stets recht ausführlich beschrieben, sodass ich mich auch mit meiner Sehbeeinträchtigung gut zurechtfand. Als ich an der Reihe war, waren auch eine Mutter und ihre Tochter mit mir im Raum. Der Tochter sollte ebenfalls eine Spritze verabreicht werden. Während es für mich vollkommen normal war, die Malariaspritzen auf einem Holzstuhl sitzend (in Balanka gab es in dem Raum nur eine Bank und einen Stuhl sowie eine Arbeitsplatte an den Fensteröffnungen) verabreicht zu bekommen, wurde hier das kleine Mädchen kurzerhand von der gepolsterten Liege auf die geflieste Arbeitsfläche gelegt und ich wurde dazu genötigt, auf der Liege Platz zu nehmen.

Ihr könnt euch gar nicht vorstellen, wie unangenehm es mir war, dass mir gerade vermutlich nur wegen meiner Hautfarbe wieder eine Sonderbehandlung zuteil wurde. Dabei hätte das Kind die Liege viel mehr benötigt. Gerade da die Malariamedikamente meist in die Pobacken verabreicht werden, eignet sich ein Stuhl, auf welchen man sich mit dem Bauch zur Lehne dreht, ausgezeichnet zum Spritzebekommen.

Am Tag darauf machte ich mich mit einem Moto auf ins »Grand Hôpital«. Etwas verwirrt irrte ich zwischen und in den Gebäuden herum, da ich mehrfach in die offenbar falsche Richtung geschickt wurde, bis ich zu einem Gebäude im hinteren Bereich des Krankenhauses kam. Dort war zu diesem Zeitpunkt gerade Mittagspause, trotzdem warteten viele Menschen auf Holzbänken vor der Tür. In den angrenzenden Gebäuden befanden sich zudem eine Abteilung für Augenheilkunde und Ohrenärzte. Das Krankenhaus bestand aus mehreren, teils mehrstöckigen Gebäuden und war rege besucht. Viele Familienangehörige saßen auf Matten draußen auf dem Hof. Vor den Toren des Krankenhauses war eine Vielzahl an Essenständen aufgebaut, an denen frittierte Teigbällchen, sogenannte »Beignets«, aber auch Reis und weitere Speisen sowie Getränke verkauft wurden.

Als ich an der Reihe war, wurde ich zunächst zu einem kleinen, grün-weißen Nachbargebäude geschickt. Dort sollte meine Wirbelsäule geröntgt werden. Recht verzweifelt suchte ich bei dem von einer gepflegten Rasenfläche umgebenen Gebäude nach einem Eingang, den ich letztendlich auch fand. Drinnen war alles recht leer, weiß und weitestgehend fensterlos. Ich wurde in einen von dicken Wänden abgegrenzten Bereich geschickt, wo ich zunächst den Oberkörper entkleiden und mich in die Maschinen stellen sollte. Im Anschluss wurde eine Aufnahme gemacht und mir diese nach kurzer Zeit ausgehändigt. Für das Röntgen zahlte ich 25.000 CFA, umgerechnet ca. 38 €.

Der Arzt, der sich die Bilder ansah, erkannte zwei gestauchte Wirbel beziehungsweise Bandscheiben – so vertraut war ich mit der französischen Terminologie leider nicht – und verordnete mir zwei Wochen Physiotherapie. Er schrieb mir eine Salbe auf, welche ich besorgen sollte, und im Anschluss würde er gleich mit der Behandlung beginnen. Ich bezahlte also für die Behandlung und musste bis zur Apotheke beim großen Markt fahren, weil die Salbe in der Krankenhausapotheke nicht vorhanden war.

Zurück vom Markt ging es erneut in den großen, hellbraun bis sandfarben wirkenden Raum. Links und rechts von der Tür waren Schreibtische, an denen die Ärzte mit den Patienten sprachen und die entsprechende Dokumentation durchführten. Zudem befanden sich im Raum verschiedene Geräte und entlang der Wände waren einzelne Liegen mit Trennwänden separiert. Nach meiner Rückkehr wurde ich von einer Arzthelferin zu einer der schwarzen Liegen geführt und gebeten den Oberkörper frei zu machen sowie mich bäuchlings auf die Liege zu legen. Kurz darauf kam der Arzt, der die Diagnose gestellt hatte, und verteilte großflächig von der Salbe auf meinem Rücken. Diese kühlte und war bereits eine Wohltat für den Rücken. Danach begann er die Wirbelsäule hoch und runter zu arbeiten.

Die erste Behandlung bestand primär aus einer Massage, allerdings ging ich am Abend bereits relativ aufrecht den Schotterweg zurück, während ich auf dem Hinweg bei jedem Schritt vor Schmerzen mein Gesicht verzogen hatte und gebückt, wie eine alte Frau, gegangen war.

In den nächsten Tagen legte er mir nahe, eine Art Rückenbandage anfertigen zu lassen. Da diese als Medizinprodukt nicht in Togo zu erwerben seien, gäbe es einen Näher, der dies nach seiner Anleitung anfertigte. Gerade für künftige Motofahrten sollte dies sicherstellen, dass mein Rücken nicht noch einmal verletzt würde. Da die Bandage mehr als 100 € kosten sollte und das mein Monatsgehalt überstieg, setzte ich mich mit der Auslandskrankenversicherung in Verbindung und fragte, ob sie diese Summe direkt übernehmen könnten. Da die Bandage aber nicht lebensnotwendig war und von der Krankenkasse als primär vorbeugend betrachtet wurde, weigerte sich die Krankenkasse, dafür überhaupt die Kosten zu übernehmen. Als ich zu Beginn der zweiten Woche wieder unter Schmerzen gebeugt zur Behandlung kam, meinte der Arzt, dass, hätte ich die Bandage bestellt und am Wochenende getragen, die Schmerzen wahrscheinlich nicht so sehr aufgetreten wären. Dass ich als »Yovo« kein Geld für eine Bandage ausgeben konnte bzw. wollte, war für ihn wohl verwunderlich. Aber ich musste in diesem Jahr zugleich von meinem Lohn die erste Semestergebühr ansparen und wollte auch meine Eltern nicht einfach so um 100 € bitten.

Zwar freute ich mich, so viel Zeit mit meinen Mitfreiwilligen zu verbringen (zu dieser Zeit lebten drei von ihnen im Waisenhaus), einige interessante Bücher zu lesen und auf meinen Spaziergängen vom Krankenhaus zurück zum Waisenhaus neue Orte zu entdecken, dennoch vermisste ich meine (Gast-)Familie, meine Kollegen und die Arbeit in der Bibliothek sehr und war traurig, den Beginn des Ramadan nicht mit ihnen zusammen erleben zu können.

Das Krankenhaus in Kpalimé machte auf mich, verglichen mit der Krankenstation in Balanka, den Eindruck, technisch sehr gut ausgestattet zu sein. Dennoch erzählte eine Mitfreiwillige, welche als ausgebildete Hebamme im Krankenhaus arbeitete, dass es noch vorkam, dass Patienten, insbesondere Mütter von Zwillingen, auf dem OP-Tisch verbluteten, in einem Fall, weil sie eine einzige Bluttransfusion zu wenig hatten.

Auch in Balanka hörte ich von Personen, die starben. Oft weil sie zu spät ins Krankenhaus gebracht wurden. Denn auch 3.500 CFA[108] – so viel zahlt man ungefähr für die Spritzen und Tabletten gegen Malaria sowie Eisentabletten – sind für eine Familie eine schwere Belastung. Oft legt im Krankheitsfall die komplette Familie zusammen, um die Kosten decken zu können. Daher werden Personen teils auch erst eingeliefert, wenn es schon zu spät ist, weil vorher versucht wurde, mit Haushaltsmitteln gegen die Krankheit anzukommen.

Mouringablätter des gleichnamigen Baumes sollen beispielsweise gegen Malaria wirken oder es zumindest vorbeugen. Auch die zwei Schlangenhäute, die mir der Jurastudent gezeigt hatte, wurden von ihm zu einer Frau gebracht, die daraus Salben herstellte, welche beispielsweise Frauen die Schwangerschaft erleichtern sollen.

In Balanka war ich noch wenige weitere Male in der Krankenstation. Primär, weil sich an meinem linken Fußknöchel ein Abszess gebildet hatte. Meine ältere Gastschwester Awaou, welche in dem Jahr ihr Abitur erfolgreich bestanden hatte, begleitete mich und hatte bereits zu Hause die richtige Diagnose getroffen. Sie wollte nach dem Sommer eine Ausbildung zur Arzthelferin beginnen. In der Krankenstation angekommen, wurde mir nach einer kurzen Untersuchung eine Liste an Sachen aufgeschrieben, welche ich in der Apotheke besorgen sollte: Handschuhe, Verbandsmull, Pflastertape.

Während ich in einen Behandlungsraum geschickt wurde, in dessen Mitte sich eine Art gekachelte, große Tischplatte befand, wartete Awaou vor der Tür. Der Krankenpfleger, der meinen Rücken das letzte Mal abgetastet hatte, kam und nachdem er die Instrumente mit einer rötlichen Flüssigkeit desinfiziert und Handschuhe angezogen hatte, begann er, die Haut wegzupulen. Ich versuchte, mich auf die Personen, welche an den Fensteröffnungen entlangliefen, und auf das Gemecker der Ziegen zu konzentrieren, konnte jedoch kaum die Tränen des Schmerzes unterdrücken. Also fragte ich, ob er die Stelle nicht betäuben oder mir etwas gegen die Schmerzen geben könne. Er lehnte dies ab und so pulte, drückte und schnitt er weiter an der Stelle herum, bis er diese ebenfalls mit rötlich gefärbter Flüssigkeit reinigte und Verbandsmull darauf gab, welchen er mit den Pflasterstreifen befestigte.

Als ich aus dem Behandlungsraum heraus zu Awaou humpelte, wurde mir kurz schwarz vor Augen und ich sackte auf der Holzbank im Flur zusammen. Als ich wieder zu mir kam, schlug der Krankenpfleger auf einmal doch vor, mir etwas gegen die Schmerzen zu geben, allerdings lehnte ich ab und sagte, nun sei dies auch nicht mehr nötig.

In den darauffolgenden Tagen übernahm eine Krankenschwester, mit welcher ich bereits oft in der Bibliothek gesprochen hatte, die Kontrolluntersuchungen. Sie hatte einen Teil der Behandlung durch den Krankenpfleger mitbekommen und schon damals mit ihm teils harsch auf Balanka diskutiert. Im Gegensatz zu ihm ging sie recht vorsichtig vor und glücklicherweise heilte das Ganze schnell ab.

Ganz ehrlich, in diesem Jahr habe ich die Gesundheitsversorgung in Deutschland wirklich zu schätzen gelernt. Zu wissen, dass man in Notfällen recht schnell behandelt wird und dass es eine bezahlbare, gesetzliche Versicherung[109] gibt, sodass eine medizinische Versorgung deiner Familie nicht immens viel abverlangt, ist ein krasses Privileg, dem wir uns oft gar nicht bewusst sind. Ich könnte verstehen, wenn Menschen alleine für eine so sichere medizinische Versorgung in den Globalen Norden kommen würden.

Dieses Buch handelt von Träumen –
Und in gewisser Weise auch von der Erfüllung dieser.

Denn wieso sollten wir lesen,
Wenn wir nicht träumen wollen?

(Auszug Tagebuch, 02.05.2019)

16. Ramadan in einem muslimischen Dorf[110]

Rückblickend war der Ramadan für mich die schönste Zeit während des Aufenthaltes. Durch meinen Freund und mein großes Interesse für die verschiedenen Weltreligionen wusste ich bereits, dass der Ramadan im muslimischen Glauben der wichtigste Monat des Jahres ist, in welchem von Sonnenaufgang bis Sonnenuntergang auf Essen, Trinken und den Austausch von Körperflüssigkeiten zwischen Mann und Frau verzichtet wird. In diesem Monat soll die Selbstdisziplin gefördert werden und das Mitgefühl mit denen, die das ganze Jahr über hungern müssen. Auch wird innerhalb dieser Zeit der Koran einmal durchgelesen, oft gemeinsam mit anderen Gläubigen.

Zugleich ist man in diesem Monat ermuntert, im Rahmen seiner Möglichkeiten ärmere Menschen zu unterstützen und zu spenden.

Für mich stand von Anfang an fest, dass ich versuchen würde, mit meiner Gastfamilie zusammen zu fasten. Nicht nur aus Respekt, sondern auch aus Interesse und weil ich wusste, dass ich in Deutschland niemals auf ein toleranteres und ermutigenderes Umfeld treffen würde als hier in Balanka. Im Waisenhaus musste ich zunächst noch regelmäßig Medikamente nehmen und wollte meinen lieben Mitfreiwilligen keine zusätzlichen Umstände bereiten, sodass ich auf der Fahrt nach Balanka den ersten »Fastenversuch« machte. Zwar aß ich im Waisenhaus noch Frühstück, kaufte allerdings nur ein Wassersäckchen und etwas Brot für den Abend. Im Bus schienen alle erwachsenen Fahrgäste und auch die Fahrer zu fasten. Kurz vor Sonnenuntergang wurden von einigen Mitfahrenden Mangos am Wegrand gekauft und als die Sonne gegen 18:10 Uhr untergegangen war, holten zwei Frauen Datteln heraus und reichten diese im Bus herum. Ich aß und trank auf Busfahrten ohnehin selten etwas, auch bedingt durch die dürftige Toilettensituation, sodass mir das Fasten[111] an diesem Tag kaum etwas ausgemacht hat.

Wir kamen sehr gut voran, sodass wir diesmal bereits gegen 20 Uhr im Dorf waren und ich sogar noch mit meiner Gastfamilie zusammen Pâte essen konnte. Ich hatte meine Eltern gebeten, mir aus Deutschland Datteln zu schicken, welche ich meiner Gastfamilie schenkte, da ich richtig vermutet hatte, dass Datteln zwar in einigen Großstädten, nicht aber im Dorf zu kaufen waren, und es üblich war, das Fastenbrechen am Abend mit einer Dattel einzuleiten[112].

Mommy sagte mir, dass wir uns morgens gegen vier Uhr erneut zum Essen treffen würden, da um fünf Uhr die Sonne aufgehen werde.

Gegen halb vier am nächsten Morgen stand ich daher auf, putzte schnell Zähne, band mir einen Pagne um, zog meine Regenjacke über meine Schlafkleidung und machte mich auf den Weg, die wenigen Meter zu meiner Gastfamilie zurückzulegen. Mit dabei hatte ich zwei Wasserpäckchen, wovon ich eins während und das andere stets nach dem Essen leerte, um die notwendige Menge an Wasser zu mir zu nehmen.

Die frühen Morgenstunden, fast alleine mit meinen Gastmüttern, eng zusammengedrängt über dem warmen Feuer der Kochstelle, waren die schönsten und einprägsamsten. An den darauffolgenden Tagen kam ich meist bereits gegen kurz nach drei, sodass sie ebenfalls erst wach geworden waren. So konnten wir gemeinsam den Abwasch vom Vorabend machen und dann Pâte sowie eine Soße kochen. Das waren die einzigen Tage, an denen wir alle als große Familie beide Mahlzeiten zusammen eingenommen haben. Meist auf Matten auf der Terrasse, wo die jüngeren Kinder schlaftrunken hinzukamen, etwas mitaßen und oft kurz darauf wieder auf den Matten einschliefen.

Manchmal gab es nach dem Essen noch etwas Tee, bevor wir uns alle erneut für ein paar Stunden hinlegten.

Ich stand nun um acht statt um sieben Uhr auf, duschte, machte den Abwasch vom letzten Abend und las ein wenig, bevor es kurz vor neun zur Bibliothek ging.

In der Mittagspause verbrachte ich meine Zeit wie üblich gerne bei meiner Gastfamilie, las, spielte mit meinen jüngeren Gastgeschwistern oder wusch, wenn es sein musste, Wäsche.

In meine Tasche packte ich mir nun stets eine der kleinen, gelb-orangenen Mangos, welche in Togo im Sommer in Unmengen an den Bäumen wachsen und entsprechen günstig auf dem Markt verkauft wurden. Zudem zwei Wassersäckchen, für die Zeit nach dem Fastenbrechen. Meine Kollegen und ich schlossen die Bibliothek nun schon gegen 18 Uhr, damit wir rechtzeitig zum Fastenbrechen bei unseren Familien waren.

Sobald es Zeit war und der Ruf von der Moschee ertönte, sah man überall zugleich Menschen auf der Straße in Mangos beißen, mit denen hier auf dem Dorf das Fasten gebrochen wurde. Meine Gastmütter verkauften in dieser Zeit, wie viele andere, paniertes, frittiertes Brot (das leckerste Gebäck, das ich je gegessen habe) und wir versammelten uns in der Regel kurz darauf zu einem Becher Bouille[113] und etwas frittiertem Brot auf dem Hof. Danach begannen wir mit dem Abwasch, bereiteten Pâte und Soße zu und aßen gegen 20 Uhr gemeinsam zu Abend. Wie auch sonst blieb ich meist noch für ein oder zwei Stunden auf dem Hof, bevor ich zum Gästehaus ging, mir einen Liter Leitungswasser abkochte und daraus mit einem Stängel des getrockneten Zitronengrases einen Tee zubereitete. Den trank ich dann in meinem Zimmer, aß ggf. noch Obst oder eine andere Kleinigkeit, die ich mir abends an einem der Stände gekauft hatte, und ging, nachdem ich ein wenig gelesen hatte, ins Bett.

Dieser Monat gab mir das Gefühl, dass ich spätestens jetzt ein vollwertiges Mitglied dieser wundervollen Familie war. Ich war einfach nur glücklich, bloß der nahende Abschied bedrückte mich bereits etwas. Nun kannte ich alle, konnte viel mehr von dem, was ich sah und erlebte, richtig zuordnen und fühlte mich in Balanka sicher, geborgen und willkommen.

Lediglich unsere gemeinsamen Joggingrunden ließen Samsia und ich während des Monats ausfallen und waren danach nicht allzu motiviert, diese erneut in der alten Regelmäßigkeit aufleben zu lassen.

Stattdessen verbrachten meine Gastgeschwister und ich die teils verregneten Sonn- und Festtage vor dem Laptop meines ältesten Gastbruders und schauten zusammen animierte Kinderfilme. In diesen muss der winzige Junge Kiriku sein Dorf gegen eine böse Zauberin sowie ihre Fetische beschützen und erlebt dabei spannende Abenteuer. Ein wenig erinnerte mich die winzige, kluge und für seine Statur ausgesprochen flinke Figur an die Märchengestalt »Däumling«. Die Filme spielen in einem Dorf in der Region Westafrika und sollen von traditionellen, afrikanischen[114] Märchen inspiriert worden sein[115]. Wir alle quetschten uns zusammen, teils auf eine Matte, vor den Laptop, teils auf das Bett, um von oben einen Blick auf den Bildschirm zu erhaschen, und fieberten bei den Abenteuern von Kiriku mit. Auch die Kinder in der Bibliothek liebten das Bilderbuch mit Kiriku.

Im Ramadan erlebte ich noch einmal intensiver, wie meine Gastfamilie ihren Glauben praktizierte. Ich war es gewohnt, dass meine Kollegen abends in der Bibliothek beteten, übernahm dann die Aufsicht alleine und sorgte dafür, dass sie während des Gebets nicht gestört wurden. Der Gebetsruf der Muezzine war durch die vielen kleinen Moscheen in Balanka überall zu hören und klang in meinen Ohren wunderschön. Wir hatten gemerkt, dass die meisten älteren Schüler das Abendgebet wahrnahmen, und begannen nach dieser Erfahrung erst danach mit den Kursen, um eine Teilnahme für alle zu ermöglichen. Während des Ramadans verbrachte ich abends mehr Zeit bei meiner Gastfamilie und so wohnte ich auch ihren Gebeten bei, welche sie auf den Matten, auf denen wir auch aßen, vollzogen. Auch hatten meine jüngeren Gastgeschwister abends mit ein paar anderen Kindern zusammen manchmal Koranschule bei uns auf dem Hof. Dann sprachen sie mit dem Imam, lernten Teile des Korans und Gebete auswendig.

Jeden Freitag, vor dem Besuch des Wochenmarktes, zog meine Gastfamilie besonders schöne Kleidung an, führte die Gebetswaschung durch und ging zusammen zum Mittagsgebet in die große Moschee. Auch ich wurde während des Jahres von meinen Gastmüttern eingeladen, sie in die Moschee zu begleiten, allerdings hatte ich zu große Sorge, vor Ort nicht genug zu sehen und mich dadurch vielleicht in irgendeiner Weise ungebührlich zu verhalten[116]. Daher dankte ich ihnen für die Einladung, erklärte jedoch, dass ich lieber auf dem Hof bleiben und auf sie warten würde.

Meine einzigen Feinde wurden während der Zeit des Ramadans die Fledermäuse, mit welchen ich bislang relativ friedlich unter einem Dach gelebt hatte. Schon bei meiner Rückkehr aus Kpalimé bemerkte ich ein zu diesem Zeitpunkt bereits getrocknetes Exemplar in meinem

Moskitonetz. Bedingt durch eine Lücke in der Decke im oberen Badezimmer zwängten sich einige Fledermäuse in die Wohnung. Dies führte zu der absurden Situation, dass ich eines Nachts um drei Uhr seltsame Geräusche im unteren Geschoss hörte. Vorsichtig schlich ich hinunter, nur um eine wild herumflatternde Fledermaus im Licht meiner Taschenlampe zu erblicken.

Mit einem der Palmzweigbesen holte ich jedes Mal, wenn sie sich mir auf ihrer Runde näherte, wie mit einem Baseballschläger nach ihr aus. Ich wollte die Fledermaus erschöpfen, bis ich sie entweder fangen oder durch die Tür herausjagen konnte. Dies gelang mir nach einigen Runden auch. Schlimmer geht jedoch immer und so saß ich eines Abends im Bad auf einem gewissen Örtchen. Zum besseren Verständnis der Situation (nein, wohl eher der Umgebung, keine Sorge), das Bad ähnelt einem schmalen Dreieck. Im Eingang ist es lediglich so breit wie die braune Holztür, welche hineinführt. Dahinter befindet sich auf einer Seite ein Waschbecken und mittig darüber die leicht geöffnete Luke. Nach dem Waschbecken sinkt der Boden etwas ab und man kommt zu einem Duschkopf sowie einem niedrigeren Wasserhahn in der Wand. Am Fenster, der Tür gegenüber, stand dann der Gegenstand, auf welchem ich mich gerade befand. Nun saß ich dort, hatte mich gerade bettfertig gemacht und hörte nur ein Poltern. Plötzlich kam dann, gefühlt aus dem Nichts, ein schwarzer Schemen direkt auf mich zugeschossen. Ich duckte mich zur Seite, fing an zu schreien und verließ fluchtartig das Bad. Das war wohl wirklich eine unerfreuliche Überraschung!

In meinem Zimmer schloss ich, so gut es ging, die Tür (da die Zimmerschlüssel vor meiner Ankunft verloren gegangen waren, musste mein

Gastvater die Türen ja aufbrechen lassen, sodass sie mit einem Provisorium, bestehend aus einem Geschirrhandtuch, versehen, zwar relativ, aber eben nicht ganz zugingen). Nachdem ich mich etwas beruhigt hatte, bemerkte ich, dass die Fledermaus es wohl wirklich auf mich abgesehen hatte. Jedenfalls fing sie an, sich durch den winzigen Türspalt zu quetschen. Daraufhin griff ich zu meinem Teebecher, welchen ich zum Glück noch nicht heruntergebracht hatte, nahm einen Block und fing das Tier, sobald es sich durch den Spalt gearbeitet hatte, ein.

Ich trug meinen Fang herunter ins Erdgeschoss und warf die Fledermaus mitsamt dem Becher aus der Wohnungstür heraus. Lieber auf Nummer sicher gehen, den Becher konnte ich ja am nächsten Morgen bei Tageslicht wieder aufsammeln.

Meiner Chefin hatte ich, nachdem es noch einen weiteren Zwischenfall gab, von dem »Fledermausproblem« erzählt. Vier Fledermäuse, ob tot oder lebendig, waren mir doch etwas zu viel, vor allem, da nun auch Kot und Ähnliches vermehrt durch die Luke im Bad rieselte. Koko ließ daraufhin meine Geschwister und einige Kinder aus der Nachbarschaft zusammenrufen, welche zunächst die Fledermäuse tagsüber fangen und in einige, bereits von Fledermäusen bewohnte Bäume bringen sollten. Zudem wurde säckeweise Fledermauskot heruntergeholt. Da das alles eine sehr staubige Tätigkeit war, bot ich den Kindern Pagnestücke an, welche sie sich vor Mund und Nase binden konnten. Ich selbst war trotz meiner recht schlanken Figur bereits zu schwer, um auf die dünne Holzdecke klettern zu können, welche den Dachstuhl von der Wohnung abtrennte. Deshalb nahm ich mit meinen älteren Brüdern die gefüllten Eimer entgegen, füllte den Inhalt vor der Haustür in Säcke um und packte überall dort mit an, wo gerade eine weitere Person benötigt wurde. Am nächsten Tag, an dem alles fertig gemacht wurde, lag ich leider mit einer Erkältung flach. Ich hatte mich mit meinem Schlafsack ins Wohnzimmer gelegt, sodass ich zur Stelle war, falls ich gebraucht werden würde. Jedoch hatte mir sogar Samsia geraten, an diesem Tag nicht zu fasten und stattdessen eine Kleinigkeit zu essen, damit mein Körper nicht zu sehr abbaute. Erkältungen waren bei mir immer wie ein Gewitter, kurz aber heftig.

Gegen Mittag kamen die Kinder wieder herunter ins Erdgeschoss. Sie hatten die Fledermäuse mit den Besen zum Teil bewusstlos geschlagen und vorübergehend in ehemaligen Düngebehältern gefangen genommen. Stolz, so viele gefangen zu haben, wollten sie mir die Tiere zeigen und schütteten einen der Behälter direkt vor dem Sofa aus, auf dem ich, wegen dem Schüttelfrost noch immer im Schlafsack versunken, saß. Die Tiere waren jedoch weitestgehend wieder bei Bewusstsein und so suchten sie schnell unter den Möbeln Schutz vor der Helligkeit. Ich quiekte auf, hatte ich doch die Schreckensvorstellung, sie könnten auch in meinem Schlafsack Zuflucht suchen, und erheiterte damit zunächst alle Umstehenden. Na ja, meine Beziehung zu diesen eigentlich harmlosen Nachtschwärmern war zu diesem Zeitpunkt einfach ein wenig angespannt.

Letztendlich gelang es uns, (hoffentlich) alle Tiere wieder einzufangen und aus der Wohnung hinauszutragen. Meine Geschwister nahmen sie später mit in die Felder, wo sie freigelassen wurden. Auch der Mist vom Dachgeschoss sollte dort als Dünger dienen.

Nachdem ich das Haus von den restlichen Überbleibseln des Mistes befreit und das Bad gereinigt hatte, kam noch ein Handwerker, welcher das Loch im Bad wieder verschloss.

Hiermit war auch dieses Kapitel erledigt.

17. Vom letzten Fastenbrechen und dem Opferfest

Der Ramadan endete mit einem Tag Verzögerung, von der Regierung so beschlossen, da wichtige Prüfungen anstanden, welche nicht mit dem Festtag zusammenfallen sollten. Mich erfüllte der letzte Fastentag mit Trauer, da ich diese besondere Zeit mit meiner Gastfamilie sehr zu schätzen gelernt hatte. Die Verbundenheit untereinander, das Wissen, dass alle anderen um einen herum, soweit es ihnen gesundheitlich möglich war, ebenfalls fasteten, und das gemeinsame Fastenbrechen mit meiner Familie waren eine wundervolle Erfahrung.

Am ersten Festtag kleideten wir uns festlich, auch ich trug einen weißen Hijab, den ich mir auf dem Markt gekauft hatte, und durfte meine Familie zu dem Platz außerhalb vom Dorf begleiten, wo zusammen gebetet werden sollte. Mein älterer Bruder Ibrahime zeigte mir zuvor noch die Gebetswaschung und Samsia sagte mir, ich solle ihr vor Ort die Bewegungen während des Gebets einfach nachmachen[117]. Während sich die Männer vorne versammelten, breiteten wir weiter hinten unsere Matten aus und stiegen barfuß auf diese. Überall um uns herum waren Frauen in ihren schönsten Kleidern sowie Kinder und Babys. Bis zum Beginn des Gebetes kamen sogar mit Kleinbussen immer mehr Menschen, sodass tatsächlich (fast) das ganze Dorf versammelt war.

Ich trug einen blauen Pagne mit einem orange-weißen Muster, welcher bis zu den Knöcheln ging und den ich gekauft hatte, da Samsia mich auf ihn aufmerksam machte und erwähnte, dass es schön wäre, wenn ich ein Gewand aus diesem Stoff anfertigen lassen würde, da

Mommy diesen Stoff auch habe. Zudem trug ich aus dem gleichen Stoff ein längeres Oberteil, das auf der Vorderseite mit drei Zierknöpfen sowie mit einem weißen Streifen, welcher mittig meinen Oberkörper herabführte, dekoriert war und über dem Pagne endete. Da die Ärmel lediglich bis zum Ellenbogen gingen, achtete ich während des Gebets besonders darauf, meine Arme unter dem Hijab zu verbergen. Das Gefühl, welches mich während des Gebets erfasste, ist schwer zu beschreiben. Vielleicht kann ich es am ehesten mit dem Gefühl der Verbundenheit mit den anderen Gemeindemitgliedern gleichsetzen, wenn man gemeinsam im Gottesdienst singt oder als große Gruppe das »Vater unser« betet[118]. Hier jedoch war dieses Gefühl der Nähe zu Gott, der Anbetung und Dankbarkeit noch einmal intensiver. Vielleicht weil wir so viele Menschen waren, die zusammen gebetet haben, weil wir uns mit den Gebetswaschungen bereits im Geist darauf vorbereitet hatten oder weil ich die Verbundenheit zu den Menschen um mich herum so intensiv wahrnahm. In meinem Inneren dankte ich während des Gebets dafür, all dies erleben zu dürfen, für meine Gastfamilie und die vielen Menschen in Balanka, die mich in ihre Gemeinschaft aufnahmen und mich an diesem Festtag teilhaben ließen.

Im Anschluss an das Gebet unterhielten wir uns mit den umstehenden Frauen. Kinder verkauften Süßigkeiten, die sie in Kisten auf den Köpfen trugen und überall herrschte eine ausgelassene Stimmung. Auf dem Rückweg saßen auf Matten am Wegesrand Waisenkinder und Personen mit Beeinträchtigungen, denen wir Münzen gaben, als wir an ihnen vorbeigingen. Auch Taiba[119], die geistig beeinträchtigte Cousine von meiner zweiten Gastmutter Wetau, welche mit auf dem Hof lebte, saß unter ihnen. Durch die Spenden wurden all die Familien unterstützt, die sich das ganze Jahr um ihre Familienmitglieder kümmern und sozusagen als Privatpersonen all das leisten, was in Deutschland versucht wird, durch das Sozialsystem aufzufangen.

Spenden ist im Islam und insbesondere während des Ramadans ein wichtiger Bestandteil der Religionsausübung. So bedanken sich nicht die Empfänger einer Spende, sondern die Personen, die genug haben, dass sie Spenden können, bei denen, die sie empfangen. Eine Art, die die Würde der Empfänger aus meiner Sicht viel mehr wahrt als umgekehrt.

Allgemein habe ich durch meine Gastfamilie eine ganz andere Art des Islams kennengelernt als das, was man beispielsweise abends in der Tagesschau sieht. Bereits zuvor habe ich mich viel mit einer Mitschülerin über den Islam unterhalten und sie bewundert, dass sie sich getraut hatte, den Hijab für einige Zeit zu tragen. Trotz der Anfeindungen, die sie deswegen ertragen musste[120]. Schon da begegnete ich einer Person, welche sehr viel Weisheit und Güte ausstrahlte. Und genau das hat sich bei meiner Gastfamilie fortgesetzt. Sie respektierten meinen Glauben, wünschten mir frohe Weihnachten und frohe Ostern und waren zugleich jederzeit offen, mir ihren Glauben zu erklären und mich an ihren Festen teilhaben zu lassen, schlossen mich in ihre Gebete ein und luden mich, wie bereits erwähnt, sogar ein, mit ihnen in die Moschee zu kommen.

Meine Gastfamilie lebt einen unglaublich friedlichen Islam aus. Ich kann es schlecht beschreiben, aber dasselbe habe ich auch bei meiner Schwiegermutter erlebt. Man muss nicht studiert haben, vielleicht noch nicht einmal die Schule besucht haben und kann doch unglaublich weise auf die Welt schauen, gütig sein und eine Ausstrahlung haben, die mich zutiefst beeindruckt. Der Islam ist eine Religion, die im Gegensatz zum Christentum viel mehr aus der Wissenschaft anerkannt hat und der Wissenschaft deutlich offener entgegensteht als viele zumindest evangelikale Christen.

Mich persönlich haben diese Erfahrungen jedenfalls sehr tief beeindruckt.

Auch das Opferfest habe ich mit meiner Gastfamilie zusammen gefeiert. Erneut war ich beim Gebet außerhalb des Dorfes dabei und schaute zu, wie meine Gastbrüder und weitere Männer aus der Familie im Anschluss daran auf dem Hof einen Schafbock schlachteten. Der Schafbock erinnert dabei an die Bereitschaft Ibrahims, seinen Sohn Ismael für Allah zu opfern, und sein tiefes Vertrauen in Allah. Auch Christen und Juden dürfte diese Erzählung aus den jeweiligen heiligen Schriften bekannt sein, lediglich mit den Namen Abraham und Isaak.

Awaou und Mommy zeigten mir dann zudem, wie sie das Tier nach dem Ausbluten auseinandernehmen. Auch als Person, die kein Fleisch isst, war es für mich kein Problem, dies zu sehen. Ich wusste, dass der Schafbock aus Balanka kam, zuvor unter freiem Himmel mit Artgenossen zusammen gelebt hatte und der Tötungsprozess so kurz wie möglich verlaufen war. Zudem wurde alles, was möglich war, verwertet. Auch mir wurde an diesem Tag von Mommy ein kleines Stück Fleisch unter meine Portion Reis mit Soße gemogelt. Sie lachte nur, als ich es bemerkte, und meinte, »zur Feier des Tages«. Also aß auch ich an diesem Tag etwas Fleisch.

Verglichen mit den Ramadan- und Opferfesten, die ich im Anschluss an den Freiwilligendienst in Deutschland erlebte, ging es in Togo viel herzlicher und aktiver zu. Dies liegt sicherlich auch daran, dass Muslime in Deutschland eine Minderheit darstellen, sodass man die Feierstimmung anders als an Weihnachten nicht bei dem Großteil der Bevölkerung wahrnimmt und bislang fast jedes Mal seit Rückkehr aus Togo, bedingt durch die Coronapandemie, große Einschränkungen vorhanden waren.

18. Eine Reise in den Norden, von Elefanten, Lehmburgen und der Frage, was Tourismus ist

Nach dem Ramadan bekam ich erneut Besuch, von Hannah, Niklas und Yvonne, drei der Freiwilligen aus Kpalimé. Hannah und Niklas hatten sich gemeinsam mit dem Kleinbus auf den Weg gemacht und kamen erst weit nach Einbruch der Dunkelheit mit schmerzenden Gliedern in Balanka an. Gerade Samsia und meine Gastmütter hatten Hannah bereits bei ihrem ersten Besuch im Dezember ins Herz geschlossen, sodass wir uns alle sehr über den Besuch freuten. Wahrscheinlich trug auch das große Lob an Mommy, dass ihr Pâte das beste sei (dies kann ich nur bestätigen), dazu bei. Wir planten, gemeinsam mit Samsia und meinem Gastbruder Baki sowie Mahadiou zu dem Denkmal für die zwei französischen Soldaten zu fahren. Aufgeteilt auf die Motos von Mahadiou und Samsia ging es los. Inzwischen war es für mich längst kein Problem mehr, mit Rock und den Flipflops aus Motorradreifen zusammen mit zwei weiteren Personen auf einem Motorrad zu sitzen.

Nachdem wir von der breiten Lehmstraße auf den schmaleren Weg zum Denkmal abgebogen waren, wurden wir nach wenigen Metern von zwei Personen in Uniform angehalten. Angeblich dürften wir nicht weiterfahren, weil vor wenigen Tagen hier jemand mit einer Machete getötet worden wäre und es nun zu unsicher für uns sei. Des Weiteren wollten sie die Ausweise von uns sehen. Nachdem wir erklärten, dass Samsia, Mahadiou und Baki aus Balanka waren, beschränkte sich das Interesse der Männer nur noch auf uns drei Freiwillige. Während Niklas und Hannah ihre Ausweise dabei hatten, hatte ich vollkommen vergessen, den meinigen mitzunehmen, und auch die Kopie, die ich anfangs brav in meiner Tasche bei mir getragen hatte, war längst nicht mehr dort. Schließlich wurde ich bislang im Dorf und in der näheren Umgebung noch nie kontrolliert. Mein Kollege sowie meine Geschwister bestätigten jedoch, dass ich in Balanka wohnte und in der Bibliothek arbeitete, sodass beide Männer mit dieser Information zufrieden waren. Mahadiou redete danach auf die Polizisten ein, erklärte ihnen, dass wir Hannah und Niklas das Denkmal zeigen wollten, und danach boten die beiden an, uns dorthin zu begleiten.

An der Stelle, wo wir auch das letzte Mal die Motorräder abgestellt hatten, hielten die Polizisten an. Mahadiou gab mir zu verstehen, dass sie wahrscheinlich eine kleine »Aufwandsentschädigung« wollten, und daher übergab ich ihm einen Geldschein, welchen er wiederum den Männern gab. Diese warnten uns noch einmal, vorsichtig zu sein, und der Ältere von beiden fragte daraufhin noch nach meiner Handynummer. Er argumentierte, dass er wissen wolle, ob wir auch sicher zurück nach Balanka gekommen seien. Und da sie anfangs verlangt hatten, dass wir nach Tchamba fahren, um eine Genehmigung für den Denkmalbesuch einzuholen, beziehungsweise dass ich dort hinfahre und meinen Reisepass vorlege, war ich froh, eine, für alle recht zufriedenstellend Lösung gefunden zu haben.

Zwar rief mich der Polizist noch wenige Male nach der Begegnung an und versuchte, mich zu sich nach Tchamba einzuladen, allerdings lehnte ich dies stets höflich ab. Ich verwies darauf, dass ich bis um 20 Uhr arbeitete, und als er vorschlug, dass ich im Anschluss an meine Arbeit käme, erinnerte ich ihn daran, dass doch davon abgeraten wurde, bei

Dunkelheit noch so lange Strecken zurückzulegen, und da er damals schon so um unsere Sicherheit besorgt war, würde er doch sicherlich nicht wollen, dass ich seinetwegen ein solch großes Risiko einginge.

Auf diese Art und Weise argumentierend, blieben weitere Anrufe recht schnell aus und der Zwischenfall blieb ohne größere Folgen.

Kurz darauf kam auch Yvonne in Balanka an. Während Niklas und Hannah bereits etwas früher zurück nach Kpalimé fuhren, blieb Yvonne noch ein paar Tage, bevor wir zusammen in Richtung Norden aufbrechen wollten. Eigentlich wurde mir von den Vorfreiwilligen empfohlen, über die Grenze nach Benin und dort in den Norden zu einem großen Nationalpark zu fahren, allerdings gab es zu dieser Zeit eine Reisewarnung, nachdem französische Touristen von bewaffneten Milizen entführt und zwei Parkranger dabei ermordet wurden. Daher wollten wir nach Kara, eine Großstadt nördlich von Sokodé, um dort Elefanten und einen kleineren Park zu besuchen.

Mit dem Mototaxi ging es los, zunächst nach Sokodé. Lustigerweise erkannte uns dort die allererste Balanka-Freiwillige, welche uns zuvor bereits in Balanka begegnet war, als sie dem Dorf nach zwanzig Jahren erneut einen Besuch abstattete. Sie kommt aus den USA und war damals noch bei der Familie des Apothekers untergebracht. Einerseits war es sehr spannend, von ihren Erfahrungen und dem Alltag in Balanka vor zwanzig Jahren zu hören, andererseits wirkte sie auf mich teils ein wenig naiv. So hatte sie über die Universität, für welche sie arbeitete, günstig gebrauchte iPads erhalten und diese an die Bibliothek übergeben. In der Absicht, dass, wenn man W-Lan in die Bibliothek legen lassen würde, die Kinder und Jugendlichen darauf beispielsweise Lernübungen machen könnten. Jedoch rief sie dann selbst beim Telekommunikationsanbieter an, obwohl bei einem hörbar fremdländischen Akzent der Preis in der Regel deutlich höher ausfällt, als wenn mein Kollege angerufen hätte. So jedenfalls blieb die Internetverbindung in die Bibliothek eine Utopie, welche finanziell nicht realisierbar war. Und wir hatten viele iPads und wussten nicht, was genau wir damit anfangen sollten. Schreiben und den Umgang mit dem PC lernt man am Anfang immer noch am besten mit einer Tastatur, und ohne USB-Anschluss oder Sim-Karten-Schlitz konnten beispielsweise Lebensläufe etc. weder Besuchern mitgegeben noch ggf. ausgedruckt oder versendet werden.

Aber nun zurück zu der Reise. Wir waren aufgeregt und freuten uns sehr auf das vor uns liegende Wochenende. Auf diese Reise konnte ich Samsia leider nicht mitnehmen, da es meine finanziellen Mittel bei Weitem überschritten hätte. Wir fuhren mit einem Sammeltaxi für 1500 CFA[121] nach Kara, es ging an grünen Bergen vorbei und am liebsten hätte ich während der Fahrt öfter angehalten, um die Landschaft genauer zu erkunden und Fotos zu machen. In Kara angekommen, machten wir uns, nach einem Abstecher zur Bank, auf den Weg zu einem Hotel, was uns von anderen Freiwilligen empfohlen worden war. Ohne Yvonne hätte ich »La Fayette« jedoch nie gefunden. Wir suchten gemeinsam nach dem Eingang des mehrstöckigen, grauen Betongebäudes und brauchten selbst so einige Minuten, bis wir sicher waren, dass es sich bei diesem Gebäude tatsächlich um das Hotel handelte. Aber wie sagt man so schön: »Außen pfui, innen hui.«[122] Das Zimmer, welches wir für 5.000 CFA mieteten, verfügte über ein bequemes Doppelbett, einen Ventilator sowie ein Bad mit Toilette, Waschbecken und Dusche. Wir stellten die Rucksäcke ab und begaben uns kurz darauf in Richtung eines Marktes. Plan war es, am Nachmittag die Elefanten zu besuchen, am Morgen darauf zum Park Sarakawa und am Mittag noch weiter in den Norden zu der Stätte Koutammakou zu fahren, welche UNESCO Weltkulturerbe ist.

Nach einem kleinen Imbiss an einem der vielen Stände verhandelten wir recht lange mit den Motofahrern, bis wir ungefähr bei dem Preis von 1500 CFA waren, den andere Freiwillige auch gezahlt hatten. Es ging an der Universität von Kara und dem Präsidentenpalast vorbei, raus aus der Stadt. Irgendwann bogen wir von der geteerten Straße auf eine Seitenstraße ab und nach mehreren Kilometern landeten wir an einer Häuseransammlung, von wo aus es laut dem Motofahrer nicht mehr weit zu den Elefanten sei. Weiter ging es durch einen breiten Fluss, welchen wir zu Fuß und mit hochgekrempelten Hosenbeinen an einer flachen Stelle durchqueren konnten. Danach landeten wir auf einem Hof, mit einigen kleineren Häusern, einer großen Scheune und einem umgrenzten Gehege weiter hinten. In einem Büro zahlten wir zunächst die 5000 CFA für den Besuch bei den Elefanten, im Anschluss daran begleiteten uns mehrere Männer um die Scheune herum zu dem Gehege. Dort standen ein Elefantenbulle sowie zwei Weibchen. Es handelte sich dabei um Waldelefanten, welche sich sowohl in der Form der Ohren als auch der Form des Rückens von Asiatischen Elefanten unterscheiden. Zudem waren sie deutlich kleiner als die in der Savanne beheimateten Elefanten. Laut den Tierpflegern seien die Tiere nur tagsüber im Gehege und nachts draußen im umliegenden Wald unterwegs, allerdings nur auf einem abgegrenzten Gebiet, damit sie vor Wilderern sicher seien.

Wir wurden ermuntert, die Tiere am Rüssel zu streicheln, zudem durften wir sie mit Bananen und Wassermelonenschalen, die wir dabeihatten, füttern. Fast augenblicklich ließ sich einer der Männer ein

Handy von uns geben und begann, unzählige Fotos von uns zu machen.

Ich war fasziniert, wie rau und voller kleiner, drahtiger Haare der Rüssel war. Einer der Elefanten verpasste uns, während wir vor dem Zaun posieren sollten, eine Staubdusche, was ich eher amüsant als störend fand. Nachdem wir mit Füttern fertig waren (es ist gar nicht so leicht, ein Bananenstück zielsicher in das Maul eines Elefanten zu legen, wenn man schlecht sieht), durften wir noch die etwas ruhigeren Elefantendamen im Gehege selbst streicheln. Streicheln wirkt allerdings wie ein viel zu schwacher Begriff, für das beeindruckende Gefühl, einem so großen, starken und intelligenten Säugetier gegenüberzustehen und dieses berühren zu dürfen. Die Haut war staubig, rau und voller Rillen, der Körper teils von einer Schicht Lehm bedeckt. Ich konnte meinen Kopf kurz an den Kopf der einen Elefantendame legen und war von diesem Moment sehr beeindruckt.

Zugleich hatte es sowohl Yvonne als auch mich im Nachgang irgendwie etwas fassungslos gemacht, wie eingespielt die Tierpfleger gleich die Rolle des Touristenfotografen übernommen haben. Natürlich ist ein Foto mit einem Elefanten eine unfassbar kostbare Erinnerung an diese Erfahrung, jedoch fingen wir an, uns zu fragen, ob diese Art des Tourismus das ist, was wir erleben wollen. Wir konnten nicht sichergehen, dass die Elefanten über Nacht tatsächlich aus dem Gehege gelassen werden, etc. Doch es sollte noch schlimmer kommen.

Zurück in Kara war es bereits fast dunkel und so machten wir uns kurz frisch, um danach einen Ort zu suchen, wo wir etwas zu essen auftreiben können. Bedingt durch die Staubdusche und das Durchqueren des seichten, breiten Wasserlaufs, waren meine Hose sowie das Oberteil komplett verdreckt und ich entschied mich, kurzerhand ein Pagnestück, das ursprünglich als Kopfbedeckung diente, mit einer schwarzen Leggins darunter, als kurzen Rock zum dazugehörenden Oberteil zu tragen. Von unserem Fenster aus sahen wir ein sehr abwechslungsreiches Stadtbild um uns herum. Gemauerte, mehrstöckige Gebäude neben eingeschossigen, mit Wellblech bedeckten Bauten, zwischendurch einzelne grüne Tupfen. Die Straße, welche an dem Hotel vorbeiführte, war im Gegensatz zu den meisten Seitenstraßen geteert. An jeder Straßenecke gab es Stände, an denen verschiedene Speisen und Getränke verkauft wurden. Wir liefen an einer Schule, einem Bekleidungsgeschäft mit muslimischen Gewändern vorbei, hin in Richtung des vermuteten Stadtzentrums. Irgendwann, als es schon vollkommen dunkel war, hatten wir uns etwas in einer Seitengasse verlaufen, wo wir plötzlich von einem Mann angesprochen wurden. Er stellte sich vor, sagte er sei Touristenführer und könne uns zu einem guten Preis alle Spots in der Umgebung zeigen. Dann fragte er, wohin wir noch alles gehen wollten und wo wir wohnten. Wir gaben an, bereits alle Orte, die wir sehen wollten, besichtigt zu haben, und machten eine flüchtige Handbewegung in die Richtung unseres vermeintlichen Hotels. Damit er uns in Ruhe ließ, speicherten wir seine Handynummer ein und versprachen, ihn anzurufen, falls wir doch einen Guide wünschen würden.

Vor dem Hotel erkannte Yvonne ein älteres Ehepaar wieder, welches sie bereits in Aného, im Süden Togos, getroffen hatte. Mit einem Freiwilligen aus Kara und dem Ehepaar verbrachten wir daher die nächsten Stunden in dem Restaurant neben dem Hotel und hörten die spannenden Berichte des Mannes, welcher bereits viele Jahre im Norden Togos verbracht hatte und nun erneut zu Besuch gekommen war, zu.

Am nächsten Morgen wollten wir früh aufstehen, um alles innerhalb der Helligkeit zu schaffen. Was wir allerdings nicht wussten, war, dass die Frauen, die Frühstück verkauften, nicht ganz so früh ihre Stände aufgebaut und Essen fertig hatten. Und so drehten wir, hungrig, wach und voller Tatendurst, eine große Runde durch die angrenzenden Straßen, auf der Suche nach einem Stand, wo wir Bouille und Beignets kaufen konnten. Letztendlich fanden wir in einer Seitenstraße in der Nähe von dem Hotel eine Frau, die mit der Zubereitung bereits fast fertig war. So passten wir dann letztlich kurz auf den Stand und ihre jüngeren Kinder auf, während sie noch einige fehlenden Dinge holte. Dafür genossen wir die leckere Bouille und Beignets und freuten uns, eine so nette Bekanntschaft gemacht zu haben.

Mit zwei Motos ging es dann erneut raus aus Kara, wieder in Richtung der Elefanten. Wir wollten zu dem Park Sarakawa und dort geschützte Wildtiere sehen. Im Vorfeld hatte ich mir ein riesiges Gebiet ausgemalt, in welchem die ursprüngliche Natur erhalten und durch Ranger der Schutz der vorhandenen, regionalen Wildtiere vor Wilderern gewährt ist. Erneut bogen wir nach einiger Zeit auf eine schmalere Straße ab, welche an Wiesen, Feldern und kleinen Dörfern vorbei zum Park führte. Dort angekommen fiel uns zuerst der Zaun auf, der das Gelände umgab. Meines Wissens handelte es sich bei der Fläche um mehrere hundert Hektar[123].

Wir zahlten in einem außen hellrot gestrichenen, runden Büro für eine Tour mit Guide in einem Safariauto. Während wir auf den Guide warteten, entdeckte Yvonne einen Affen, welcher, mit einer Kette um die Hüfte, an einem Baum angebunden war. Das alleine erzeugte bei mir bereits ein ungutes Gefühl. Aber vielleicht ging es dem Tier ja nicht gut und es wurde deshalb dort vorübergehend unter »Aufsicht«

gestellt? Leider wurde meine naive Hoffnung nicht erfüllt. Stattdessen fuhren wir zu Beginn der Tour an einem Affengehege vorbei, wo Jungtiere gehalten wurden, welche später in den Park »ausgewildert« werden sollten. Zudem ging es an zwei Riesenschildkröten vorbei. Im Park selbst fuhren wir sowohl durch Wald- wie auch Steppenlandschaften. Wir wurden auf Kühe mit langen Flatterohren aufmerksam gemacht, welche in dieser Region beheimatet seien, zudem sahen wir ein Zebra, Antilopen oder Gazellen und hörten Affen in den Bäumen. Der Ranger drehte dabei eine Tour mit uns durch den Park, mit teils abrupten Wendungen, damit wir Tiere besser sehen konnten, oder aber, um diese aufzuscheuchen. An einem großen See in der Anlage sahen wir auch einige Vögel.

Für mich war es unglaublich anstrengend zu versuchen, mit dem Monukular Tiere aus der Ferne ausfindig zu machen, sodass ich oft einfach Fotos machte und hoffte, die Tiere später auf dem Handydisplay vergrößert ansehen zu können. Es war zwar interessant, was der Guide zu erzählen hatte, doch dass der Park die Tiere in der freien Wildbahn einfange, um diese hier zeigen zu können, schockierte mich irgendwie mehr, als man vielleicht hätte erwarten können. Hier war ich zu naiv rangegangen und hatte irgendwie nicht damit gerechnet, dass nicht nur einige Zoos in Deutschland nichteuropäische Wildtiere in der freien Wildbahn fangen, nur um diese dann zur Schau zu stellen. Der Guide begründete es damit, dass die Tiere hier dann immerhin wieder, wenn auch im Rahmen der Umzäunung, frei herumtoben könnten.

Mir allerdings hatte sich das Bild des kleinen Affen Kesse, welcher durch eine Falle einen seiner Arme verloren hatte, unauslöschlich ins

Gedächtnis eingebrannt. Dieser war durch Umwege in einem Waisenhaus gelandet, in welchem zwei Freiwillige arbeiteten. Dort war der Affe an einer Kette und wurde von den Kinder gepiesackt[124]. Eine andere Freiwillige, S., kaufte ihn dann dem Waisenhaus ab. Eine Auswilderung war in diesem Fall wohl unmöglich, da Kesse mit nur einem Arm erheblich in seiner natürlichen Lebensweise eingeschränkt wäre.

Gegen Ende der Tour, am Ausgang, sahen wir zudem Strauße in einem größeren Gehege sowie zwei Krokodile in winzigen Wasserbecken. Diese Tiere halte man für den Fall, dass sich nicht so viele Tiere während der Tour im Park zeigen, erklärte uns der Guide. Ich dachte entsetzt an den riesigen See zurück, in welchem die Krokodile sich mehr als nur um die eigenen Achse hätten drehen können. Schade, dass die Befriedigung der Touristen immer noch an so vielen Orten höher gestellt wird als Leben der Tiere. Ich nahm mir jedenfalls vor, das nächste Mal genauer zu recherchieren, bevor ich je wieder einen Schritt in einen Zoo, Tierpark oder Ähnliches setzen würde.

Etwas beklommen von der Erfahrung fuhren wir zurück, checkten aus dem Hotel aus und suchten am Bahnhof[125] nach einem Auto, das in Richtung Kanté fuhr. Von dort sollte es dann mit einem Moto weitergehen. Wir mussten etwas warten, bis weitere Passagiere eingetroffen waren, und so kauften wir uns noch kleine Baguettes, gefüllt mit einer Mischung aus Bohnen, Piment und Öl, sowie Baguettes gefüllt mit Avocado, Tomate und Zwiebel. Gesättigt packten wir uns einen Teil davon für später ein.

In Kanté, an einer Tankstelle, warteten direkt einige Motofahrer. Während wir mit einem verhandelten, nahm ein anderer bereits unsere

Rucksäcke aus dem Kofferraum und lud sie auf zwei Motorräder. Die Preise waren sicherlich viel zu hoch, aber letztendlich einigten wir uns auf 16.000 CFA für Hin- und Rückfahrt. Nach maximal einem Kilometer auf staubigen Lehmwegen kamen wir zu einem Haus, an welchem wir eine Art Tourismuspauschale von 10.000 CFA zahlen mussten. Diese sollen, so eine Informationstafel, zum Erhalt des UNESCO-Weltkulurerbes eingesetzt werden und der Bevölkerung nutzen, indem beispielsweise eine Pumpe für sauberes Wasser gebaut wurde. Wir warteten eine Zeit, bis der Guide endlich wieder beim Häuschen war. Er begleitete uns, nachdem wir bezahlt hatten. Wir machten auf dem Weg zudem einen Abstecher an einen großen Baobab Baum. Dieser wies unten ein Öffnung auf, durch welche man in das Innere des Baumes gelangte. Früher, so erzählte der Guide, lebte in dem Baum eine Familie. Im Falle eines feindlichen Besuchs, kletterte der Vater in die Äste und konnte von oben angreifen. Rund um den Baum hatten sich, als wir wieder nach draußen kamen, Kinder und einige Erwachsene versammelt und boten Holzkunstwerke zum Kauf an. Leider mussten wir dies ablehnen, da die Motofahrt unser Budget deutlich eingeschränkt hatte. Bei den Tatas, so hießen die Lehmburgen, angekommen, war ich sehr beeindruckt, wie groß und schön sie waren. Wir wurden freundlich empfangen und der Guide stellte uns der Familie vor, welcher eines der Tatas gehörte. Wir vereinbarten 4.000 CFA für eine Übernachtung in dem Tata.

Vor dem Tata standen Reliquien, Hügel, auf denen sich Knochen befanden und welche böse Geister abhalten sollen. Im Tata selbst war unten zunächst Platz für Tiere wie Ziegen, Schafe und Hühner. Etwas erhöht auf einer Zwischenebene befand sich eine Kochstelle. Auch hier hingen teils Kuhschädel und andere Tierknochen an der Wand.

Ich sah kaum etwas und musste mich daher vortasten. Durch eine enge Öffnung ging es dann hinauf auf eine Fläche, welche auf Höhe des Bodens eine kleine Öffnung in der sonst geschlossenen, hohen Mauer aufwies. Hier, so erklärte uns die Frau, sei der Platz, wo wir duschen könnten. Auf Hüfthöhe befand sich eine weitere Ebene, auf der vorderen Seite der Burg. Dort war in der Mitte eine ovale Schlafkammer, zudem befand sich eine weitere ganz vorne. Daneben war ein Bereich, von welchem aus die Bewohner früher von oben Angreifende abwehren konnten. Auf der anderen Seite stand ein Speicher, welcher innen dreigeteilt war und der Aufbewahrung von Nahrung diente. Über in einen Holzstamm geschlagene Stufen konnte man hinaufsteigen, den Deckel abnehmen und ins Innere schauen.

Wir nahmen das Angebot, einen Eimer Wasser zum Duschen zu bekommen, gerne an. Yvonne hatte sich zudem an dem Auspuff des Motorrads verbrannt, sodass wir ihre Verletzung im Anschluss mit einer Bandage aus der Erste-Hilfe-Tasche, welche ich immer auf Reisen bei mir führte, versorgten. Die Toiletten befanden sich etwas außerhalb, kleine Häuser aus Holz und Wellblech, maximal einen Quadratmeter groß, mit einem Loch im Betonboden, welches es zu treffen galt.

Ich hatte in Togo schon die interessantesten Toiletten kennengelernt. Die gewohnten weißen Porzellanschüsseln, welche man mit einem Eimer Wasser nachspülte, einen Thron an Plumpsklo in der Nacht, bevor ich zu Monsieur T. gekommen war (es ging einige Stufen hinauf, oben dann war eine Tür, welche man abschließen konnte, eine Toilettenbrille, Klopapier und sogar lustige Kreidesprüche an der Wand. Einziger Nachteil war, nachdem man nachts durch den Regen warten musste, dass man wieder hellwach war), nahe einer Moschee mal lediglich eine Rinne mit zwei Steinen, auf die man seine Füße stellen konnte, von anderen Personen nur durch brusthohe Abgrenzungen getrennt (dafür nach Frauen und Männern aufgeteilt), und leere Tomatenmarkdosen, gefüllt mit Wasser, welche man anstelle Klopapiers verwenden konnte.

Aber zurück zum eigentlichen Geschehen in den Tatas. Diese Lehmburgen waren schon mehrere Hundert Jahre alt und wurden lediglich aus Stroh, Lehm und Wasser gebaut. Danach wurden sie rundherum mit einer Flüssigkeit, gewonnen aus einer roten, schotenartigen Frucht, eingerieben, welche sie gegen Wasser schützt. Und tatsächlich wurde der Boden beim Duschen weder weicher noch gab dieser nach. Stattdessen floss das Wasser nach und nach ab durch die Öffnung auf Bodenhöhe ab und der Boden war stabil und fest wie zuvor.

Wir erhielten eine Strohmatte und ein Moskitonetz und beschlossen, da es ein wolkenloser Abend war, draußen zu schlafen. Doch zuvor mussten wir uns der Frage stellen, was wir essen und trinken würden. Zu essen hatten wir noch einige Reste unserer Brote, zu trinken jedoch kaum noch etwas, da wir damit gerechnet hatten, vor Ort, wie gefühlt überall, etwas kaufen zu können. Also gingen wir zu dem neueren Haus der Familie, deren Tata wir über Nacht bewohnen durften, und fragen, ob wir irgendwo Wasser herbekommen könnten. Daraufhin gaben sie uns einen Kanister und ein Kind zeigte uns den Weg zu einer Pumpe, etwas außerhalb vom Dorf. Dort wurde per Hand Wasser hochgepumpt. Auch wir versuchten uns daran und mussten uns letztendlich abwechseln, damit der Kanister voll wurde. Wieder in dem Tata angekommen, fingen wir an zu überlegen, wie viele Entkeimungstabletten, die Yvonne glücklicherweise dabeihatte, wir wohl ins Wasser geben sollten.

Auf dem Kanister selbst war keine Angabe, wie viel Liter reinpassten, auch hatten wir weder Maßband noch etwas Ähnliches dabei, mit dem wir die Höhe und Länge hätten bestimmen können. Da nutzten uns unsere fleißig in der Schule gelernten Formeln zur Berechnung von Volumen auch nichts. Und auch das Internet konnten wir nicht nutzen, da wir kein Netz hatten.

Wieso ist es so wichtig, dass wir Entkeimungstabletten ins Wasser geben, fragst du dich? Ganz einfach, die Grundregel von Anfang an lautete: Trink nur Wasser, das aus original verschlossenen beziehungsweise versiegelten Flaschen ist, aus dir bekannten Sachets-Marken stammt oder was du abgekocht beziehungsweise entkeimt hast. Ansonsten hast du schneller Magen-Darm-Probleme, als es dir lieb ist. Denn genauso, wie dein Körper in Deutschland an das Leitungswasser bei dir zu Hause gewöhnt ist, muss sich dein Körper auch woanders an die Besonderheiten des Wassers gewöhnen. Und hier wussten wir nicht, wie sauber das Wasser beziehungsweise der Kanister war. Wir schätzten die Wassermenge auf maximal 20 Liter und gaben meines Wissens zwei Tabletten hinein. Nach einer halben Stunde probierten wir die ersten Schlucke aus meinem Zahnputzbecher (in Ermangelung eines anderen Gefäßes). Es schmeckte leicht chemisch, war aber okay und stillte den Durst.

Die Umgebung um uns herum war wunderschön. Hinter dem Dorf ging es steil einen Berg hinauf, vor uns lag eine für mich unendlich erscheinende Graslandschaft, mit einzelnen, kleinen Bäumen bewachsen. Wir waren während der Regenzeit da, sodass alles lebendig und grün wirkte. Während die Sonne unterging, stieg Nebel zwischen den Bäumen auf und sorgte mit dem Farbenspiel des Sonnenuntergangs für eine wundervolle Stimmung. Als es dunkel wurde, schienen die

Sterne über uns. Es passte, dass wir weder Strom noch Netzverbindung hatten, so war dieses Erlebnis noch einprägsamer.

Am nächsten Morgen machten wir uns frisch und erkundeten zu Fuß die nähere Umgebung, bevor wir von den Motorradfahrern abgeholt wurden. Etwas zu essen wollten wir uns dann in Kara kaufen. Auch hier kamen vor der Abfahrt wieder Kinder an, die uns Schnitzereien verkaufen wollten. Leider mussten wir erneut ablehen, da wir noch genug Geld für die Rückfahrt aufheben mussten. In der nächsten Stadt warteten wir ein wenig, ob sich noch andere Passagiere für das Sammeltaxi finden würden, letztendlich fuhren wir dann allerdings doch zu zweit zu einem etwas teuereren Preis los. Aber schließlich musste Yvonne an diesem Tag noch bis nach Kpalime fahren. In Kara angekommen, besuchte ich erneut die Bank, um Geld abzuheben, denn für dieses Wochenende war mehr als ein Monatsgehalt draufgegangen.

Auf der Suche nach etwas zu essen entdeckten wir einen recht belebten Stand, an dem Spaghetti, frischer Salat, Eier, Brot und einige andere Speisen verkauft wurden. Auch wir kauften eine Portion mit Spaghetti, Salat und Ei, für einen Preis von ca. 300 CFA. Eine weitere Todsünde, schließlich war uns gleich in der zweiten Woche eingebläut worden, niemals rohe Speisen an einem Straßenstand zu kaufen, aber auch diese Warnung ignorierten wir. Dafür schmeckte diese Kombination einfach zu gut und Salat hatte ich seit meinem Aufenthalt im Waisenhaus auch nicht mehr gegessen. Ob die Magen-Darm-Probleme in den darauffolgenden Tagen vom Wasser oder dem Essen kamen, kann ich daher nicht sagen, aber wert war es mir trotzdem. Schließlich gingen diese Beschwerden mit dem Essen von Mommy auch ganz schnell wieder weg.

Nach dem Essen begaben wir uns in ein Sammeltaxi, wo wir durch Zufall neben einer anderen ehemaligen Freiwilligen aus Deutschland landeten. Sie hatte sich drei Monate Zeit genommen, um alleine durch Westafrika zu reisen, und kam gerade aus dem Norden von Benin. Dort, so sagte sie, sei aktuell alles leer und es gäbe keine Touristen. Daher sei es für sie auch so sicher gewesen, schließlich habe es nach der Reisewarnung nicht mehr genug Ziele für die Milizen, welche vermutlich von Burkina Faso aus agiert hatten, gegeben. Allerdings erzählte sie auch, wie sie alleine mit Malaria in einem Hotel war und dann auf den Portier angewiesen war, dass dieser für sie Medikamente und Essen besorgte, da sie selbst zu schwach war, um das Hotel zu verlassen. Umso dankbarer war ich, mit Yvonne unterwegs zu sein. Denn in solchen Situationen ist es immer sinnvoll, eine Person an seiner Seite zu haben, der man vertraut und die einen im Notfall unterstützen kann. In Balanka war dies meine Gastfamilie und in Kpalimé die anderen Freiwilligen, die mir während der Zeit sehr ans Herz gewachsen waren.

In Sokodé trennten sich dann unsere Wege. Ich wollte in die deutsche Bäckerei, welche es in einem Hotel geben sollte, und beabsichtigte zugleich, mich dort mit einer deutschen Freiwilligen zu treffen, die zu diesem Zeitpunkt in Sokodé lebte. Zwar setzte der Motofahrer mich korrekt bei dem Hotel ab, die Suche nach der Bäckerei stellte sich jedoch als deutlich schwieriger heraus. Ich war in einer komplett fremden Gegend, konnte Schilder und Anschriften an den Häusern nicht lesen, da ich diese, wenn überhaupt, nur sehr verschwommen sah, und wollte auch nicht zu nahe an ein Gebäude oder einen Stand herantreten, um nicht den Anschein zu erwecken, etwas ganz anderes kaufen zu wollen. Als ich die Bäckerei endlich fand, kaufte ich für meine Gastfamilie einige kleine Kuchen als Mitbringsel und aß dann eine

Kleinigkeit mit der anderen Freiwilligen. Sie arbeitete in einer Schule mit gehörlosen Kindern und wir tauschten uns ein wenig über die Gastfamilien sowie das Leben in Sokodé, verglichen mit dem Leben in Balanka, aus. Sie war sehr freundlich und bot an, dass ich gerne erneut vorbeikommen könnte. Zwar wusste ich von früheren Balanka-Freiwilligen, die teils einmal pro Monat oder sogar öfter über das Wochenende zu den anderen Freiwilligen in die Stadt gefahren waren, für mich war dies allerdings sowohl finanziell als auch praktisch gesehen keine Option. Ich war in Balanka bei meiner Gastfamilie am glücklichsten, ging ungern abends weg und genoss es, den Sonntag mit meinen (Gast-)Geschwistern zu verbringen. Ein Kumpel ihres Freundes fuhr mich einen Teil der Strecke zurück, von dort aus ging es dann mit einem Mototaxi zurück ins Dorf. Mein Rücken machte dies zum Glück ohne weitere Probleme mit, sodass ich die Fahrt bei strahlendem Sonnenschein tatsächlich genießen konnte.

Gerne, wirklich gerne hätte ich Samsia und am liebsten auch meine jüngeren Gastgeschwister mitgenommen. Schließlich haben Yvonne und ich Teile der togolesischen Geschichte und Tierwelt gesehen, auf deren Besichtigung sie als Einwohner Togos aus meiner Sicht viel mehr ein Anrecht hätten. Ich wusste von früheren Balanka-Freiwilligen, welche einzelne (Gast-)Geschwister teils mit auf Reisen genommen hatten. Diese konnten dann allerdings auch die Kosten für Fahrten, Übernachtung und Eintritt untereinander aufteilen und hatten, wie einige andere Freiwillige, vielleicht auch einen größeren finanziellen Spielraum.

Mich hat die Reise einerseits erschreckt, da ich sowohl bezüglich der Elefanten als auch bei dem Park zu naiv war sowie zu hohe Erwartungen und zu wenig Wissen vorab mitbrachte. Andererseits hatte mich der Besuch bei den Tatas unglaublich erfüllt, es war ein Erlebnis, welches ich nie vergessen werde, das zeigt, was für geniale Architekten dieses Volk in der Vergangenheit hervorgebracht hat und wie spannend und vielfältig die Geschichte des afrikanischen Kontinents ist[126].

Meine Lehre daraus ist, dass Tourismus immer eine Wirkung hat. Den Park und vermutlich auch die Elefanten hätte ich, wenn ich mich im Vorfeld besser informiert hätte oder jedenfalls ausgehend von meinem jetzigen Kenntnisstand, nicht besucht. Denn jeder Besucher macht einen Unterschied. Kommen mehr Besucher, so werden mehr Tiere eingefangen, mehr Parks eröffnet. Kulturgut hingegen, deren Besuch zugleich für die Familien eine Einnahmequelle darstellt und dazu führt, dass die Tatas weiterhin erhalten und gepflegt werden, besuche ich gerne wieder.

19. Ingenieursbesuch und eine schreckliche Nachricht

Recht schnell nach meiner Rückkehr von der Reise kam Koko erneut zu Besuch. Mit dabei war A., der Sohn einer Freundin von ihr, welcher ungefähr in meinem Alter war. Während Koko Gäste und Verwandte empfing und sich mit deren Berichten sowie Anliegen befasste, zeigte ich A. das Dorf, drehte mit ihm kleine Videosequenzen für eine englischsprachige Reportage über Balanka und begleite ihn, als er nahe eines Reisfeldes im Wasser Karate machen beziehungsweise zumindestens Fotos von einzelnen Kicks haben wollte. Mit den Kindern machten wir dann eine Karatestunde vor der Bibliothek, wobei einige am meisten Spaß daran hatten, wenn er zeigte, wie er mich, als Versuchsperson, mit einem Wurf, Hebel oder Ähnlichem entweder in den Staub beförderte oder dazu führte, dass ein Arm oder Bein schmerzhaft verdreht wurde. Naja, auf jeden Fall war er, verglichen mit einigen der Schüler aus der Gruppe vom Oktober, deutlich offener für die Menschen in Balanka, weniger von Vorurteilen geprägt und verstand sich gut mit meiner Gastfamilie. Einmal gingen wir auf das Flachdach der Bibliothek, um während eines Stromausfalls die Sterne fotografieren zu können, etwas, was ich mich alleine einfach nicht getraut hätte, ein anderes Mal installierten wir eine Kamera auf dem Dach, um den Sonnenaufgang im Zeitraffer zu filmen, während Koko im Hof der Gastfamilie mit anderen zusammen betete. Dabei wurde Koko als einzige Frau eingeladen, mit den Männern im Hof auf der Matte zu beten, während die anderen Frauen auf der Veranda bleiben sollten. Sie hingegen weigerte sich, im Hof zu beten, solange nicht auch die anderen Frauen auf der

Matte bei den Männern beten durften. Und so blieb sie bei den Frauen, während die Männer im Hof für Koko beteten.

Einmal gingen wir zu Taibatou, der unglaublich lieben und herzlichen Schneiderin, um für eine Freundin von A. ein Kleid anfertigen zu lassen. Da er diese Freundin überraschen wollte und ihre genauen Maße nicht kannte, musste ich letztendlich als Modell herhalten. Ihr könnt euch das Gelächter nicht vorstellen, als A. vor Taibatou und ihren Auszubildenden versuchte abzuschätzen, ob meine Brustmaße denen seiner Freundin entsprachen. Letztendlich versuchte er, bei sich mit den Händen zu beschreiben, um wie viel die Größe sich von meinen unterschied. Mit Taibas humorvollen Kommentaren und ihren spannenden Erzählungen verbrachten wir eine sehr vergnügliche Zeit an diesem Tag.

Taibatou hat wie mein Mentor ein Bein, welches schwach und kleiner ist als das andere. Auch sie nutzt einen stabilen Holzstab, um kleinere Strecken zurückzulegen, meistens sah man sie jedoch mit einem blauen Rollstuhl. Dieser hatte ein drittes Rad und Handpedale. Wurde sie, wie es oft vorkam, noch von Kindern angeschoben, kam sie deutlich schneller voran, als wenn man zu Fuß nebenher läuft. Bei ihr war eine falsche medizinische Behandlung der Grund für die Beeinträchtigung gewesen. Nur ihrer Mutter, welche ihr die Spritze für das andere Bein nicht wie verordnet gab, sondern diese entsorgte, verdankte Taibatou es, dass sie noch ein gesundes Bein hatte.

Nach einigen Tagen fuhren Koko und A. erneut nach Lomé, um zwei Ehrenamtliche von »Ingenieure ohne Grenzen« abzuholen. Beide waren super sympathisch und ich war beeindruckt, als sie erzählten, dass sie die Pläne für die Zisternen an der Grundschule im Dorf so flexibel entworfen hatten, dass diese aus den einfachsten Materialien gebaut werden konnten. Diesmal waren beide da, um eine Wasserpumpe bei der weiterführenden Schule aufzubauen. Hierfür waren auch Arbeiter einer Firma aus Lomé gekommen, welche bei den Arbeiten helfen sollten.

Die Zeit während ihrer Abwesenheit hatte ich unter anderem genutzt, um mich für verschiedene Studienplätze zu bewerben. Das ganze Jahr über war ich unsicher gewesen, für welchen Studiengang ich mich entscheiden sollte. Zwar standen mir mit meinem Notendurchschnitt recht viele Möglichkeiten offen, allerdings wollte ich zugleich einen Beruf erlernen, den ich auch bei einer Verschlechterung meines Sehvermögens ohne (menschliche) Assistenz ausüben konnte und bei dem ich problemlos im Anschluss an das Studium eine Arbeit finden würde. Zwar hatte ich inzwischen die Ergebnisse der Genanalyse bekommen, dabei war allerdings nichts herausgekommen. Folglich hatte ich noch immer keine komplette Gewissheit.

Ich recherchierte einige der Fächer, die für mich in Betracht kamen, wie beispielsweise Religionswissenschaften, fand aber keinen Studiengang mit entsprechenden Berufsaussichten, der mich zugleich auch fasziniert hätte. Erdin spielte zu dieser Zeit allerdings mit einem blinden Richter aus Hamburg Blindentennis und auch sein bester Freund, der ebenfalls sehbeeinträchtigt war, studierte Jura.

Für Jura, so las ich, seien vor allem die Noten in den Fächer Deutsch sowie Politik und Wirtschaft entscheidende Indikatoren. Beide Fächer hatte ich in der Schule sehr gemocht und auch das Lernen für Klausuren war mir recht leicht gefallen. Nun, da mir kein anderer Studiengang einfiel, für den ich mich hätte bewerben können, bewarb ich mich auf zwei Studienplätze für den Studiengang Rechtswissenschaft. Einmal bei der Universität in Hamburg, da Erdin und ich bereits überlegten, wann und wie es uns vielleicht möglich sein würde, in Deutschland näher beieinander zu wohnen, andererseits auch bei der Universität in Frankfurt, in der Nähe meiner Eltern, da ein Studienbeginn in Hamburg zwar für die Beziehung von Erdin und mir einiges erleichtern würde, es zugleich aber eine riesige Kraftanstrengung und unglaublichen Stress bedeuten würde, sich möglichst noch aus Togo um Dinge wie BAföG, ein Zimmer im Studentenwohnheim und Ähnliches zu kümmern.

Für mich war der Besuch der Ingeneure deutlich entspannter als der Besuch der Schülergruppe zu Beginn des Freiwilligendienstes. Einerseits war ich nun komplett in Balanka angekommen und konnte jederzeit auch einfach zu meiner Gastfamilie gehen, andererseits war es im Haus ruhiger, da jeder seinen Tätigkeiten nachging und mehr mit anderen Personen unternahm.

An einem Tag ging es für Koko, meine Gastfamilie, A. und mich raus aufs Feld. Wir trafen uns mit Frauen aus der Frauenorganisation des Dorfes und zusammen pflanzten wir Setzlinge verschiedener Nutzpflanzen mit Erde zunächst in geöffnete Sachettüten[127]. Diese sollten dann später auf dem Feld eingepflanzt werden. Dabei lernte ich auch, dass in Togo oft eine Pflanze rund um die Felder gepflanzt wird, welche Feuer eindämmen kann. Fängt ein entsprechend umpflanztes Feld Feuer, so kann dieses nicht auf die umliegenden Felder übergreifen. Die vielen Waldbrände in Nordamerika, aber auch einzelne Brände in Europa vor Augen, dachte ich, wie klug es wäre, diese Pflanze, sofern sie nicht zu invasiv woanders agiert, auch in anderen Regionen, in denen Waldbrandgefahr besteht, zu pflanzen, um Waldbrände jeweils auf ein bestimmtes Gebiet zu beschränken.

Wir gingen an diesem Tag an einem kleinen See Wasser holen und dabei erzählte Koko von ihrem Wunsch, mit den Kindern aus Balanka einmal ans Meer zu fahren, eine Klassenreise, wie wir so viele während der Schulzeit gemacht haben. Der See lag etwas abseits der roten Lehmstraße, welche in Richtung Tchamba und Sokodé führte, und so war er mir bislang noch nie aufgefallen. Das Wasser war lehmig und schätzungsweise hüfthoch, allerdings vermied ich es, hineinzusteigen, so sehr ich es auch vermisste, mal wieder ein paar Schwimmzüge zu tun. Bei stehendem Gewässer sollte man immer vorsichtig sein. Und diesmal hielt ich mich an diese Warnung.

Eines Sonntags begann dann der letzte Abschnitt meines Aufenthalts. Meine Mutter schrieb mir jeden Tag morgens, mittags und abends. Teils wahrscheinlich, um sicherzugehen, dass es mir gut ging und ich »noch am Leben sei«. An diesem Tag aber blieb die morgendliche Nachricht aus und irgendwie bereitete es mir mehr Sorgen, als ich zugeben wollte. Eigentlich fand ich es fast schon störend, ständig Nachrichten zu erhalten, aber an diesem Tag wünschte ich mir diese herbei. Ich hatte gegen Mittag ein echt ungutes Gefühl im Magen und so schrieb ich meiner Schwester. Ich hatte stets nur Datenvolumen, jedoch keine Guthaben für Anrufe innerhalb oder außerhalb von Togo gekauft, daher konnte ich nicht einfach bei meinen Eltern oder Großeltern anrufen. Genau an diesem Tag beschloss Koko zudem, dem Haus eine Grundreinigung zukommen zu lassen, bei der alle Möbel verschoben werden sollten. Auch mein Zimmer war davon betroffen, sodass ich keinen Rückzugsort hatte, in dem ich einige Momente für mich sein konnte.

Letztendlich bewahrheitete sich meine Sorge und ich erfuhr per Textnachricht, dass meine Mutter ins Krankenhaus gebracht worden sei. Mehr wusste ich jedoch nicht und konnte weder meine Schwester noch meine Mutter über Internetanrufe und Nachrichten erreichen.

Daraufhin ging ich zum Stand neben der Bibliothek, an dem ein Mann Handyguthaben des entsprechenden Anbieters verkaufte[128]. In meiner Aufregung vergaß ich allerdings, dass ich ein anderes Telefonguthaben brauchte, um Anrufe außerhalb von Togo tätigen zu können. Zunächst ging ich zum meiner Gastfamilie, um von dort aus in Ruhe telefonieren zu können. Doch es klappte nicht. Ich ging zu meinem ältesten Bruder, welchem ich die Situation erklärte. Recht schnell kam er darauf, dass ich das falsche Guthaben gekauft hatte. Und so ging ich erneut zum Stand und kaufte bei dem Mann diesmal das richtige Guthaben für Anrufe außerhalb Togos. Doch auch so erreichte ich weder meine Eltern noch meine Großeltern. Nun machte ich mir wirklich Sorgen. Auch als Koko sagte, dass schon alles nicht so schlimm sein werde, kam ich mir furchtbar hilflos vor.

Auf einmal machte sich die Entfernung wieder bemerkbar. Ich konnte nicht einfach den nächsten Zug nehmen und hinfahren, konnte ihnen nicht beistehen und wusste noch immer nicht, was los war. Lediglich, dass meine Mutter nicht bei einem kleinen Wehwehchen ins Krankenhaus gehen würde. Egal, was es war, zunächst wurden kleinere Probleme immer erst mit Haushaltsmitteln behandelt und wenn es dann noch schlechter wurde, ging es gegebenenfalls zum Hausarzt. Ins Krankenhaus ging es nur, wenn ich mal wieder eine Verletzung hatte, bei der geschaut werden musste, ob es sich um einen Bruch handelte oder ob es nur verstaucht war. Und das einzige Mal, als sie einen Krankenwagen gerufen hatte, war im Urlaub an der Ostsee, als meine Schwester wirklich krank war und sie mehrere Tage im Krankenhaus stationär behandelt werden musste. Meine Mutter war keine Person, die bei Fieber, einem grippalen Infekt oder minder schweren Verletzungen den Rettungsdienst rief. Erst recht nicht für sich selbst. Daher meine große Unruhe. Da musste etwas Schlimmeres passiert sein.

Gegen frühen Abend begleitete ich meinen Bruder und den Ingenieur I. zum Fußballtraining, um den Kopf freizukriegen. Dort erhielt ich auch die erste Nachricht meiner Mutter. Ihr gehe es den Umständen entsprechend, allerdings habe sie sich bereits in den letzten Tagen sehr schlecht gefühlt, viel Blut verloren und auch am Vortag schon kaum das Bett verlassen können. Als es ihr dann am heutigen Morgen noch schlechter ging, hatte sie den Rettungswagen gerufen. Die Sanitäter mussten sie sogar vom Bett abholen, da sie nicht mehr aufstehen konnte. So schlecht ging es ihr. Mein Bauchgefühl hatte recht behalten.

Nun erhielt sie wohl Bluttransfusionen und es würden in den Folgetagen weitere Untersuchungen durchgeführt.

Am Dienstagmorgen wurde ich von meiner Mutter angerufen, während ich in der Bibliothek war. Ich entschuldigte mich bei meinen Kollegen, ging ans Telefon und lief in den Flur, um ungestört reden zu können. Sie habe Krebs im Unterleib[129], sehr weit fortgeschritten, man werde direkt mit der Behandlung beginnen, erzählte sie. Ich versuchte meiner Stimme einen festen Klang zu geben, die Tränen herunterzuschlucken und sie aufzumuntern. Während ich ihr Mut zusprach, sie daran erinnerte, was wir alles schon erlebt hatten, und sagte, dass es kein Grund gebe, aufzugeben, versuchte ich alle Fakten im Kopf durchzugehen. Wie hoch ist die Überlebensrate bei dieser Krebserkrankung, welche Behandlungsalternativen gibt es und wie vielversprechend sind diese? Was wird jetzt mit der Austauschschülerin von meiner Schwester, welche über die Ferien zu uns kommen sollte? Und wie lange noch, bis ich zurück war? Von da an sehnte ich meine Rückreise herbei und fürchtete diese zugleich umso mehr. Jeder Tag, der verging, war ein Tag, der mich näher an das Wiedersehen mit meiner Mutter brachte. Und ich hatte keine Ahnung, ob ich den Aufgaben, den Erwartungen, die auf mich zukamen, gewachsen war.

JE NE VEUX PAS QUITTER Balanka!

(Tagebucheintrag Mitte Juli)

Meine Gastfamilie reagierte unglaublich lieb und verständnisvoll. Sie ließen mich die ersten Tage, nachdem ich ihnen davon erzählt hatte, in Ruhe, sodass ich Zeit hatte, alles zu verarbeiten. Oft war ich froh, mittags einfach meinen Gastmüttern beim Abpulen des geernteten Maises und dem Schälen der Palmölnüsse zu helfen, damit ich meinen Kopf frei bekam. Doch am meisten munterte mich auf, dass Samira, meine jüngste Gastschwester, mir jeden Mittag, wenn ich von der Arbeit kam, in die Arme sprang und sich herumwirbeln ließ, mir etwas auf Balanka erzählte oder huckepack getragen werden wollte.

20. Überschattete letzte Wochen

In den Tagen rund um die Krebsdiagnose bei meiner Mutter reisten Koko und A. ab. Die beiden Ingenieure waren jedoch noch da und weiterer Besuch hatte sich bereits angekündigt. Da meiner Mutter eine Chemotherapie bevorstand, beschloss ich, ihr auf dem Markt eine der schönen, strassverzierten Kopfbedeckungen zu besorgen, welche bei einem möglichen Haarausfall ihren Kopf stilvoll bedecken könnte. Zudem gab ich einen langen Brief und einige Kleinigkeiten mit. Die Ingenieurin erklärte sich lieberweise bereit, das vorbereitete Paket in Deutschland aufzugeben.

Es war seltsam, ein Zustand wie in Schwebe. Ein Abend jedoch waren alle trüben Gedanken verdrängt. Der Club du Sketch hatte seinen Besuch angekündigt. Sie wollten den Ingenieuren eine kleine Vorführung geben. Zwar waren wir alle zu diesem Zeitpunkt etwas angeschlagen, den anderen beiden und auch mir hatte ein gemeinsamer Kochversuch im Gästehaus den Magen verdorben. Dennoch entstand zusammen mit meinen (Gast-)Geschwistern, welche sich nach und nach bei uns einfanden, eine freudige Stimmung. Zunächst zeigten die Mitglieder des Club du Sketch einige Stücke, bevor wir aufgefordert wurden, mitzumachen. Sie tanzten einen Tanz, den ich bereits am Abend vor einer Hochzeit, nachdem wir Frauen bei der Braut und ihrer Familie gebetet hatten, auf der Straße gesehen hatte. Ältere Frauen stellten sich hierfür gegenüber voneinander auf, tanzten aufeinander zu und stießen in der Mitte mit Schwung mit ihrer Kehrtseite aneinander. Danach setzten sie ihren Weg fort und stellten sich auf der anderen Seite erneut in die Schlange. Schon damals fand ich den Tanz unglaublich interessant und so freute ich mich, die Chance zu haben, diesen Tanz nun selbst auszuprobieren. Es war ein lustiger Abend, wo ich die einzelnen Mitglieder des Club du Sketch noch einmal persönlicher kennenlernte und einfach im Hier und Jetzt war.

Die kommenden Wochen nahm ich recht verschwommen war. Ich malte und spielte mit den Kindern in der Bibliothek, verbrachte Zeit bei meiner Gastfamilie und telefonierte viel mit meiner Familie in Deutschland. Meine Mutter wurde immer wieder ins Krankenhaus gebracht und wieder zurück zu meinen Großeltern geschickt, da eine Chemo-Behandlung zunächst angeblich nur ambulant möglich gewesen wäre. Später wurde sie dann doch stationär aufgenommen und bekam ihre erste Dosis. Die rief jedoch so starke Nebenwirkungen hervor, dass die Chemotherapie sofort abgebrochen werden musste. Inzwischen hatte ich schon eine Sofortzusage der Uni in Hamburg erhalten und auch von Frankfurt kam etwas später eine Zusage. Für mich stand es jetzt außer Frage, dass ich woanders als in Frankfurt studierte, schließlich wollte ich für meine Familie nach meiner Rückkehr da sein. Und so schickte ich mit Hilfe von meiner Schwester, die zum Glück die bereitgelegten Abiturzeugnisse in meinem Kinderzimmer gefunden hatte, mein Abiturzeugnis an die Uni in Frankfurt und veranlasste alle weiteren Schritte mit ihr per Telefon.

Einige Geschehnisse und Ereignisse aus dieser Zeit habe ich noch in klarer Erinnerung, das meiste geht jedoch unter, in einem Nebel aus Emotionen, Gedanken und Tagesabläufen, die sich aneinanderreihen. In diesen Monaten war Regenzeit und daher kam es mehrfach pro Woche zu Gewittern in Verbindung mit starken Regenschauern. Manchmal wehte der Wind den Regen sogar so stark gegen die Tür auf der Rückseite der Bibliothek, dass Wasser unter der Tür hindurch in den Lesesaal floss. Dann mussten wir die Holzbänke und die Kabeltrommel sowie einige der Bücher auf dem untersten Regal in Sicherheit bringen und nutzten Palmbesen, um das Wasser wieder hinauszuschieben.

Wenn es abends gegen acht Uhr noch stark regnete, blieben meine Kollegen und ich oft noch in der Bibliothek und warteten ein wenig, in der Hoffnung, dass der Regen nachlassen würde. Dann war die Luft sehr kalt und ich war froh, wenn ich neben der Regenjacke auch noch einen Pullover dabeihatte. Spätestens nach einer halben Stunde machte ich mich jedoch meist, selbst wenn der Regen nicht nachgelassen hatte, auf zu meiner Gastfamilie, um sie nicht unnötig warten zu lassen. Dann aßen wir abends etwas beengter auf der Terrasse unter dem Vordach auf Matten und gingen nach dem Essen eher gemeinsam in die Cafeteria von Mommy.

An einen der Tage erinnere ich mich jedoch noch recht klar. Ich war mal wieder krank, lag auf dem längeren der beiden Sofas im Wohnzimmer und hörte wahrscheinlich einen Auszug aus einem der Hörbücher, die Erdin gerade hörte. Denn krank zu sein ist sowieso schon unschön. Krank zu sein ohne Internet beziehungsweise Zugang zu Hörbüchern oder Serien ist noch weniger wünschenswert. Zwar hatte ich mobile Daten, allerdings gerade genug, um online zu telefonieren, Nachrichten zu schicken und ab und an auf sozialen Netzwerken aktiv zu sein. Aber je mehr Bilder oder Videos geladen wurden, desto schneller ging es mit dem Datenvolumen bergab. Die bekannte Videoplattform nutzte ich daher nur, wenn ich bei Hannah zu Besuch war, weil sie dort meistens W-Lan hatten. Dann schaute ich gerne einzelne Videos von Erdin, hörte darüber ein paar

Lieder und stellte recht schnell fest, dass ich gar nicht wusste, was ich sonst noch machen sollte.

Wenn ich jedoch krank bin, dann sehe ich doppelt so schlecht und deshalb kam auch Lesen für mich in solchen Fällen kaum in Betracht. Stattdessen schickte Erdin mir Auszüge aus seinen (Hör-)Büchern oder nahm andere Audios für mich auf, die mich unterhalten sollten.

Und dann klopfte es an der Tür. Ich war verwundert, weil ich am Mittag bereits auf dem Hof der Gastfamilie war und mit ihnen gegessen hatte. Da hatte ich schon Bescheid gesagt, dass es mir nicht so gut ginge, ich aber abends auf jeden Fall wieder rüberkommen würde. Ich schälte mich also aus dem Schlafsack, passte auf, nicht gegen den Tee zu stoßen, den ich mir gekocht hatte, und öffnete die Tür. Davor standen zwei meiner jüngeren Gastbrüder und hielten einen Babyhasen beziehungsweise ein kleines Kaninchen in der Hand. Es hatte die Augen bereits geöffnet und hatte braunes Fell. Sie sagten, Batchene hätte sie aufgefordert, es mir zu geben.

Etwas überrascht stand ich in der Tür, bat sie hereinzukommen und gemeinsam beäugten wir das kleine Tier auf der Hand meines Bruders. Dieser nahm es und setzte es kurzerhand hinüber in meine Hand. Sie streichelten es noch ein wenig und machten sich dann auf den Weg zurück. »Hm, was machen wir denn jetzt mit dir?«, fragte ich den mindestens genauso verwirrten Kleinen[130] auf meiner Hand. Zunächst setzte ich ihn[131] auf meinen Schoß, denn er schien sich dort etwas wohler zu fühlen. Dennoch war ich besorgt, da auch kleine Tiere irgendwann gewisse Bedürfnisse hatten. Also nahm ich ihn wieder in meine Hand, ging in die Küche und holte einen leeren Karton hervor, in den ich den Kleinen setzte. Schon besser!

Ich füllte den Deckel eines Schraubglases mit Wasser, sodass er etwas trinken konnte, und ging hinaus in den Regen, um ein paar Halme Grünes zu pflücken. Danach polsterte ich den Boden des Kartons mit saugfähigem Material, sodass dieser nicht direkt Schaden nehmen würde. Eine Übergangslösung war das auf jeden Fall. Aber wie sollte es mit dem Kleinen weitergehen?

Ich hatte keine Vorstellung davon, wo ich einen passenden Käfig für dieses kleine Lebewesen kaufen könnte, und meiner Chefin wäre es wahrscheinlich auch nicht ganz recht, wenn so plötzlich ein Haustier einziehen würde. Zumal Kaninchen auch einen gewissen Geruch mit sich bringen, der wahrscheinlich nur mit viel Arbeit wieder verfliegen würde. Und das Tier im Garten zu halten? Vermutlich würde er mir beim ersten Mal, wenn ich abends in den Garten komme, entwischen.

Da mir auch nicht ganz klar war, was mein Gastvater mit dieser felligen Überraschung vorhatte, nahm ich den kleinen Kerl und ging zusammen mit ihm zum Hof der Gastfamilie. Mein Gastvater war bei den kleineren Gebäuden auf der anderen Hofseite, welche ich bislang noch nicht zuordnen konnte. Er zeigte mir, dass sie dort die Feldwerkzeuge lagerten und einige Pflanzen in alten Wassersäckchen heranzogen. Ich fragte ihn, was genau mit dem kleinen Kaninchen sei, welches meine Brüder vorhin vorbeigebracht hätten. Er besah sich den Kleinen lächelnd und strich ihm über den Kopf.

Sie hätten ihn heute morgen, zusammen mit dessen Geschwisterchen, auf dem Feld gefunden. Und da das Geschwisterchen von den Jungen des Nachbarhofes mitgenommen und dort wohl durch unbedachtes Spielen mit ihm bereits zu Tode gekommen sei, habe er die Idee gehabt, es zu mir zu geben, erklärte Batchene. Ich dankte ihm für das Vertrauen in mich, erklärte jedoch, dass ich nicht ganz wisse, wie man für den Kleinen am besten sorge. Ich fragte zudem, ob er eine Idee habe, ob ich ihn im Haus oder doch besser im Garten halten solle. So klein, wie er war, würde er sich zwischen den Holzstangne eines provisorisch gebauten Geheges einfach hindurch quetschen können. So standen wir nun beide im Regen, der bereits einige Pfützen im Hof bildete. Ich weiß leider nicht mehr ganz genau, wie es ausging. Meines Wissens gingen wir zum Hauptgebäude, wo wir den Kleinen an meine Brüder zurückgaben und sie Batchene versprachen, gut auf ihn aufzupassen.

Viele Bekannte von mir, aus Balanka, fuhren in dieser Zeit nach Lomé, da L., die frühere Süd-Nord-Freiwillige, welche ich bereits beim Vorbereitungsseminar kennengelernt hatte, und H. dort groß ihre Hochzeit feierten. Kurz darauf kamen sie dann mit Freunden ins Dorf. Auch bei mir im Gästehaus übernachtete eine nette Französin und teils noch ein weiteres Ehepaar, sodass ich mich vor allem auf den Hof meiner Gastfamilie und zu Samsia ins Atelier zurückzog. Dennoch war ich mit meinen Geschwistern unterwegs und verbrachte Zeit mit der Französin sowie dem neu verheirateten Ehepaar. Von ihnen wurden wir auch zu der großen Feier im Dorf eingeladen und die Französin sowie ich durften mit L. zusammen zu Beginn der Feier in die Mitte des Platzes tanzen. Es war eine sehr schöne Feier, bei der die Liebe zwischen dem Brautpaar in den Tänzen regelrecht zu spüren war. Als ich beide sah, wie sie so strahlend in der Mitte zur Musik tanzten, fragte ich mich, ob oder wann Erdin und ich wohl heiraten würden? Wie würde alles weitergehen? Und würde meine Mutter dies wohl noch erleben? Würde sie ihn überhaupt je in Person kennenlernen? Bisher hatte sie ja nur ein paar YouTube-Videos von ihm gesehen[132].

Mommy, Wetau und meine älteren Geschwister verstanden meine Sorgen um meine Mutter, waren unglaublich liebevoll und gaben mir zugleich den Freiraum, den ich brauchte, um mich zu sammeln. Sie warteten genauso wie ich, während meine Mutter im August eine schwere und langwierige Operation hatte und wir erst zwei Tage später wieder ein Lebenszeichen von ihr hörten. Wir teilten die Sorge und dann auch die Freude darüber, dass sie die Operation gut überstanden hatte und umliegende Organe weitestgehend unbeschädigt blieben.

Meine Gastfamilie wuchs mir, falls überhaupt möglich, noch enger ans Herz, auch meine Kollegen waren super lieb, verstanden, wenn ich kurzfristig während der Arbeitszeit telefonierte, um etwas wegen der Uni oder Ähnlichem zu klären, und fragten oft nach dem Gesundheitszustand meiner Mutter. Es war kein aufgedrängtes Mitleid, kein geheucheltes Mitgefühl, diese Anteilnahme war herzlich, ernst und ehrlich.

In dieser Zeit schrieb ich viel ins Tagebuch, las, um zu verdrängen, und ging im Dorf spazieren. Als meine Mutter mir das Bild von einem Rollator und einem Krankenbett, welches im Wohnzimmer meiner Großeltern stand, schickte, war das nochmal irgendwie ein Schock, es nicht nur zu hören, sondern die ganzen Hilfsmittel auf einmal auch bildlich zu sehen. Es gab Tage, wo ich echt Angst hatte, meine Mutter nie wieder lebendig zu sehen. Wo ich mich fragte, ob meine Sorge, dass ich vielleicht nicht mehr alle, die mich zum Flughafen begleitet hatten, lebendig wiedersehe, eine böse Vorahnung der Zukunft gewesen war.

Ich war unglaublich traurig bei dem Gedanken, dass meine Mutter vielleicht nie bei meiner Hochzeit dabei sein würde, nie ihre Enkelkinder sehen könnte und statt ihrer Stimme vielleicht eines Tages nur noch die Mailbox zu hören wäre. Wieso hatte ich die bisherige Zeit mit ihr nicht sinnvoller genutzt, versucht noch mehr von ihr zu lernen, mehr Geschichten von ihr aufzuschreiben und mehr Bilder und Videos von oder mit ihr zu machen, als Erinnerung an sie?

Damals, als die Diagnose kam, wurde mir zum zweiten Mal während des Jahres die Entfernung zwischen Deutschland und Togo schmerzlich bewusst. Als ich nicht einfach so an ihrer Seite sein konnte. Nicht, dass ich es nicht versucht hätte. Ich hatte die Entsendeorganisation angeschrieben, zu diesem Zeitpunkt waren es noch etwas weniger als acht Wochen bis zum Rückflug, und ich wollte einfach nur nach Deutschland zurück. Diese zeigte Verständnis für meine Situation, wies jedoch darauf hin, dass eine Rückreise nur bis sechs Wochen vor dem Ende des Freiwilligendienstes möglich sei. So schnell alles packen, die Reise bis nach Lomé mit dem Gepäck organisieren und einen passenden Rückflug finden? Nach Rücksprache mit meinen Großeltern und meiner Mutter entschied ich mich dagegen. Und genau das, so erzählte sie später, sorgte dafür, dass sie nicht aufgab. Sie habe dem behandelnden Arzt gesagt, dass er alles tun sollte, was nötig sei, Hauptsache, sie werde mich wiedersehen.

So wie es hier gerade in Balanka gewittert
und ein Strömen regnet,
so chaotisch ist es gerade auch in meinem Kopf.

(Tagebucheintrag, Ende Juli 2019)

21. Ein emotionaler Abschied, Versprechen auf ein Wiedersehen

Der Abschied von meiner Gastfamilie war schmerzhaft. Als ich meinen Koffer hervorzog, rund eine Woche vor der Abfahrt nach Kpalimé, konnte ich kaum glauben, wie schnell das Jahr vorbeigegangen war. Wie viel ich in diesem Jahr gelernt hatte. Samsia und ich gingen ein letztes Mal zusammen joggen, ich besuchte ein letztes Mal den Gottesdienst und verschenkte die kleine, englisch-französische Bibel, welche ich zu Beginn des Jahres in Kpalimé gekauft hatte. Die konnte Patrick besser gebrauchen, um für die anderen aus Nigeria während des Gottesdienstes alles zu übersetzen. Auch sortierte ich alle Medikamente, Drogerieprodukte sowie vieles Weitere, was ich mitgenommen oder was sich während des Jahres angesammelt hatte, und hielt Rücksprache mit meinen Nachfolgern, was sie davon gebrauchen konnten. Unbenutztes Duschgel und einige andere Kleinigkeiten gab ich an meine Gastfamilie. Ich ließ bei einer Schneiderin Taschen nähen und kaufte einiges bei Samsia, als Mitbringsel für Freunde und Familie. Am Freitag, zwei Tage vor der Abreise, ging es am Mittag auf den Markt, um alles für die Abschiedsfeier, die ich für diesen Abend geplant hatte, zu besorgen. Wir hatten Töpfe voller Nudeln gekocht, Tomatensoße, etwas Fleisch und Fisch vorbereitet, ließen Musik laufen und trugen den großen Holztisch aus dem Gästehaus auf den Hof, damit alle Platz hatten.

Nachdem es zu regnen begonnen hatte, verlegten wir die Feier kurzerhand auf die Terrasse. Und tatsächlich wurde es voll, wir aßen zusammen, tanzten auf dem engen Bereich und sobald es aufhörte, begannen wir, rauszugehen, auf dem betonierten Teil des Hofes weiterzutanzen, ein letztes Mal Hüpfspiele zu spielen und Gruppenfotos zu machen. Eine junge Frau, die gerade bei meiner Gastfamilie zu Besuch war, hatte ein Baby und so wurde mir dies, noch während der Vorbereitungen, prompt eine Zeit lang auf den Rücken gebunden. Eine super Möglichkeit, ein Kind zu tragen. Ich war begeistert, dies noch zu lernen, da ich mir gut vorstellen konnte, auch mein eigenes Kind eines Tages mit einem Tuch auf dem Rücken zu tragen. Als Sehbeeinträchtigte mit einem Kinderwagen unterwegs zu sein, wäre einfach zu gefährlich und zu unhandlich für mich.

Der Abend war unfassbar schön. Als die letzen Gäste gingen, wir die Teller zusammengeräumt hatten und ausgemacht war, dass wir Tisch und Stühle am nächsten Tag zurücktrugen, verabschiedete auch ich mich. Jedoch nicht für lange.

Nachdem ich das Gartentor geöffnet und im Licht meiner Taschenlampe zur metallenen Haustür getreten war, zeigten sich an dieser eindeutige Einbruchsspuren. Jemand hatte versucht, während wir feierten, das Schloss zu knacken. Angsterfüllt rannte ich zurück zum Hof meiner Gastfamilie. Ich erzählte, was passiert war, und so folgten mir alle noch anwesenden Personen zum Gästehaus. Mein Gastvater rüttelte an der Tür, stellte fest, dass diese noch immer verschlossen war. Bloß aufschließen ließ sich das Schloss nicht mehr.

Inzwischen war auch meine Nachbarin erschienen, total geschockt, dass jemand direkt vor meiner Abreise versucht hatte, einzubrechen. Naja, viel wäre aus meiner Sicht nicht zu holen gewesen. Ich hatte nur noch 6.000 CFA, sodass ich bereits mit Hannah ausgemacht hatte, dass sie mich am Sonntag am Busbahnhof abholen und das noch fehlende Geld für die Busfahrkarte mitbringen würde. Zudem hatte ich noch mein älteres Tablet, dessen Ladegerät defekt und dessen Nutzung nur noch sehr eingeschränkt möglich gewesen war, herumliegen. Aus meiner Sicht also keine schlimmeren Verluste.

Das viel Wertvollere, was ich verlor, war das Gefühl der Sicherheit im Gästehaus. Daher war ich den Personen auch dankbar, dass sie erst zu diesem Zeitpunkt versucht hatten, einzubrechen. Die erste Nacht verbrachte ich bei meiner Gastfamilie. Ich schlief im Zimmer von Mommy und teilte mir das Bett mit der Besucherin, ihrem Baby und ein oder zwei weiteren Personen. Zum Glück trug ich auch an diesem Abend einen Pagne mit einer langen Leggins darunter, sodass ich mich mit diesem zudecken konnte. Dank der Körperwärme der anderen fror ich nicht, obwohl ich vom Regen teils durchnässt war.

Am nächsten Morgen suchten wir den Schlosser auf, welcher auf dem Nachbarhof wohnte. Er konnte ein neues Schloss organisieren und auch die Tür nach einiger Zeit öffnen. Später ging ich dann mit Samsia zu ihrer Friseurin und ließ mir die Haare in engen Zöpfen, am Kopf nach hinten entlang, einflechten. Danach kamen meine Kollegen vorbei, verabschiedeten sich und wir machten ein paar letzte Fotos. Schon am Vortag hatte ich geweint, als ich ihnen die Schlüssel in die Bibliothek gebracht hatte. Samsia, Samira und ich teilten uns das letzte Mal eine Schüssel Pâte und Soße und wir beide, Samsia und ich, hatten Tränen in den Augen, als uns dies bewusst wurde.

Wieso es mich so traurig machte? Ich wusste, dass es nie wieder so sein würde. Für dieses eine Jahr war ich in Balanka zu Hause gewesen und hatte das Glück gehabt, in dieser wunderbaren Gastfamilie zu leben.

Natürlich kann ich immer wieder zurückkommen, dann jedoch immer nur als Besucherin. Dieses Jahr, dieses Miteinander, war einmalig und wird in dieser Form nie wieder zurückkommen. Das war, was mich so traurig machte.

Samsia bot an, die letzte Nacht bei mir im Gästehaus zu übernachten und dankbar nahm ich ihr Angebot an. Nachdem sie ihre Sachen in mein nun fast leeres, hellblau gestrichenes Zimmer gelegt hatte, gingen wir noch einmal zu Mommy in die Cafeteria, verfolgten auf dem kleinen Fernseher die üblichen Musikvideos, halfen, Tee und Omelett vorzubereiten, und wärmten uns an der Feuerstelle, auf der der Wasserkessel stand, in dessen Wasser stets ein paar Stängel Zitronengras schwammen.

Nach einer ruhigen Nacht ging es am nächsten Tag mit Koffer und den Rucksäcken hinüber zu meiner Gastfamilie. Wir machten noch ein paar Fotos zusammen und ich hielt ein letztes Mal das kleine Baby in meinen Armen, während seine Mutter sich frisch machte. Zwischendurch ging es immer wieder zum Platz vor der großen Moschee, von wo aus der Bus nach Kpalimé losfahren sollte. Doch noch vertröstete uns der Busfahrer, dass es noch etwas dauern würde. Also aß ich an diesem Tag zum ersten Mal bei meiner Familie zum Frühstück. Wetau gab mir einen Teller mit fermentiertem Pâte (Maisbrei), Tomatensoße und etwas frischer Zwiebel[133]. Dankbar stärkte ich mich für die Fahrt.

Als Bescheid gegeben wurde, dass es losgehe, begleiteten mich alle zum Bus. Samsia und ich gingen nebeneinander und wir weinten beide durchgehend. Auch Mommy, die uns zunächst liebevoll die Tränen abwischte, liefen ein paar Tränen über die Wange. Meine kleineren Brüder verabschiedeten sich kurz darauf, weil sie auf die Felder mussten, nachdem ich versprach, spätestens im Jahr 2022 wiederzukommen. Dasselbe Versprechen musste ich schon meiner Nachbarin geben, von welcher ich mich bereits verabschiedete hatte.

Kurz bevor sich der Bus in Bewegung setzte, kamen noch weitere Bekannte, unter anderem der Jurastudent, mit dem ich mich oft in der Bibliothek unterhalten hatte, und viele Schüler und Schülerinnen aus den Clubs. Ich konnte nicht aufhören zu weinen, als wir aus dem Dorf hinausfuhren. So viel habe ich hier erlebt, so oft bin ich diese Straßen entlanggelaufen, so viele neue Menschen habe ich kennen- und lieben gelernt und nun muss ich all dies hinter mir lassen.

22. Die letzte Woche

Nach einer halben Stunde Fahrt waren die Tränen langsam versiegt, mein Atem hatte sich normalisiert und langsam nahm ich die Menschen um mich herum wahr. Der Bus war maximal halb voll, am Fenster neben mir saß ein Junge, auf der anderen Seite, weiter vorne, der Apotheker aus der Krankenstation. Ein mittelalter Mann mit Bauch, Brille, der immer etwas väterlich auf mich gewirkt hatte. Jedes Mal, wenn ich bei ihm etwas für die Behandlung in der Krankenstation gekauft hatte, hatte er ein paar aufmunternde Worte für mich auf Lager gehabt.

Auf der Fahrt stellte sich der Junge als sein Sohn vor, welcher ihn auf der Reise nach Kpalimé begleitete. Ich war froh, ein paar bekannte Gesichter um mich zu haben, und dankbar, dass beide mir die Zeit gegeben hatten, in Ruhe Abschied von Balanka zu nehmen. Wir hielten nur, um neues Gepäck und Passagiere aufzunehmen und damit die Reisenden beten konnten. Halb betäubt nahm ich kaum etwas von der schönen Landschaft wahr und war froh, als wir Kpalimé nach Einbruch der Dunkelheit erreichten. Am Busbahnhof angekommen, fragte der Apotheker gleich, ob mich jemand abholen würde und ob ich bereits wüsste, wo ich unterkomme. Ansonsten könne ich auch jederzeit mit ihm und seinem Sohn kommen. Ich war sehr berührt von seiner Hilfsbereitschaft und dankte ihm, erklärte jedoch, dass eine Freundin jeden Moment auftauchen würde, bei welcher ich übernachten würde. Kurz darauf erschien Hannah in Begleitung ihres Freundes und der Apotheker, welcher so lange noch gewartet hatte, verabschiedete sich.

Hannah hatte das ihr überwiesene Geld dabei, sodass ich dem Busfahrer das fehlende Geld geben und auch das Moto zurück zum Waisenhaus bezahlen konnte.

In den kommenden Tagen ging ich auf den Markt, um die letzten Mitbringsel zu besorgen, verabschiedete mich von Monsieur T. und dessen Familie, schaute noch einmal beim »Centre des Aveugles de Kpalimé« vorbei und verbrachte viel Zeit mit den restlichen Freiwilligen. Nun zählte ich die Tage runter, bis es zurückging, ich konnte es kaum noch erwarten, Erdin und meine Familie wiederzusehen.

Wie groß wohl meine Schwester während des Jahres geworden war? Und wie wird es sich zwischen Erdin und mir anfühlen, wenn wir uns nach einem Jahr wieder in Person gegenüberstehen?

Es war wie in einem Vakuum, in der ich mich in diesen Tagen befand. Von Balanka hatte ich bereits Abschied nehmen müssen, sodass ich nun nach vorne sah, da ich mit Kpalimé weniger verband als die anderen Freiwilligen.

Ein letztes Mal wusch ich mit Eimer und Seife per Hand meine Wäsche, packte alles zusammen und prüfte, dass das maximale Gewicht nicht überschritten wurde. Meine wenige Kleidung, die ich aus Deutschland mitgebracht hatte, war durch eine weitere Leggins, einen Hijab und Kleidungsstücke aus Pagne ergänzt worden, die ich im Alltag viel häufiger getragen hatte als die mitgebrachten Jeans. Meine Bücher, die teils von meinen Eltern nachgeschickt wurden, Gewürze, eine geflochtene Matte, Kunsthandwerk, angefertigt von Hannahs Freund Pascal, und Sheabutter wurden entsprechend auf Reiserucksack und Koffer verteilt, im kleinen Rucksack bewahrte ich die wichtigsten Dokumente, mein Tablet, einen Langstock und die Blocklupe auf. Diesmal trennte ich die Halterung für die Batterien bereits vorsorglich von dem Lupenklotz, um Verwechslungen wie auf dem Hinflug zu vermeiden.

Wir fuhren am Morgen unseres Abflugs mit einigen Freunden und Bekannten der anderen Freiwilligen in zwei Autos nach Lomé. Dort stellten wir das Gepäck bei dem Freund einer Freiwilligen ab und gingen ein letztes Mal Fufu (gestampfte Yamswurzel) essen. Eine bedrückende Atmosphäre, an einem so belebten, großen Imbiss in einem weitläufigen Innenhof zu sitzen, Freunde und Bekannte der anderen Freiwilligen um uns herum. Wir alle wuschen uns ein letztes Mal mit einer Schüssel Wasser vor dem Essen die Hände, genossen das Fufu sowie die scharfe Soße und wussten, dass wir in wenigen Stunden in einem Flugzeug sitzen würden, das uns von all dem trennen würde.
»Ob die anderen wohl auch überlegen, was sie in Deutschland erwartet? Wie wird es sein, zurück nach Deutschland zu kommen? Werden Familie und Freunde in Deutschland einen wiedererkennen, werde ich mich nach all den Erfahrungen wieder in die Gruppen einfinden? Und wer möchte ich eigentlich nach meiner Rückkehr sein?«

Nach dem Essen teilte sich die Gruppe auf, sodass wir am Ende zu siebt im Auto zurück zu der Wohnung des oben angesprochenen Freundes fuhren. Er lebte in einem Mehrfamilienhaus mit einem schönen Innenhof, dessen orange-rötlich gefärbten Fliesen einen angenehmen Kontrast zu dem dunklen Grün der darin wachsenden Pflanzen boten. Nach einiger Zeit, in welcher ich mich etwas mit der Straße, an welcher das Haus lag, vertraut gemacht hatte, ging es dann in Richtung Flughafen. Ich kannte mich in Lomé kaum aus und so vertraute ich vollkommen auf die Ortskenntnis der anderen.

Auf dem Weg zum Flughafen waren wir recht still. Die anderen mussten jetzt Abschied nehmen, von all den Menschen, die sie in diesem Jahr lieb gewonnen hatten. Und auch ich telefonierte, am Flughafen angekommen, ein letztes Mal über mein Handyguthaben mit meiner Gastfamilie. Alle kamen nacheinander ans Telefon und wünschten mir eine gute Rückreise. Danach liefen mir ebenfalls Tränen über das Gesicht.

Nach und nach begaben wir uns zum Schalter in der großen Flughafenhalle. Das Terminal verunsicherte mich und strengte meine Augen extrem an.

Helle Lichter an der Decke, ein reflektierender, glänzender Boden, viele Menschen und Absperrbänder sowie verschiedene Hindernisse, deren Zweck ich aus der Ferne nicht ausmachen konnte. Als ich an der Reihe war, einzuchecken, konnte ich zwar das Gepäck ohne Probleme aufgeben, die vorab erbetene Assistenz wurde jedoch von der Dame am Schalter nicht erwähnt.

Wieso Assistenz? Ganz einfach: Mein Freund hatte mir erzählt, dass blinde und sehbeeinträchtigte Menschen auf Flügen Assistenz in Anspruch nehmen können, welche einen am Schalter abholt und zum Flugzeug bringt beziehungsweise vom Flugzeug abholt und bis zum Ausgang begleitet. Nachdem ich auf dem Hinflug den Anschlussflug nur dank einer Mitfreiwilligen noch bekommen hatte (alleine hätte ich viel länger gebraucht, um mich mit Monukular am Flughafen zu orientieren), wollte ich auf dem Rückflug keine Risiken eingehen. Besonders wichtig war mir daher die Begleitung in Paris, um meinen Anschlussflug zu erreichen, und die Abholung in Frankfurt, um die entsprechenden Zollvorgaben nicht unbeabsichtigt zu verletzen.

Also ging ich, nachdem ich das Gepäck aufgegeben hatte, nun zunächst in die Richtung, in welche die Frau am Schalter gedeutet hatte, nur um nach kurzer Zeit gegen eine Absperrung zu laufen und beschämt umkehren und entlang der, vermutlich unbesetzten Schalterreihe weiterzugehen. Letztendlich fand ich zu den anderen zurück und beschloss nun auf Nummer sicher zu gehen und meinen Langstock zu nutzen.

Nach kurzer Zeit kam ein Mann auf uns zu, welcher am Flughafen arbeitete. Er fragte, ob ich Hilfe brauchen würde, und erklärte, dass zwar die Bitte um Assistenz vermerkt gewesen sei, sie allerdings annahmen, dass, da ich in Gesellschaft war, sich meine Freunde um mich kümmern würden. Gerne stellten sie mir aber dennoch eine Assistenz zur Seite, wenn dies gewünscht sei. Ich dankte dem Mann und beschloss, dann tatsächlich erst ab Paris die Hilfe in Anspruch zu nehmen. Lieber wollte ich die verbleibende Zeit mit den Personen um mich herum verbringen.

23. Der Sprung ins kalte Wasser, Rückkehr nach Deutschland

Der Flug zwischen Lomé und Paris war eine unangenehme Erfahrung. Wir flogen über Nacht und trotz der dünnen, flauschigen Decke, die auf jedem Sitz lag, sowie dem Kapuzenpulli und der dünnen Regenjacke, die ich trug, fror ich ziemlich. Dadurch bekam ich auch direkt einen Schnupfen und so machte sich jeder Höhenunterschied schmerzhaft bemerkbar. Bei der Zwischenlandung fühlte es sich an, als würde mein Kopf fast platzen, zudem hatte sich der Vorrat meiner mitgebrachten Taschentücher derart erschöpft, dass ich öfter aufstehen und mir in der Toilette einen Nachschub an Papierhandtüchern holen musste.

Entsprechend ausgeruht – oder wohl eher nicht – stieg ich in Paris gegen 5 Uhr morgens aus dem Flugzeug. Ein Mann von der Flughafenassistenz holte mich vom Flugzeug ab und nahm auch Hannah und Niklas ein Stück mit, bis sich unsere Wege trennten, da wir unterschiedliche Anschlussflüge hatten.

Diesmal waren die Zollkontrollen kein Problem, der Mann erklärte den Kontrolleuren, dass der Langstock und die Lupe tatsächlich Hilfsmittel und keine Waffen seien, und so wurde ich recht schnell abgefertigt. Danach ging es in einen Wartebereich, extra für Personen mit Beeinträchtigung. Dort verabschiedete sich der Mann und erklärte, dass jemand anderes mich später abholen und zum Flugzeug bringen werde. Ich nutzte hier durchweg den Langstock, da ich müde und meine Augen weniger fit waren. Auch war es eine krasse

Umstellung, innerhalb weniger Flugstunden auf einmal zurück in Europa zu sein.

Nach einiger Zeit des Wartens wurde ich unruhig, befürchtete schon, dass man mich vergessen hatte. Schließlich musste ich noch quer durch den Flughafen, und das sicher nicht erst wenige Minuten vor dem Abflug. Ungefähr eine halbe Stunde später kam dann eine Frau, welche eine weitere Person und mich mit einem kleinen Bus hin zu einem anderen Teil des Flughafens fuhr. Dort wurde ich wiederum von einem anderen Mann empfangen. Alle Mitarbeitenden der Flughafenassistenz trugen gelbe Warnwesten und so konnte ich auch ihm einfach folgen. Er begleitete mich durch die Ticketkontrollen und wartete dann mit mir, bis ich ins Flugzeug durfte. Während der Wartezeit erzählte er mir von all den interessanten Personen, die er während seiner Tätigkeit schon kennengelernt hatte. Er war sehr aufgeschlossen und schien im Umgang mit Menschen mit Beeinträchtigungen sehr gut geschult zu sein. Denn er war nicht bevormundend und entspannt in der Kommunikation. Nach einem Jahr in Togo konnte ich mit ihm auf Französisch plaudern, ohne Probleme zu haben. Ein extremer Fortschritt, verglichen mit der Situation auf dem Hinflug.

Als das Flugzeug bereitstand, durfte ich als Erste einsteigen und wurde von einer Flugbegleiterin zum entsprechenden Sitzplatz gebracht. Da es als schlecht sehende Person gar nicht so leicht ist, die Sitzplatznummerierung zu lesen, war ich über diesen Service sehr erfreut.

Auf dem Flug von Paris nach Frankfurt am Main gab es ein belegtes Brot, das ich mit Freude verzehrte. Recht schnell landete ich in Frankfurt und musste dort zunächst warten, bis alle anderen Passagiere ausgestiegen waren. Diesmal kam ein älterer Herr von der Flughafenassistenz und begleitete mich vom Flugzeug hin zum Gepäckband. Während wir auf meinen Koffer und den Reiserucksack warteten (ja, diesmal kam tatsächlich beides an), erzählte er mir von seinem Musikprojekt. Als es in Richtung Zoll ging, fragte ich, ob danach bereits der Ausgang sei. Er bestätigte dies und so bat ich ihn, mir den Zollbereich und die verschiedenen Durchgänge zwar zu beschreiben, mich von hier aus aber alleine weitergehen zu lassen. Mein Großvater und meine beste Freundin holten mich ab, da wollte ich nicht direkt meinen Großvater damit schocken, dass ich mit Langstock und Assistenz ankam. Denn er wusste noch nicht, dass ich nun ab und an einen Langstock nutzte.

Das Wiedersehen war schön und merkwürdig zugleich. Schön, weil ich merkte, wie sehr ich meinen Großvater und meine beste Freundin vermisst hatte, merkwürdig, weil ich im Mittelpunkt stand und kaum wusste, was ich sagen sollte. Wie fasst man ein Jahr kurz und bündig zusammen? Oder spricht man einfach über das Wetter, als wäre man gar nicht weg gewesen?

Johanna begleitete uns noch zum Bahnhof, von dort aus fuhren mein Großvater und ich dann alleine weiter. Er hatte mir ein paar belegte Brotscheiben und etwas Obst mitgebracht, welche ich dankbar auf der Rückfahrt verzehrte. Wir schauten raus und sprachen wenig, aber es war ein angenehmes Schweigen.

Bei meinen Großeltern angekommen, begrüßte mich meine Großmutter herzlich und als ich ihr Haus betrat, fühlte es sich an, wie als wäre ich erst gestern das letzte Mal da gewesen. Nach einer kurzen

Cashew-Apfel am Baum

Aufführung des »Club du Sketch« neben der Bibliothek

Handys beim Laden in der Bibliothek während eines längeren Stromausfalls

Samsia bei der Arbeit im Atelier

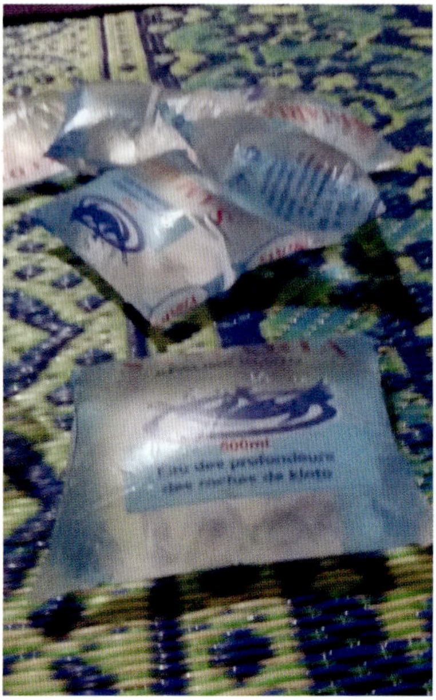

Wassersäckchen

Frühstück bestehend aus Tee, Orangen und einer Schale mit Reis, Nudeln, Soße und Kochbananen

Bouille und Beignets

Der Markt jeden Freitag in Balanka

Mit Samsia im Partnerlook auf dem Markt

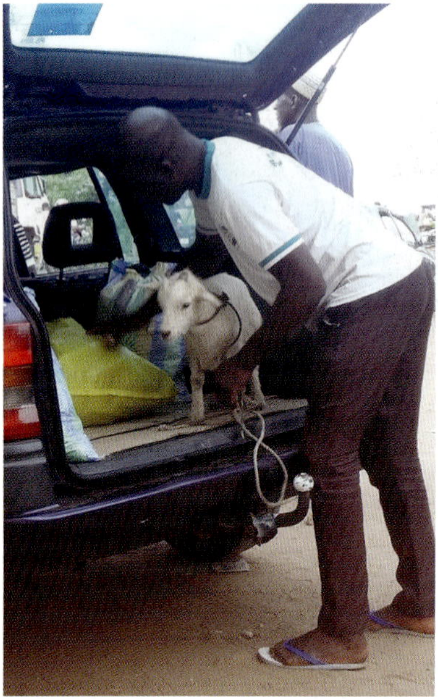

Das Auto, mit dem es im Mai von Atakpamè nach Kpalimé ging, das Schaf im Kofferraum war keine Seltenheit

Kopf an Kopf mit einer Elefantendame

Eine der Tatas

Beim Sonnenuntergang auf der Tata

Blick aus meinem Zimmer, unten verkauft meine Nachbarin Frühstück

Blick aus dem Busfenster, auf die große Moschee und in Richtung des Hofs meiner Gastfamilie

Der Bus, mit dem es zurück nach Kpalimé ging

Erdin und ich beim Eröffnungstanz auf unserer Hochzeit

Mit meinem Mann in Balanka

Erdin und ich in Oberteilen aus dem gleichen Pagnestoff, kurz nach meiner Rückkehr

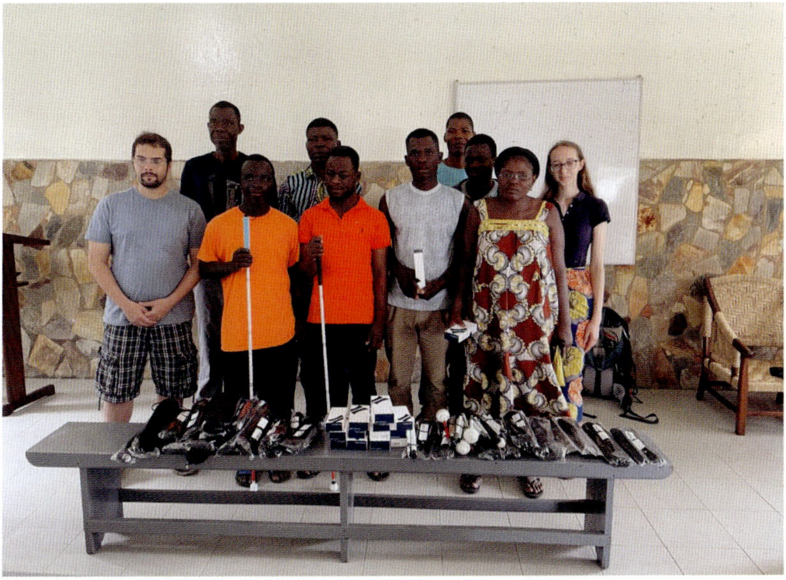

Übergabe der gespendeten Langstöcke und Lupen, Herbst 2022

Mit Batchene und Mommy

Besuch bei Afissou in der Bibliothek

Mit Wetau, meiner zweiten Gastmutter

Auf dem schwarzen Teppich beim TikTok ForYouFest

Dusche schlüpfte ich schnell in die Klamotten, die meine Schwester für mich am Vortag zu meinen Großeltern gebracht hatte, und beschloss, meine Schwester von der Schule abzuholen. Mit einer groben Vorstellung des Busfahrplans begab ich mich zur nächsten Haltestelle.

In der Schule angekommen, wimmelte es bei der Bushaltestelle nur so von Schülern. Ich hatte meine Schwester seit einem Jahr nicht mehr gesehen und daher hielt ich mehr nach ihrem leuchtend blau-türkisem Rucksack Ausschau. Als ich recht sicher war, dass es sich bei der entdeckten Person wirklich um sie handelte, sprach ich sie an. Sie war es tatsächlich und so schloss ich sie in die Arme. In diesem Jahr war sie nicht nur einige Zentimeter in die Höhe gewachsen, sie war durch all das Erlebte auch erwachsener, selbstständiger geworden.

Zurück bei meinen Großeltern aßen wir eine Kleinigkeit und machten uns danach mit ein paar Geschenken auf den Weg zu meiner Mutter ins Krankenhaus. Ich war zwar traurig, mit meinen Großeltern an diesem Tag nicht mehr Zeit verbringen zu können, andererseits erschien es mir wichtiger, zunächst bei meiner Mutter vorbeizuschauen. Schließlich gab es eine Zeit, zu der wir kaum noch zu hoffen gewagt hatten, dass ich sie noch einmal lebend wiedersehen würde.

Zum Krankenhaus fuhren wir rund eine Dreiviertelstunde mit dem Bus. Auf der Fahrt tauschten meine Schwester und ich uns über die letzten Tage aus und planten bereits die kommenden Tage. Schaute man aus dem Busfenster, so hatte sich kaum etwas verändert. Die einzelnen Haltestellen kannte ich alle noch auswendig und es schien fast so, als hätte ich das Jahr in Togo nur geträumt. Lediglich meine Haare, die noch als enge Zöpfe entlang meines Kopfes geflochten waren, erinnerten daran, dass es kein Traum, sondern Realität war.

Das Gesicht meiner Mutter begann zu leuchten, als sie uns beide in ihr Zimmer kommen sah. Ganz stolz stellte sie mich ihrer Bettnachbarin vor und zeigte mir, was sie schon alles wieder konnte. Ich freute mich sehr sie zu sehen, war aber zugleich geschockt, wie mager und zerbrechlich sie aussah. Sie hatte in kurzer Zeit viel Gewicht verloren. War sie zuvor übergewichtig gewesen, mag sie zum Zeitpunkt unseres Besuchs kaum mehr als 50 kg gewogen haben. Ihre Arme ragten dünn aus dem Krankenhauskittel hervor, ihr Gesicht war gezeichnet von den Schmerzen und Anstrengungen der letzten Wochen. Aber sie lebte, es bestand Hoffnung.

Wieder bei meinen Großeltern angekommen, packte ich schnell meine Sachen zusammen und machte mich dann mit meiner Schwester auf den Weg zum Bus, um nach Hause zu kommen. Ein Halt nach uns stieg auch mein Vater in den Bus, ein unerwartetes Wiedersehen. Gemeinsam brachten wir mein Gepäck ins Haus und ich stellte es zunächst im Wohnzimmer ab, öffnete den Koffer und holte die Mitbringsel für beide hervor. Bereits eine halbe Stunde später standen meine Freundinnen vor der Haustür und luden mich zum Essen ein.

Irgendwie war es gut, so beschäftigt in Deutschland anzukommen. Nicht direkt darüber nachdenken zu können oder zu müssen, wie all das Erlebte des vergangenen Jahres nun für mich einzuordnen war.

Als ich meine Freundinnen wiedersah, merkte ich, dass auch sie sich weiterentwickelt hatten, unterschiedliche Pfade gegangen waren, und trotzdem war es wie zu Schulzeiten. Es war, als wäre ich nie weg gewesen. Doch das war ich und es hatte mich verändert. Ich hatte in Togo an Selbstbewusstsein gewonnen, war offener geworden und es fiel mir leichter, vor anderen Personen auf Französisch zu reden, selbst wenn ich einzelne Wörter nicht kannte und daher umschreiben musste. Wieder zurück, wurde von meinem Umfeld unterbewusst die Person erwartet, die ich vorher war. Es wurde erwartet, dass ich die Lücke füllte, die ich während des Jahres hinterlassen hatte. Aber genug dazu für den Moment.

Zurück zu Hause legte ich mich zunächst mit meiner geflochtenen Matte und Schlafsack im Wohnzimmer schlafen. Mein Zimmer war im Laufe des Jahres teils von meiner Mutter genutzt worden und bedingt durch ihre plötzliche Diagnose war es nicht zu erwarten gewesen, dass jemand in letzter Zeit den früheren Zustand wieder hergerichtet hatte. Und irgendwie war ich auch noch nicht ganz bereit, zurück in mein Kinderzimmer zu kommen.

Am nächsten Tag kippte ich erst einmal eine Ladung Wäsche in die Waschmaschine und packte meinen Rucksack mit dem Nötigsten, denn am Abend ging es bereits weiter, nach Potsdam. Ich fuhr mit einem Reisebus über Nacht, um mich am nächsten Morgen mit meinem Nachfolger zu treffen. Ein freundlicher Herr erklärte mir, in Berlin angekommen, wie ich mit der S-Bahn weiter nach Potsdam fuhr. Denn entgegen meiner Erwartungen, als ich die Busfahrt am Vortag buchte, lag der Berliner ZOB nicht direkt beim Hauptbahnhof, sondern an einem ganz anderen Ort, sodass mir die vorab herausgesuchte Verbindung wenig nutzte. Dank des freundlichen Herrn, der mir meine Verwirrung offenbar angesehen hatte, als ich aus dem Bus stieg und nach dem Hauptbahnhof suchte, fand ich mit seiner Beschreibung nicht nur das richtige Gleis bei der nächstgelegen Haltestelle, sondern fand mich beim Umstieg an einer anderen Station auch ohne größere Anstrengungen zurecht.

Die letzten Meter, vom Potsdamer Bahnhof zu dem Treffpunkt, lief ich dann zu Fuß, um wach zu werden und meine Gedanken etwas sortieren zu können. Vor Ort traf ich zuerst meine Chefin, welche mich herzlich begrüßte. Danach traf auch eine Schülerin ein, welche mich im vorherigen Jahr mit der Schulgruppe in Balanka besucht hatte und mit der ich noch immer in Kontakt stand. A. war ebenfalls da und so bauten wir, während wir auf meinen Nachfolger warteten, bereits den Stand für den Spendenbasar auf, der am Nachmittag stattfinden sollte. Mein Nachfolger erschien erst gegen Mittag und wies meine Tipps recht leichtfertig mit der Begründung, er sei ja schon einmal mit der Schulklasse da gewesen und wisse, wie es vor Ort sei, ab. Dass es einen erheblichen Unterschied macht, ob man als Gruppe mit Koko da ist, frisches Obst, Milch und andere Lebensmittel aus Supermärkten da hat, oder ob man alleine und auf die regionalen Lebensmittel angewiesen ist, war ihm zu diesem Zeitpunkt noch nicht bewusst. Aber auch so verbrachte ich einen schönen Tag mit allen. Gegen drei Uhr machte ich mich zusammen mit L., der Schülerin, auf den Weg zum Bahnhof. Meine Nervosität stieg immer mehr, denn in Berlin erwartete mich Erdin. Wie würde es sich anfühlen, wenn wir uns nun erneut in die Arme schließen würden? Hatte ich mich in diesem Jahr vielleicht zu sehr verändert? Würde er mich noch mögen?

All diese Sorgen schossen mir durch den Kopf, als ich in Berlin die S-Bahn verließ und mich auf die Suche nach dem entsprechenden Gleis machte, wo Erdin bereits wartete. Er war extra nach Berlin gefahren, um mich dort abzuholen und möglichst viel Zeit mit mir an diesem Tag verbringen zu können. Wir hatten vereinbart, dass er am Fuß der Treppe zum entsprechenden Bahngleis auf mich warten würde. Der Zug fuhr auf Gleis 14, ganz oben, ab. Und so suchte ich mit dem Monukular nach der entsprechenden Zahl, ging näher an die Treppe heran und sah zu meiner großen Verwunderung keine Person, die annähernd wie Erdin aussah. Zudem war mein Handyguthaben am Morgen leer geworden und ich hatte noch keine Zeit gehabt, mir neues zu kaufen. Daher musste ich warten, bis er anrief. Er befände sich bei der Treppe zu Gleis 14, wo ich denn sei? Nun, ich befand mich auch bei der Treppe zu Gleis 14.

Letztendlich stellten wir fest, dass auf beiden Seiten Treppen hoch zu den Gleisen führten, was wir jedoch nicht gesehen und mangels Ortskenntnis auch nicht sofort erkannt hatten. Und so lief ich einmal um das Geländer herum auf die andere Seite der Ebene und entdeckte ihn endlich. Wie er gesagt hatte bei den Treppen zu Gleis 14, bloß eben auf der anderen Seite. Nachdem wir uns gefunden hatten, schlossen wir uns in die Arme und recht schnell fühlte es sich vertraut an. Wir sprachen über die letzten Tage, mein Treffen mit den anderen in Potsdam und ich genoss es einfach, nicht nur seine Stimme zu hören, sondern auch seine körperliche Präsenz wahrzunehmen. Wir holten uns Brezeln und warteten dann darauf, dass der Zug nach Hamburg einfuhr.

Die Stunden auf der Rückfahrt dösten wir, hielten die Hand des jeweils anderen und ich war froh und erleichtert, dass es sich immer noch so vertraut, so schön anfühlte wie vor der Abreise. Dass sich an den Gefühlen für ihn nichts geändert hatte. Gemeinsam fuhren wir zu seiner neuen Wohnung und ich war gespannt zu sehen, wie diese von innen aussah. Wir aßen eine Kleinigkeit zusammen, unterhielten uns, ich gab ihm die Geschenke, die ich in Togo für ihn besorgt hatte, und später überraschte er mich mit einer Torte, rosa- und goldfarben und in Form eines Buches. Darauf stand »MY LOVE JASMIN«.

Ich war unglaublich gerührt, dass er eine solche Überraschung für mich vorbereitet hatte. Wir hatten uns so viel zu erzählen und ich freute mich einfach darüber, ihn wiederzusehen. In diesem Moment hatte ich weder Heimweh nach Balanka noch fragte ich mich, wie nun alles weitergehen würde. In diesem Moment war ich einfach nur präsent, genoss es, diesen wundervollen Menschen endlich wiederzusehen, und bewunderte die Liebe, die uns verband und dafür sorgte, dass wir trotz Tausender Kilometer Entfernung zusammengeblieben sind.

Erdin macht mich einfach unglaublich glücklich!
Ich glaube echt, dass er und ich eine gemeinsame,
langjährige Zukunft haben.
Ich liebe ihn einfach, etwas, was ich dachte,
dass es das so nur in Romanen gibt.

(Tagebucheintrag Ende März 2019)

Schon am nächsten Morgen trat ich die Rückfahrt an, diesmal fiel es mir nicht ganz so schwer, mich zu verabschieden, schließlich war unser Wiedersehen in Kürze bereits geplant.

24. Neue Perspektiven und alte Routine

Recht schnell hatte mich der Alltag wieder im Griff. Ich begann, einmal pro Woche in der Mediathek der Schule zu arbeiten, auf die ich früher selbst gegangen war. Kaum zu glauben, dass es erst ein Jahr her war, seit ich dort meinen Abschluss gemacht hatte. Ansonsten begann ich gegen den Stapel liegen gebliebener Wäsche anzugehen, übernahm den Haushalt, kochte, putzte und versuchte meine Schwester bei den Hausaufgaben zu unterstützen. Meine Mutter kam bald darauf aus dem Krankenhaus zurück und so besuchten wir sie regelmäßig bei meinen Großeltern. Diese bestanden darauf, dass ich bereits zum Wintersemester mit dem Studium begann, und übernahmen sehr liebevoll die Pflege meiner Mutter.

Zwischendurch ging es noch zu einem Nachbereitungsseminar der deutschen Entsendeorganisation in die Nähe von Göttingen. Einerseits war es schön, einige bekannte Gesichter wiederzusehen und neue Personen kennenzulernen, andererseits war ich zu diesem Zeitpunkt auch einfach sehr erschöpft, ging lieber früh ins Bett, anstatt die halbe Nacht durchzumachen, und konnte nicht die Motivation aufbringen, die ich sonst vielleicht gehabt hätte. Trotzdem wollte ich hier auf jeden Fall positiv erwähnen, dass die Entsendeorganisation ein Nachbereitungsseminar abgehalten hat und noch immer im Kontakt zu uns steht. Auch wenn es während des Nachbereitungsseminars Situationen gab, wo das Gefühl aufkam, dass die hauptamtlichen Mitarbeiter manchmal nur wenig auf Kritik und Rückmeldungen über mögliches Fehlverhalten in einigen Projekten eingegangen sind.

Als die Uni begann, fühlte ich mich unter den ungefähr 500 Kommilitonen sehr fremd. Ich hatte keine Lust, abends in der ersten Woche mit »saufen« zu gehen, stattdessen ging ich lieber nach Hause und verbrachte Zeit mit meiner Familie. Zufällig gehörte Aussagen wie »die Schuhe tun zwar beim Laufen weh, aber sind eben total angesagt, also muss ich da wohl durch« ließen bei mir ein Gefühl der Entfremdung entstehen und vermittelten mir den Eindruck, nicht zu den anderen zu passen.

In der ersten Vorlesungswoche ging ich nach jeder Vorlesung zu den Professoren, um zu erfragen, ob ich die Folien aufgrund meiner Sehbeeinträchtigung bereits vor der Vorlesung erhalten könnte. Lediglich einer von ihnen stellte die Präsentationsfolien vorab auf einer Lernplattform für alle zur Verfügung, sodass ich ihm nur mitteilte, dass ich ein Monukular in seinen Vorlesungen nutzte, um mitzuverfolgen, auf welche der an die Wand projizierten Folien er sich gerade bezog. In den anderen Fächern variierten die Lösungen der Professoren. In Rechtsgeschichte sollte ich mir den Foliensatz vom vorherigen Semester abholen, in Rechtsphilosophie schickte mir die Sekretärin des Professors die Folien mehr oder minder zuverlässig vor Beginn der Vorlesung zu und in Strafrecht dauerte es teils bis zu zwei Wochen nach der Vorlesung, bis ich die Folien erhielt und nacharbeiten konnte, auf was sich der Professor in der Vorlesung bezog. Das ging so weit, dass ich die kumulative Kausalität zum Zeitpunkt der Probeklausur nicht nachgearbeitet hatte, da die Folien noch nicht hochgeladen waren, und ich mir diese in der Klausur dann selbst hergeleitet habe. Der Korrektor lobte mich noch, weil ich »nicht nur auswendig gelernt, sondern auch die Anwendung begriffen hätte«, obwohl es ein reiner Glücksgriff war. Sprach ich den Professor darauf an, so hörte ich zwar aufrichtige Entschuldigungen, allerdings war es ihm im Laufe seiner vielen Jahre als Professor wohl einfach zur Routine geworden, seine Folien am Tag der Vorlesung noch einmal umzugestalten und dann direkt vom Schreibtisch in die Vorlesung zu kommen. Bei den Tutorien war es ähnlich unterschiedlich. Einer lud zwar die Sachverhalte hoch, schrieb die Lösungen dann aber mit bunten Stiften an eine weiße Tafel, ein anderer Tutor war zunächst dagegen, mir die Folien vorab zu schicken, da ich dann ja bei der gemeinsamen Fallbearbeitung im Tutorium »spicken« könnte. Doch nach und nach regelte sich alles. Diskussionen rund um den Nachteilsausgleich war ich bereits von der Schule in einem kleineren Ausmaß gewohnt.

Vielleicht war es auch für Außenstehende schwer zu begreifen. Damals schrieb ich noch per Hand mit, nutzte den Langstock kaum und legte großen Wert darauf, die Folien in der Vorlesung über den Laptop visuell verfolgen zu können, erfüllte damit also auch nicht das Klischee einer blinden oder stark sehbeeinträchtigten Person. Und auch wenn sich das Bemühen um die Folien, der E-Mail-Kontakt diesbezüglich mit den Lehrenden nach und nach erledigte, so merkte ich, wie viel Kraft es mich neben dem Studium und all dem anderen kostete. Wie schön wäre es, wenn es allgemein üblich wäre, seine Vorlesungsfolien vorab für alle Studierenden zur Verfügung zu stellen. Dann würden Menschen mit Beeinträchtigungen sich einiges an zusätzlichem Aufwand sparen und oft profitieren auch die Kommilitonen, indem sie direkt auf dem entsprechenden Dokument Notizen anfertigen können.

All das Selbstbewusstsein, die Akzeptanz für meine Beeinträchtigung, die ich erst in Togo hinzugewonnen hatte, gingen in diesem Stress, in all den Situationen, in denen ich mich unwohl fühlte, wieder verloren. Wo war diese starke, selbstbewusste Frau geblieben, die ich in Togo geworden war? Wie konnte all das, was ich mir erkämpft hatte, so schnell wegbrechen? Früher hatte ich die Schule, insbesondere die Oberstufe, geliebt, doch das Studium war für mich wie eine Qual. Ich fühlte mich nicht dazugehörig, verbrachte meine Pausen alleine, auch um mich auszuruhen und mich auf am Nachmittag anstehende Tutorien vorzubereiten. Kontakte blieben oberflächlich und oft erkannte ich Personen, die ich ganz nett fand, auch einfach nicht wieder, bei der Menschentraube, die sich stets vor dem Hörsaal bildete. Abends nach der Uni lief ich vom Bahnhof in der Nachbarstadt nach Hause ins Dorf und telefonierte währenddessen entweder mit Erdin oder mit meiner Mutter.

Dort angekommen kochte ich für den nächsten Tag vor und schaute gegebenenfalls noch einmal mit meiner Schwester über die Hausaufgaben. Das Kochen tat mir gut, gab mir die Möglichkeit, die Augen zu entspannen, sich währenddessen mit den anderen über das Erlebte an diesem Tag auszutauschen und die Gedanken schweifen zu lassen. Auch freute ich mich, dabei Neues auszuprobieren und die Gerichte so anzupassen, dass sie auch kalt am nächsten Tag von mir in der Uni gegessen werden konnten. Denn ja, im Gegensatz zu vielen anderen Studierenden ging ich nicht in die Mensa. Ganz einfach, weil ich mich aufgrund der Sehbeeinträchtigung nicht traute, alleine in dem unübersichtlichen Gebäude ein passendes Gericht auszuwählen, unfallfrei bis zur Kasse zu kommen und dann auch noch, so lange das Essen warm war, einen Sitzplatz zu finden[134]. Abgesehen davon war es für mich natürlich auch kostengünstiger, zu Hause zu kochen und das Essen einfach mitzunehmen. So konnte meine Schwester sich die Mahlzeit nach der Schule zu Hause einfach noch einmal erwärmen und auch mein Vater hatte auf der Arbeit eine solche Möglichkeit.

Freitags arbeitete ich in der Mediathek, hatte dort das Mahnwesen, was früher die Aufgabe meiner Mutter gewesen war, übernommen, ging teils noch kurz einkaufen und lief mit meiner Schwester nach dem Flötenchor zu meinen Großeltern in die Nachbarstadt. Die Wochenenden verbrachten wir mit dem Lernen für die Arbeiten bei meiner Schwester, Wäschewaschen und dem Nacharbeiten von Lernstoff aus der Uni. Und ja, ich war nicht perfekt, ich machte das, was ging. Mein Vater übernahm mit der Zeit den Hauptteil der Einkäufe, indem er öfter unseren Nachbarn bat, ihn mit unserem Auto zum Supermarkt zu fahren. Wir drei waren entweder zu jung oder aber sahen zu schlecht, um Auto fahren zu dürfen. Auch kümmerten wir uns gemeinsam um Dinge wie Spülmaschineausräumen oder Tischdecken.

Ungefähr jedes vierte Wochenende fuhr ich zu Erdin oder er kam zu Besuch. Wir führten zwar immer noch eine Fernbeziehung, aber wir konnten schneller spontan zueinander fahren. Die Wochenenden bei ihm waren meine Auszeiten, Pausen die mir unglaublich gut taten und mir halfen, das erste Semester zu überleben. Er war es, der mich bestärkte im Kampf um die Hilfsmittelausstattung für das Studium, der immer ein offenes Ohr hatte und auf den ich in dieser Zeit immer bauen konnte.

»Unbenannt«

Ich habe das Gefühl, ich zerbreche innerlich,
Meine Hände zittern, ich kann das nicht,
Doch dann denke ich an dich.
Ein Lächeln, ein paar liebe Worte geben mir Halt,
In deinen starken Armen komme ich zur Ruh.

Teils bin ich ein Adler, stehe über allem ganz groß,
Habe Pläne für die Zukunft, alles ist famos.
Dann stürze ich hinab, bin klein, schwach.
Ein Küken, das gerade erst flügge geworden ist.

Es ist dunkel und ich kann nicht mehr, ist alles, was ich sag,
Doch morgen scheint vielleicht die Sonne und
es kommt ein neuer Tag.
Ich fühle mich fremd an diesem alt bekannten Ort,
Möchte wieder zurück, weit von hier fort.

Und immer, wenn ich am Abgrund stand,
Ging ich wieder einen Schritt zurück,
In der Hoffnung, dass ich einen Steg find,
Der den Abgrund überbrückt.

(Tagebucheintrag, 20.11.2019)

Bereits kurz nach meiner Rückkehr aus Togo machte ich einen Augenarzttermin aus und versuchte Informationen über die Hilfsmittelbeschaffung für das Studium zu erhalten. Die Tafelkamera samt Laptop hatte ich nach dem Abitur an die Sonderschule, über die diese Hilfsmittel beantragt wurden, zurückgeben müssen, sodass ich keine geeigneten Hilfsmittel hatte und mit dem Laptop meiner Mutter recherchierte. Oft konnte ich mit der integrierten Vergrößerung kontrastschwache Schrift auf Internetseiten nicht erkennen und war in den Möglichkeiten der eigenständigen Recherche erheblich eingeschränkt. Über meinen Freund wusste ich, dass in Hamburg die Sozialbehörde zuständig war, wie es in meinem Landkreis war, wusste er allerdings auch nicht. Neben den Bemühungen um einen Augenarzttermin kontaktierte ich folglich Blindenvereine und ersuchte die Behindertenbeauftragte der Universität um Rat. Diese verwies mich an den Landeswohlfahrtsverband, der zum damaligen Zeitpunkt allerdings (noch) nicht zuständig war, stattdessen seien entweder die Stadtverwaltung oder aber der Landkreis für die Kostenübernahme bei behinderten Studierenden zuständig. In Folge dessen wandte ich mich zunächst an den ehrenamtlichen Behindertenbeauftragten der Stadt, welcher mich wiederum an den Behindertenbeauftragten des Landkreises verwies. Dieser war sich auch nicht ganz sicher, ob seine Kollegin von der Eingliederungshilfe tatsächlich für die Kostenübernahme der Hilfsmittel zuständig sei, obwohl er selbst blind war und ausgehend vom Doktortitel ebenfalls studiert hatte.

Nachdem mein Augenarzt mir mitteilte, dass er mir zwar ein Rezept für ein Bildschirmlesegerät, nicht jedoch für eine entsprechende Vergrößerungs- und Sprachausgabesoftware ausstellen könne und ich stattdessen hierfür in die Augenuniklinik müsse, vereinbarte ich einen Termin dort und hatte unglaublich viel Glück, dass mir tatsächlich zeitnahe ein Termin gegeben wurde. Anfang November begleitete mich dann mein Großvater früh morgens nach Süddeutschland in die Augenuniklinik. Rückblickend verdanke ich es seinem umfassenden Wissen über die Streckennetze der Deutschen Bahn, da wir nach einigen Zugausfällen an mir völlig unbekannten Orten landeten und er aus dem Gedächtnis heraus eine Ersatzroute zusammenstellte, die uns noch pünktlich in die entsprechende Stadt brachte.

Vor Ort untersuchte der Arzt erneut mit umfassenden Tests meine Sehkraft, das Gesichtsfeld und die Reaktion der Sinneszellen auf Lichtblitze. Er zeigte mir einige Hilfsmittel und verschrieb mir zudem eine elektronische Handlupe, die meinen Lupenblock ablöste, da mir diese Vergrößerung nicht mehr genügte. Neben einem Rezept für ein Bildschirmlesegerät sowie für eine Vergrößerungssoftware und ein entsprechend geeignetes Notebook erstellte er zudem ein augenärztliches Attest, welches ich den jeweils zuständigen Prüfungsämtern für den Nachteilsausgleich in den Klausuren vorlegen konnte.

Mit der elektronischen Leselupe konnte ich endlich die Gesetzestexte sowie das Skript für Rechtsphilosophie lesen, ohne in den Arbeitsraum für blinde und sehbeeinträchtigte Studierende gehen zu müssen, der sich einerseits in einer anderen Bibliothek befand und zu dem mir andererseits von einem Mitarbeiter in der Bibliothek einmal beinahe der Zutritt verweigert wurde, weil ich ja nicht »behindert« aussehen würde. In den Monaten zuvor hatte ich einen Termin bei einer Hilfsmittelfirma in Marburg, probierte dort verschiedene Bildschirmlesegeräte sowie Vergrößerungssoftwares aus und ließ mir von ihnen Kostenvorschläge für die Beantragung zuschicken, sodass alles für die Antragstellung bereit war.

Die Sachbearbeiterin in der Sozialbehörde wies meine Bitte um Auskunft über die Zuständigkeit, um die ich seit meiner Rückkehr im August bemüht war, zunächst weitestgehend ab, ging trotz unzähliger Versuche meinerseits nie ans Telefon und gab an, nur zuständig zu sein, wenn die Krankenkasse den Antrag ablehnt. Zugleich schickte sie mir eine Liste an Unterlagen, die in diesem Falle mit dem Antrag eingereicht werden müssten. Ein kurzer Anruf bei der Krankenkasse ergab das, was mein Freund bereits gesagt und ich ebenfalls gelesen hatte: Die Krankenkasse ist für Hilfsmittel im Studium nicht zuständig. Der Mitarbeiter hatte jedoch Verständnis dafür, dass ich ihnen dennoch einen entsprechenden Antrag zusenden müsse, und versprach, möglichst zeitnah zu antworten. Ich war erleichtert, sammelte alle notwendigen Unterlagen zusammen und schicke diese, sobald das Rezept vorlag, mit dem entsprechenden Antrag zusammen an die Krankenkasse. Inzwischen hatte ich mich auch um die Nachteilsausgleiche beim zuständigen Prüfungsamt gekümmert und hoffte darauf, das beantragte Bildschirmgerät spätestens kurz vor den Klausuren zu erhalten. Denn im Gegensatz zu dem Bildschirmlesegerät verfügte die elektronische Handlupe über einen Speicher und hätte somit bereits Tage vor der Klausur beim Prüfungsamt zur Kontrolle abgegeben werden müssen, was mir das Lernen ab diesem Zeitpunkt wiederum unmöglich gemacht hätte.

Nach einigen Tagen erhielt ich wie erwartet die Absage der Krankenkasse und in der Erwartung, dass die Behörde jetzt endlich die Kosten für die Hilfsmittel übernehmen würde, schickte ich alle Unterlagen mitsamt des Antrags und der Bitte um eine schnelle Bearbeitung angesichts der bevorstehenden Klausuren an die entsprechende Behörde.

Tagelang hörte ich weder per Post noch per E-Mail etwas, bis irgendwann die Mitteilung im Briefkasten lag, dass man in meinem Namen Widerspruch gegen die Ablehnung der Krankenkasse eingelegt habe. In diesem Moment brach all der Druck der letzten Monate auf mich ein. Ich hatte doch alles, was in meiner Macht stand, getan und die Sachbearbeiterin hatte doch geschrieben, dass sie nach einer Absage der Krankenkasse zuständig sei. Und jetzt? All der Stress, die Diskussionen mit den Professoren und Dozenten, die die Folien teils erst mit zwei Wochen Verspätung zur Verfügung stellten, die Stunden in der Bibliothek, in die ich so ungern ging, weil ich bei dem Licht dort kaum etwas sah und immer alle Tischreihen abgehen musste, bis ich einen freien Platz fand. All das im ersten Semester umsonst?

Ich schrieb den Behindertenbeauftragten des Landkreises erneut an und bat ihn sowie seine Kollegin um eine Erklärung, weshalb sie einfach in meinem Namen Widerspruch eingelegt hätten. Nun hieß es auf einmal, dass die Krankenkasse, weil ich den Antrag zunächst dort gestellt hatte, nach der Ablehnung selbst zuständig gewesen sei, diesen an die zuständige Stelle weiterzuleiten. Dabei hatte ich den Antrag dort doch nur gestellt, weil es laut der Sachbearbeiterin erforderlich sei, bevor ich den Antrag bei ihr stellen konnte.

Aber sie hatten die Rechnung ohne meinen Freund gemacht. Er konnte ein entsprechendes, älteres und größeres Modell des Bildschirmlesegeräts, welches ich beantragt hatte, organisieren, das ich dann am Wochenende vor der Klausurenphase bei ihm in Hamburg abholte. Ob ich die Klausuren auch ohne Bildschirmlesegerät mitgeschrieben hätte? Vermutlich, denn sonst hätte ich das erste Semester quasi komplett verschenkt. Ob ich alle Klausuren mit der entsprechenden Punktzahl bestanden hätte? Höchstwahrscheinlich nicht!

Voller Wut entschloss ich mich, über den einstweiligen Rechtsschutz gegen das Handeln der Behörde vorzugehen, und suchte mir hierzu anwaltliche Hilfe, denn, wie bereits erwähnt, studierte ich erst ein Semester Jura und meine Recherchemöglichkeiten waren entsprechend eingeschränkt. Kurz nach der letzten Klausur fuhr ich zum nächsten Partneranwalt der Rechtsschutzversicherung meiner Eltern, in eine mir bis dato unbekannte Stadt und fand mittels Karten-App und Langstock auch zu der entsprechenden Kanzlei. Das Gespräch vor Ort stimmte mich hoffnungsvoll und ich freute mich darauf, dass nun ein Ende dieses Dramas abzusehen war.

Den Behindertenbeauftragten des Landkreises hatte ich, nachdem ich den Termin mit dem Anwalt vereinbart hatte, per E-Mail darüber in Kenntnis gesetzt, dass ich nun einen Anwalt einschalten würde und sehr enttäuscht von seinem Verhalten sei, da sich meines Verständnisses nach ein Behindertenbeauftragter primär für die Belange von Beeinträchtigten einzusetzen habe, er über die entsprechenden Ressourcen verfügte, um die Zuständigkeit gesichert in Erfahrung zu bringen, und zudem selbst blind war, also die Situation von mir ebenfalls verstehen müsste. Selbst Erdin hatte sich zeitweise eingeschaltet und war empört über das gezeigte Verhalten.

Am Montag nach dem Termin beim Anwalt lag ein weiterer Brief bei uns im Briefkasten. Wieder von der Behörde, doch diesmal mit positiven Nachrichten. Sie beziehungsweise der Landeswohlfahrtsverband als neuer Träger seit dem Jahr 2020 seien jetzt offenbar doch zuständig und die beantragten Hilfsmittel wurden bewilligt. Spannend, wie schnell das gehen kann, wenn man erwähnt, dass man einen Anwalt einschaltet. Diesem gab ich direkt Bescheid, dass die Bewilligung eingetroffen war und kein Bedarf mehr bestehe, auf dem Rechtsweg eine solche zu erzwingen.

Mit der Zeit beschäftigten mich auch meine Erfahrungen aus Togo, wurden wieder präsenter und ich war förmlich geschockt, als ich zum ersten Mal nach meiner Rückkehr in einem Kaufhaus stand. So viel Kleidung, von der eine Unmenge auf dem Müll landen würde, ohne jemals getragen worden zu sein. So viele Spielzeuge, dass Kinder vergessen, dass sie mit allem spielen können. Ich dachte an meine Geschwister in Balanka, die aus alten Schuhen Räder ausgeschnitten und mit Konservendosen Autos daraus gebastelt hatten. Die sich so kreative Spiele ausgedacht und so lange Freude an ihren selbstgebastelten

Fahrzeugen hatten. Und hier? Hier stapelten sich die Spielzeuge in den Kinderzimmern, mussten immer bunter, lauter, interaktiver werden, um die Kinder überhaupt noch zum Spielen anzuregen.

Und diese Fülle. Diese verschwenderische Fülle, obwohl wir doch schon jetzt so sehr zur Klimakrise beitragen. Ich fühlte mich alleine, fremd in dieser Gesellschaft, die es nicht zu interessieren schien, dass die Klimakrise schon jetzt im Globalen Süden beängstigende Auswirkungen mit sich brachte. Und das, obwohl der Globale Süden am wenigsten zur Klimakrise beigetragen hat.

Eine enge Freundin, Clara, und ich sprachen immer wieder über dieses Thema, darüber, wie wichtig es wäre, eine radikale Wende, weg von dem Streben nach immer mehr, zu erreichen, und malten uns aus, was man alles ändern könnte, um als Gesellschaft nachhaltiger zu leben. Sie war es auch, die mich auf einen Kampagnenaufruf der WWF Jugend aufmerksam machte. In der Kampagne ging es um Postwachstum, Utopien und wie wir gegen die Klimakrise vorgehen können. Und tatsächlich wurden unsere Bewerbungen angenommen und wir kamen beide in die Kampagne.

Ein Jahr lang arbeiteten wir mit bis zu dreizehn anderen jungen Menschen zusammen, lernten von Experten über Postwachstum, Werte, Klimakommunikation und vieles mehr. Wir organisierten 2021 eine Glückstagewoche, dezentral in ganz Deutschland und erreichten in Kleingruppen mehr, als wir zu Beginn der Kampagne erwartet hätten. Ich fühlte mich verstanden und aufgefangen von diesen Menschen. Besuchte Demos von Fridays for Future in Darmstadt, Frankfurt, Hamburg und Berlin. Und war begeistert, so viele Menschen auf der Straße zu sehen, die sich für Klimagerechtigkeit und gegen die Klimakrise einsetzten.

Zudem nahm ich während des Jahres an den Jugendpolitiktagen teil, einer Online-Veranstaltung, bei der in Arbeitsgruppen versucht wurde, möglichst viele, diverse Stimmen der Jugend in die Bundespolitik einzubringen. Eine super spannende Veranstaltung mit vielen tollen Personen und einem sehr intensiven, respektvollen Austausch verschiedener Meinungen!

Meiner Mutter ging es Anfang 2020 wieder besser. Kurz vor Weihnachten sind wir noch mit ihr im Rollstuhl gemeinsam ins Kino gefahren und Anfang Februar, kurz vor der ersten Klausurenphase, konnte sie von unseren Großeltern schon wieder mit uns bis zur Bushaltestelle laufen und nach Hause fahren. Während des halben Jahres war sie noch mehrfach im Krankenhaus, hatte sich aber immer wieder hochgekämpft, trainiert und konnte dann wieder nach Hause kommen. Sie galt als krebsfrei. Und dann kam Corona …

Ich sehne mich nach den Wolken dort oben,
Nach den Vögeln,
die in ihren Liedern
die Freiheit so loben.

(Tagebucheintrag 2020)

Für uns war es erst einmal eine erfreuliche Atempause, ein neues Sich-wieder-einleben, schauen, welche Aufgaben sie langsam wieder übernehmen konnte oder was ich weiterhin machen sollte. Wir konnten viel Zeit nachholen, ich konnte das erste Mal abschalten, mich mit den Erfahrungen aus Togo beschäftigen und der Druck des letzten halben Jahres fiel von mir ab.

Als das zweite Semester nun online begann, war ich begeistert, wie schnell auf einmal so vieles für mich barrierefrei wurde[135]. Die Vorlesungsfolien wurden vorab auf der Lernplattform hochgeladen, ich konnte in den Tutorien endlich die Folien der Tutoren direkt mitverfolgen und sie mir entsprechend vergrößern. Endlich ein Semester, in welchem ich einfach eine Studierende von vielen war. Auch der Zugriff auf Online-Datenbanken wurde erleichtert und die Anzahl digitaler Medien in der Unibibliothek erweitert. Hatte meine Schwester mich kurz vor Beginn der Pandemie noch in die Unibibliothek begleitet, um mir bei der Suche nach Büchern für die erste Hausarbeit zu helfen, so konnte ich diese nun einfach als E-Book aufrufen und musste auch nicht erst umständlich Fotos von den Seiten machen, um diese auf dem Laptop vergrößert zu sehen, sondern konnte diese teils direkt als pdf-Datei herunterladen und mir von der Sprachausgabe vorlesen lassen.

Auch der Stress, der automatisch in so vollen Gebäuden, am Frankfurter Hauptbahnhof und in den U-Bahnen für mich entstand, fehlte auf einmal. Ich fing an zu experimentieren, wie ich am besten lerne, und bemühte mich, langsam von handschriftlichen Notizen auf Mitschriften am Laptop umzusteigen. Auch für den Fall, dass die Augen im Verlauf des Studiums so schlecht würden, dass ich selbst mit Vergrößerung meine Schrift nicht mehr lesen könnte. Denn bereits jetzt merkte ich während der Klausuren- und Hausarbeitenphasen, dass ich viel mehr Pausen für die Augen brauchte. Je länger ich lernte, desto mehr musste ich mir die Texte vergrößern und desto häufiger nutzte ich die Sprachausgabe. Oft verfolgte ich dabei parallel mit den Augen den Text, denn noch immer lernte ich hauptsächlich visuell, über Lesen, Zusammenfassungen und Schemata. Und obwohl mir ein relativ hohes Lesetempo bislang erhalten geblieben war, so stellte ich sehr schnell fest, dass die Gesichtsfeldausfälle mir bei Sachbüchern zum Verhängnis wurden. Denn im Gegensatz zu Romanen, wo es nicht schlimm ist, den Satz aus den Brocken, die man sieht, zusammenzusetzen, sind Fachwerke mit ihren ellenlangen, verschlungenen Sätzen so konzipiert, dass bereits ein einzelnes, falsch eingefügtes Wort dem ganzen Thema eine neue Wendung gibt. Und ein solcher Fehler könnte teils mit großen Folgen für die weitere Sachverhaltsbearbeitung sein.

Langsam fingen Erdin und ich zudem an, Pläne für die Zukunft zu schmieden, und buchten unsere Flüge in die Türkei, damit ich endlich seinen Eltern vorgestellt werden konnte.

Auch in der Blinden- und Sehbehindertencommunity wurde ich durch Erdin aktiver. 2021 fing ich an, mich bei der ProRetina Jugend im Team für internationale Zusammenarbeit zu engagieren. Denn noch immer beschäftigte es mich sehr, wie unterschiedlich die Chancen für Menschen mit Sehbeeinträchtigung oder Blindheit in Togo, verglichen mit denen für Menschen in Deutschland, sind. Und so hoffte ich, mich mit dem Thema weiterhin im Rahmen meiner Möglichkeiten auseinanderzusetzen.

Zurück in Deutschland widert mich der Überfluss an. So viele Kaufhäuser in den Innenstädten, voll mit unnützen Dingen, die nach kurzer Zeit wieder im Müll wandern. So viel Werbung, ständig werden neue Dinge beworben, es werden neue Bedürfnisse vermittelt, um das Wachstum weiter zu steigern. Merkt ihr nicht, wie der Müllberg zu euren Füßen immer größer wird, wie sich eure Gedanken nur noch darum drehen, was man sich als Nächstes kauft?

Es frustriert mich, von dem riesigen Unterschied im Lebensstandard zwischen Togo und Deutschland zu wissen, und dem hilflos gegenüberzustehen.
Und gerade deshalb will ich mich politisch engagieren.
Weil ich mit dieser Ungerechtigkeit nicht mehr leben möchte, weil ich mich für diesen Überfluss in Deutschland nicht mehr schämen möchte.
Wir können ohne Probleme auf viel verzichten, nicht nur der Umwelt zuliebe, sondern auch damit eine globale Umverteilung stattfinden kann.
Wieso verdienen die Vorstände von VW Millionengehälter[136]*, obwohl sie*[137] *Abgaswerte manipulierten und öffentlich komplett versagten, während die Menschen, die unseren täglichen Morgenkaffee anbauen, ohne den die meisten Menschen morgens kaum aus dem Bett kommen, von ihrem Gehalt kaum ihre Familie ernähren können?*

(Meine Gedanken zu Beginn der Kampagne, niedergeschrieben, als in mir langsam eine Idee von diesem Buch entstand)

25. Aufbruch

Nachdem Erdins Eltern mich bei unserem Besuch in der Türkei kennengelernt hatten, fingen wir an, unsere Hochzeit zu planen. Als Datum für die standesamtliche Hochzeit hatten wir recht schnell unseren dritten Jahrestag im August 2021 festgelegt, zumal an diesem auch in allen, für die Gäste relevanten Bundesländern noch Ferien waren.

Kurz nach unserer Rückkehr fand ich einen neuen Nebenjob als Aushilfe im Einzelhandel. Ich hatte mich auf verschiedene Stellenausschreibungen bei uns in der Umgebung beworben und erhoffte mir, so deutlich mehr Geld zur Hochzeit beisteuern zu können als das, was ich aktuell mit dem Austragen von Zeitungen verdiente. Meinen vorherigen Nebenjob in der Schulmediathek hatte ich bedingt durch die Schulschließungen während der Pandemie verloren.

In dem Personalbogen im Rahmen des Bewerbungsprozesses wurde auch nach einer möglichen Schwerbehinderung gefragt und obwohl ich wusste, dass ich darauf nicht wahrheitsgemäß antworten muss, solange mich diese nicht in der Ausübung der Tätigkeit einschränkte, erwähnte ich bereits beim Bewerbungsgespräch gegenüber der Bezirksleitung, dass ich nicht so gut sehen würde. Sie wirkte zunächst etwas skeptisch, allerdings hatte sich im Gespräch bereits zu meiner Erleichterung herausgestellt, dass ich primär Waren verräumen und das Geschäft putzen würde, während erfahrenere Mitarbeiter für die Kasse zuständig seien. Ich erklärte, ihr, dass mir die Ausübung dieser Aufgaben genauso gut möglich sei wie Personen ohne Sehbeeinträchtigung. Letztlich überzeugten sie aber wohl vor allem die vielen von mir bereits ausgeübten und im Lebenslauf benannten Nebenjobs.

Und so fing ich in dem Geschäft im Nachbarort an, verräumte Waren, heftete die damals erforderlichen Formulare zur Kontaktnachverfolgung der Kunden ab und reinigte bei der Spätschicht die Räumlichkeiten. Zu meiner Überraschung wurde ich eines Nachmittags, als wir in geringer Besetzung waren, auch an der Kasse angelernt. Glücklicherweise waren die einzelnen Programme auf dem Kassenbildschrim recht einfach aufgebaut und schnell konnte ich mir merken, wo sich welches Feld befand. Die Endsumme beim Verkauf stand glücklicherweise auch groß genug da, sodass ich den Kunden stets den entsprechenden Preis nennen konnte. Bei der Abrechnung konnte ich die Felder auf dem Monitor nur grob erahnen, aber auch hier konnte ich die jeweils richtige Stelle abzählen, da es oben mit dem größten Schein anfing und mit den Centmünzen unten endete. Mit den meisten meiner Kollegen verstand ich mich gut und so öffnete ich mich langsam auch hinsichtlich meiner Sehbeeinträchtigung. Dies hatte zum Vorteil, dass ich keine Ausreden mehr erfinden musste, weshalb ich beispielsweise die Nummer auf dem Kassenbon beim Umtausch nicht erkennen konnte. Eine von mir bestellte kleine Lupe war leider zu schwach, um mir im Arbeitsalltag von Nutzen zu sein.

Nachteil des Nebenjobs war die verlangte Flexibilität. Im Alter von dreizehn Jahren hatte ich angefangen, in unserer Nachbarschaft Zeitungen auszutragen. Dabei war der Zeitraum recht flexibel, sodass ich dies nach dem Schulunterricht, oft im Anschluss an das Schwimmtraining, erledigen konnte. Lediglich das Kassieren alle drei Monate war mir etwas unangenehm, da man durch dunkle Hausflure musste, wo ich kaum etwas sah. Hier im Einzelhandel unterschieden sich die

Arbeitspläne nahezu jede Woche und oftmals ließ ich dadurch Vorlesungen ausfallen im Gedanken, dass ich diese schon nacharbeiten würde, schließlich wurden diese zum Großteil aufgezeichnet. Am Wochenende vor einer meiner Klausuren wiederum wurde ich kurzfristig gefragt, ob ich mithelfen könne, einen anderen Markt einzuräumen, der neu eröffnet werden solle. Dankbar, wieder arbeiten zu können, zu diesem Zeitpunkt war wegen des Lockdowns teils alles geschlossen, sagte ich zu, was sich allerdings natürlich negativ auf meine Leistungen in der Prüfungsphase auswirkte. Allgemein war die Online-Lehre für mich zwar barrierefreier, wirklich gut konzentrieren konnte ich mich allerdings nicht, insbesondere wenn mehrere Vorlesungen nacheinander waren.

Durch die Corona-Pandemie war zugleich sehr lange unsicher, ob und in welchem Umfang Erdin und ich unsere Hochzeit würden feiern können. Natürlich hatten wir bereits kurz nach unserer Rückkehr angefangen nach Locations und allem Weiteren zu suchen, zögerten aufgrund der Unsicherheiten allerdings die Planung hinaus. Glücklicherweise war im Frühsommer langsam abzusehen, dass eine Feier mit den engsten Angehörigen und Freunden auf jeden Fall möglich sein würde, sodass die Planungen endlich Form annahmen.

Bei Besuchen bei Erdin brachte ich nach und nach bereits einige Gegenstände mit nach Hamburg und fuhr knapp eine Woche vor der Feier, direkt am Tag nach meiner letzten Klausur, mit zwei Koffern nach Hamburg, um dort mit Erdins Familie die letzten Vorbereitungen für die Hochzeit zu treffen.

Vieles war bedingt durch Corona, unsere Fernbeziehung und natürlich auch die Kulturen, die wir miteinander vereinbaren mussten, schwieriger oder anders als ursprünglich vorgestellt. Zudem war ich mit einundzwanzig Jahren auch noch sehr jung, weshalb mein Freundeskreis und ich selbst wenig Erfahrungen mit Hochzeiten hatten.

Ich haderte in dieser Zeit mit dem Studium, war durch die Planungen für die Hochzeit und die vielen Meinungen, die einem entgegengebracht wurden, sehr verunsichert und dann gab es auch noch Probleme mit meinem Hochzeitskleid, sodass es mir nicht sehr gut ging. Zwar zweifelte ich nicht an unserer Beziehung oder daran, dass der passende Augenblick für unsere Hochzeit gekommen war, dennoch waren wir beide auf Erdins wachsendem TikTok-Kanal immer mehr Hasskommentaren ausgesetzt, welche mich zusätzlich verletzten und verunsicherten. Daher mein Appell an euch: Bitte denkt darüber nach, was ihr sagt und schreibt. Vielleicht seht ihr es den Menschen nicht an, aber ihr wisst nie, was sie gerade erleben und wie viel Schaden ihr damit anrichten könnt. Vor allem wenn die Kommentare ungerechtfertigt oder einfach verletzend sind. Aus diesem Grund hielten wir unsere Hochzeitspläne sehr lange auf meinen Wunsch hin geheim, da ich nicht wusste, ob ich mit noch mehr negativen Kommentaren zu diesem Zeitpunkt hätte umgehen können.

Trotz all dem Stress, der Unsicherheiten und Probleme ist die Hochzeitsfeier am Ende schöner geworden, als wir es uns hätten erhoffen können, und ich denke gerne an diesen Tag zurück. In den Tagen davor hatten die standesamtliche und islamische Trauung im kleinen Kreis stattgefunden. Hierbei war mir die islamische Trauung am wichtigsten gewesen. Diese fand im Büro der Moschee statt und berührte mich sehr. Für uns beide war es von Bedeutung, religiös zu heiraten, und da es im Islam den Männern möglich ist, eine Frau zu heiraten, die einer der Schwesterreligionen, also Judentum oder Christentum, angehört, war es für uns unproblematisch. Da wir nach meiner Auffassung an den selben Gott glauben und sich lediglich die Wege der Anbetung ein wenig unterscheiden, machte es für mich keinen Unterschied, wer die Segensworte ausspricht. Der Imam übersetzte alle auf Arabisch gesprochenen Sätze noch einmal für mich und ich bemerkte erneut, wie ähnlich sie denen waren, die bei einer kirchlichen Hochzeit gefallen wären. Die Eheschließung vor Gott war mir das Wichtigste an der ganzen Hochzeit, sodass ich dankbar für diese schöne Erfahrung bin.

»[..] I found a lover, to carry more than just my secrets,
To carry love, to carry children of our own [..]«

(Aus dem Lied »Perfect« von Ed Sheeran,
zu welchem wir den Eröffnungstanz tanzten)

Auch bezüglich des Themas Kindeswunsch hatte sich in den letzten drei Jahren viel geändert. In meiner Schulzeit hatte ich so wenig Kontakt zu anderen blinden und sehbeeinträchtigten Personen, dass ich stets von einem sehenden zukünftigen Partner ausgegangen war. Ich kam damals zum Schluss, dass es besser wäre, gar keine Kinder zu bekommen, anstatt dass diese mir vielleicht eines Tages Vorwürfe machen würden, weil ich ihnen meine Sehbeeinträchtigung vererbt hätte.

Mir ist bewusst, dass der Kinderwunsch von Menschen mit Beeinträchtigungen in der Gesellschaft noch immer kontrovers diskutiert wird, obwohl dies ein Menschenrecht[138] ist und ich inzwischen viele Familien kenne, in denen ein oder beide Elternteile eine Beeinträchtigung haben. Für mich aber steht dieses Thema mit meinem aktuellen Sehrest nicht mehr zu Frage. Ich weiß, dass mein Mann und ich in unserem Alltag gut und ohne Hilfe zurechtkommen und dass wir, ausgehend von dem aktuellen Sehvermögen, auch in der Lage sind, ohne Assistenz für ein Kind vollumfassend zu sorgen. Und wenn unser Kind von einem oder gar beiden Elternteilen eine Augenerkrankung erbt, dann hat es zumindest Vorbilder. Denn ganz ehrlich, wer wäre besser geeignet, sehbeeinträchtigte Kinder aufzuziehen, als Eltern, die beide Schulsysteme kennen, die selbst die Herausforderungen, die dem Kind bevorstehen, erlebt haben und die sich sowohl hinsichtlich Hilfsmitteln als auch sonstigen Belangen im Bezug auf die Beeinträchtigung gut auskennen. Es gibt inzwischen genug Hilfsmittel und Apps, sodass das Lesen von Hefteinträgen und Elternbriefen auch damit möglich sein wird. Eine auffällige Jackenfarbe gewährleistet das Erkennen auf dem Spielplatz oder an anderen weitläufigeren Orten und im Notfall kann man Bilderbücher auch mit Braille bekleben, um selbst dann dem Kind daraus vorlesen zu können. Heute blicke ich optimistisch in unsere Zukunft und freue mich schon auf den Tag, wo wir mit unseren Kindern die Welt entdecken.

26. Rückkehr nach Balanka

Zur islamischen Hochzeit ist es üblich, dass die Braut vom Bräutigam eine Art Sicherheit verlangt. Die ursprüngliche Idee der »Mahr« ist wohl, dass die Frau im Scheidungs- oder Todesfall gut abgesichert ist. Auch ich sollte während der islamischen Trauung einen Wunsch an Erdin richten und so bat ich ihn um das, was mir am meisten bedeutete. Und zwar, dass er mit mir nach Balanka reisen und meine Gastfamilie kennenlernen würde.

Ich hatte meine Gastfamilie in den letzten Jahren sehr vermisst und stehe immer noch in Kontakt zu meinen Gastgeschwistern. So war die Freude groß, als endlich feststand, dass wir im Herbst 2022 für knapp drei Wochen nach Togo fliegen würden. Für das Blindenzentrum organisierten wir, in Rücksprache mit dem Ehepaar, das das Zentrum noch immer leitet, erneut ein Spendenprojekt, um Lupen sowie Langstöcke mitzubringen und an die Schüler vor Ort übergeben zu können. Durch die große Community von meinem Mann erfuhren wir eine enorme Unterstützung und erhielten neben einigen gespendeten Langstöcken auch rund 1.500 € an Geldspenden, wofür wir sehr dankbar waren. Von dem Geld haben wir 15 Lupen und 33 Langstöcke kaufen können, mit den Sachspenden befanden sich folglich 16 Lupen und 39 Langstöcke in unserem Gepäck.

Vorab gab es noch einige Probleme, da das Visum für Togo nun online beantragt werden musste und die Software die Passbilder meines Mannes ablehnte, da dessen Augen keine schwarze Pupille aufweisen[139]. Nach einem Telefonat mit dem togolesischen Honorarkonsulat in Berlin[140] und weiteren Versuchen mit einer Passbild-App gelang es uns glücklicherweise auch dieses Hindernis zu überwinden.

Wir ließen die notwendigen Impfungen auffrischen beziehungsweise vornehmen, besorgten Gastgeschenke und meldeten frühzeitig bei der Airline unseren Bedarf an Assistenz an den jeweiligen Flughäfen an.

Ich war unglaublich gespannt, wie groß meine jüngeren Geschwister geworden waren, freute mich sehr darauf, Moudjanas Sohn kennenzulernen und meiner Gastfamilie endlich den Mann vorstellen zu können, von dem sie bereits so viel gehört hatten. Auch für Erdin würde es eine spannende Erfahrung sein, da es für ihn die erste Reise in ein afrikanisches Land war und er zudem auch die Sprache nicht beherrschte.

Nach einem Umstieg in Brüssel ging es mit einem Zwischenhalt in Ghana endlich nach Lomé. Die Frage, ob die Flugbegleiter mich verstanden, stellte sich diesmal nicht. Am Namen hatten sie vermutet, dass mein Mann Türkisch spricht, und so wurden wir auf dem gesamten Flug von den zwei ebenfalls türkischstämmigen Flugbegleitern auf Türkisch angesprochen.

Vor der Landung war ich fast noch aufgeregter als beim ersten Mal. Wie viel hatte sich verändert? Und wie würde mein Mann all das wahrnehmen? Ich hoffte, dass wir heil und gesund wieder zurückfliegen würden und er von Malaria verschont bleiben würde.

Diesmal stiegen wir als Letzte aus, wurden von der Flughafenassistenz abgeholt und bis zum Ausgang begleitet. Glücklicherweise hatte alles mit dem Visum geklappt, es lagen alle benötigten Impfungen vor und auch unser Gepäck war vollständig angekommen. Draußen umfing uns erneut die feuchtwarme Luft, wie ich sie noch von meine ersten Ankunft in Erinnerung hatte. Wir hatten das Glück, dass ein Freund von Hannah und Pascal uns mit seinem Auto am Flughafen in Lomé abholte und direkt zu ihrer Wohnung nach Kpalimé fuhr, wo wir die ersten Tage verbrachten. Von dort aus besuchten wir zwei Tage nach unserer Ankunft auch das Blindenzentrum. Da noch Schulferien waren, übergaben wir die Langstöcke und Lupen an die Lehrer, die vor Ort bereits das kommende Schuljahr vorbereiteten. Der frühere Lehrer, der den Schülern den Umgang mit Langstöcken beigebracht hatte, war nicht mehr dort und so zeigten wir noch einmal die verschiedenen Pendeltechniken und wie die Kugelspitze gewechselt werden kann, damit die Lehrer dies dann den Schülern beibringen können. Zudem wurde uns von dem Ehepaar erneut das Gelände gezeigt. Inzwischen war die Küche, die bei einem Brand während meines Freiwilligendienstes beschädigt worden war, wieder aufgebaut, zudem hatten sie weitere Felder angelegt, auf denen Nahrungsmittel für die Schüler angebaut wurden.

Zufällig war L., eine weitere Freiwillige aus meinem Jahr, ebenfalls in Kpalimé und so trafen wir uns mehrfach mit ihr und ihrem Freund. Bevor es am Mittwoch nach Balanka gehen sollte, nutzte ich zudem die Möglichkeit und besuchte zusammen mit meinem Mann die Familie von Monsieur T., bei dem ich damals wegen der Malariaerkrankung eine Woche verbracht hatte, bevor es nach Balanka ging. Noch immer war der Lehmpfad während der Regenzeit von Pfützen durchzogen, sodass wir einander gegenseitig auf diese aufmerksam machten. Zwar war der Trubel und Verkehr der Großstadt sowohl für meinen Mann als auch für mich sehr anstrengend, allerdings erfreute er sich am besten ÖPNV der Welt, den Mototaxen. Die freien Taxifahrer hupten und verlangsamten immer, sobald sie an uns vorbeifuhren, sodass es auch als schlecht sehende Person einfach war, ein Taxi zu finden. Und nach einer kurzen Preisverhandlung ging es dann zum jeweiligen Ziel.

Am Mittwochmorgen ging es bereits früh los zum Busbahnhof. Wir würden mit Sammeltaxen bis Sokodé fahren und dort dann eine neue Balanka-Freiwillige treffen, die mit meiner Gastschwester Saouda ebenfalls auf dem Weg zum Dorf sei. Durch den Freund von L. wussten wir, wie viel die Fahrt nach Atakpamé ungefähr kosten würde.

Zwar wusste ich die alten Fahrtpreise noch, aber die steigenden Preise machten sich auch in Togo bei beispielsweise Getreideprodukten und Treibstoff bemerkbar. Nach der obligatorischen Verhandlung mitsamt der Diskussion, ob für Gepäck extra gezahlt werden müsse, ging es dann los. Das Auto war entsprechend voll, eine Frau hatte zudem ein Kleinkind auf dem Schoß. Dass es uns bei der Enge nicht zu heiß wurde, hatten wir dem Umstand zu verdanken, dass wir nach einigen Metern noch einmal hielten, um weitere Ware aufzunehmen, und der Kofferraum nun weit offen stand. Das Gepäck und alles Weitere wurden für die Fahrt jetzt mit einer Netzkonstruktion vor dem Herausfallen gesichert. Recht schnell fingen wir an, regelmäßig auf der Karte zu schauen, wie weit es noch nach Atakpamé sei, und versuchten, wann immer eines der Körperteile einschlief, die Sitzpositionen ein wenig zu tauschen, um kurzzeitige Erleichterung zu verspüren. Auf den Autobahnen waren immer wieder leichte Erhebungen, meist im Zusammenhang mit einem Zebrastreifen, um sicherzustellen, dass die Fahrer entsprechende Rücksicht nehmen. Je nach Tempo wurden wir auf der Fahrt also regelmäßig durchgeschüttelt.

Nach einem Autotausch und einer kleinen Pause in Atakpamé ging die Fahrt zunächst in einem leereren Auto weiter. Diesmal war das Verhandeln schwieriger und ich war mir sicher, dass wir etwas mehr als nötig gezahlt hatten. Dafür ging es immerhin in einem zunächst recht leeren Wagen weiter, bis wir auf einer Straße anhielten, wo Ware eingeladen wurde und sich die Routenplanung offenbar kurzfristig änderte. Eine weitere Frau und wir mussten aussteigen und in einem anderen, bereits recht vollen Wagen weiterfahren. In Sokodé angekommen fanden wir mit ihrer Hilfe glücklicherweise recht schnell zu der Busstation, an welcher Saouda und die neue Freiwillige S. schon auf uns warteten. In einer Seitenstraße stand hinter einem Tor mit Gitterstäben ein heller Bus. Unter einer Überdachung befanden sich mehrere Bänke sowie ein Fernseher für wartenden Passagiere. Nach einer kurzen und herzlichen Begrüßung machte sich Saouda auf den Weg, um ein Auto zu finden, das uns in Dorf fuhr.

Zu unserem Schock kostete die Fahrt ins Dorf mehr als doppelt so viel, wie vor drei Jahren. Am Ausgang von Sokodé hielt das Auto dann direkt wieder an, zwecks einer kleinen Reparatur. Wir nutzten den Halt und kauften vor Ort an einem Stand Bouille und gedrehte Stangen aus den Überbleibseln der Erdnussölherstellung, die durch Gewürze einen scharfen Geschmack haben. Nach der erfolgreichen Reparatur ging es dann endlich ins Dorf, zum lang ersehnten Wiedersehen mit meiner Gastfamilie. Die Strecke war in einem deutlich schlechteren Zustand als in meiner Erinnerung. Dort wo sie geteert war, befanden sich ständig Schlaglöcher, welche selbst mit Ausweichmanövern zu einem ständigen Huckeln und einer langsamen Geschwindigkeit führten. Als die Straße sandiger wurde, verbesserte sie sich langsam. Ich war froh, als wir endlich wohlbehalten Balanka erreichten. Sobald die ersten Häuser und die katholische Grundschule sichtbar wurden, blickte ich gespannt aus den Fenstern und wies Erdin auf einzelne Ort hin. Als wir den Kreisel umrundeten und zum Hof der Gastfamilie einbogen, kribbelte es in meinem Bauch vor Aufregung. Nun waren wir also endlich wieder da. Wie versprochen war ich nach drei Jahren zurückgekehrt und nicht nur das, ich war sogar mit meinem Mann da.

Wir wurden unglaublich herzlich begrüßt und es fühlte sich direkt wieder heimisch für mich an.

»Ich komme nach Hause und weiß doch,
dass es nicht mehr wie früher, auf Dauer sein wird.
So viele Menschen kennen mich noch,
doch jetzt bin ich nicht mehr »Yovo«–, sondern »Wetau Jasmin«.
Kein Gastkind mehr, sondern eine verheiratete Frau.
Nun werde ich anders wahrgenommen und
doch sind zugleich alle genauso herzlich wie bisher.
Es ist spannend, wie sehr meinem Mann
mit Respekt begegnet wird.

Immer wieder schaue ich mich um, staune,
was sich alles verändert hat.
Und noch viel mehr staune ich darüber, jetzt wirklich hier zu sein.
Hand in Hand mit meinem Mann.
Ihm all die Orte zu zeigen, an denen ich damals mit ihm
am Telefon entlanggelaufen bin.
All die Menschen ihm vorzustellen,
die mir eine zweite Familie geworden sind,
und meine Geschwister, die ich so lieb gewonnen habe.

Wie stolz ich war, als mein kleiner Bruder, der immer so fleißig in der Schule war, sich sonntags von uns verabschiedete, weil sein erstes Schuljahr auf dem Gymnasium in der Nachbarstadt am kommenden Tag begann.
Und wie überrascht ich war, so viele neue Gesichter auf dem Hof meiner Gastfamilie zu sehen.
Mein Herz ist gefüllt mit Freude, denke ich an diese Reise zurück.

Die Fahrt bis ins Dorf war zwar weit und beschwerlich
Und die Fledermäuse im Haus weckten alte Ängste,
aber all das verblasste im Angesicht der langen Umarmung,
als Samsia und ich uns wiedersahen,
den Momenten mit meinen Gastmüttern am Feuer
und all den Gesprächen auf der Straße.

Ich bin meinem Mann unglaublich dankbar für all das,
was er auf sich genommen hat,
um mir dieses Wiedersehen zu ermöglichen.«

(Auszug Tagebuch im Oktober 2022)

Du möchtest mehr über Balanka erfahren?
Dann findest du hier weitere Infos und
aktuelle Beiträge:
https://www.balanka.org/index.php/de/

Das Spendenprojekt und die Reise wurden mit Bildern und Videos begleitet und in Teilen auch auf den unten benannten Plattformen veröffentlicht. Ich hoffe, es ist uns gelungen, diese Inhalte respektvoll und frei von Rassismen und Diskriminierung zu gestalten.

Instagram
@mrs.blindlife
@mr.blindlife

YouTube
https://www.youtube.com/c/MrBlindLife

TikTok
https://www.tiktok.com/@mr.blindlife

27. Was die Zukunft bringen mag

Auf unserer Hochzeitsreise landeten wir eines Abends durch Zufall in einem schönen kleinen chinesischen Restaurant. Auf dem Zettel im Glückskeks meines Mannes stand:

»Ihr Leben wird bald mit Berühmtheit geziert sein.«

Ein Weissagung die sich sehr schnell erfüllen sollte. Mit mehr als einer halben Million Followern auf TikTok und mehr als 110.000 Followern auf YouTube wurde er in den letzten Jahren zum größten blinden Content Creator in Deutschland. Neben Drehs für unterschiedliche (Fernseh-)Formate gab Erdin Interviews und bekam Werbeaufträge von Firmen. Durch diese Präsenz wurde er unterwegs immer häufiger, insbesondere von Jugendlichen, erkannt.

Diese Medienöffentlichkeit war für mich anfangs schwierig. In der Zeit vor unserer Hochzeit kamen insbesondere auf TikTok unglaublich viele Hasskommentare, die mich mehr verletzten, als mir lieb gewesen wäre. Unter einem Video, in dem ich zu sehen war, hieß es beispielsweise »Er kann froh sein, dass er sie nicht sehen muss«. Da ich bedingt durch meine Gesichtsfeldausfälle nie mein komplettes Gesicht im Spiegel sehen kann, verunsicherten mich solche Kommentare. Eigentlich fühlte ich mich in meinem Körper wohl, war mit meiner Figur zufrieden und dachte, dass mein Gesicht dem Durchschnitt entsprechen müsste. Nur die Fehlstellung meiner Schneidezähne, welche nach der kieferorthopädischen Behandlung wieder aufgetreten war, störte mich ein wenig.

Im Laufe der Zeit wurde ich als Kamerafrau immer geübter und gewöhnte mich daran, dass Spaziergänge oder Ausflüge fast immer mit einem Videodreh verbunden waren. Wir lernten unseren Alltag mit den Videos und Livestreams von ihm zu organisieren. Oft schnitt mein Mann noch lange an den Videos für den kommenden Tag, während ich lernte oder Essen zubereitete.

Die Begegnungen mit Fans meines Mannes waren mir am Anfang sehr unangenehm. Meist wurde ich einfach ignoriert und stellte mich abseits hin, bis die obligatorischen Fotos gemacht worden waren. Einmal waren wir mit einem befreundeten Pärchen unterwegs und eine Gruppe mit sehr knapp bekleideten Mädchen erkannte meinen Mann. Die Mädchen drängelten mich regelrecht von ihm weg, nur um ihm übereifrig den Weg zu der von uns gesuchten Bowlinghalle zu zeigen. Ich lief wieder einmal hinterher und wunderte mich, ob sie mich eher als seine Frau wahrgenommen und respektiert hätten, wenn ich ähnlich aufgetakelt gewesen wäre wie sie. Auch online sah ich zu dieser Zeit viele Frauen von Influencern, die sich in Bikini oder knapper Kleidung mit ihrem Partner zeigten. Aber in knapper oder auffälliger Kleidung und mit viel Make-up im Gesicht fühle ich mich einfach in der Öffentlichkeit nicht wohl.

In dieser Zeit war ich noch im Hauptstudium und suchte meinen Platz im Leben. Etwas, auf das ich stolz sein konnte, mit dem ich mich identifizierte. Früher war das meine Arbeit in der Mediathek, dann der Freiwilligendienst in Togo und danach wahrscheinlich die Tätigkeit in der Kampagne der WWF Jugend. Doch nun war ich »nur« die Studentin, die in einer Kanzlei am Empfang arbeitete. Als Jurastudentin, die stolz darauf ist, ein so anspruchsvolles Fach zu studieren, sah ich mich selbst noch nicht, schließlich schienen die Personen, die sich in der Vorlesung meldeten, so viel mehr zu wissen. Ich hatte immer noch das Gefühl, nicht ganz in diese Welt zu passen. Zu wenig zu wissen und verglichen mit der Schule deutlich schlechtere Leistungen zu erbringen, obwohl ich so viel mehr lernte. Immerhin hatte ich mich durch einen Zufall mit einer Kommilitonin angefreundet, mit der ich eine Vorlesung gemeinsam besuchte. So war der Start in Hamburg zum Sommersemester 2022 schon einmal deutlich besser gewesen als damals an der Uni in Frankfurt. Und langsam besserten sich auch meine Noten. Im Sommersemester schrieb ich in zwei der drei Klausuren zweistellige Punktzahlen, bestand die dritte Klausur allerdings mit nur drei Punkten[141] leider nicht. Im Wintersemester schrieb ich dann die letzten vier Klausuren des Hauptstudiums, wobei Baurecht mit acht Punkten meine niedrigste Punktzahl war. Jetzt endlich, nachdem das Hauptstudium bestanden war, konnte ich mit stolz sagen, dass ich Jura studiere. Ein Ende des Studiums war nun abzusehen und ich hatte angefangen, die Zusammenhänge zwischen den Rechtsgebieten zu verstehen. Tatsächlich fing das Studium sogar an, Spaß zu bereiten.

Waren wir zu Hause, so wusste ich, dass das zwischen Erdin und mir wichtiger war. Als Ehepaar macht man so viele gemeinsame Erfahrung, die einem so leicht niemand nehmen kann. Auch keine knapp bekleideten, aufgetakelten Fans, die seine Nähe suchten oder in den unpassendsten Momenten nach Fotos fragten.

Ich fand mich damit ab, nicht dem Klischee der »Influencerfrau« zu entsprechen, und fand meine eigene Stimme in Form von Textbeiträgen auf Instagram. Mein Fokus wandte sich dabei von dem Aktivismus im Umwelt-/Klimaschutz hin zum Thema Sehbeeinträchtigung.

Natürlich sind Themen wie Nachhaltigkeit und Klimagerechtigkeit bei mir noch immer privat im Fokus, in den Beiträgen versuchte ich jedoch meine Meinung zum Thema Sehbeeinträchtigung zu äußern. Ich berichtete von einzelnen Hilfsmitteln, dem anfänglichen Hadern mit dem Langstock und versuchte nach außen sichtbar zu machen, dass Menschen mit Beeinträchtigung ebenfalls sehr verschieden sind und man mit Beeinträchtigung studieren, arbeiten, den Haushalt führen und glücklich sein kann. Und so wurde auch ich immer häufiger angeschrieben. Von Studierenden zwecks projektbezogenen Interviews, von Betroffenen und von Angehörigen, deren Kind beispielsweise eine entsprechende Diagnose erhalten hatte. Diese Kontakte und meine Beiträge ermöglichten auch mir, sich noch einmal neu mit meiner eigenen Diagnose zu beschäftigen. Und ich realisierte, dass ich keine Angst mehr vor der Zukunft hatte. Dass ich gelernt hatte, mit meiner Sehbeeinträchtigung offener umzugehen, als ich je gedacht hätte.

Immer wieder hörte ich, dass sich Personen in meinen Texten wiederfanden. Dass es ihnen zugleich aber auch an weiterführenden Informationen und genauen Zukunftsprognosen fehlte. Genau diese Unsicherheit über die Zukunft ist anfangs unglaublich beängstigend und einschüchternd. Wie erklärt man seinem Umfeld, dass man möglicherweise eines Tages erblinden könnte, aber dir nicht einmal die Ärzte und Ärztinnen sagen können, ob und wenn ja, wann dies eintreten wird. Noch heute überlege ich häufig, wie man mit seinem Umfeld darüber spricht, wenn eine spürbare Verschlechterung eintritt oder die beim Augenarzt gemessenen Werte noch niedriger sind als beim letzten Mal. Ich selbst habe meinen Frieden mit meiner Augenerkrankung geschlossen. Trotzdem hoffe ich natürlich, dass mein Sehrest, insbesondere das Gesichtsfeld, bis zum Bestehen des zweiten Staatsexamen möglichst stabil bleibt, sodass ich nicht noch einmal das Lernen komplett neu lernen muss.

Natürlich gibt es auch immer noch Momente, an denen ich traurig darüber bin, so viel an Sehvermögen verloren zu haben. Ich konnte im Sommer 2022 das erste Mal auf einer abgesicherten Strecke Auto fahren und entdeckte, wie viel Spaß mir dies bereitete. Offenbar hatte meine Großmutter, nachdem sie mich an der Nähmaschine beobachtete, mit der Bemerkung, dass ich eine gute Autofahrerin geworden wäre, recht gehabt. Besonders trauere ich allerdings noch immer dem Lesen nach. Ich vermisse das Gefühl, als mich beim Betreten einer Bibliothek nur Vorfreude und Staunen erfüllten. Als ich mehrere Bücher pro Woche mit Leichtigkeit neben der Schule las und dies meine eigene Welt war, die ich immer in meiner Tasche bei mir tragen konnte. Inzwischen verbinde ich mit Bibliotheken Anspannung und Trauer. Die langen Bücherreihen, das helle Licht, die Anstrengung, sich zu orientieren und das passende Buch zu finden. Auch das Studium besserte mein Verhältnis zu Bibliotheken nicht, sondern verschlechterte es eher. Aber immerhin hatte ich in Hamburg in der Universitätsbibliothek noch nie ein Buch suchen oder ausleihen müssen und hatte eine Stelle entdeckt, an der im Rechtshaus fast immer Sitzplätze frei waren.

Merkwürdig ist es hingegen, wenn ich auf Events der Social Media Plattformen oder auch bei Videoprojekten von meinem Mann als dessen Begleitung dabei bin. Bei dem ersten großen Event wirkten viele Personen ganz in ihrer eigenen Welt und ignorierten uns weitestgehend. Da ich auch in dem schlechten Licht wenig erkannte, waren wir allerdings darauf angewiesen, dass jemand uns ansprach, wenn wir nicht einfach in Unterhaltungen platzen wollten. Häufig waren die Gespräche selbst auch sehr eintönig. Die erste Frage lautete meist, was man denn machen würde, und gegebenenfalls wurde nach dem Kanalnamen gefragt. Sobald ich sagte, dass ich meinen Mann begleiten würde und noch studiere, schwand das Interesse im Regelfall vollkommen, sodass ich dazu überging, mich möglichst im Hintergrund zu halten. Nur zwei Creator blieben mir von diesem ersten Event in positiver Erinnerung. Sie unterhielten sich länger mit uns, stellten uns noch weiteren Personen vor und wirkten auch in Realität sympathisch[142].

»[...] Everybody's lookin' for a come up
And they wanna know what you're about
Me in the middle with the one I'm lovin'
We are just trying figure everything out

We don't fit in well
'Cause we are just ourselves [...]«

(Aus »Beautiful people« von Ed Sheeran)

Das zweite Event startete ähnlich. Nur dass ich diesmal noch unsicherer war, was ich anziehen sollte, da es ein Ramadan Event war und ich keine Ahnung hatte, wie die anderen Frauen gekleidet sein würden. Beim ersten Event hatte es alles gegeben. Von knapper Kleidung, Anime Kostüm bis hin zur Jogginghose. Ich entschied mich für eine schlichte, locker fallende schwarze Hose und einen dunkelroten Rollkragenpullover, über den ich, da er eng anliegend war, noch ein Tuch trug, um den Brustbereich zu bedecken. Die Haare flocht ich zu einem

Zopf zusammen und hatte weitere Haargummis eingepackt, um ihn, falls erforderlich, zu einem Dutt zusammenzufassen und das Tuch dann als Kopftuch nutzen zu können. Auf Make-up verzichtete ich vollkommen, da dies meines Wissens gegebenenfalls bei strenggläubigen Muslimen ebenfalls unerwünscht ist.

Als wir an der Location ankamen, waren schon ein paar andere Personen da, die sich bereits in Gruppen zusammengefunden hatten und uns nach einer Begrüßung wieder ignorierten. Da mein Mann einer der Speaker beim Paneltalk war, saßen wir bereits im entsprechenden Raum. Nach kurzer Zeit kam eine Gruppe von Frauen, alle stark geschminkt, in eleganter Kleidung und mit Hijab, die uns zunächst vollkommen ignorierten. Erdin setzte sich dann zu mir in die erste Reihe, drehte seinen Stuhl zu ihnen um und fragte einfach an die Gruppe gerichtet, wie es ihnen gehe und welchen Content sie machen würden. Sie sagten es kurz, fragen uns ebenfalls, aber ein wirkliches Gespräch entstand nicht. Ich überlegte in Gedanken schon, mir für den späteren Verlauf des Abends mein Buch mit an den Platz zu nehmen, wenn sich nach dem Abendessen wieder solche Gruppen bilden sollten. Denn ja, nach vielen Monaten hatte ich mir endlich mal wieder ein Buch gekauft und bereits auf der Zugfahrt ein paar Seiten mit der Handylupe[143] gelesen.

Der Paneltalk war inhaltlich sehr spannend und im Anschluss daran begaben wir uns zum gemeinsamen Iftar in die daneben liegenden Räumlichkeiten. Die vorderen Tische waren schon besetzt und ich fürchtete bereits, dass wir relativ abgegrenzt von den anderen essen müssten. Nach und nach gesellten sich allerdings weitere Personen zu uns, es wurden Tische zusammengeschoben und endlich entstand unter uns am Tisch ein etwas tiefer gehendes Gespräch, das über die Standartfragen hinausging. Zwar fühlte ich mich zwischen all den Content Creator dennoch etwas fehl am Platz, da ich weder mit Followerzahlen noch mit einem Abschluss oder Ähnlichem mithalten konnte, aber Reden ist nun einmal auch nicht meine bevorzugte Art sich auszudrücken. Stattdessen schreibe ich viel lieber.

Und obwohl mir durch meinen Mann die Chance eröffnet wurde, an einem Creator Programm teilzunehmen, etwas, für das andere vermutlich viel geben würden, um Teil davon zu werden, geht für mich das Studium vor. Denn endlich ist ein Ende dessen abzusehen und ehrlich gesagt, freue ich mich auch einfach auf das, was das Leben noch alles für uns bereithält.

Ich freue mich auf die gemeinsame Zukunft mit meinem Mann, auf interessante Projekte, tolle Begegnungen und bin gespannt, wohin unser Weg uns in den nächsten Jahren führen wird. Nach den ganzen Anstrengungen und Problemen der letzten Jahre ist die Jasmin, die ich in Togo geworden bin, langsam wieder da. Jetzt weiß ich, wofür ich stehe, habe meinen Platz im Leben und meine Ziele gefunden und weiß, dass ich stolz sein kann auf alles das, was wir bereits erreicht haben.

28. Nachwort bezüglich »Black Lives Matter«

Im Sommer 2020 kam es nach dem brutalen Mord an George Floyd durch Polizisten in den USA weltweit zu einer Welle von Protesten gegen Polizeigewalt und strukturellen sowie institutionellen Rassismus. BIPoC[144] und Menschen, die sich mit ihnen solidarisierten, demonstrierten auf der Straße, machten im Internet auf Rassismus innerhalb der Polizei und im Alltag aufmerksam und teilten eigene Erfahrungen.

Zugleich betonten einige, meist rechts orientierte Personen, dass doch nicht nur das Leben von Schwarzen Menschen zähle, sondern das Leben aller Menschen. Zudem würden ja auch *weiße* Menschen Erfahrungen mit Rassismus machen.

Hast du als *weiße* Person schon mal Rassismus erlebt? Die Frage kam auch im Vorbereitungsseminar auf, als wir eine Antirassismus-Einheit mit einem Referenten hatte. Und da lautete am Ende die klare Antwort: Nein, Rassismus gegen *weiße* Menschen existiert nicht!

Wenn von dir im Urlaub, weil du *weiß* bist, ein höherer Preis verlangt wird, weil angenommen wird, dass du aus einem reichen Land kommst und es dir somit ohne Probleme leisten kannst, einen höheren Preis zu zahlen, so werden dir lediglich positive Eigenschaften zugeschrieben. Deine Hautfarbe allein wird als Symbol des Wohlstands gewertet, es erniedrigt dich somit nicht.

Wenn hingegen Menschen in der Bahn den Sitzplatz wechseln, nur weil der hinzugestiegene Fahrgast dunklere Haut hat, ihre Taschen auf einmal festhalten oder stets erst mal auf Englisch fragen, wo die vermeintlich für einen Geflüchteten gehaltene Person herkomme, so handelt es sich ganz klar um negative Eigenschaften, die einer Person lediglich aufgrund der Hautfarbe zugeschrieben werden und die als rassistisch zu betrachten sind[145].

Auch in Togo habe ich erleben müssen, wie mir lediglich aufgrund der Hautfarbe positive Eigenschaften zugeschrieben wurden und mir mehr Respekt oder Aufmerksamkeit geschenkt wurde als einer togolesischen Person mit dem gleichen Bildungsgrad und Alter.

Eines Morgens war ein Ehepaar in der Bibliothek. Die Frau war Italienerin, der Mann Togolese. Beide lebten teils in Togo, teils in Italien und wollen nun in einem Nachbardorf ebenfalls eine Bibliothek eröffnen. Sie baten darum, herumgeführt zu werden. Da Afissou an diesem Morgen anderweitig beschäftigt war, übernahmen Mahadiou und ich die Führung. Trotz dessen, dass ich mehrfach darauf verwies, dass Mahadiou schon ein Jahr länger als ich in der Bibliothek arbeitete und sich viel besser auskennen würde, wandten sich sowohl der Mann als auch seine Frau mit fast allen Fragen an mich. Obwohl mein Kollege nicht nur Abitur, sondern auch sein Studium vollendet hatte und schon länger in der Bibliothek arbeitete, wurde ich offenbar lediglich aufgrund meiner Hautfarbe für vertrauenswürdiger oder erfahrener gehalten.

Auch mein Kollege hatte es mit einem Schulterzucken akzeptiert, während ich mich ziemlich darüber aufgeregt hatte, wie er behandelt worden war. Aber in einem Land, in dem über einen langen Zeitraum immer gesagt wurde, dass die *weißen* toller, besser und klüger seien, wird es nicht so leicht sein, von solchen kolonialen Bildern wieder wegzukommen. *weiß* gilt in Togo noch immer als Schönheitsideal, welches viele Frauen anstreben, daher nutzen sie wie meine Gastschwestern auch Bleichungscremes, nur um hellere Haut zu bekommen und somit aus gesellschaftlicher Sicht begehrenswerter zu werden. Ungeachtet der teils krebserregenden Stoffe, die darin enthalten sein können.

Noch immer prägen Bücher, Serien und Filme mit *weißen* Protagonisten die Gesellschaft, sowohl in Deutschland als auch in Togo. Fast nur in Musikvideos und bei Fußballspielern sehen Schwarze Kinder, Schwarze Erwachsene, mit denen sie sich identifizieren können und zu denen sie aufschauen können.

Die Bewegung »Black Lives Matter« ist eine großartige Gelegenheit, nicht nur kurzzeitig, sondern nachhaltig Aufmerksamkeit auf das Thema Rassismus zu lenken. Personen vor Augen zu führen, welche Vorurteile und Rassismen sie selbst unterbewusst in sich tragen, und neue Umgangsformen zu etablieren. Wieso sprechen wir Personen, unabhängig ihrer Hautfarbe, nicht auch in der entsprechenden Landessprache an? Würde die Person die Sprache nicht verstehen, würde sich das doch auch dann relativ schnell herausstellen. Und die Haare von jemand anderem anzufassen, nur aufgrund einer anderen Struktur? Und immer wissen zu wollen, woher eine Person »wirklich« kommt, nur weil die Person als nicht-deutsch gelesen wird, ist unreflektiert. »Unreflektiert, wieso?« werden einige fragen. »Man dürfe doch wohl noch neugierig sein …«

Nein, denn wenn du dich an einem Ort zu Hause fühlst, dort sogar geboren bist, dann wird dir mit dieser Frage immer wieder vor Augen geführt, dass du nach Einschätzung einer Vielzahl von Personen augenscheinlich diesen Ort gar nicht als deine Heimat betrachten kannst und zwangsläufig fremd sein musst.

Daher mein Appell an euch alle: Stellt anderen Personen nur Fragen, die nichts mit möglicher Hautfarbe, Herkunft oder Religion zu tun haben. Wartet, bis ihr euch besser kennt und die Person vielleicht von selbst erzählt. Stellt euch einmal vor, blind zu sein. Ihr würdet die Personen um euch herum nicht mehr aufgrund von Kleidung und Aussehen, sondern nur noch durch Sprache und Inhalt der Äußerungen einstufen. Vielleicht fällt es uns so leichter, weniger wertend zu sein. Rassismus ist noch sehr verbreitet unter uns. Doch ich bin zuversichtlich, dass wir lernen können, Rassismen zu erkennen und als Ally zu fungieren, indem wir auf Missstände aufmerksam machen und eine offene Gemeinschaft vorleben.

Solange aber Frauen wegen ihres Kopftuchs weder Richterin noch Staatsanwältin und in vielen Fällen keine Beamtinnen werden dürfen, nur weil einige Richter[146] darin eine Möglichkeit sehen, dass sich bei Prozessteilnehmenden eventuell der Eindruck aufdrängen könnte, dass die Person mit Kopftuch kein reine Repräsentantin des Staates sei; solange mein Mann und ich vor der Hochzeit lange darüber nachgedacht haben, ob ich wirklich seinen Nachnamen annehmen soll, weil ich dadurch gegebenenfalls Diskriminierung im Beruf zu befürchten hätte; solange Menschen jeden Muslim als Islamisten und Islamistinnen betrachten, obwohl der Islam, richtig gelebt, eine so friedliche Religion ist, solange müssen wir allen Menschen, die Rassismus und Diskriminierung erfahren, zuhören, von ihnen lernen und ihnen ein Ally sein.

29. Buchempfehlungen[147]:

- »Deutschland 1945-1963«, Herbert Lilge (Edition Zeitgeschehen)
- »Das Haus der Harmonie«, Barbara Wood, Fischer Taschenbuchverlag
- »Ich trug den gelben Stern«, Inge Deutschkorn, dtv Zeitgeschichte
- »Erzähler der Nacht«, Rafik Schami, Beltz & Gelberg
- »Kaffern Boy – Ein Leben in der Apartheid« Mark Mathabane, dtv Biographie
- »Großvater und das vierte Reich«, Carolin Philipps, Herder Verlag
- »Julieta und die Stille des Todes – Mosambik: Vom Krieg gegen Kinder«, Beate Müller-Blattau, Rowohlt Taschenbuch
- »Traumatische Tropen« (habe es zwar erst nach meiner Rückkehr gelesen, aber es bietet einen recht guten Einblick, wie die Sicht der Kolonialmächte früher war)
- »A bigger picture – my fight to bring a new african voice to the climate crisis« von Vanessa Nakate (nach der Rückkehr gelesen, sehr empfehleswert)
- »Mission Erde« (ebenfalls erst nach Togo gelesen, aber macht die Dringlichkeit des Klima-/Umweltschutzes begreifbar)

Anti-Rassismus Literatur (gesammelte Empfehlungen, nicht von mir während des Jahres gelesen)

- »Exit racism«, Topeka Ogette
- »Was weiße Menschen nicht über Rassismus hören wollen, aber wissen sollten«, Alice Lasters
- »Der weiße Fleck«, Mohamad Amjahid
- »White Fragilität«, Robin DiAngelo

- »Deutschland Schwarz Weiß«, Noah Wow
- »Mit kolonialen Grüßen«, global e.V.
- »Und jetzt du«, Tupoka

30. Die für mich wichtigsten Wörter auf Balanka[148]

»Mangala« – Guten Morgen
»Mangalama« – Guten Morgen an eine größere Gruppe (dann wird immer ein »ma« angehängt)
»Mufilé« – Guten Mittag
»Guitonfilé« – Guten Abend
»Bouroukounaganratou« – Gute Nacht[149]
»Boupoura gassan« – Bis Morgen
»Magasana« – Willkommen
»Boulassé« – Auf Wiedersehen

»Manntimma« – Dankeschön
»eh« – Ja
»ai« – Nein
»dier« – Komm
»gidourria« – Komm essen
»bukare« – Alles gut (Erwiderung auf »Gidourria«)
»dicous« – Entschuldigung
»ni-ka« – Vorsichtig
»degite« – Los gehts
»Pani« – Lass (das)
»tchingom« – Gib mir
»tinde pele« – öffnet das Dokument
»Gssanna« – Wir sehen uns morgen
»Inté bibliothèque« – Ich gehe in die Bibliothek
»Inté sucuri« – Ich gehe in die Schule

»Inté falaka« – Ich gehe nach Hause

»Ouyélafia?« – Wie geht es dir?
»Falaka-fé?« – Wie läuft es zu Hause?
»Tmafé?« – Wie läuft es mit der Arbeit?

Danksagungen

An dieser Stelle möchte ich mich noch einmal bei allen, die an diesem Werk beteiligt waren, bedanken. Besonderer Dank gilt Koko Affo Tenin dafür, dass sie der Veröffentlichung dieses Werkes zugestimmt hat, immer als Ansprechperson vor und während des Jahres erreichbar war und ich dank ihr diese Erfahrungen machen durfte. Zudem möchte ich an dieser Stelle noch einmal meiner gesamten Gastfamilie danken, für die Gastfreundschaft, eure Offenheit, Herzlichkeit und euer Verständnis.

Danke an meine Mitfreiwilligen, die mich in Kpalimé immer willkommen hießen, mich in dieser Zeit in ihr Leben mit eingebunden haben und zu Besuch nach Balanka kamen. Danke für »deep talks« bis spät in die Nacht, eure Herzlichkeit und für das unvergessliche Jahr, das wir in Teilen gemeinsam erleben durften.

Es ist mir sehr wichtig anzumerken, dass ich mir von mehreren Personen Hilfe hinsichtlich einer möglichst rassismusfreien Sprache geholt habe und dabei teils auch sich widersprechende Hinweise erhalten habe. Ich bitte daher darum, dies bei den folgenden Danksagungen im Hinterkopf zu behalten. Auch wenn ich versucht habe, möglichst alle Hinweise aufzugreifen, so bitte ich euch, liebe Leser und Leserinnen, keine der Personen, welche mir hier mit ihren Hinweisen geholfen hat, für mögliche, mir unterlaufene Fehler, unpassende Formulierungen oder Aussagen zu »blamen«. Letztendlich liegt die Verantwortung für alles, was in diesem Werk steht, bei mir und ich war diejenige, die abwägen musste, welche Ansichten und welche Hinweise hier vertreten sind.

Ein riesiger Dank gebührt Clara, da sie dem Werk den nötigen sprachlichen Feinschliff verpasst und eine Vielzahl an Kommafehlern erkannt und geduldig korrigiert hat. Fazit: Zwar hat die Anzahl der Kommata insgesamt gepasst, sie waren bloß etwas falsch verteilt. Einen riesigen, herzlichen Dank an dich. Du bist eine bezaubernde Seele, die nicht nur durch eine wundervolle Aufnahme ihres Lieblingsbuchs meine Liebe für Hörbücher neu erweckt hat, sondern mir mit klugen Anmerkungen und Fragen auch noch einmal ganz neue Perspektiven auf den Inhalt des Buches aufgezeigt hat.

Des Weiteren hat vor allem Hannah Agbo-Junk dazu beigetragen, dass einige der französischen Wörter nun in der korrekten Form dastehen, denn die Rechtschreibkorrektur hat diese ganz gerne etwas abgewandelt, ohne dass es mir aufgefallen ist. Zudem hat sie großartige Arbeit darin geleistet, mich auf Stellen aufmerksam zu machen, an denen ich unbeabsichtigt selbst eine unpassende Wortwahl oder Verknüpfung von Ereignissen gewählt hatte, und mir Empfehlungen hinsichtlich einer möglichst rassismusfreien Sprache gegeben. Akpé kaka für deine Hilfe bei diesem Buch und für die Herzlichkeit, mit der du mich immer bei euch in Kpalimé aufgenommen hast.

Johanna Frank, auch bekannt als meine nichtleibliche Schwester, Trauzeugin und Lieblingssitznachbarin, wir kennen uns nun schon so lange und haben so viel Zeit damit verbracht, Listen unserer Lieblingsbücher anzufertigen, Fantheorien zu diskutieren, Zettelgespräche zu schreiben, und nun hatte ich die Ehre, dass du mein Manuskript ebenfalls gelesen hast, mir konstruktives Feedback gabst, wie wir es einst mit unseren Deutschhausaufgaben gegenseitig machen mussten. Ich danke dir für deine Unterstützung bei diesem Projekt.

Ngoc Anh, du bist eine der empfindsamsten Personen, die ich kenne, mit einem unglaublich strahlenden Lächeln und einer krassen, positiven Energie.

Vielen herzlichen Dank für die Zeit, die du dir genommen hast, für unsere langen Telefonate, bei denen du so viele kluge Gedanken mit in das Buch eingebracht hast, und für das Finden so vieler meiner Grammatik- und Rechtschreibfehler. Danke, dass du deine Sichtweisen mit mir so offen geteilt hast, und für die mega wertschätzende Gesprächsatmosphäre, das bedeutet mir wirklich viel.

Rasim C. gebührt Dank für die zahlreichen Anmerkungen hinsichtlich des Kapitels über den Ramadan, der Unterscheidung zwischen kulturell geprägten und religiösen Handlungen und den vielen hilfreichen Anmerkungen bezüglich der deutschen Grammatik in diesem Kapitel. Man merkt, dass du ein guter Deutschlehrer bist.

Liebe Yvonne B., vielen herzlichen Dank für die schönen gemeinsame Erlebnisse auf unserer Reise und in Kpalimé, für deine Ergänzungen zu unserem gemeinsamen Kapitel und alles erdenklich Gute bei deiner Reise durch Westafrika.

Als erster Testleser ist selbstverständlich Erdin Ciplak zu erwähnen. Mein Mann, der mich von Anfang an bezüglich meines Freiwilligendienstes ermutigte und mich auch bei jedem Schritt hinsichtlich des Buches unterstützte.

Du hast immer ein offenes Ohr, sei es für Fragen bezüglich Formulierungen im Buch, Klausurthemen oder dem üblichen Kampf mit dem Prüfungsamt. Und du bist mit mir nach Togo zurückkehrt, hast tapfer die Fledermäusen im Gästehaus ertragen und den Kindern in

Balanka sogar »Moin« beigebracht. Danke dir für alles, Canım. Ich freue mich auf viele weiteren Jahre mit dir.

Ein ganz besonderer Dank geht natürlich auch an Thomas Stolze vom **hansanord Verlag** sowie Ursula Schötzig, die dem Buch den letzten Feinschliff verpasst und mir geholfen haben, dieses Projekt tatsächlich zu verwirklichen.

Endnoten

1 Beide Begriffe werden im weiteren Texts stets so geschrieben, unabhängig von ihrer Stellung im Satz. Dies hat mit der besonderen Bedeutung der Begriffe und der Symbolik der Darstellung zu tun.

2 BIPoC = Black, Indigenous and People of Colour.

3 Den Namen der Partnerorganisation, ihre genauere Lage oder die Namen der Mitarbeiter werde ich nicht genauer benennen, da ich in diesem Buch meine eigenen Erfahrungen und Eindrücke wiedergebe und damit weder für die Partnerorganisation Werbung machen möchte noch diese in ein schlechtes Licht stellen will. Daher werden im weiteren Verlauf in der Regel keine Namen der Mitarbeitenden genannt oder nur in abgekürzter Form. Das soll keine Entmenschlichung oder Degradierung darstellen, sondern dient lediglich der Anonymisierung.

4 Soweit mir mitgeteilt wurde, ist sowohl die Einreise nach Togo ohne diese Impfung nicht erlaubt als auch die Rückkehr aus einem Gelbfiebergebiet nach Deutschland ohne die entsprechende Impfung verboten. Ich hatte alle Impfungen bei einer auf Reisemedizin spezialisierten Arztpraxis vornehmen lassen. Wie es kommt, dass ausgerechnet diese wichtige Impfung nicht eingetragen oder ggf. gar nicht verabreicht wurde, weiß ich bis heute nicht.

5 Bestehend aus einem großen Laptop und einer Platte, auf welcher ein Kameraarm mit entsprechender Kamera befestigt wurde. Die Kamera konnte sowohl auf die Tafel als auch auf Bücher gerichtet werden, allerdings musste die Tafel sehr sauber sein, damit ein ausreichend großer Kontrast für die Kamera erzeugt wurde. Da wir oft Raumwechsel hatten, musste ich das Gerät recht häufig auf- und abbauen, was jeweils bis zu zehn Minuten beanspruchte. Wie gesagt, der Laptop war wirklich sehr langsam …

6 Mein Vater ist ebenfalls sehbeeinträchtigt.

7 Bei einem zweitägigen Angebot zur Berufsfindung in einer Projektwoche hat mir die Person von der Agentur für Arbeit interessanterweise gesagt, dass sie mich im Beruf der Kunstrestauratorin sehen würde. Und das, obwohl ich vorher gesagt hatte, dass ich schlecht sehe, und darum bat, dass dies bei den Vorschlägen sowie der Auswertung der Ergebnisse berücksichtigt werde. Irgendwie ironisch, man stelle sich einmal vor, ich würde ein Gemälde in ganz anderen Farben ausbessern, weil diese für mich mit der Originalfarbe identisch aussähen.

8 https://www.pro-retina.de/netzhauterkrankungen/zapfen-staebchen-dystrophie/krankheitsbild/ausfuehrlich#uvw.

9 Englische Abkürzung für Nichtregierungsorganisation.

10 Kein Scherz, ich war tatsächlich Pausenaufsicht. Allerdings waren wir jeweils zu zweit auf dem Pausenhof, sodass stets eine gut sehende Person dabei war. Dennoch hat es mich jedes Mal überrascht, dass ich mit meinen »Tricks« meist viel mehr mitbekommen habe als die Person, mit der ich zusammen Aufsicht hatte.

11 Kleine Ergänzung: Selbstverständlich musste ich für die Gemeindearbeit ein erweitertes Führungszeugnis vorlegen und hatte einen kleinen Lehrgang, bevor ich die Gruppe ca. einmal im Monat geleitet habe.

12 Diplomé d´Éducation Française.

13 Freiwillige aus dem Globalen Süden, welche im Globalen Norden einen einjährigen Freiwilligendienst machen.

14 Als »gesetzlich blind« gilt man in Deutschland, wenn das Restsehvermögen auf dem besseren Auge bei zwei Prozent oder weniger mit bestmöglicher Korrektur liegt oder entsprechende Gesichtsfeldausfälle gegeben sind. Mr. BlindLife sieht mit Brille auf seinem besseren Auge noch zwei Prozent und ist daher gesetzlich blind (siehe z.B. § 72 V SGB XII)

15 Der weiße Langstock ist ein Hilfsmittel und gilt zudem genauso wie die gelbe Armbinde mit den drei schwarzen Punkten als Kennzeichnung im Straßenverkehr. Sowohl bei sehbeeinträchtigten als auch bei blinden Menschen lassen sich die Werte, wie viel Sehrest man noch hat, schwer vergleichen. Es kann Personen geben, die als sehbeeinträchtigt gelten, aber trotzdem einen weißen Langstock benötigen, und Personen, die wie der Mann, den ich oben erwähnte, gesetzlich blind sind und sich mit ihrem kleinen Sehrest in bekannter Umgebung noch gut genug orientieren können, um dort auch ohne Langstock unterwegs zu sein.

16 Die Hilfsmittelmesse SightCity in Frankfurt ist zugleich nach eigenen Angaben die größte internationale Fachmesse für Blinden- und Sehbehindertenhilfsmittel. Ein riesiges Dankeschön an dieser Stelle noch einmal an meine großartige Biolehrerin Frau R., welche mich ermutigte, diese Messe zu besuchen (obwohl ich dadurch ihren Unterricht verpasste).

17 Werkstatt für behinderte Menschen, sehr großes Streitthema, es lohnt sich wirklich, sich genauer mit diesem Thema zu beschäftigen. Gerade mit der Frage nach einer gerechten Entlohnung …

18 Hierbei ist anzumerken, dass dies von Seiten der Entsendeorganisation i. d. R. anders gehandhabt wird und der Kontakt zu Vorfreiwilligen eher vermieden werden soll, damit alle Freiwilligen ihre eigenen Erfahrungen machen können und nicht in irgendeiner Weise voreingenommen in den Freiwilligendienst starten. Gerade für mich war es allerdings unglaublich hilfreich, grundlegende Informationen über die im Dorf erhältlichen Lebensmittel, Kontaktpersonen etc. zu erhalten. Mir persönlich hat es sehr geholfen, im Voraus Koko kennenzulernen und das herzliche Miteinander mit den Vorfreiwilligen zu erleben.

19 öffentlicher Personennahverkehr (Bus, S-Bahn. U-Bahn, Straßenbahn und Regionalzüge)

20 Als sehbeeinträchtigte Person kann man mit dem entsprechenden Grad der Behinderung (GdB) gegen eine Gebühr (bei gesetzlich blinden Personen kostenlos) eine Wertmarke erwerben, die in Verbindung mit dem Schwerbehindertenausweis zur kostenlosen Nutzung des ÖPNV in Deutschland berechtigt.

21 Erdin und ich hatten uns entschieden, unsere Beziehung zunächst weitestgehend für uns zu behalten, bis ich aus Togo zurück war. Wir wollten zunächst sehen, ob unsere Beziehung das Jahr übersteht, bevor wir uns den Kommentaren hinsichtlich Altersunterschied, Kultur und Religion stellen wollten.

22 Franc CFA BCEAO steht für »Franc de la Communauté Financière d'Afrique« und ist die Währung der Westafrikanischen Wirtschafts- und Währungsunion (UEMOA) (Quellen unter anderem: https://www.deutschlandfunk.de/der-westafrikanische-franc-frankreich-und-der-unsichtbare-100.html und https://www.beac.int/billets-pieces/histoire-franc-cfa/).

23 https://togopolitique.org/presentation-generale-du-togo/ (By the way, während ich für das Buch noch einmal nach den Namen und dem korrekten Jahr suchte, fand ich zwar ohne Probleme den Namen Nachtigal in nahezu allen (vertrauenswürdigen) Quellen, den Namen von M'Lapa III von Togoville fand ich jedoch erst nach längerer Recherche auf dieser französischsprachigen Internetseite. Stichwort Repräsentation!).

24 Meines Erachtens ein sehr schwacher und verharmlosender Begriff dafür, dass diese Personen die Kolonialisierungsfantasien der europäischen Machthaber erst recht bestärkt und die Ausbeutung sowie Versklavung von Milliarden Menschen ermöglicht haben.

25 https://www.dw.com/de/als-die-deutschen-in-togo-eine-musterkolonie-errichteten/a-17254872.

26 wiederverwendbar, aus Hartplastik, wurde auch bei meiner Gastfamilie oder in Imbissen viel verwendet. Geht im Gegensatz zu Glas oder Porzellan nicht so leicht kaputt.

27 Hierbei handelt es sich um eine Getränkemarke, welche primär Limonade und Soda verkauft. So wurde oft beispielsweise eine »Youki Pampelmuse« bestellt.

28 Wenn ich mich recht erinnere, sind in einem großen Sack ungefähr 30 Sachtes à 0,5 Liter enthalten und es ist mit ca. 500 CFA deutlich günstiger als wenn man die Sachets einzeln kauft (da zahlt man 25 CFA pro Säckchen).

29 Aus rechtlichen Gründen: Hier werden lediglich die Informationen wiedergegeben, die ich damals erhalten habe. Dies ersetzt keine reisemedizinische Beratung! Vor (erstmaligen) Reisen in Malariagebiete bitte immer Rücksprache mit Fachärzten halten, alleine bezüglich entsprechender Prophylaxe.

30 Ist anfangs vielleicht für Personen, die primär mit dem deutschen Schulsystem vertraut sind, etwas verwirrend, aber die ersten sechs Schuljahre sind anders benannt, sodass der »Countdown« hinsichtlich der Schuljahre auf dem Collège und Gymnasium Sinn ergibt.

31 Wenn ich mich recht erinnere, wohnten ihre Gasteltern etwas außerhalb von Kpalimé und daher wurde sie von einer anderen Gastfamilie aus der Nachbarschaft ihrer Gasteltern mitgenommen.

32 Diese hätte ich dann bei der Entsendeorganisation einreichen können, um das Geld für die Fahrtkosten zurückzuerhalten. In meinem Fall lagen die Fahrtkosten i. d. R. zwischen 6.000-7.500 CFA pro Strecke, wenn ich mit dem Kleinbus fuhr und bei 9.000 CFA, wenn ich mit Motorrad und Sammeltaxen fuhr. Da ich meist allerdings nicht direkt im Anschluss zurückfahren konnte oder meinen Aufenthalt mit anderen Anlässen verbunden hatte, habe ich letztendlich gar keine der Quittungen eingereicht.

33 Dokument von den Vorfreiwilligen mit Informationen über Balanka, die Krankenversorgung in Togo, mögliche Ansprechpartner, Packempfehlungen sowie Informationen über saisonales Obst und Gemüse.

34 Papierwarenhandlung, in welcher Papier, Briefumschläge, Blöcke und Stifte sowie Zeitungen verkauft wurden.

35 Angesichts der weitestgehend importierten Zutaten wie Oliven oder verschiedener Käsesorten sind die Preise jedoch auf jeden Fall angemessen gewesen.

36 Ein Treffen der Frauen aus dem Viertel, wo sie sich bezüglich Preisen etc. absprechen und organisieren. Darauf gehe ich an anderer Stelle noch ausführlicher ein.

37 Mommy ist die erste Frau meines Gastvaters und wird von allen Personen so angeredet, auch wenn es nicht ihr »Geburtsname« ist. Sie betreibt abends eine Cafeteria und in der Anfangszeit habe ich dann abends meist bei ihr, bevor ich zum Gästehaus gegangen bin, noch ein Brot gekauft (das Brot, welches in Balanka verkauft wurde, hatte unterschiedliche Größen. 100 CFA kostete beispielsweise das Brot, was ich immer kaufte. Es war wie ein kleines Baguette geformt und reichte für eine Person zum Frühstück).

38 Mit Ästen meine ich dickere Äste, bis hin zu schmaleren Baumstämmen.

39 Fast um jede Uhrzeit ist an irgendeinem Stand oder Hof ein Feuer an, sodass man i. d. R. immer fündig wird. Man geht dann mit einem Metalldeckel und einem Ast los und schiebt mit dem Ast einige Stücke glühender Kohle auf den Topfdeckel. Hierbei musste ich jedenfalls unglaublich aufpassen, den Deckel so zu tragen, dass ich mit einem Stück Stoff den stark erwärmten Deckel umfasste und so vorsichtig wie möglich ging, um etwaige Zusammenstöße oder Stolperer meinerseits zu vermeiden. Dennoch war es für mich immer eine Freude, wenn ich Feuer holen durfte. Einfach, weil auch das zum Alltag meiner Gastfamilie dazugehörte und ich so auch an diesem Teil teilhaben durfte.

40 »Yovo« bedeutet auf »Mina«, einer der Landessprachen Togos »*weiß*« (https://www.spiegel.de/panorama/rassismus-wie-eine-

woman-of-color-privilegien-erlebt-a-1d683533-25cf-4f50-a8c2-e8bea3734855). Dieses Wort stammt jedoch aus der Kolonialzeit und bezeichnet zugleich eine höhergestellte Person. Daher ist der Begriff schwierig und man sollte Kinder nicht auch noch dazu ermuntern, einen so anzusprechen. Ich war jedenfalls sehr froh, als die Kinder dazu übergingen »Jasmin, Jasmin, Bonsoir« zu sagen.

41 In diesem Fall beziehe ich mich auf die Sprache »Balanka«.

42 Heißer, recht flüssiger Maisbrei, ungefähr in der Konsistenz von Joghurt.

43 https://www.aerzteblatt.de/archiv/17926/Vergiftung-durch-Skorpionstiche.

44 Mein Lieblingsbuch, was ich selbstverständlich mit nach Togo genommen hatte, war übrigens »Animat Crumbs Staubchronik« von Lin Rina. Immer noch ein absolutes Lieblingsbuch von mir.

45 Diese Produkte wurden in der Kühltruhe der Bibliothek gekühlt, sodass eine Unterbrechung der Kühlkette verhindert werden konnte. In Togo gibt es in den größeren Städten in einigen Geschäften Milch, Käse und Butter und von Hirten rund ums Dorf konnte man manchmal frische Milch kaufen. Hiervon wurde mir jedoch abgeraten. In Balanka selbst gab es Ziegenkäse zu kaufen, welcher aber primär in kleinen Stücken mit in die Soße fürs Pâte gegeben wurde. In den Boutiquen in Balanka konnte man zudem Milchpulver und ggf. Margarine in Tüten erwerben. Auch hing das Angebot an frischem Obst und Gemüse in Balanka sehr stark von der Saison ab, während man in den Großstädten eine viel größere Auswahl über das ganze Jahr hinweg hatte. Hier half mir der Balankaguide sehr, da ich so wusste, ab wann ich nach welchen Früchten auf dem Markt bzw. bei den Verkäufern auf der Straße Ausschau halten konnte.

46 Ähnlich eines Corona-Schnelltests, lediglich dass statt eines Nasen- bzw. Mundabstrichs etwas Blut aus der Fingerkuppe entnommen wird.

47 Laut Angaben vom UNICEF aus dem Jahr 2016 wurden in Togo noch 5% der 15-49 Jahre alten Frauen und Mädchen beschnitten, die Tendenz ist sinkend (https://www.refworld.org/docid/5a17ce2f4.html [Zugriff: 08.03.2022]). Seit 1998 ist die weibliche Genitalverstümmelung zudem in Togo unter Strafe gestellt (https://www.frauenrechte.de/unsere-arbeit/themen/weibliche-genitalverstuemmelung/unser-engagement/aktivitaeten/genitalverstuemmelung-in-afrika/fgm-in-afrika/1466-togo [Zugriff: 08.03.2022]).

48 https://www.bmz.de/de/laender/togo/politische-situation-15762; https://www.bmz.de/de/laender/togo/regierungsfuehrung-und-menschenrechte-15768 (Zugriff: 02.07.2022).

49 Auf alles, was mit »White Savorism« in Zusammenhang steht, und das tun die Bilder, welche die weißen Besucher umgeben von lauter Schwarzen Kindern beim Bemalen eines Gebäudes der Krankenstation zeigen, gehe ich im Nachwort zu Black Lives Matter noch einmal genauer ein.

50 Ich bezeichne im weiteren Verlauf prinzipiell alle Kindern auf dem Hof meiner Gastfamilie als meine Gastgeschwister, auch wenn die Familienkonstellation ggf. in wenigen Fällen etwas abweicht.

51 Nach einer Reise fand ich eine tote Fledermaus oben in meinem Moskitonetz. Daher lohnte sich diese sorgfältige Kontrolle wirklich, nicht nur bezogen auf Mücken. Ich weiß nicht, wie ich reagiert hätte, wenn die Fledermaus nachts durch eine ungeschickte Bewegung des Netzes vielleicht auf mir gelandet wäre …

52 u.a.: https://www.spiegel.de/ausland/white-saviors-in-afrika-wir-brauchen-keine-weissen-retter-a-853c6e9f-2239-404c-9b90-92ddeb0503d4 (Zugriff: 02.07.2022).

53 Auch ich habe Bilder auf dem Handy, die mich mit Kindern in der Bibliothek, der Gastfamilie oder in Lomé zeigen. Einige stammen von meinem Kollegen, bei denen ich gar nicht be-

merkt hatte, dass sie diese gemacht haben, andere von meinen Gastgeschwistern oder es sind Gruppenfotos, die wir z. B. vor der Abreise gemacht hatten. Ich habe mich bewusst entschieden, Fotos, welche mich in einer typischen »white saviorism«-Position zeigen könnten, nicht zu veröffentlichen, und hoffe, dass in Zukunft mehr Personen auf eine solche Selbstdarstellung verzichten.

54 Kleine Klarstellung: Als Freiwillige im Rahmen des Weltwärts-Programms erhielten wir eine Aufwandsentschädigung von 100 € pro Monat, umgerechnet ungefähr 65.000 CFA.

55 »Sprechen zu müssen« klingt vielleicht ein wenig negativ, aber mit meinen jüngeren Gastgeschwistern, welche noch nicht oder noch nicht allzu lange in die Schule gingen, konnte ich mangels Sprachkenntnissen auf Balanka auch nach ein paar Monaten noch keine längere Unterhaltung führen. Da war es schön, durch gemeinsames Spielen oder Malen nonverbal Zeit zusammen zu verbringen.

56 Während dem Besuch der Schülergruppe durfte ich diese in eine Fabrik in Sokodé begleiten, welche Cashews vor Ort schält und röstet. Aus den schlechteren Cashewkernen wird, soweit ich mich erinnern kann, Treibstoff hergestellt.

57 https://www.beobachter.ch/konsum/transport-um-die-halbe-welt-der-irrsinn-mit-den-cashewnussen (Zugriff zuletzt: 03.07.2022).

58 Soweit ich dies online nachverfolgen konnte.

59 Matthäus 2,13 ff.

60 Die Aufenthaltserlaubnis war für die restliche Zeit meines Aufenthalts gültig, sodass ich mein Visum nicht alle drei Monate verlängern musste.

61 Den zart besaiteten Lesern erspare ich an dieser Stelle weitere Details.

62 Insbesondere in Grenznähe zu Togo, da die Ethnie Ewe von den Kolonialmächten durch die Grenzziehung getrennt wurde.

63 Umgerechnet rund 15 €.

64 Durch Samsia lernte ich an diesem Morgen, dass es üblich ist, seiner Familie sowie engen Freunden und Bekannten Brot von Reisen mitzubringen. Wir besorgten ein großes Brot für 500 CFA für meine Gastfamilie, zudem holte ich zwei Brote für 200 CFA für meine Kollegen in der Bibliothek.

65 Diese konnte ich leider kaum unterscheiden, alle waren jedoch mit Gewehren bewaffnet und trugen Uniformen.

66 Weiterführende Infos findet ihr u.a. hier: https://www.dw.com/de/togo-eskalation-vor-der-wahl/a-46670241.

67 Ich orientiere mich hierbei an Erzählungen von Freiwilligen aus Lomé und Kpalimé.

68 Ein furchtbares Wort, da ein derart übergriffiges Verhalten für eine der Personen in der Regel definitiv kein Spaß ist. Hier wollte ich lediglich darstellen, dass es aus seiner Sicht vielleicht nicht ernst gemeint war.

69 Anfangs wurde ich insbesondere von älteren Damen in Balanka gefragt, ob ich mir nicht vorstellen könnte, mit jemandem aus dem Dorf zusammenzukommen. Dann zog ich immer ein Bild mit Erdin aus meiner Tasche, welches ich in meinem Tagebuch stets mit mir herumtrug, und zeigte es ihnen, mit der Erklärung, dass ich bereits einen Freund habe. Auf die Ergänzung, dass er Moslem sei, wurde meist mit einem »Masallah« geantwortet und höchstens noch gefragt, wie er denn heißt und woher er kommt.

70 Laut dem Ehepaar, das das Zentrum leitet, machen sie jedes Jahr in Togo per Radio Werbung, zudem informieren auch oft Ärzte und Pastoren über das Zentrum.

71 ABWE https://abwetogosouth.org/ministries/villageoflight/.

72 Lebenspraktische Fähigkeiten, kurz LPF bezeichnet in Deutschland das (Neu-)Erlernen von Dingen wie Kochen, Wäschewaschen etc. als erblindete Person. Dabei wird sich vor allem darauf fokussiert, wie anderen Sinne die Augen ersetzen können, oder z. B. ein System erlernt, wie man seine Wäsche entsprechend markieren oder sortieren kann, um sie unterscheiden zu können.

73 Zum Vergleich: In Balanka betrugen die jährlichen Schulgebühren am Collège für Mädchen 8.000 CFA und für Jungen 10.000 CFA.

74 Lydiaswelt (www.lydiaswelt.com).

75 Das, was ich hier in wenigen Zeilen erwähne, ist natürlich eine Entwicklung über Monate gewesen, vor der ich immensen Respekt habe. Mich hatte diese Zeit auch mitgenommen und ich hatte mir häufig Sorgen um ihn gemacht. Mehrfach, insbesondere wenn er für ein paar Tage so sehr in seinem PC-Spiel versunken war, dass er sich nicht meldete und mir zu verstehen gab, dass ich mich auch nicht melden solle, spielte ich mit dem Gedanken, zurück nach Deutschland zu kommen. Aber Erdin hat es innerhalb des Jahres tatsächlich geschafft, mit dem exzessiven Zocken aufzuhören, wieder für die Uni zu lernen und letztendlich seinen Abschluss zu machen. Er fing selbst an, sich wieder mehr zu melden, auf meine Nachrichten länger zu antworten, und zockte bei den Telefonaten nicht mehr nebenbei, sondern ging stattdessen während des Telefonats eine Runde spazieren.

76 In diesem Fall handelte es sich jedoch nicht um Brandrodung zur Schaffung neuer Großplantagen, sondern wird von den Familien, denen das Waldstück gehört, gemacht, damit der Boden fruchtbar bleibt.

77 Zitat der Gastmutter einer anderen Freiwilligen sowie einer weiteren Frau, der ich, als ich die Langstöcke trug, begegnete.

78 Ich verwende Spitze hier gleichbedeutend mit Rollspitzen bzw. Kugelspitzen. Dies bilden das Ende des Langstocks und nutzen sich nach einiger Zeit ab. Alle gekauften oder gespendeten Langstöcke verfügten über eine der beiden Spitzenarten, welche das Pendeln auf dem Boden ermöglichen.

79 Ich fand erst im Laufe des Jahres heraus, dass es in Sokodé ebenfalls eine Schule für sehbeeinträchtigte und Blinde gibt, welche von einer muslimischen Organisation gefördert wird.

80 Die Klassengrößen variieren in Togo, abhängig vom Schulzweig und ob es sich um eine private oder öffentliche Schule handelt. Teils gingen zwischen 60 und 120 Schüler in eine Klasse. In Balanka schienen die Klassen etwas kleiner zu sein, in der weiterführenden Schule waren es dennoch meist 40 Schüler oder auch mehr pro Klasse.

81 Eine Stadt im Nachbarland Benin, nur wenige Kilometer von Balanka entfernt.

82 Hier wähle ich das Wort »sogar«, weil ich selbst beeindruckt bin, dass die Frauenbank es schafft, diese Frau bei ihrer Ausbildung zu unterstützen. Auch für die Ausbildung muss man in Togo bezahlen, zudem kommen vermutlich Kosten für Dinge des alltäglichen Lebens und ggf. Essen sowie Unterkunft hinzu.

83 Hierbei ist anzumerken, dass ich natürlich über die Jahre etwas gebräunt werden könnte, niemals aber dauerhaft eine ähnliche Hautfarbe wie meine Gastgeschwister annehmen würde. Ein Problempunkt, auf den später auch noch eingegangen wird. Denn während gebräunte Haut bei *weißen* Menschen im Globalen Norden als »in« gilt und den Eindruck vermittelt, dass man es sich leisten kann, viel Urlaub in sonnigen Regionen zu machen, werden Schwarze Menschen noch immer wegen ihrer Hautfarbe diskriminiert.

84 Bezieht sich hier auf die Sprache »Balanka«.

85 Erwähnenswert ist, dass nicht die Anbauer den Preis pro Kilogramm bestimmen, sondern die Großhändler, welche die Nüsse

abkaufen, legen den Preis fest. 2019 war dieser so niedrig, dass einige Personen erzählten, dass es fast günstiger sein, die Ernte einfach auf den Bäumen zu lassen, als die Helfer bei der Ernte zu entlohnen.

86 Auf der nun rechten Seite befindet sich, durch eine Wand vom Lesesaal abgegrenzt, der Gang, durch den man soeben reingekommen ist.

87 Bei Interesse findet man am Ende des Buches eine Liste mit einigen sehr lesenswerten Büchern, welche ich in Balanka gelesen habe.

88 Abgesehen von den bei uns öffentlich zugänglichen früheren Schulbüchern für das Fach Französisch, welche primär von den Grundschülern zum Lesenüben und Wörterlernen genutzt wurden.

89 Es gibt unterschiedliche Schreibweisen im lateinischen Alphabet, übersetzt bedeutete es: »Friede sei mit euch.« Ich entschied mich bewusst, nicht mit dieser Wortwahl zu grüßen, da es teils auch als Erkennungszeichen unter Menschen muslimischen Glaubens Anwendung findet und bereits durch meinen Namen schnell der Eindruck entstand, dass ich Muslima sein könnte. Und ich wollte von unseren Besuchern nicht unberechtigterweise Anerkennung für einen Glauben bekommen, den ich nicht praktizierte.

90 Ja, immerhin einen Vorteil hat die Pandemie, in dieser Zeit bin ich nicht die Einzige, die die Gesichter von Personen nicht vollständig erkennen kann.

91 Seine Mutter verkaufte an einem Stand neben der Bibliothek nachmittags frittiertes Brot, sodass er dann einfach zur ihr ging, wenn er von mir rausgeschickt wurde. Wenn er nach einiger Zeit wiederkam, hatte er sich dann meist beruhigt und spielte wieder friedlich mit den anderen Kindern.

92 Einige weitere Vokabeln sind im Anhang aufgeführt.

93 Die Zwillingsschwester von Fussena, Assana, war am Wochenende oft bei uns und nicht wie unter der Woche bei ihren Großeltern. Bis ich sie und Fussena sicher aufgrund von Verhalten und Stimme auseinanderhalten konnte, dauerte es ein paar Wochen(enden).

94 Sie bot sogar mehrfach an, mir beizubringen, wie man Roller fährt, allerdings lehnte ich ihr Angebot jedes Mal ab, im Wissen, dass meine Augen dafür wirklich zu schlecht sind. Schließlich wollte ich auf keinen Fall riskieren, dass sie, der Roller oder Dritte durch mich gefährdet werden.

95 Im Norden Togos ist die Regenzeit zwischen Mai und Oktober, wobei, während ich da war, die letzten Regenschauer Anfang Oktober fielen, bevor sie dann im April vereinzelt wieder einsetzten. Im Süden Togos hingegen gibt es zwei Regenzeiten, einmal von April bis Juni und von September bis November.

96 Absolute Lieblingstasche mit der Aufschrift »Bücher verwandeln Muggel in Zauberer«.

97 Igbo ist eine Ethnie aus Nigeria.

98 Hierbei ist vielleicht anzumerken, dass es in den größeren Städten und vor allem im christlich geprägten Süden viele wunderschöne Kirchen gibt, in denen natürlich auch größere Gottesdienste auf der entsprechenden regionalen Sprache gehalten wurden. In Balanka wurde hingegen etwas improvisiert und auch der katholische Pfarrer kam nur ungefähr einmal im Monat, um das Abendmahl (gegen Entgelt) abzuhalten.

99 Name einer Waschmittelmarke, der sich im allgemeinen Sprachgebrauch als Synonym für Waschmittel durchgesetzt hat.

100 Wobei ich hier nur zu etwas Waschmittel griff, wenn es sich um extrem hartnäckigen Schmutz handelte.

101 Kleine Randgeschichte: Am Tag vor meinem Geburtstag hatte ich überraschenden Besuch von einem der Schüler bekommen, der durch das Spendenprojekt ebenfalls einen neuen Langstock

erhalten hatte. Sein Vater arbeitete als Pastor in einer Nachbarstadt und so hatte er beschlossen, während er in den Ferien bei seinen Eltern war, mich zusammen mit seinem Vater zu besuchen. Ich war sehr gerührt, dass er sich gemerkt hatte, wo ich arbeitete, und extra noch einmal zu Besuch gekommen war. Wir unterhielten uns zusammen mit meinen Kollegen fast eine Stunde lang, bevor beide wieder zurückfuhren. Für mich war der Besuch neben dem lieben Gratulationsvideo meiner früheren Kollegen die schönste Überraschung rund um meinen Geburtstag.

102 Aus Gründen der Transparenz: Ich erinnere mich lediglich an das Bett, auf dem ich selbst lag, allerdings habe ich an diesem Tag kaum etwas gesehen. Laut Angaben meiner Mitfreiwilligen befinden sich in dieser Krankenstation jeweils zwei Betten in jedem Zimmer.

103 Obwohl ich vorher dort um Erlaubnis gebeten hatte und sie damit einverstanden waren, dass wir zusammen nach Bassila fuhren, war es meinen Geschwistern doch lieber, eine andere Strecke zu nehmen.

104 Er erzählte mir, als er mir einmal nach dem Gottesdienst auf dem Motorrad eines Verwandten begegnete und mich einlud, aufzuspringen, dass er bereits im Alter von zehn Jahren Motorradfahren gelernt habe.

105 Pagne habe ich stets im Bereich der Taille zusammengebunden, man kann es sich vielleicht ähnlich eines Wickelrocks vorstellen. Daher war es nötig, diesen zu lösen, um den unteren Bereich der Wirbelsäule, in welchem ich Schmerzen hatte, freizulegen.

106 Wie bereits oben erwähnt, kauft man die verschriebenen Medikamente immer in der Apotheke, so war es auch hier. Ich gehe davon aus, dass der Krankenpfleger das Medikament in Tchamba entweder mit Geld aus der Kasse der Apotheke bezahlt hatte oder vom Apotheker das Geld dann erstattet bekam.

107 Ähnlich wie bei einem Corona-Schnelltest reagiert auch der Malaria-Schnelltest erst ab einer bestimmten Anzahl der Malariaparasiten. Möglicherweise war diese zum Zeitpunkt des Tests in Balanka noch zu gering.

108 ca. 5,40 € umgerechnet.

109 Auch in Togo ist es möglich, Versicherungen abzuschließen, diese sind allerdings sehr teuer, sodass nur wenige Menschen darauf zurückgreifen können.

110 Alles was ich hier über den Islam schreibe, ist das, was ich gehört, gelesen oder was ich von Bekannten erfahren habe. Bitte beachtet, dass es unterschiedliche Rechtsschulen und Glaubensrichtungen gibt und ich mir nicht anmaßen möchte, ein vollständiges und fundiertes Wissen über den Islam in seinen verschiedenen Ausprägungen zu vermitteln.

111 Selbstverständlich zählt dieser Tag nicht als gefastet, da ich nach Sonnenaufgang noch etwas gegessen hatte.

112 Es ist, wie ich im Nachhinein lernen durfte, eine Sunna des Propheten (S.A.V.), also eine vom Propheten (S.A.V.) eingeführte und bestätigte Praxis.

113 süßlicher, jogurtähnlicher Maisbrei, der heiß gegessen wird.

114 Leider wurde dies bei keiner der Quellen genauer eingegrenzt.

115 https://programm.ard.de/TV/arte/kiriku-und-die-zauberin/eid_287246082084718. https://www.bbc.co.uk/films/2003/06/23/kirikou_and_the_sorceress_2003_review.shtml.

116 Beispielsweise meine Schuhe zu früh oder zu spät auszuziehen oder auf einmal im Bereich für die Männer zu landen.

117 Bislang hatte ich Samsia und meine Gastmütter lediglich einmal zu dem Elternhaus von einem Verwandten begleitetet, vor dem in Vorbereitung auf dessen Hochzeit gebetet wurde. Da saßen bzw. knieten wir auf langen Matten und beteten für ihn und seine Verlobte. An diesem Tag stand Samsia spontan gegen

acht Uhr vor der Tür des Gästehauses und meinte, wir würden jetzt zu einem Verwandten gehen und ich solle mir etwas mitnehmen, um meinen Kopf für das Gebet zu bedecken. So schnell kann es gehen, dass man plötzlich, statt in der Bibliothek Bücher zu reparieren, in der prallen Morgensonne sitzt und versucht die entsprechenden Handbewegungen von Samsia während des Gebets nachzumachen.

118 Hierbei möchte ich natürlich nicht die Gebete im Islam und Christentum einander gleichsetzen, für mich war es aufgrund der Jahre in einer mitgliederstarken, evangelischen landeskirchlichen Gemeinde die Erfahrung, die den Gefühlen, die ich während dem Gebet empfand, am nächsten kamen.

119 Taiba beispielsweise hilft so gut sie kann auf dem Hof mit, begleitet Wetau zum Holzholen, hilft Wäsche zu waschen oder trägt selbst ein Tablett, wenn sie mit Wetau morgens in der Nachbarschaft fermentierten Pâte mit Soße und Fisch verkauft. Jedoch ist sie körperlich schwächer und geistig nicht auf dem Stand einer jungen Frau, sodass sie nicht oder nur schwer ohne Hilfe im Alltag zurecht kommen könnte.

120 Bitte urteilt nicht einfach über eine Person, egal ob diese Hijab trägt, eine sichtbare Beeinträchtigung hat oder vielleicht in irgendeiner Weise »auffällig« gekleidet ist. Unterschätzt Menschen mit Beeinträchtigung nicht und unterstellt Frauen, die Hijab tragen, nicht, dass sie dazu gezwungen werden oder in irgendeiner Weise von Familienmitgliedern unterdrückt werden würden. Alle Frauen mit Hijab, die ich kennenlernen durfte, haben sich selbst dafür entschieden, einen Hijab zu tragen und sich entsprechend zu bedecken. Eher findet vorab eine Abwägung statt, ob man bereit ist, sich den Anfeindungen, Diskriminierungen bei Bewerbungen und solchen Unterstellungen auszusetzen, wenn man beginnt, einen Hijab zu tragen.

121 Diese wie auch alle weiteren Preisangaben werden vermutlich aufgrund der steigenden Lebenshaltungskosten sowie der Erhöhung der Treibstoffpreise nicht mehr aktuell sein.

122 Wobei ich vielleicht auch einfach eine Abneigung gegen graue Betongebäude habe (egal wo diese stehen und was sie beinhalten) und dies mit der Abwandlung des Sprichworts etwas überspitzt darstelle. Manchen Architekten würde das Gebäude sicher gefallen.

123 Ich hatte offenbar fälschlicherweise ca. 50 ha im Kopf, andere Onlinequelle besagen 417 ha, 607 ha oder sogar 1.500 ha.

124 Bezieht sich primär auf Kinder im entsprechenden Alter. Wir alle waren einmal in dieser Entwicklungsphase, in der man einer Katze am Schwanz zog oder Ähnliches, weil man dabei war zu lernen, dass auf eine solche Handlung eine entsprechende Reaktion folgt und weil einem damals vielleicht noch nicht bewusst war, dass man dem Tier dabei Leid zufügt.

125 Hier: Sammelpunkt für Sammeltaxen und Kleinbusse.

126 In den Geschichtsbüchern in Togo wird übrigens neben der europäischen Geschichte auch ganz viel Wissen über die Hochkulturen auf den afrikanischen Kontinent vermittelt (nicht nur Ägypten). Wie toll wäre es, wenn es auch die Schulen in Europa schaffen würden, den Afrikanischen Kontinent bereits vor Beginn der Kolonialisierung und aus einer Schwarzen Perspektive zu thematisieren. Wenn die Schulen in Togo das schaffen, dann werden doch wohl auch die Schulen in Deutschland noch etwas Platz in den Lehrplänen schaffen können.

127 Die Tüten, in denen jeweils 0,5 Liter Wasser abgepackt verkauft werden und mit denen Samsia arbeitet.

128 Normalerweise ging ich einmal pro Woche zu dem Stand, sagte, dass ich Internetguthaben für 500 CFA kaufen wollte, und nannte ihm meine togolesische Nummer. Er gab diese bei sich ein und sobald ich die entsprechende SMS erhielt, dass das Datenvolumen angekommen sei, gab ich ihm das Geld. Häufig nutzte ich die Gelegenheit zugleich und bezahlte mit einem 10.000- oder 5.000-CFA-Schein, um kleineres Rückgeld zu bekommen, da es teils schon schwer war, an beispielsweise einem Essensstand mit einem 2.000-CFA-Schein zu bezahlen.

129 Genauer möchte ich es zu ihrem Schutz hier nicht ausführen.

130 Bleiben wir einfach bei der Bezeichnung, damit wir hier nichts falsch betiteln.

131 Ob der Kleine wirklich männliche Geschlechtsmerkmale aufwies, vermag ich aus der Erinnerung nicht mehr zu sagen. Allerdings bezeichnete ich ihn damals als »Kleinen« und möchte dies im Text nun auch so belassen.

132 Bedingt durch einen an Erdin adressierten Brief, bei dem ich als Absendeadresse die Anschrift meiner Eltern angegeben hatte und der durch ein wegen Halloween überklebtes Namensschild nicht an Erdin zugestellt werden konnte, hatte sie erfahren, dass ich mit Erdin zusammen war.

133 Den Maisbrei bereitet Wetau immer am Vorabend vor und wickelt die einzelnen Portionen entweder in Maisblätter oder Plastiktüten ein. Am Morgen bereitet sie die Tomatensoße, Zwiebeln sowie Fisch vor und danach verkaufen sie und Taiba es in der Nachbarschaft, indem sie die Töpfe auf einem Tablett auf dem Kopf tragen und die umliegenden Höfe aufsuchen.

134 Das einzige Mal, dass ich während meiner Studienzeit in Frankfurt in einer Mesa war, war mit einer Freundin von mir, welche auch ein paar Vorlesungen auf dem selben Campus hatte. Und tatsächlich hätte ich ohne sie teils nicht einmal wahrgenommen, dass hinter den Theken Personen standen.

135 Noch vor Beginn des Lockdowns hatte ich der Behindertenbeauftragen der Universität eine mehrseitige Liste an Verbesserungsvorschlägen geschickt und wir hatten bereits angefangen, eine Orientierungs- und Einführungsveranstaltung für alle neuen Studierenden mit Beeinträchtigungen zu planen, damit diese besser ins Studium starten als ich. Geplant war unter anderem eine Führung über den Campus mit allen für sie relevanten Orten, Erklärungen zur Beantragung von Hilfsmitteln und der Möglichkeit, sich bereits vor Beginn des Studiums zu vernetzen.

136 Exemplarische für 2021 ab S. 6 ff.: https://www.volkswagenag.com/presence/investorrelation/publications/shareholder-meetings/2022/Verguetungsbericht%202021_de.pdf (Zugriff: 17.06.2022).

137 bzw. ihre Vorgänger.

138 Vgl. Art. 23 I Nr. 2 UN-Behindertenrechtskonvention.

139 Seine Augen sind bedingt durch die über fünfzig Augenoperationen bläulich und erinnern an Meer mit Wellengang. Sein rechtes Auge lässt sich zudem nicht so weit öffnen.

140 Kleiner Tipp, falls möglich, wählt Französisch als Sprache, dann werdet ihr schneller bei der Warteschleife durchkommen.

141 Zum Bestehen sind mindestens vier Punkte erforderlich. Ab neun Punkten erzielt man bereits ein Prädikat und kann mit einer solchen Durchschnittsnote in den Staatsexamen überall Richter sowie Staatsanwalt werden.

142 Auffällig war bei allen Events, dass die jeweiligen Plattformen es für nötig hielten, den Großteil der Zeit in verschiedenen Formen darzustellen, weshalb ihre Plattform so großartig sei und welche Möglichkeiten sie für Creator bieten würden. Und das, obwohl wahrscheinlich alle Anwesenden, abgesehen von mir, einerseits auf die Plattformen und die dort gewonnene Reichweite für ihren Content angewiesen sind und andererseits sowieso ihre Videos auf allen entsprechenden Plattformen hochladen. Stattdessen wäre es, ausgehend von den Äußerungen vor Ort, viel wichtiger, auf Themen wie Umgang mit Hasskommentaren aber auch den extremen Druck, immer Content produzieren zu müssen, damit die Reichweite steigt und so selten wirklich Urlaub oder zumindest eine Pause haben zu können, einzugehen.

143 Die Lupen-App ist eine Funktion auf den IOS-Produkten (iPhone und iPad), die ich auch beim Einkaufen häufig nutze, um Preise, Zutaten und Ähnliches zu erkennen.

144 BIPoC = Black, Indigenous, People of Colour.

145 Hierbei ist zu beachten, dass ich mich auf antischwarzen Rassismus beziehe. Natürlich gibt es auch andere Formen des Rassismus, wie z.B. antimuslimischen oder antiasiatischen Rassismus, bei dem vermeintlich *weiß*-gelesene Personen Rassismus erfahren. Menschen, die hingegen der *weißen* Mehrheitsgesellschaft angehören, können keine Rassismuserfahrungen machen, da sie diesen, im Gegensatz zu BIPOC, welche alltäglich mit (institutionellem/strukturellen) Rassismus konfrontiert werden, entgehen können.

146 Eigene Sichtweise, anzumerken ist, dass einer der Richter im Urteil zum Kopftuchverbot bei Rechtsreferendarinnen eine andere Ansicht vertreten hat (lediglich bezogen auf das Referendariat, nicht bezogen auf die spätere, berufliche Ausübung des Richter Amts oder die Tätigkeit in der Staatsanwaltschaft).

147 Selbstverständlich unbezahlt und ohne Gewähr dafür, dass die Bücher noch im Handel erhältlich sind.

148 Bei der Sprache Balanka handelt es sich bisher primär um eine Lautsprache, auch wenn einige junge Erwachsenen aktuell an einer Tastatur für die Sprache Balanka arbeiten. Für die Schrift orientiere ich mich dabei an meinen eigenen Notizen, die ich in den Gesprächen mit meinen Geschwistern gemacht hatte, sowie der Schreibweise auf der Internetseite von Bildung für Balanka e.V.

149 Für dieses Wort musste Samsia mit mir einige Abende üben, bis ich es endlich richtig ausgesprochen hatte.